人民共和國文化與文學叢書

八 編

李 怡 主編

第 13 冊

多維視野中的當代女性文學批評

趙 樹 勤 著

花木蘭文化事業有限公司

國家圖書館出版品預行編目資料

多維視野中的當代女性文學批評／趙樹勤 著 -- 初版 -- 新北
市：花木蘭文化事業有限公司，2020〔民109〕
目 2+224 面；19×26 公分
（人民共和國文化與文學叢書 八編；第13冊）
ISBN 978-986-518-221-2（精裝）
1. 女性文學 2. 文學評論
820.8   109010907

特邀編委（以姓氏筆畫為序）：

ISBN-978-986-518-221-2

吳義勤　孟繁華　張 檸
張志忠　張清華　陳思和
陳曉明　程光煒　劉福春
（臺灣）宋如珊
（日本）岩佐昌暲
（新西蘭）王一燕
（澳大利亞）鄭 怡

人民共和國文化與文學叢書
八 編 第十三冊　　　　　ISBN：978-986-518-221-2

多維視野中的當代女性文學批評

作　　者　趙樹勤
主　　編　李 怡
企　　劃　四川大學中國詩歌研究院
總 編 輯　杜潔祥
副總編輯　楊嘉樂
編　　輯　許郁翎、張雅淋　美術編輯　陳逸婷
印　　刷　普羅文化出版廣告事業
出　　版　花木蘭文化事業有限公司
發 行 人　高小娟
聯絡地址　235 新北市中和區中安街七二號十三樓
　　　　　電話：02-2923-1455／傳真：02-2923-1452
網　　址　http://www.huamulan.tw 信箱 hml 810518@gmail.com
初　　版　2020 年 9 月
全書字數　211327 字
定　　價　八編 18 冊（精裝）台幣 55,000 元

多維視野中的當代女性文學批評

趙樹勤　著

作者簡介

　　趙樹勤（筆名吳非），湖南長沙人，南京大學文學博士，湖南師範大學文學院教授，博士生導師，加拿大約克大學高級訪問學者，湖南省高校重點研究基地「現代文學研究中心」主任，湖南省教學名師，湖南省現當代文學研究會會長。

　　主要從事中國現當代文學和女性文學研究，出版著作《找尋夏娃：中國當代女性文學透視》《當代中國生態文學景觀》《女性文化學》《中國當代女作家與世界文學》《中國當代文學史 1949 ～ 2012》等，在《文學評論》《文藝研究》《外國文學研究》等刊物發表論文 90 餘篇，成果多次獲湖南省社科優秀成果獎和中國女性文學獎等。

提　　要

　　本書將中國當代女性文學置於東西方文學與文化的廣闊背景中，從主題學、女性詩學、民族學、中西文學比較、中外文化比較等維度，運用女性主義、比較文學等相關理論和跨學科的綜合批評方法，考察與梳理了中國當代女性文學的發展與流變，以及與西方文學文化的關係，探討與闡釋了當代女性寫作的主題話語、詩學建構、小說創新、異域影響中的本土化性別蘊涵、現代性文化訴求及其存在的迷誤，在多維視野融合、多種理論批評範式互補共生中展現了當代女性寫作的多重面相，為當代女性文學研究提供了新向度。

全球化時代如何討論當下的文學問題
——《人民共和國文化與文學》第八編引言

　　我們常常說，這是一個「全球化的時代」，也就是說，對當下文學的討論，「全球化」是一個不可回避的語境。但是「全球化語境下的中國當代文學」這個題目所包含的意蘊以及它所昭示的學術立場本身就是意味深長的。我覺得，在我們積極地研究當下文學自身成就的同時，適當的反顧一下我們已經採取或者可能會採取的立場，也不失為一種新的推進方式。「全球化」是新世紀中國學術的一個重大課題，「中國當下的文學」雖然已經闡述了多年，但在今天的「新世紀」或者說「新時代」的時間段落中，無疑也具有了特殊的意義。只是，如果我們竭力將這些關鍵詞置放在一起，其相互的意義鏈接就變得有點曲曲折折了。

　　從表面上看，「全球化」與「中國當下」，這是一個普遍性的時間和一個特殊空間的問題。我們常常在說「全球化時代」如何如何，這也就是說我們正在經歷一個正在怎麼「化」的過程，這是一個時間的過程。「全球化語境中的中國文學」，似乎應當考慮的是一個局部空間的文學現象如何適應更有普遍意義的時代發展的要求，當然，關於這方面的話題我們可以談出許多。例如全球化時代的經濟一體化進程與民族文化矛盾對於不同民族文化交流與融合的影響，而這種文化的衝突與融合對於文學藝術的創造又取著怎樣的關係，接踵而來的另一個直接問題就是：中國當下的文學，這一目前可能民族性呼聲很高的區域文學如何在呼應「全球化」時代的主體精神的同時保持自己真正的有價值的個性？近 40 年來的學術史上，關於這樣的「時代要求」與民族

— 序 1 —

國家關係的討論曾經也熱烈地進行過，那就是上一個世紀80年代中期的「走向世界」，當時，人們通過重述歌德與恩格斯關於「世界文學」時代到來的論斷，力圖將中國文學納入到「世界文學」時代的統一進程當中，因為這樣一來，我們就可以有力地走出地域空間的封閉而更多地呼應世界性的時代思潮了。

那麼，「全球化」的提出與當年的「走向世界」有什麼不同，它又可能賦予我們文學研究什麼樣的新意呢？在我看來，當年的「走向世界」思潮與其說是關於文學的理性的分析，毋寧說是一種文學呼喚的激情，一種向所有的文學工作者吹響的進軍的號角，除了面對啟蒙目標的偉大衝動外，關於文學特別是文學研究的新的理性評判系統並沒有建立起來，而啟蒙本身的意義也常常被闡述得籠統而模糊。所謂「全球化語境」，其實是為我們的文學特別是文學的研究提供了一個比較完整的新的思考的框架。例如作為人類精神發展基礎的「經濟」的框架：當前全球經濟一體化的過程對於文化與文學究竟會產生怎樣的影響？一個民族國家（諸如中國）的精神創造是如何回應或如何反抗這樣的「同一」過程的？而經濟制度本身又如何對精神生產形成制約或推動？這些思路從宏觀上看將與目前熱烈進行的「現代性」問題的討論相互聯繫，與所謂世俗現代性／審美現代性的分合問題相互聯繫，從而在文學的「內」、「外」結合部位完成細節的展開。顯然，這比過去籠統的「經濟基礎決定上層建築」或者「文學發展與經濟發展的不平衡原則」要具體而充實。從微觀上看，今天我們所討論的「民族國家文學」問題本身就聯繫著「一帶一路」這樣經濟的事實，我們似乎沒有必要將民族國家文學的發展局限在知識分子書齋活動之中，這裡所產生的可能是一個更具有深遠意義的「文化審視」問題——不僅當下中國的人們有了重新自我審視的機會，而且其他地方的人也有了深入審視中國的可能，其實文學的繁榮不就是同時貢獻了多重的視線與眼光嗎？或許正是在這個意義上，我以為，新世紀的「全球化」思維具有了比80年代「走向世界」思維更多的優勢。

但是，「全球化」思維又並非就可以敞開我們今天可以感知到一切問題，我甚至發現，在關於文學發展的一個基本的困惑點上，它卻與「走向世界」時代所面對的爭論大同小異了，這個困惑就是我們究竟當如何在「或世界或民族」之間作出選擇，或者說全球化時代的文學普遍意義與民族文學、地區文學之間的矛盾是否還存在，如果存在，我們又當如何解決？無論我們目前

的議論如何竭力「消解」所謂二元對立的思維，其實在學術界討論「全球化」與「民族性」的複雜關係時，我們都彷彿見到了當年世界性與民族性爭論時的熱烈，甚至，其基本的思維出發點也大約相似：全球化時代與世界化時代都代表了更廣大的普遍的時代形象，而中國則是一個局部的空間範圍。這兩個概念的連接，顯然包含著一系列的空間開放與地域融合的問題，也就是說「中國」這個有限空間的韻律應該如何更好地匯入時代性的「合奏」，我們既需要「合奏」，又還要在「合奏」中聽見不同的聲部與樂器！這裡有一個十分重要的理論假定：即最終決定文化發展的是時間，是時間的流動推動了空間內部的變化──應當說，這是我們到目前為止的社會史與文學史都十分習慣的一種思維方式，即我們都是在時代思潮的流變中來探求具體的空間（地域）範圍的變化，首先是出現了時間意義的變革，然後才貫注到了不同的空間意義上，空間似乎就是時間的承載之物，而時間才是運動變化的根本源泉，我們的歷史就是時間不斷在空間上劃出的道道痕跡。例如我們已經讀過的文學史總先得有一章「五四新文化運動的發生」，然後才是「五四在北京」、「五四在上海」或者「五四新文化運動在詩歌領域裡引發的革命」、「在小說領域裡產生的推動」、「在戲劇中的反映」等等。這固然是合理的，但從另一方面來說，它所體現的也就是牛頓式的時空觀念：將時間與空間分割開來，並將其各自絕對化。在這一問題上，愛因斯坦的「相對論」是從打破時空絕對性的立場深化了我們對於時間、空間及其相互關係的認識。在這方面，被譽為繼愛因斯坦之後最偉大的科學家的史蒂芬·霍金有過一個深刻的論述：

　　相對論迫使我們從根本上改變了對時間和空間的觀念。我們必須接受的觀念是：時間不能完全脫離和獨立於空間，而必須和空間結合在一起形成所謂的時空的客體。〔註 1〕

　　這是不是可以啟發我們，在所有「時代思潮」所推動的空間變革之中，其實都包含了空間自我變化的意義。在這個時候，時間的變革不僅不是與空間的變化相分離的，而且常常就是空間變化的某種表現。中國現當代文學決不僅僅是西方「現代性」思潮衝擊與裹挾的結果，它同時更是中國現代知識分子立足於本民族與本地域特定空間範圍的新選擇。只有充分認識到了這一事實，我們才有可能走出今天「質疑現代性」的困境，為中國現當代文學尋找到合法性的證明。

〔註 1〕 史蒂芬·霍金：《時間簡史》第 21 頁，湖南科學技術出版社 2002 年版。

在時間變遷的大潮中發現空間的本源性意義，這對我們重新讀解中國當下的文學，重新展開「全球化語境中的中國文學」這一命題也很有啟發性。比如，當我們真正重視了空間生存的本源性地位，那麼我們就會發現，從表面上看，這是一個普遍性的時間和一個特殊空間的問題，但在實質上來說，其實所包含的卻是中國自身的「空間」與全球化的「時間」的問題，所謂「全球化」，與其說是一個普遍的時代思潮，還不如說西方人的生存感受。是中國的經濟方式與生活方式在某種意義上匯入了「全球性」的潮流之中，於是，他們將這一感受作為「問題」對包括中國人在內的其他人提了出來，自然，中國人對此也並非全然是被動的對於外來「時間」的反應，他們同樣也在思考，同樣也在感受，但他們感受與思考的本質是什麼呢？僅僅是在「領會」外來的思潮麼？當經濟開發的洪流滾滾而來，當國際的經濟循環四處流淌，當外來的異鄉人紛至遝來，當接受和不能接受、理解和不能理解的文化方式與宗教方式，生活方式與語言方式都前所未有地洶湧撲來，中國的精神世界是怎樣的？中國的文學又是怎樣的？很明顯，在貫通東方與西方、全球與中國的「時代共同性」的底部，還是一個人類與民族「各自生存」的問題，是一個在各自具體的空間範圍內自我感知的問題。

理解中國當下的文學，歸根結底還是要理解中國人自己的感受。這裡的「全球化」與其說更具有普遍性還不如說更具有生存的具體性，與其說可能更具有跨地域認同性還不如說可能包含了更多的地域分歧與衝突的故事，當然，也有融合。既然今天的西方人都可以在連續不斷的抗議和攻擊中走向「全球化」，那麼，我們為什麼不是？所要指出的是，在文學創造的意義上，這裡的抗議與拒絕並非簡單的守舊與停滯，它本身就是一種「有意味」的姿態，或者，它本身也構成了「全球化」的一部分。

2019 年 12 月改於成都長灘

目次

前　言

　　20 世紀末中國女性文學之崛起，已成為一個不容置疑與忽視的存在。女作家們以令人矚目的空前的創作與批評實績，衝破了長期壓抑的無名狀態，「浮出歷史地表」，並加入了世界女性姐妹追求自身解放的大合唱，使中國女性文學之命題真正具有了全球性視野和「史」的地位與意義，其歷史功績是怎麼高估也不為過的。這一世紀之交女性文學的亮麗風景激發了不少學者的探究熱情，成為學界注目的新疆域。這本《多維視野中的當代女性文學批評》著作，即是這一學術背景下批評實踐的成果。

　　本書之所以選擇「多維視野」，主要基於以下理由。其一，本批評主要運用的女性主義理論，本身就是在廣泛借鑒西方當前流行的馬克思主義、精神分析、語言分析、存在主義、解構批評等的哲學和方法論的基礎上，不斷發展與開拓的精神成果，具有極強的理論包容性和化解性，很難以單維的向度界定。其二，21 世紀是一個多元文化並存、對話與交融的文化全球化時代，是一個跨學科、跨文化的文學探索時代，單一的學科界線和文化壁壘不斷地被衝擊被跨越。如果我們仍像過往那樣，僅限於單純的從社會學歷史學角度解讀女性文學，那就很可能只是在某一方面走近了女性文學，只給讀者提供了認識女性文學的某個窗口，女性文學的複雜性、多面性難以得到立體的展現。因此，我期望在多維視野融合，多種理論批評範式互補共生中透視中國當代女性文學的多重面相。

　　本書主要從以下維度探尋中國當代女性文學。第一章從主題學的維度，闡釋當代女性文學的四個重要主題：性愛、死亡、逃離、孕育，探討其別具一格的本土化的性別蘊涵。第二章從女性詩學的維度，論述當代女性詩學的

理論建構及其流變、美國自白派與 1980 年代以來的女性自白詩、1990 年代女性詩歌的新變等問題。第三章從中西文學比較的維度，選擇中外四組作家：宗璞與哈代、王安憶與雨果、陳染與杜拉斯、虹影與杜拉斯的文本進行比較性對讀，探討中國女作家對世界文學的接受、契合與轉化。第四章從中外文化比較的維度，分別闡述精神分析學與當代女性文學、現代繪畫色彩美學與當代女性書寫、黑色幽默與 1980 年代以來的女性小說等論題，揭示中外文化間的影響、差異及其內在關聯。第五章從民族學等維度，討論了 21 世紀少數民族女性文學研究的新走向，並從總體上對當代女性文學創作及批評進行了反思。當然，以上提及的每一維度並非處於嚴格意義上的同一層面；並且，在實際批評中，不同維度常常可能相互交織並與上文未提及的其他維度同時運用，如上述五個維度的批評中，幾乎始終有傳統批評常用的歷史學社會學維度的顯現。這種多重維度交錯融合式運用，正是當今跨學科跨文化綜合性批評的一個顯著特色。

還應特別說明的是，由於種種因素，1950 至 1970 年代的中國女性寫作相對單一和沈寂，直至 1980 年代，當代女性文學才異軍突起並於 1990 年代得以正式命名，因此，本書所論及的中國當代女性文學主要集中於 1980 年代至今這一時段。

由於學識與能力所限，本書的論述仍有待不斷補充和完善。但我相信，女性文學批評多維視野的拓展，將呈現給讀者的是研究對象的另一番面貌、另一種奇觀，由此，研究有了向更深層掘進的基礎與可能。

第一章　女性文學的主題話語

　　如果說女性主義文學批評對文學研究具有深刻的革命意義的話，那麼，某種意義上說，它是所有人的事情。女性主義批評也被以論書為謀生手段的男人們閱讀。沒有一個教師能無視女性主義批評對以馬克思主義為思想基礎的文學批評，特別是男性中心的批評所作出的貢獻。

——〔澳〕K‧K‧魯思文《女性主義文學研究引論》

第一節　性愛：快樂原則與主體意識的確立

　　在20世紀的中國女性文學中，性愛主題在很長的一段時間內都是一塊無人敢入的雷區。個中原因，一方面是千百年傳統文化的壓抑使得中國的現代知識女性往往自覺地以一種淑女的面目亮相，溫柔賢慧，端莊大方，而且在中國婦女從來就沒有取得過愛情自由權利的歷史條件下，一旦她們艱難地獲得了自由表達愛情的權利，她們將自己的書寫主要集中在情愛的表達方面，這是完全可以理解的，性，對於剛剛從封建宗法家族制度文化中解脫出來的中國現代女性而言，不僅是一種羞於啟齒的禁忌，也是一種不敢想望的奢侈。另一方面，寫性愛主題，就不可避免地要進入對性行為的描寫。一般說來，中國古代文學中不乏性行為的描寫，但是，無論是純文學中的象徵式的隱語描寫，還是市井小說的赤裸裸的直接描寫，都是一種典型的男性話語。女性作家一方面受到傳統文化的擠壓，一方面找不到自己的話語方式，性愛主題乃至性愛描寫在女性作品中的缺乏就是不可避免的了。這種現象直到80年代

以後才獲得改觀，也許是由於被壓抑的時間過於長久以致蘊藉的力量也特別強大，也許是由於從生理的原因來看性愛的主題特別適合女性作家來表現，所以，女性文學中的性愛主題一旦爆發就不可收拾，不僅鮮明地顯示出了女性在這一主題表現上的不同於男性作家的感受能力，而且也確實為女性主義文學顛覆男權話語提供了一個非常廣闊的才華施展空間。

一、從性愛分離到性愛結合

在 80 年代初期，整個中國文學從「文革」時代的冰封狀態中解放出來，對於人的基本情慾的肯定性描寫成為這種解放的突出標誌。當然，性愛這種帶有明顯的生理性質的基本欲望正大光明地進入文學作品，在中國這樣一個特殊的文化環境中，仍然是難免一番陣痛。在一段較長的時間內，那些呼喚人性或者表達愛情的代表作品尤其是女性作者的作品，仍然像過去一樣是一種無性文本，也就是說，在這些呼喚人性表達愛情的作品中，愛與性是分離開來的。張潔的《愛，是不能忘記的》在問世之時所引起的爭議，在今天的人看來似乎是難以理解的，但在 80 年代初期它確實激動過無數男女讀者的心靈。因為這部作品首先以一種正面描寫的筆墨觸及到了一個非常敏感的問題：一個女性的婚外情。這是一個十分浪漫的故事，一個叫鍾雨的女性愛上了一個有婦之夫，但是他們甚至連手都沒有握過，只有過一次在初春的夜晚距離很遠的默默散步。可是這一次散步與他送給她的一套契訶夫小說選卻伴隨她度過一生。外出歸來，雖然她一個人孤獨地站在月臺上，卻可以在他來接站的幻覺中感受到精神的滿足和幸福。夜深人靜，雖然他從來沒有在她身旁，她卻可以將日記本作為他的替身，在日記中向他傾訴自己的心聲，甚至在知道他已經辭世也仍然沒有中斷這種心靈的傾訴。確實，這是一個無法解決的悖論，鍾雨沒有力量也沒有充足的理由介入到那個雖然不是為愛情而結合卻也經歷過風雨洗煉的患難夫妻中去，愛經常得不到婚姻的結果，而婚姻卻總是難得有愛情的滋潤。這一種意義像一把尖銳的刀子，劃破了許許多多中國人在婚姻生活中的渾渾噩噩的夢，所以這部小說在當時才會如此感人至深。在今天，時過境遷，雖然社會道德習俗與法律仍然沒有給婚外情一個證明自己可以存在的理由，但人們畢竟已經不再提到婚外情就談虎色變。我在此所關注的問題是，這部作品在性愛問題上表現出了典型的雙重分離狀態，一重分離是文本本身的分離，在作品中，鍾雨的愛是銘心刻骨的，但作品的描寫

中只有精神之戀，沒有伴隨著愛而可能發生的性的關係。一重分離是生存本身的分離，在鍾雨與她心目中的那個他之間，愛只能強行壓抑在自己的心靈深處，而性則隨意地給了沒有愛的婚姻。

80 年代中期以後，這種分離的狀態在女性文學中逐步得到克服。西蒙‧波伏娃在晚年曾談到性可以是一個可怕的陷阱，她認為最糟糕的是有些女性發現性是很令人快樂的事情，因而多多少少成為男人的奴隸──這可能是男人套在女人身上鎖鏈的一環。西蒙‧波伏娃此言應是對西方女性說的，而對中國女性來說，由於千百年來的傳統文化的性蒙昧教育和壓抑，能夠感覺到並通過自己的口說出性是快樂的，這已經是時代的一個巨大的進步。所以，80 年代中期以來，女性文學中性與愛從分離走向結合的最早的表現，就是一些先鋒的女性主義作家在她們的創作中明確無誤地告白了一個信息：我們需要性，我們期望在性中獲得快樂。在張潔的《愛，是不能忘記的》這部作品中，男女主人公恐懼於墮入性的網中，相約相互忘記，而在伊蕾的《獨身女人的臥室》一詩中，「獨身女人」已對她想念的男性發出了大膽的怨憤：「我懷著絕望的希望夜夜等你／你來了會發生世界大戰嗎／你來了黃河會決口嗎／你來了會有壞天氣嗎／你來了會影響收麥子嗎／面對所恨的一切我無能為力／我最恨的是我自己／你不來與我同居。」這首詩共有 14 節，每一節的結尾都是同樣的一句抱怨：「你不來與我同居」。這一詩句同詩歌的標題「獨身女人的臥室」相互對應，構成一種大膽的暗示。伊蕾曾經宣稱：「我的詩中除了愛情還是愛情，我並不因此而羞愧，愛情並不比任何偉大的事業更低賤。」〔註1〕這裡所謂「愛情」與鍾雨式的精神苦戀已經有了更為豐厚的內涵，它是一種性與愛結合起來的愛情，因為在伊蕾的愛情表達中，「我的肉體渴望來自另一個肉體的顫慄的激情／我的靈魂渴望來自另一個靈魂的自如的應和……／我在大瀑布下痛快地洗了澡／我的情人啊在我召喚的時候如期而至／與我共度良宵／我們在一起揮霍得一文不名。」〔註2〕

如果說詩歌由於體式上的特徵在描寫與表達性愛主題時往往採用象徵的方式，性的宣言雖然高昂，但性的描寫卻還不那麼刺眼的話，那麼，當女性作家的小說終於將性愛敘事揮灑得淋漓盡致時，社會與讀書界的震驚就是可想而知的了。最早激起一陣轟動的是王安憶的《小城之戀》，在這部中篇小說

<hr />

〔註1〕伊蕾：《叛逆的手‧自序》，北方文藝出版社1990年版，第1頁。
〔註2〕伊蕾：《流浪的恒星》，見《叛逆的手》，北方文藝出版社1990年版，第98頁。

中，作者所要表現的男女之「戀」恐怕主要不是愛戀的戀，而是一種充滿著生理欲念的戀。所以，作者特別突出地描寫了男女主人公的行為背後的性力的驅動。從主題上看，《小城之戀》寫的是性驅力的無法控制，小說在寫他們狂熱的性愛活動時，這樣描寫道：「他們真苦啊！苦得沒法說，他們不明白，這麼狂暴的肆意的推動他們，支持他們的，究竟是來自什麼地方的一股力量。他們不明白，這麼殘酷地燒灼他們，燎烤他們的，究竟是從哪裏升起的火焰。」「他們本是純潔無瑕的孩子，可是什麼東西在冥冥之中，要將他們推下肮髒黑暗的深淵。他們如同墮入了一個陷阱，一個陰謀，一個圈套，他們無力自拔，他們又沒有一點援救與幫助。」所以，小說中的男女主人公在性愛中拼命地折磨對方，也甘心情願地讓對方折磨自己。這篇小說可以說是女性作家大膽地進入性愛敘事的雷區的第一隻春燕，不過，這篇小說包括後來所寫的《荒山之戀》、《錦繡谷之戀》在敘事上用的是第三人稱敘事，在敘述的客觀效果上，作者本人是置身於事件之外的。而到更年輕的一批女性作家如陳染等登上文壇後，女性作家的性愛敘事又發生了新的變化。陳染是一個特別鍾情於第一人稱敘事的作家，在她的小說《與往事乾杯》中，我們看到了這樣的描寫：

> 在她壓抑的呻吟中，他解開她的裙帶，懇求她像電視裏的女人一樣裸身躺在床上。……他不說話，只是貪婪地在她光滑如魚的身體上瀏覽、撫摸，眼睛明亮得可以照亮他和她的面孔。他從她的頭髮一直吻到她的腳趾，一遍又一遍，這小女人的身體像一塊珍寶使他流連忘返樂此不疲。然後他壓在了她纖弱的身體上，在他激烈的衝撞下和急促的喘息中，她感到一股熱熱的液體從他的身體裏流到她的大腿上，她驚訝又緊張，忽然有種厭惡感。

這個「她」在小說的整體敘事中是以第一人稱出現的。在小說創作中，第一人稱的敘事者並不能等同於作者自己，它是作者的虛構的產物，但是，在文學創作日益個人化、私語化的時代裏，第一人稱「我」作為敘事者的出現，多少會使人產生將敘事者與作者本人聯繫起來的聯想，這是通常的、客觀的一種閱讀效果。在這種情況下，女性作家能夠大膽地描寫「我」的性愛行為與性愛體驗，這就說明女性文學在這一傳統的雷區中實現了真正的突破與飛躍。

　　在女性文學的性愛宣言中，性愛不僅是一種可以理解可以寬容的生理需要，而且也是一種值得禮讚的創造行為，既創造他人，也創造自己。這一點對於女性文學中的性愛主題來說尤其重要，因為對性愛的創造性特質的把握與禮讚，恰恰說明了女性文學在這一主題表達方面所能達到的一種意義深度，也說明了女性文學在性愛主題理解上的不同於男性的性別維度。就生理特性而言，女性往往是性愛結果的承受者，男女性愛所創造出的一個新的生命，必然是由女性來孕育、懷抱、分娩與撫養的，女性還要承擔新的生命創造時的痙攣與陣痛，因而她們對性愛的創造性有著十分切身的體驗，這一點確實是男性作家所不及的。在西方女權主義話語中，由於基督教傳統將生育看做是上帝對女性誘惑男性犯罪的一種懲罰，而女權主義極力要解構這樣一種對女性帶有壓抑性的男權話語，所以，在西方女權主義文學中，生育往往被當做一種異己的東西遭到否定，而中國沒有這樣一種文化傳統，中國文化中的女媧情結與女性作家對性愛的個性體驗的結合就構成了中國當代女性文學中性愛敘事的創造主題。這一主題在王安憶的小說中有非常突出與非常成功的表現，在《小城之戀》中，故事中的女主角最終從性愛的狂暴中平靜下來，就是因為她懷上了孩子，有了性愛創造的結晶。小說是這樣描寫的：「經過情慾狂暴的洗滌，她比以往任何時候都更乾淨，更純潔。」這裡面事實上就已經暗含著創造的主題。既有新的生命的創造，也有自我的更新創造。到 1989 年發表的《崗上的世紀》，這一主題得到了深刻透徹的表達。小說寫一個女知青李小琴為了早日招工回城，不惜用自己的身體作為一種交換條件，但是當男女主人公在性關係中達到高峰體驗時，這一場本來沒有愛的性關係反而獲得了一種意義深度，這就是男女雙方都在性愛活動中既創造了一個新的他（她），也創造出了一個新的自我。在李小琴那裡：「她的身子就好像睡醒了，又知疼，又知熱，她的骨骼柔韌異常，能屈能伸，能彎能折，她的皮肉像是活的，能聽話也能說話，她的血液流動，就好像在歌唱，一會高，一會低，一陣緊，一陣舒緩。」而在楊緒國那裡：「他的肋骨間竟然滋長了新肉，他的焦枯的皮膚有了潤滑的光澤，他的壞血牙齦漸漸成了健康的肉色，甚至他嘴裏那股腐臭也逐漸消失了。」他熱烈而欣喜地感到自己「好像重新活了一次」。這的確是一首昂揚的性愛創造的讚歌，有評論家這樣分析道：「究竟用一種什麼眼光來觀照性愛，這是對一個民族性文化的開放程度和一個民族生命力強弱程度的最為嚴格的檢驗。一個病弱、委頓的民族才會僅僅將人類性關係看

作生育的手段，因為他在一種民族絕滅的潛意識恐懼中不得不將生殖作為民族的圖騰崇拜而有所禁忌。但在一個強旺勁健的民族那裡，生殖並不是人類性愛的目的，而是人類性愛不期而至的自然結果，也惟有他們才能以一種自由的心態、積極的方式和審美的目光，將性愛本身當作人類創造自我（不是創造兒女）的神聖行為和人類愉悅自身（不是奉責於群體）的偉大天寵。王安憶的《崗上的世紀》最有價值的成功無疑在於她呼應了我們民族文明要求蛻新發展的內在呼喚。」〔註3〕這一評價應該說是對《崗上的世紀》所表達的性愛創造主題意義的深刻把握與透徹的理解，而對我們民族文明要求蛻新發展的內在呼喚的應答乃是由女性文學來實現，這無疑也是中國當代女性作家們值得驕傲的事情。

二、性愛敘事的女性話語建構

中國文化傳統包括儒釋道三家在男女性事問題上對女性的態度都是值得質疑與檢討的。在儒家看來，萬惡淫為首，而女人則是紅顏禍水。在佛教看來，男人是七寶金身，女人是五漏之體，性在佛家來說是不潔淨的。而道家雖然將性事看做修煉本門工夫的一道法門，但所謂採陰補陽之說，也不過是把女性當做男性練功的一種鼎鑊。所以，深受中國傳統文化浸潤的中國文學在性愛敘事中形成了一套完整的男性話語，其基本的特徵就是：或者斥罵（假道學），或者把玩（文人癖性）。女性除了或被斥罵或被把玩之外，沒有自己的話語。20 世紀中國女性在取得了書寫權利之後，相當長一段時間內不能問津性愛主題的描寫，其原因當然是多方面的，但一個主要的原因就是女性書寫還沒有找到和建立起自己對性愛的言說方式。在這樣一種困境中，80 年代以來的中國女性作家一旦進入性愛主題這一雷區，首先要做的工作就是建立女性對性愛的書寫或言說方式。

考察 80 年代後期以來中國女性作家在性愛主題敘事上的話語建構工作，我認為至少有如下三個方面的成績是值得注意的。第一，女性在性愛活動中的快樂原則的建立。在中國封建時代的舊文學中，女子只是作為性事的一種工具，一個鼎鑊，女性被徹底地物化。在男性作家的筆下，女性的性感覺或者被完全忽略，或者被蒙昧地簡化為一種粗野的叫喚。當代女性作家對這一點是深惡痛絕的，如王安憶就曾經很尖銳地指出，中國沒有一種好的性語言，

〔註3〕譚桂林：《論 20 世紀中國小說的性愛敘事》，《文藝爭鳴》1999 年第 1 期。

甚至像《紅樓夢》這樣的名著中的性語言都是狎妓性的。林白也曾經這樣表白過：「我對關於它的描寫有一種奇怪的熱情，我一直想讓性擁有一種語言上的優雅，它經由真實到達我的筆端，變得美麗動人，生出繁花與枝條，這也許與它的本來面目相去很遠，但卻使我在創作中產生一種詩的快感。」〔註4〕所以，女性作家幾乎都有一種將性愛描寫藝術化的傾向，立志要把性寫得美麗動人。這樣，在女性作家筆下，一方面她們大膽展開女性人物在性愛中的複雜、細膩的感受過程，一方面則明確地揭示在這一過程中女性的快樂，而這二者，恰恰又是結合在一起的，感受的過程就是一個快樂的過程。這裡可以舉兩個例證：

> 他把頭埋在我的頸下親吻起來，我便像小狗貪婪地渴望主人搔癢那樣，舒服地仰起頭，把胸挺出來，盡情地讓他親吻。我閉著眼睛，我聽到空氣在我的體內發出撞擊聲，聽到細胞在慢慢游離，床在旋轉，房頂在旋轉，我自己在旋轉，我輕輕地壓抑地呻吟起來。

> ——陳染《與往事乾杯》

> 它在那個瞬間給她帶來的是：新鮮感、刺激、欣喜。從斜對著她的床的穿衣鏡裏可以看到，藕色綢衣像荷花一樣張開、滑落，她婀娜的曲線被修長的男體所切割，她的腿像抽筋似的在繃直，起伏的律動被壓抑的呻吟聲所驅趕，體內的烈馬在奔騰，年輕而瘦長的身體伏向床上敞開的女人，他們融為一體。暴風驟雨自邊緣至內裏，陣陣快意象雷聲在空氣中滾動、綿延，高潮閃電般來到，照亮這個晦暗不明的下午。

> ——林白《守望空心歲月》

在男權話語的性愛敘事中，快樂乃是男性的專利，女性除了疼痛之外就是用自己的身體為男性提供快樂。現在，女性不僅在性愛中體驗到快樂，而且敢於用詩性的筆觸將自己體驗到的快樂細細地展開、咀嚼，這確實說明時代已經前進了一大步。

由於中國傳統文化的男性中心傾向，中國社會對女性的要求往往是三從四德、夫為妻綱。這種要求反映在文學上，中國封建時代的舊文學對女性形

〔註4〕林白：《像鬼一樣迷人》，陝西師範大學出版社1998年版，第244頁。

象的塑造，要麼是賢妻良母，要麼是淫女蕩婦。男女授受不親，非禮勿言，非禮勿行，舉案齊眉，相敬如賓，這就是賢妻良母，而女性在男女關係上稍稍有點越軌，輕則被視為不規矩，重則被斥為淫蕩。這種男性中心傾向通過悠久的歷史沉積在國人的無意識結構中，以至人們在男女性愛關係中總是把女性定位在受動的位置上。在西方女權主義思想的影響下，80 年代後期以來的中國女性文學對這種文化歧視進行了徹底的顛覆，建構起了一種強調女性主導地位的性愛敘事話語。這種主導地位的確立有時是出之於獲得性感刺激的本能，如鐵凝的《大浴女》，章嫵為了獲得一張免去農場的醫院病假證明而與唐醫生做愛：「當他那瘦長精幹的身子壓迫在她豐腴的裸體之上，她的心靈突然有一種前所未有的輕鬆。是的，輕鬆，她竟絲毫沒有負罪感。她這時才確信，她將被唐醫生真正地收留。她那純粹的欲念的閘門就被這少見的輕鬆給徹底撞開了，她的雙手緊緊抱住他的腰，她的雙腿高高盤起雙腳緊緊勾住他的兩胯，她不讓他停歇不讓他停歇，她還在動作之中把枕頭墊在了臀下，她要他更深入更深入，也許那已不是深入，那是從她體內整個兒地穿過，那是把她的身體整個兒地穿透。」這種主動當然已經不只是一種勾引，而是對女性在「純粹的欲念」的衝擊下對自我性感快樂的追求。也有一種主導地位的確立是出之於女性在愛的促使下對男性的性啟蒙。如《與往事乾杯》中的肖濛在尼姑庵中曾經受到一個中年男人的性啟蒙，所以當她後來與老巴相愛時，她始終表現出一種自覺的主導性：「我望著那高邈的天空，感到一種遙遠的欲望正來自天國，那欲望在小鳥的伴唱下進行，那吟唱令人心蕩神怡，心醉魂迷。我喜愛眼前這羞澀清秀的面孔，這個永遠沉思默想的面孔。這面孔有待於我的誘導，正像過去那個男人對於我的誘導一樣。這誘導義不容辭，非我莫屬，迫在眉睫。我們那樣做了，他很快衝動又很快平息，像一個淘氣又膽小的男孩在眾目睽睽之下想要盡快去做完一件壞事一樣。我喜歡這燒紅的面頰，這孩子般急切浸淌的汗水。」這裡不僅是本能的驅使，而且有一種心理的參與。把這種描寫與同時代女性文學中對男性生命力萎弱的輕蔑以及對男兒陽剛之氣的尋找等等現象聯繫起來考察，足可見中國女性文學對傳統的男權中心話語的顛覆與解構已經從一般性的倫理話語進入到了欲望話語階段，解構的鋒刃直指生命意識的核心地域。

在西方女權主義運動中，有一些激進主義者考慮到男權中心文化觀念已經有了過於悠久的歷史，它的影響已經滲透到了人類文明的各個方面、各個

角落，女性要獲得自己的徹底解放，不能依靠男性的施捨，也沒有必要同男性攜手合作，而是要自己結成聯盟，建立起一種姐妹情誼，在此基礎上增長自覺意識。〔註5〕這種「姐妹情誼」的倡導影響到文學創作，就使得女性文學中的性愛描寫較多地體現出一種自戀或同性戀的傾向。這種傾向性在中國當代女性主義文學中也有比較突出的表現。如林白的《守望空心歲月》中的艾影就有典型的自戀傾向：「她必須而且只有通過對自己身體的視覺與觸覺的刺激才能產生欲望，她的體內充盈著奇怪的汁液，它們平時麻木不仁，錄像、文字以及具體的男性都無法誘發她，只有當她自己的手觸摸到乳房柔軟的弧線時，她的身體才會開始真正的起伏，她像發功一樣，像一種會舞蹈的草，像大海的波浪通過自身的力量在起伏，扭動，在扭動中她全身的皮膚閃閃發光，越來越亮。」在當代女性文學中，鏡子的意象成為一個時代文學中的經典意象，無疑也是這種自戀傾向的一種體現，而林白的小說《一個人的戰爭》，其標題就已顯示出了自戀在女性性愛活動中的特殊性與重要性。

在同性戀方面，早在 80 年代中期劉西鴻的小說中已經初露端倪，《你不可改變我》等作品「體現出一種嶄新的價值觀念。昔日女性意義歸宿的異性愛降平為女性自由選擇對象物，曾是女性意義盲區的同性愛升起了女性自我認同價值標向。以對於傳統文學異性愛話語的消解式避棄，劉西鴻以輕鬆自如的女同性愛話語擾亂父權社會那最蠱惑人心的懸置的虛擬，從而使男性權威消失神光而形同虛設」。〔註6〕這種意義當然是值得肯定的，不過，劉西鴻畢竟只是同性戀題材的開拓者，在劉西鴻的作品中，主要是寫「姐妹情誼」，是寫女性在感情上的相互依戀，直到陳染的出現，同性戀的描寫才由情戀轉入到真正的性愛，如《私人生活》中的禾寡婦與「我」之間的肉體上的相互撫摸。戴錦華曾在一篇題為「陳染：個人和女性的書寫」的文章中對陳染在女同性愛題材描寫上的發展作過這樣的描述：「陳染對於女性和女性情誼的書寫充滿了豐富的文化症候。事實上，她已在自己的情感與生命旅程中實現了又一次的奔逃與回歸。如果說，她曾直覺地將『天性中的親密之感傾投於女人』，而後在初戀中遭遇了對於男人，城牆被擊倒、坍塌，因而懂得了男性的溫馨與美好之後，在又一次經歷了對男人、也對女人的失望之後，再一次進

〔註5〕可參考〔美〕桑德拉‧吉爾伯特、蘇珊‧格巴《鏡與妖女：對女性主義批評的反思》等文，見張京媛主編《當代女性主義文學批評》一書，北京大學出版社 1992 年版。

〔註6〕荒林：《新潮女性文學導引》，湖南文藝出版社 1995 年版，第 50 頁。

入了對姐妹情誼、乃至姐妹之邦的觸摸與思考。」〔註7〕陳染在同性愛的描寫方面較之同時代的女性作家們確實已經獨自走得很遠，但她的這種發展過程在當代女性主義作家中間還是具有典型意義的。性愛在文明的常態理解中，天經地義是男女兩方共同的事情，從人類開始懂得性時起恐怕就一直是如此，但是越是文明發達之時，這種自戀與同性愛的現象就越是經常發生，這也是人們不必諱言的事實。關於自戀、同性戀，在弗洛伊德那裡被稱之為「性倒錯」，其形成主要是由於童年時代的人格發展發生了某些方面的障礙，這當然只是一種病理學與心理學上的稱謂與分析。我認為，中國當代女性主義文學在性愛敘事中比較重視自戀與同性愛的題材，這與其說是她們的性心理發生了問題，毋寧說是她們在強大的男性中心話語體系中，為了建立起自己的性愛敘事與言說話語而採取的一種文化策略，以此來消解男人在性愛活動中對女性意志的忽略或強迫，抵抗男性對女性權利的侵犯。

三、走出性愛書寫的誤區

從性愛的分離到性愛之間的結合，這是中國文學性愛主題描寫的重大發展。在古代，中國文人不是在《金瓶梅》、《肉蒲團》之類的作品中直接描寫性器官、性技術與性動作，就是在《西廂記》之類的文雅作品中說一些諸如「露滴牡丹開」一類的性隱語。真正像勞倫斯的《查太萊夫人的情人》那樣，既對性愛描寫無所顧忌，直接而赤裸，又能夠運用藝術的手段對性愛行為進行詩意的觀照的作品，實在是難得一見。80 年代後期以來的中國文學在性愛主題的描寫上無疑有了長足的進步，而女性主義文學相對而言更加藝術化、詩性化，因而在這一主題發展中的貢獻更加重要與突出。在短短的十幾年中，女性主義文學就跨越了中國 20 世紀的女性作家半個多世紀都沒有跨越過的空間，這與 80 年代以來的時代的急速變化是直接攸關的。是時代逐漸建立起來的寬容、多元的文化語境為性愛主題的發展提供了一個適宜的人文環境。不過，時代的影響經常是一柄雙刃劍，它在推動著人們奮發向前的同時，也在人們前進的道路上設置著一個又一個的陷阱，這就是歷史的詭計。90 年代市場經濟的迅猛發展與市民社會的迅速崛起，一方面創造了一個日益自由、寬鬆、多元的話語背景，一方面人們也最容易在自由與寬鬆中失去對自由的度

〔註7〕戴錦華：《陳染：個人和女性的書寫》，見《陳染文集·跋》，江蘇文藝出版社
1996 年版，第 288 頁。

的理解與把握。男性作家有的已經跌落到了陷阱之中，賈平凹的《廢都》在性愛敘事上向中國古代色情或狹邪小說的回歸就是一個很突出的例子。女性文學的性愛敘事發展到今天，也同樣面臨著一種掉入陷阱的危險，這種危險主要表現在 70 年代出生的一批女作家那裡，其中可以衛慧與棉棉為代表。在性愛主題描寫上，她們承襲了 80 年代以來女性作家大膽展露女性的性感覺的發展趨勢，另一方面，她們也自覺地開始解構當代女性文學性愛敘事的基本原則，企圖重新將性與愛分離開來。

性愛是衛慧、棉棉等人作品的一個基本主題，如果說王安憶、陳染等人的作品在性愛描寫上雖然讀者意見不一致，但評論家通常給予的是好評與認真地進行文化闡釋，而衛慧等人的作品不僅讀書界意見相左，而且評論界的看法也是大相徑庭。總的來說，批評的聲浪是越來越高了。我認為，如果避開意識形態的因素，僅從反映生活、刻畫人物這一文學自身的任務來看，衛慧等人的作品並不能一筆封殺。如衛慧《蝴蝶的尖叫》是在《上海寶貝》之前發表的中短篇小說的合集，這些小說在其背景、題材、主題等方面都有一致性，即以上海這座現代化與開放性最高的現代大都市為背景，以一個名牌大學的女大學生畢業前與畢業後的生活經歷為故事主要線索，描寫了上海大都市中一些藝術家、詩人、高級白領、大學生、女性都市流浪者等等的生活。在這些方面，《蝴蝶的尖叫》可謂是《上海寶貝》的先聲。不過，這本書由於是衛慧早期作品的結集，從純粹學術的角度來看，其思想情調、文化品位與藝術處理方式畢竟有其可取之處。首先，上海在現代歷史上就是以開放與在生活觀念上領風氣之先而著稱的大都市，這種領先既包括那些能夠牽引歷史前進方向的風氣潮流，如茅盾《子夜》中所寫到的工人運動，也包括那些因開放而引進的新的生活觀念與習氣，如 30 年代新感覺派小說所寫到的上海十里洋場的半殖民性的生活。90 年代以來，上海的改革開放獲得迅猛發展，但在市場經濟與對外開放的環境下，人們的價值觀念逐漸走向多元化，而經濟活動的自然規律與世紀末以來中國人口向大都市遷移的總體趨勢，又必然會產生高級白領、流浪的藝術家、自由擇業的大學畢業生等等社會階層與群落，這種社會階層與群落由於其比較地遠離意識形態中心，而且與西方現代人文觀念容易接近，因而在其價值規律、生活方式等方面就很容易成為傳統社會價值觀念的異端。在文學的規律中，題材本身是沒有禁區的，既然現實生活中已經出現了這樣一種族群，對這種族群生活的描寫就必然是具有認識價值

的。其次，由於作者本人曾是這個社會族群中的一員，她對這個族群的生活方式與價值觀念有深切的感受，因而對所描寫的人物是抱有同情的，對這個族群的價值觀念與生活方式如追求感覺的刺激、性愛的自由等等，也在作品中給予了理解與寬容。但也應該看到，作者在人物的描寫與情節的安排中，隱含著對這些價值觀念與生活方式深深的懷疑甚至不安。這表現在兩個方面，一是作品中體現著感官刺激、性愛自由的價值觀念與生活方式者大都沒有好的結局，如《床上的月亮》一篇中，小米最終是自殺了，《蝴蝶的尖叫》中的朱迪甘願做人之情婦，結局也不過是被情夫所無義地拋棄。二是作者在處理第三者插足婚姻的情節時，經常將合法婚姻家庭的融融之樂與插足者的孤獨、寡合以及尷尬的處境相對照，如《夢無痕》中的「我」有一次在街上正好碰見自己的情人同他的妻子親密地挽著手在購物，作者讓他們寒暄之後，寫到「我」的感受：「這個高大漂亮的女人像一尊顯眼的標記，站在明的身邊，俯視瘦小的我。」「我」雖然並未失態，但其尷尬的心境則是可想而知的。作者如此安排，其用心不管是如何，但它確實能讓讀者感覺到諸如感觀刺激、性愛自由等等價值觀念與生活方式在當前社會道德體系中的不合時宜，對於人們的精神與物質生活所帶來的雙重危機。無論衛慧的創作在以後有什麼樣發展，這部作品通過形象與情節顯示出來的客觀意義，是應該予以肯定性的評價的。

對衛慧等人的批評，火力大都集中在她們對性愛的描寫上。確實，在她們的作品中，性愛描寫佔據了內容的相當大的部分。平心而論，這些描寫乃是參差不齊的，有的簡略，有的詳細，有的富於想像，有的則顯得粗糙些。從學術的角度來看，我認為這些描寫大部分是在文學的許可範圍之內。這可從三個方面看：一是小說中的性愛描寫大都是與故事情節的發生發展緊密聯繫在一起的。小說的主題就是要反映上海一個族群的人生，而在這個族群的人生中，性恰恰是一個比較重要的內容，所以小說中那麼多的性愛描寫，並非為性而寫性，也並不是特意要以此來刺激讀者，而是因為小說主題與題材的一種實際需要。二是作品對性愛過程的描寫是文學性的，小說沒有赤裸裸地去寫性的器官的交合，也沒有特意來寫性交的各種姿勢，作者注重的是寫主人公尤其是女主人公在性愛過程中的感受、感覺，因而小說對性愛的描寫大體上是心理型的，而不是操作型的。三是小說對於性愛的描寫中，性行為基本上還是以愛作為發生基礎與欲望驅力的，也就是說，小說中的人物投入

到性愛活動中，多少會有一點精神性的理由。或者是傾慕對方的風度，或者是喜愛上了對方的某一種人格特徵，並不純粹是出之於一種生理欲望的衝動。如衛慧《夢無痕》中「我」與倫和明的性關係、《蝴蝶的尖叫》中朱迪對小魚的著魔、《欲望手槍》中的「我」對軍事教官的入迷，其性愛的發生均是建立在精神傾慕的基礎上的。這種性愛描寫與那種純粹色肉交易的性愛描寫，其文化品位是自有高下之別的。另外，這些小說有關性愛描寫的語言大都是暗示的、象徵的，具有一定的想像空間，具有一定的詩性特徵，因而它是文學性的描寫，而不是赤裸的色情描寫。

在此，我雖然為衛慧等人作了一些也許並沒有多少力量的辯護，但是，從當代女性文學中的性愛描寫的發展趨勢來看，我在為衛慧等人辯護的同時，也為她們在作品中所呈現出來的將性與愛分離開來的趨向感到不安。這一種趨向是越來越明顯的，在《上海寶貝》中，性伴侶與「情人」這兩個詞彙已經同時出現，馬當娜在不斷地變換著自己的性伴侶，因為性伴侶只要支付金錢，而無須支付情感。小說中的主人公「我」也是一邊想念著自己的男友天天，一邊倒在一個德國男人的懷抱裏瘋狂地做愛。她之所以可以心安理得地這樣做，是因為她已經將做愛視為一種遊戲，既娛樂別人也娛樂自己。性愛從來就是男女雙方的共同創造的結果，它是詩性的，是人類的欲望，更是人類的文化本質。在中國，這種人類的詩性本質曾經被長期地異化。幾千年來的封建文化將性與愛分離開來，只有性而沒有愛，就像無數普通平凡的中國家庭那樣，或者有了愛卻得不到性，在中國的文化中，這樣的悲劇幾乎是不勝枚舉的。但這種性與愛的分離是被迫的，不情願的，所以儘管性與愛是分離的，只要人還保留著或者潛藏著讓自己的性與愛結合起來的願望與夢想，人的詩性的本質就還在。在衛慧等人作品中所流露出的性愛分離傾向，雖然與封建時代的性愛分離現象並不一樣，它是一種主動的、自願的分離，但是，我們必須看到的是，惟其這種分離是自願的、主動的，它就更有可能輕而易舉地消解掉 80 年代以來中國女性主義文學建立起來的性愛結合的文學傳統，在充分地發揮性愛的情慾功能的同時，遮蔽性愛的詩性本質，抹平性愛的意義深度。在這個意義上，我認為，中國當代女性文學對性愛主題的表現應充分覺察到歷史詭計為先驅者們設置的種種危險的陷阱，恐怕不會是空穴來風了。

第二節　死亡：生命末日的女性言說

20 世紀 80 年代，女性主義文學的歐風美雨，尤其是其間美國女詩人西爾維亞‧普拉斯所挾帶的痛苦的死亡風暴刮過中國的原野，直接啟迪著、激蕩著、復蘇著一代女性作家身體和記憶中充塞的亡靈的身影和聲音。她們似乎剎那間清醒地意識到，和這些亡靈的糾纏廝守，是女性與生俱來隱痛處境的一種真相。於是，在她們血寫的文本中，呈現出一幅幅美麗的死亡圖案，綴滿了生命末日的黑色花蕾。陸憶敏被稱為「夏日傷逝」的那批作品只有一個主題——「死亡」；翟永明《女人》、《靜安莊》裏彌漫著死亡的氣息；海男坦言：「我習慣於把小說推向死亡」，「彷彿離開了死亡，我的小說便無法深入下去」；〔註 8〕蔣子丹的「思緒一不留神就會走入秋天的死亡圖畫，在裏面如魚得水地遨遊，以至於每一篇小說的構思，主人公都跟死亡相關」。〔註 9〕死亡抒寫彷彿童話王國中那雙魔力無邊的紅舞鞋，構成了女作家們難以擺脫且不願拒絕的誘惑，一種無形而有力的牽引，並由此演繹出歷史上第一次對死亡主題的不約而同的集體的女性的言說。這種言說以女性的死亡體驗、死亡寓言、死亡藝術顛覆著、改寫著幾千年男權文化既定的死亡價值、死亡的言說模式，呈現出令人驚異的美學特徵。

一、三位一體的死亡體驗

某種意義上說，在中國源遠流長的父權文化辭典中，「死亡」一直是一個具有光榮文化傳統的禁忌。重生輕死的生命態度和生存哲學流貫於幾千年的中國哲學史、宗教史。作為主流文化的儒學，歷來注重生而不是死。孔子曰：「未知生，焉知死？」「未能事人，焉能事鬼？」（《論語‧先進》）佛教與道教的死亡觀雖然表現出信奉鬼神與靈魂存在的另一種走向，為死後生命存在的另一方式鋪設了通道，但佛教的靈魂不滅、生死輪迴，道教的煉丹采補、得道成仙，與儒學以活著的善行豐富死亡的意義這一層面上，可說是心有靈犀、殊途同歸，表明的均是人怎樣擺脫死亡的困擾而達到曠世的永恆或超越時間的局面而成為不朽的良好願望。這些傳統文化日積月累地沉澱於中國人心理結構的深層，形成一種規避死亡的集體無意識，使對死亡本身的直接性思考、對生命本體的肉體消亡體驗無形中成為一種禁忌。

〔註 8〕轉引自李森：《海男作品的詩學問題》，《南方文壇》1999 年第 5 期。
〔註 9〕蔣子丹：《鄉愁》（散文集），海南出版社 1994 年版，第 127 頁。

正是在這種禁忌森嚴的父權文化觀念統攝下，中國文學中的死亡描寫始終遵循著一種特定的方式：即多半從認識論的角度突出死亡的價值意義，或如孔子所說的「朝聞道，夕可死矣」，「殺身以成仁」，或如墨家所主張的「捨身以取義」，強調死亡的認識價值，而絕少以體驗的方式介入到死亡本體之中，承受和展現這一過程。也就是說，主要從倫理／道德、民族／國家、革命／政治等角度對死亡進行悲劇性的主題化言說。從中國文學史上第一個以自殺為核心主題，洋溢著憂民愛國、道德獻身的浩然之氣的屈原的《離騷》，到表達了至死不衰的愛國熱忱的陸游的絕筆詩《示兒》，從關漢卿筆下罵天罵地罵鬼神，罵惡棍罵贓官罵黑暗社會，冤死後居然兌現誓願「血飛丈二白練」、「雪飛六月，天旱三年」的竇娥，到魯迅小說中以顫抖之手畫一個不規則的遺憾的圓而糊裏糊塗地被綁赴法場的阿 Q，無一不在書寫死亡的社會認識意義，進行著民族國家主題的言說。這種父權文化的死亡言說模式影響、制約了一代代女性作家，使得她們的死亡敘說總是籠罩著「他」的陰影，迴響著「他」的聲音，缺乏女性生命個體的獨特體驗，女性死亡的真相相當部分仍是一片被遮蔽的黑暗領地。「文革」前十七年，女性書寫的典範文本《青春之歌》多處涉及死亡，但無論是林道靜的投海自殺還是林紅的英勇就義都只是作者實現主題的情節故事，不具備實質意義上的女性指認。新時期初始，女性文本中的死亡言說應和著文學中的悲劇旋律，生發出更大膽地直面死亡的勇氣，但根本上仍沿襲著述說死亡認識意義的老路。舒婷為張志新烈士慘遭殺害而憤然寫就的《遺囑》，其死亡場景的展示撼人心弦、催人淚下：因為「皂白不分」、「為非作歹」的「黑暗」，「一個天真的青年，／朝著哺乳過他的胸口，／扣響罪惡的扳機」。詩中犧牲者是一位母親，一位女性，但這裡女性身份的描寫，一方面出於生活真實的需要，另一方面，即更重要的方面，則是為了強化民族／人民傷痛和災難的深重，社會／政治反省和思考的力度，而非為了強調性別。諶容《人到中年》中女大夫陸文婷因角色之累導致心肌梗塞突發、生命幾乎斷裂的悲劇故事，原本是很可以細細敘說、濃濃渲染女性的死亡體驗、死亡遐思的，因為小說的框架就是陸文婷瀕臨死亡的兩天生死歷險，但諶容顯然不是站在女性主義的立場上在言說死亡，而是將主人公瀕死狀態作為干預整個中年人的現實存在，干預國家的社會／政治意義的大生活的契機，以此凸現國家應予知識分子以應有位置的社會主題。女性死亡的真相仍未浮出地表。

　　80 年代女性文學的死亡言說出現了從主題化言說到女性體驗言說的革命性躍進。經歷了西方女性主義文學洗禮的女作家驀然發現：死亡作為個體存在的最後一件事實，並非一定要進入國家、民族和人類的大意義圈才獲得價值，在女性世界裏，身體也許就是死亡之意義的起點和歸宿。死亡不一定非給歷史作證、給時代作證，給自己作證、給女性作證本身就極具價值。這就使得死亡得以從超個體的民族、國家政治的宏偉意義中解脫，回到純粹自然的女性身體的家園。眾所周知，女性身體不僅是死的墳墓，也是生的溫床、愛的聖殿，這種三位一體的共鳴交響構成了女性死亡的獨異風貌。於是，心有靈犀的女作家們不謀而合地選擇、參與了這曲死、生、愛的交響變奏。他們以細緻入微的感悟和新鮮奇譎的想像體驗著女性肉體的消亡，將女性死亡的感性的直觀的具象形態首次呈現於世。這種嶄新的死亡體驗言說，既迥異於數千年傳統文化規範的主題化死亡描述，又有別於新時期新潮小說家筆下男權化的死亡體驗摹寫，它以無可替代的獨特性給死亡敘說帶來了全新的氣息。

　　具體而言，女性文本中的死亡體驗主要表現為兩種形態。第一種形態：死亡與性愛的糾纏。在女性文本中，死亡的語言往往是一種性語言，死亡與性愛常常是相互糾纏在一起聯袂登場的。男女性愛片斷，少女青春期的恐懼和一些死亡事件、死亡想像水乳交融，正如馬爾庫塞所言，「死亡是愛的迷醉和傷痛」，「死亡的讚美詩就是愛的讚美詩」。〔註10〕在女作家筆下，死亡可以被性愛的振奮而戰勝：「他驚愕地看著我，這時候，儀葬隊伍消失了，這就是那天下午我們躺在黑栗樹下的草坪上第一次睜開迷惘的雙眼，骨骼中的困境不停地渴求著，我身上的器皿高低不平，這就是那次春天灰濛濛的交媾。從此，我便明顯地感到了逃避死亡的機智，我嘗試了面對死亡時跟一個活著的身體交媾時的種種歡娛和倦意。」（海男《外省的愛情》）死亡也可以由性愛喚起，如那個十六度鮮嫩的生命第一次性事中感到的世界末日（陳染《巫女與她的夢中之門》），北諾因不堪性的折磨恍惚中舉起的菜刀（林白《致命的飛翔》）。更多的時候，死亡體驗與性愛的高峰體驗糾合交織，散發著魂飛魄散的詩意的美：「擁抱她，從看不見時間的秩序中解開她上衣的扣子……現在他的嘴親吻她那柔軟的乳頭，這樣的親吻恢復了時間在熾烈的山崗上那些已

〔註10〕〔美〕馬爾庫塞：《審美之維》，李小兵譯，生活·讀書·新知三聯書店 1989 年版，第 254 頁。

逝的日子的美好時光，她緊閉雙眼，他聽不懂她喃喃些什麼，她像是在上樓梯，圍著一團團火焰縱身舞蹈，她像是從火焰中跳進去……」，她的天空迴旋著「世界就是這樣告終／世界就是這樣告終」的動人旋律（海男《橫斷山脈的秋祭》）。詩人張燁更是直接抒寫連死神都無以阻擋的少女與鬼男的生死之愛：「給你，以一個女人顫慄的誘惑，沸騰的／血液，全部的熱情與主動／在毛茸茸的草叢撫摸枯萎的枝條／用體溫烘暖凍僵雀兒」，「我幸福得想喊、想哭／整個身心有了交響樂般的衝動／……死去活來。」當愛彌漫於身體的剎那，死亡也同時存在。愛欲的高峰瞬間與死亡感受交織相通，欲仙欲死，極度的快樂又極度虛無，死亡和愛欲這個被常人視為對峙的兩極在女性身體的體驗中獲得了永恆的和解。在這裡，死亡與性愛的描寫，以一種最頑強的女性原始經驗突破人類理性的積層，展現出它鮮活的原生性，理性的文化的意義統統消隱於幕後。第二種形態：死亡與生育的變奏。對女性而言，死亡與生命是一對親密無間的攣生姐妹，女性美麗的軀體預約著死亡也孕育著生命，覆蓋著死者也覆蓋著生者。正如薩特闡釋的：死亡「是一種雙面的雅努斯」。〔註11〕一方面，它是對人類生存過程的一個否定；另一方面，它完成了人的生存過程和生命系列的「黏連」，它本身就屬於這一生存過程和生命系列。也如女性詩人翟永明所言：「死亡甚至就是人類的子宮，墳墓就是人類的母體，」「死亡意味著一種創造」。〔註12〕基於這樣的認識，不少女性文本中的死亡體驗常常與孕育過程相伴相隨，渾然一體。葉夢將自己抒寫跨越生死之門的孕育體驗的一組散文命名為「創造系列」，翟永明描述女性分娩歷程的《死亡的圖案》中可同時傾聽到交織在一起的生死之音。畢淑敏的小說《生生不已》，更是以一種迴腸盪氣、刻骨銘心的筆觸描畫了一個普通女性在死亡中「再造新生命」的體驗。

> 孩子長腦子了。她知道，因為她覺得自己的腦袋變成了一個空椰子殼。漿水都流到孩子那邊去了。

> 孩子開始長機型記性了。因為她的心什麼也記不住，好像一塊寫滿了字的青石板，連個簡單的直道也劃不進去了。

> 她的牙像被陳醋醃過。上下牙對撞的時候就像兩塊酥皮餅磕碰，

〔註11〕〔法〕薩特：《存在與虛無》，生活·讀書·新知三聯書店 1987 年版，第 680 頁。
〔註12〕翟永明：《紙上建築》，東方出版中心 1997 年版，第 67 頁。

> 有渣子落下來。女人非常高興，雖然從此她只能吃極軟的東西。她
> 的孩子開始長牙了……
>
> 　女人覺得自己像一座老房子。骨頭鬆動了，頭髮一縷縷脫落，
> 背也駝了，眼睛也花了……要散架了，可她很高興，她覺得自己的
> 身體很懂事，知道把最好的養料，毫不遲疑地供給孩子……

這個平凡的女性，在衰弱枯竭中時刻體驗著的不是什麼死亡，而是自己身體
對新生命的滴注，是涅槃式新「生」的過程。她最終以滾滾的血液熱浪將嬰
兒射出了生命之門，以自竭式的奉獻，創造了一個新生命，完成了生與死的
神聖變奏。這種無主觀意向性的湧動著生命原動力的生死體驗，絕不同於蕭
紅《生死場》中象喻著鄉土生命本質的無謂的生育苦難，肢體迸裂、血肉模
糊的永遠的生育「死」場，這是浸潤著愛、洋溢著希望的前仆後繼、生生不
已的生命進行曲。以上述及的兩類死亡體驗，是男性無法染指的女性經驗，
是父權文化中死亡言說的一種「結構性缺損」。它的出現對於袒露女性死亡真
相、豐富當代文學中死亡言說的經驗無疑有著不容小視的特殊意義。

二、生存困境的死亡寓言

　　存在主義哲學家雅思貝爾斯認為：「只有死亡才是使生存得以實現的條件。」
〔註13〕在死亡面前，主體才能意識到生存的意義，才能夠真正地生活，死亡提
高了我們的生存意義，死亡為生存提供了價值參照和價值創造的外在驅力。海
德格爾也說：「人是向死的存在」，「死不是一個事件，而是一種須從生存論上加
以領會的現象。這種現象的意義與眾不同」。〔註14〕存在主義哲學思潮很大程度
上影響了當代女性筆下的死亡表現。因此，女性死亡述說不僅僅開天闢地地將
女性生命體驗自覺納入了文化的舞臺，而且將死亡提升到女性生存的高度來言
說，使死亡現象的感受與表現具有明顯的追詢存在意義的哲學本體論意味。在
許多女性文本中，死亡與其說代表了一種消極的選擇，一種真實的肉體的消失，
則不如說是一種對於「生」的詰問，一種辨別真相、顯現荒誕的女性生存困境
的寓言。其間蘊藏的不盡寓意以及見於故事之外的召喚之力有如拉封丹以詩形
式寫下的《寓言的魅力》，令女性醒悟，令民眾醒悟。

〔註13〕徐崇溫主編：《存在主義哲學》，中國社會科學出版社 1986 年版，第 278 頁。
〔註14〕〔德〕海德格爾：《存在與時間》，生活·讀書·新知三聯書店 1987 年版，第
　　　289 頁。

　　詩人翟永明在《死亡的圖案》一詩中寫道：「只有我在死亡的懷中發現隱秘」，「七天七夜，我洞悉了死亡的真相」。這種「真相」即是父權文化陰影下的女性生存困境，對這一困境的揭示幾乎是貫穿女性死亡文本的主旋律。在女性諸多的作品中，始終貫穿著一個關於「父親」死亡的故事。多米 3 歲喪父（林白《一個人的戰爭》），海靜的父親在她青春年華時節離開人間（海男《人間消息》），13 歲的女孩父親已離她遠去（蔣子丹《等待黃昏》）……。父親（從寬泛的意義上說，年長者、兄長、他人之夫、男性權威者都可作為父親的替代者，在中國傳統文化中，男性即父權的象徵）死亡的形象也許只是敘事的背景、起源或轉折，但陰影卻籠罩著少女成年的經歷，並支配了以後的歲月。「父親」作為一個無法逾越的絕對存在，一種先天性的佔有和永久的恐嚇，一片抹之不去的重重陰影，懸浮於女性生存之上，主宰著女性的生死命運。為了更清晰地袒露女性文本中死亡寓言的寓意，我們不妨將「重重陰影」解構為三重進行闡釋。

　　第一重陰影：父親／父權亡靈以無所不在的巨型話語直接扼殺著女性愛情的幸福、生存的權利。父權話語強調：女性夏娃是為了給男人亞當做伴侶才被賦予生命、來到人世間的，女人屬於男人；女人為婚姻愛情而生，愛情就是她的一生，她的世界。因此，女人一生都在追求「高貴而致命的愛情」（陳染語），但最終呢？經歷了動心動肺、方死方生的一夜愛情幸福的女孩等待到的只是兩尊荒涼的墓碑（蔣子丹《等待黃昏》），婚姻失敗、工作無望的黛二只能在絕望的想像中逃往黑風衣鋪就的最後的逃亡地（陳染《無處告別》），孤零零的多米只好無可奈何地投向一個老人的懷抱（林白《一個人的戰爭》）。死亡使女性一瞬間洞悉了「愛」的真相，愛情不過是男性需要時捧在懷中、無需時擱置角落、發洩時狠摔於地的易碎花瓶，是男權文化設置的死亡陷阱。

　　第二重陰影：父親亡靈喻示了男權文化化了的女性自虐、自殘、自我束縛的無奈境地。儘管窺破了愛情真相，窺破了父親／男人的自私虛偽、冷酷無情，女性仍貪戀夏季愛情的沉湎，「假如需要死一千次／我願一千次彌留於夏季」，〔註15〕仍「想要一個我愛戀的父親」，「一個父親般的擁有足夠的思想和能力『覆蓋』我的男人」。〔註16〕這真是無以掙脫的死亡鎖鏈，在「父親」

〔註15〕蔣子丹：《桑煙為誰升起》，河北教育出版社 1995 年版，第 55 頁。
〔註16〕陳染對話錄：《另一扇開啟的門》，見《陳染文集》，江蘇文藝出版社 1996 年版，第 258 頁。

重重捆綁的同時，異化了的女性自覺不自覺地自縛於鎖鏈之中。蔣韻的《落日情節》相當典型地表現了父親陰魂威懾下的女性自縛狀態。小說敘述了 1967年 9 月 9 日發生的故事。妹妹郗童放走了被母親鎖進房門、實行管制的哥哥郗凡，郗凡在這一天死於武鬥，「立著出門卻橫著回來，如一棵突然伐倒的年青的樹，轟然倒地帶回一身斧鉞的傷痕」。於是，母親許久說出一句話，這句話語不驚人卻毀掉了郗童的餘生。母親說道，「你殺了郗凡」，同時給了郗童一個嘴巴。郗童對郗凡的死負有什麼責任，這恐怕於郗童於母親都是很明白的事。問題是郗童從骨子裏承認了這種責任且從此以殺人犯自責，主動進入了角色。她固執地默認這種罪孽，使之發展成終生的憂患，阻塞了她心靈走向自由的所有通道，以至於以一種自虐的方式，異常自覺地毀滅自己生活中的所有光明，乃至一個少女夢寐以求的白馬王子，一椿自然平和的婚姻。郗童的這種隱忍的自虐、慢性的自殺全在於她永遠只能面對九月九日那個鉛一般沉重的日子，她面前永遠橫著一具郗凡／男人的僵屍。中國民間有「長兄如父」之說，郗凡作為孤兒寡母家的惟一男性，作為將來要支撐家庭的惟一男子漢，實際上是一個替代性的「父親」，他的幽靈徘徊於纏繞於郗童們的心靈，給她們以仇恨以依戀，以恐懼以渴望，她們不由自主地為其左右，為其獻祭，直至自身精神和肉體的毀滅。第三重陰影：「父親」亡靈遮蓋下女性的同謀犯角色。正如翟永明所揭示的死亡隱秘：「生者是死者的墓地」，「我是死亡的同謀犯」。〔註17〕父親的陰魂並沒隨肉體的消逝而飄然離去，其繼任者摩肩接踵、紛至沓來，這其中有男性，亦不乏女性，尤其不乏男權文化教化了的母親們。她們以慈愛、以忽視、以殘忍，日復一日、年復一年地塑造著男性文化要求的女性，將她們一步步置於精神的死地。比較女性文本中的兩個類似細節也許很能說明問題。在《巫女與她的夢中之門》裏，「我」的有著尼采似的羸弱身體與躁動不安頭顱的父親，「在我母親離開他的一個濃鬱的九月裏的一天，他的一個無與倫比的耳光打在我十六歲的嫩豆芽一般的臉頰上⋯⋯鮮血和無數朵迸射的金花在我緊閉的眼簾外邊彌漫綿延⋯⋯凝固成夜幕裏永遠洗不掉的陰影」。《落日情節》中的郗童開門放走哥哥後，「母親大人」抬手甩出了一個令她終生受難的巴掌。如夏季颱風一樣暴君般的父親給女兒的是一個巴掌，寂靜寡言的母親給郗童的同樣是一個巴掌。性別各異，但方

〔註17〕翟永明：《死亡的圖案》，《蘋果樹上的豹》，北京師範大學出版社 1993 年版，
　　　　第 161 頁。

式方法、造成的後果則是相同的。「我」從此恐懼、毀滅，永遠無法穿透男人的石牆，無法逃離死亡的「九月」；郗童則背負著「殺人犯」的罪名，承受著母親作為「父親」潛在的替代者的摧殘和追殺。相同的一個巴掌，體現的不僅僅是行為的類似，更重要的在於揭示了母親與父親之間作為同謀的隱秘關係，隱喻了女性對男權扼殺女性生存暴行的認同與繼承。郗童和第一個男友曾有過一段難得的初戀的「清新」，可還沒等她們攜手，母親默不作聲的「寒冷」就驚散了這對鴛鴦。郗童有了心心相印的喬，有了與之共同赴京深造的希望，可母親的病危及一場搶救使她與喬失之交臂，天各一方。郗童終於與秦結婚，洞房花燭夜，母親又一次心臟病突發，急救的電話聲喚走了郗童，她衣不解帶地守護在母親床邊，度過了她的新婚蜜月，也斷送了她與秦的婚姻。郗童每一次與男友分手，都來自母親方面以無言姿態履行的「潛在父親」的律令，母親既作為父權的受害者又作為父權的同盟軍，一次次地瓦解著女兒的希望，殺戮著女兒的自由與幸福，永遠將女兒深鎖於死亡的九月九日，深鎖於沒有朋友、沒有愛情、沒有婚姻的殘酷的生存絕境。

由上可見，「父親」亡魂籠罩下三重陰影的纏繞糾結，完成了女性於父權意識下被縛、自縛、縛人的三重生存困境的寓言。任你有孫悟空的火眼金睛，有上九天攬月、下五洋捉鱉的超人本領，女性生存都無以驅散「父親」幽靈的重重陰霾，無以逃脫父權文化的天羅地網。如同陳染筆下女主人公發出的慨歎與抗議：「父親們／你擋住了我／……即使／我已一百次長大成人／我的眼眸仍然無法邁過／你那陰影。」〔註18〕

三、唯美詩化的死亡藝術

女作家曾這樣言及她們筆下的死亡描寫：「死亡在我的想像中就應該是美麗的，它應該像普拉斯所講的那樣，死亡是一門藝術。」〔註19〕的確，在大多數女性文本中，死亡不是彌漫著恐懼氛圍的黑色烏雲，而是閃爍著愛與美晶瑩剔透的虹霓；不是殘酷、血腥的「屠宰場」〔註20〕，而是翻飛著蝴蝶、灑落著鮮花的「空中花園」；不是無以逃脫的恐怖的地獄劫難，而是自行設計的溫馨的歸家之旅。死亡成為了一門不斷體驗激情高潮、增加文本創造力的藝術。

〔註18〕陳染：《巫女與她的夢中之門》，《陳染文集》，江蘇文藝出版社1996年版，第125頁。

〔註19〕張鈞：《穿越死亡，把握生命——海男訪談錄》，《花城》1989年第2期。

〔註20〕王彬彬：《余華的瘋言瘋語》，《當代作家評論》1989年第4期。

這種唯美的詩化的死亡藝術主要由以下元素構成。

（一）審美化的死亡造型

女性文本中死亡現象多樣而豐富，其中最具視覺衝擊力的莫過於「死亡」造型的審美化。這種造型以令人驚悸的美成為死亡藝術中最引人注目的風景。我們不妨直接引用幾段文字，以便對此有比較感性的認識：

（女主人公的死亡設想。服安眠藥之後）在貼近母親墓地的寧靜無人的海邊，躺在有陽光的雪白或燦黃的沙灘上；或者一條蜿蜒海邊、浪聲輕搖的林蔭小路之上。但不要距海水太近，免得被浪潮捲走而讓鯊魚撕碎；同時也不要離海水太遠，要能聆聽到安詳舒展、浪歌輕吟的慰藉之聲的幽僻之所。

——陳染《麥穗女與守寡人》

我幻想死後不用土埋，不用火葬，而是用太空船，將我扔到太空裏，我將與許多星星飄浮在天空中，永遠不會腐爛……宇宙射線像夢中的彩虹一樣呼呼地穿過我的肉體，某個神秘的、命中注定的瞬間，黑洞或者某個恒星熾烈的光焰將我吞沒，我將再次死亡。

——林白《一個人的戰爭》

沒有想像中的那種痛苦／僵冷、羽化，足尖對地面吻了一下／身體便輕飄飄、輕飄飄飛離／……五顏六色的霧簇擁我們前行／三千朵豐腴開朗的白牡丹吐露祝福／笑容牽動我們的嚮往／一種從未感受過的沁香的音樂／從花蕊嫋嫋升起，沁入我們的靈魂……

——張燁《鬼男》

這是一次次優美的死亡表演，一種精心設計的「死亡」的行為藝術。這種藝術的美感一方面源於死亡場景的幽美。女性文本往往選擇純淨無垠的大自然作為主人公走向死神的場所，用潔白的海灘、浪聲輕搖的小路、星星飄浮的夜空、鮮花彌漫的山崗等營造出靜謐、幽遠的美的氛圍、生命行動的最佳背景。因為在女性看來，惟有超越了男性中心社會的自然才是女性可以自由觀照的天地，才是安全的避難所、永恆的家園，選擇了自然即選擇了自由。另一方面，造型的美感來自死亡形態的優雅。女作家們似乎本能地排斥男性文

本中慘烈、殘暴的死亡姿態，如三島由紀夫、川端康成筆下的剖腹自殺，余華小說中大卸八塊、血肉飛濺的宰殺。她們渴望像蝴蝶那樣，以形體的永恆美麗定格於時空。於是，柔美的投水自沉、羽毛般墜落大地等優美的死亡形態常為女性作品首選。秀麗的形態與美妙的自然有機融合，互為映襯、相輔相成，生發成一種帶有女性審美韻味的迷人的死亡藝術造型，這種造型的視覺效果雖不似余華等新潮小說家筆下死亡造型那麼棱角分明、富有力度，但飄逸、柔軟、色彩豐富，雖不厚重卻綿延而有張力。請看：夜闌人靜、浪聲輕搖的銀色海灘上，穿著裙子的女人一步步邁向神秘的大海（《瘋狂的石榴樹》）；輕風吹拂、彩蝶紛飛的大地上，美麗的女模特羽毛般從高樓飄然落下（《坦言》）；鮮紅似血的罌粟花彌漫的山崗上，身著純白色衣服的鼓手如癡如醉地倒入花叢（《鼓手與罌粟》）。面對如此美麗的「死亡」行為藝術，你不能不為之動心動容，不能不由衷感歎：「你真美呵，請停留一下。」〔註21〕

（二）夢幻般的死亡意象

當今文壇活躍的女作家中不乏詩文並茂的高手。對於詩美的熱愛與追求使她們文本中的死亡描寫常常蕩漾著夢幻般的詩意意象，而少有男性筆下那種兇惡猙獰、險象叢生的象喻，並不時閃現出令人拍案叫絕的意象華章。

構成女性文本中詩之交響的死亡意象不是一種簡單的圖像式重現，而是「一種在瞬間呈現出的理智與情感的複雜經驗」，是「各種不同的觀念的聯合」（龐德），是包括視覺、聽覺、味覺、嗅覺、觸覺等彼此連通、交替、融會、轉化的通感性意象。一朵帶露的玫瑰、一隻飛翔的小鳥、一群輕盈的蝴蝶伴隨著一個個人物消隱於世，這種可視、可聽、可觸的活生生的感覺意象給冰冷僵化的屍體增添了生命的色澤、美的光暈，淡化了死亡的恐懼和絕望，煥發出豐富動人的奇光異彩。難怪女作家會讓瘋子阿林以生命的殞落尾隨蝴蝶的飛翔（海男《蝴蝶》），讓身著白連衣裙的漂亮阿姨冰涼的軀體上棲息著一隻金黃色的蝴蝶（海男《圓面上跑遍》）。這很容易使人聯想到夢蝶、化蝶的神話和傳說，想到生命另一形式的再現與輝煌。

女性文本中死亡意象的另一類型是帶神秘色彩的自然幻象。這比較多地出自徐小斌、林白的文本。如少女景煥在落入冰河的瞬間看見的象徵生命意義的輝煌和美麗的「弧光」（《弧光》），如海生物交配時呈現的罕見的壯麗的

〔註21〕〔德〕歌德《浮士德》中名句。

「海火」(《海火》)。這「海火」只短短一瞬,然後,海生物們便都「悲壯」地死去了。這些帶魔幻色彩的自然意象,神奇、瑰麗、光焰奪目,既具哲學、心理學價值,透視出人世間種種悖論:如愛與死的悖論、愛與自由的悖論、生與死的悖論等,又富有幽深的文化情韻。它給死亡蒙上了一層撲朔迷離的神秘面紗,顯示出其可無限生發的朦朧、奇詭的美。

　　黑色意象也是女作家們青睞的一種死亡意象。蘊藉於黑夜、黑風衣、黑傘等意象間的死亡曾一度成為文壇矚目的黑色奇觀。女作家們鍾情的「黑色」,比之於北島的「泥土中復活/馱著沉重的秘密」的「烏龜」,顧城的「黑夜」背景下尋求光明的「黑色的眼睛」,有著迥異的意象潛流。北島們的黑色浸透著國家、民族的憂患意識,人性、民族、封建文化的積澱隱喻於「沒有記憶」的「古寺」、「森林般生長的墓碑」。而女作家的「黑色」則幾乎全都散發著男權文化桎梏下女性個體的激憤和絕望。「未來所有的觀眾都將是獨唱演員,用同一張嘴擔任伴唱、合唱、奏樂,沒有聽眾,每人舉一把憂傷的黑傘,舞臺變成了一個巨型陵墓,哀樂之聲如綿綿細雨淅淅而下。」(陳染《與假想心愛者在禁中守望》)「一株高大蒼老、綻滿粉紅色花朵的榕樹旁,人們看到黛二小姐把自己安詳地弔掛在樹枝上,她那瘦瘦的肢體看上去只剩下裹在身上的黑風衣在晨風裏搖搖飄蕩……那是最後的充滿尊嚴的逃亡地。」(陳染《無處告別》)這些色澤沉重、陰冷逼人的黑色意象,一次次將主人公推向「精神的刀刃」,絕望驚懼的邊緣。它既象徵著男權文化規定的社會主導價值、正統角色及性的固有原則所構成的女性生存無所不在的陰影,現代女性在物質家園與精神家園的追求中掙扎奔突的雙重困境,女性無以逃脫的被縛狀態,也隱喻著女性無可奈何、無以解脫的自縛狀態。黛二們一次次苦苦尋找,又一次次倉皇逃離,可最終是無處可逃,也無處告別。強烈視覺效果的「黑色」語象,折射出死亡陰鬱、詭秘的奇麗色彩,豐富著死亡的意象世界。

(三)追憶式的敘述姿態

　　每個人生來就畏懼死,這是人類最本質的悲劇。海德格爾就以「畏」論述了這一狀況。他認為人無時不在邁向死,不在死去,人生就是「死的先行」,是先行到死中去的奔向死的過程。因此「死亡不是尚未完成的東西,不是減縮到最小值的最後懸欠,它毋寧是一種懸臨」。〔註22〕正是這種「懸臨」始終

〔註22〕〔德〕海德格爾:《存在與時間》,陳嘉映、王慶節譯,生活・讀書・新知三聯書店 1989 年版,第 300 頁。

伴隨，縈繞著此在，才使人不得不對死畏懼，它決定了一切抗爭都是徒勞，
是一種西西弗斯神話。面對它，我們無法選擇目的，惟有強調過程的本身。
因此，女作家們在洞悉這一悲觀主義人生困境時，往往自覺地以理性精神控
制絕望與悲歡的情調，以一種超然的追憶式的姿態操縱敘述。她們非常巧妙
地將死的壓迫、亡靈的恐怖置於記憶的隧道，讓之在悠遠的時間中漸漸化解。
正如林白所言：「時間距離猶如某種神奇的光，使一切煥發光彩，」「凋零的
時光總是華麗的，在凋零之中它的光影帶有永逝不返的意味，它的每一點轉
動的不同的層次都附帶上了無與倫比的美」〔註23〕因此女作家本人往往採取
審美的態度，化作局外的創作者、操作者，站在生的河岸上，通過記憶之眼，
透視出一個個死亡鏡象，隨心所欲地組合著這些亡靈的故事。像姚瓊、朱涼、
荔紅、黛二、寂旖、雷鴿、夏里等〔註24〕一個接一個受冤孽、暴力、血腥沾
染過的孤魂鬼影，經過時光的淘洗、緬思的點撥，竟然在作者用心營造的如
煙似霧的氛圍中化腐朽為神奇：

> 牆壁上的蝴蝶雖然已經死亡卻張開著翅膀，那是一種飛翔的姿
> 勢。
>
> ——海男《蝴蝶是怎樣變成標本的》

> 呼吸著秋雨的空氣，踏著小鎮的石板路，一股股細流貫穿全身，
> 殯葬隊伍的人群全都撐著黑傘，總共有多少人、多少人？雨傘晃動
> 著，像空中盛開的一朵朵大型黑色蘑菇，隨波逐流地在浮遊。彼此
> 都看不到對方的臉，一隻又一隻傘頂表現了地平線在移動，最後來
> 到了田野、山崗……急落的雨水在黑色的傘頂上發出銳利的響聲，
> 沒有哭泣，聽不到嗚咽……死亡出現在黑色的傘頂上，使每個人都
> 全神貫注地聽著雨水落在傘頂上，落在地上……。
>
> ——海男《橫斷山脈的秋祭》

記憶中的死亡，除卻本體的辛辣酸苦之外，且有了從時空間距生出的妖嬈的
芬芳氣息與頗耐咀嚼的淒婉衷腸。它消隱了露骨的直觀同情和呼天搶地的痛
苦叫喊，打破了單一悲劇的情感疆域，於不露聲色的細緻、清澈、飄散的敘

〔註23〕林白：《記憶與個人化寫作》，《林白文集》第 4 卷，江蘇人民出版社 1997 年
　　　　版，第 295 頁。
〔註24〕此處人名分別出自林白、陳染、海男作品。

述中，流淌出純粹的詩意和美感。

　　以上述及的唯美的死亡藝術的形成，有著多方面的原因。第一，女作家天性中的唯美傾向。女性與美有一種天然的不解之緣。儘管這是在父權文化中被觀照的結果，卻也成為當代女性審美意識的一種歷史的基因，一個重要的特徵。這不僅由於女性美妙的形體是人自身形式上美的範本，還由於女性終生都自覺或不自覺地尋求真正能被自己佔有的身心的美。影視明星索菲亞‧羅蘭在《女人的魅力》一書中說過：「作為一個女人，對美的追求是一大樂趣，它會使你情趣盎然，精神愉快。」著名舞蹈家鄧肯在舞臺上表現著美的同時也創造著美。希臘第一位女抒情詩人薩福雖身材矮小、其貌不揚，但同樣渴求以智慧之美、藝術之美彌補形體上的缺陷，讓「神聖的豎琴」發出了美妙的聲音。即使面對死亡，女性也不放棄對美的至愛。如臺灣女作家三毛自殺，居然不利用現成的弔索，偏偏勞神費力用絲襪一隻隻連接，然後顫悠悠地將自己掛在浴室潔白光滑的天花板下，臨終仍不忘品味絲襪結繩的溫存、美麗與羅曼諦克。這種對美的執著深深烙印於女作家的心靈，以至於她們往往拒斥死亡的醜陋和猙獰，而用美麗和詩意妝點死亡，顯現女性作為審美主體的價值和力量。第二，回歸自然的家園意識。女性人生命運與大自然的默契，使得女人在人類生活中成為「自然」。蘇珊‧格里芬在《自然女性》中曾這樣表白：「我們知道自己是由大自然創造的……我們就是大自然。我們是觀察大自然的大自然。我們是具有大自然觀念的大自然。」〔註25〕在女性看來，死亡並非外力強加的酷刑和苦難，而是生命向自然的回歸，是兒女回到大地母親的家園。它自然親切、平和寧靜，如同葉夢撫摸的散發著家的「淡淡的清香和暖意的」「漂洗後的純棉織物」，〔註26〕陸憶敏體會的彷彿「一趟回家」〔註27〕的感覺，梅森葆依偎的「最後的愛人」。〔註28〕在不少女作家筆下，死亡作為最後的詩意的安居地，至善至美，帶著完成一切的笑容。第三，理性地把握生命的欲望。由於歷史文化的作用，女性死亡的選擇與表現，都是他人（男人）規約的，是被動的無奈的存在，因為她們不是社會主體，無法真正自主地表現死亡。當今有著鮮明主體意識的女作家們，依託女性對美的天

〔註25〕〔美〕蘇珊‧格里芬：《自然女性》，湖南人民出版社 1988 年版，第 295 頁。

〔註26〕葉夢：《月亮‧女人——葉夢新潮散文選》，浙江出版社 1993 年版，第 42 頁。

〔註27〕崔衛平：《看不見的聲音》，浙江人民出版社 2000 年版，第 179 頁。

〔註28〕此處「最後的愛人」指的是「大自然母親」，參見李小江：《女性審美意識探微》，河南人民出版社 1989 年版，第 170～171 頁。

然的敏感，在文本中，以詩意的美化解死亡恐懼，自由地表達著把握與肯定生命的欲望。

綜上所述，我們可知當代女性作家極力描述死亡這一生命末日時，已從靈魂深處展露著她們對女性世界、對女性生命存在的深刻體驗與形而上的沉思，展露著她們藝術敘寫、抒情的詩意才華。也許有人會指責她們的死亡表現過於局囿於女性自身，缺乏博大深沉，但無可否認，她們以獨特的女性視角、女性體驗、女性的思考與藝術，建構了一個迥異於傳統的男性難以完全企及的死亡世界，開創了死亡言說的另一番天地。

第三節　逃離：尋找家園的孤獨之旅

拉丁詩人泰朗提烏斯（前 190 至前 159）有一句名言：「我是男人，對於我，／人世間沒有什麼是陌生的。」漫長的文明史上，世界的性別已戴上了男性的徽章，女人獲得的只是男性文化造就的帶牆壁的世界——家庭。可以說，數千年的父權文明史，實際上就是一部婦女陷落家庭的歷史。在黑暗的封建時代，男性中心社會不僅制定出「男尊女卑」、「男外女內」、「三綱五常」等一整套女性價值觀和道德倫理規範，禁錮女性的心靈，而且編造出慘無人道的纏足美學囚禁女性的身體，企圖將女性永遠閉鎖於家庭的牢籠。那些漫長的柔軟無比又威力無比的布匹，不僅把女人的天足殘害成滿足男性審美趣味的玲瓏剔透的形態，而且最大限度地摧毀了女性腳足的行走功能。這種對抗自由和質樸、實施侵犯和迫害的男性美學，致使女性既不能保持身軀久立的尊嚴姿態，也不能維繫一個遠足的自由理想。於是它最終取消了女性逃離男權囚牢、走向大千世界的可能性。

然而，壓迫蓄積著反抗，囚禁孕育著逃離。五四那場對既往歷史實行顛覆的偉大變革，終於催生了中國的婦女解放運動。焚毀了血腥的裹腳布，放開了畸形小腳的知識女性，高揚起「婦女走出家庭」的大旗，相繼書寫出馮沅君式、蕭紅式、丁玲式的形式各異的逃離，唱響了 20 世紀中國女性文學中最初的叛離父權家庭的歌曲。但是，這些歌曲很大程度上仍只是男性反抗封建專制吶喊的和聲，依舊帶有父權文化深深的烙痕。

歷史推進到 20 世紀 80 年代，沐浴著思想解放春風的寫作女性，接續了五四的新女性話語，表現出更為清醒自覺的逃離男權文化家天下的意識。女

作家們一方面著力刻畫出一個個異常醒目的逃離意象群，如海男描述的棄家出走的「私奔者」序列，林白敘說的不斷「逃離」現場的多米們，陳染作品中渴望「與往事乾杯」、然而又「無處告別」的孤獨地流浪世界的濛濛與黛二，徐小斌小說裏逃往異域他鄉的卜零、肖星星等。另一方面，她們又在創作談及散文隨筆中明確表述著闡釋著自己的逃離立場。陳染坦言：「我最大的本領就是逃跑，而且此本領有發揚開去的趨勢。」〔註29〕徐小斌則用「逃離之路」概括自己的生活和創作：「我意識到自己要逃離的就是菲勒斯中心世界」，「我一直在逃離，沒有歸宿的逃離，或許逃離就是永生」。〔註30〕女性文本中這種異常集中、自覺的對逃離的關注，無疑構成了新時期女性寫作的一個重要主題，同時也深化了對婦女解放問題的反省與思考，因為女性的逃離之路，實際上就是反抗男權中心文化、爭取婦女解放的艱辛之路。所以，考察與探究寫作女性及其文本中逃離的發展變化及其實現方式，是一項極富文學意義和社會意義的工作，它既有助於我們發掘女性文學的深度內涵，又有利於我們認識婦女解放之路的曲折艱難。

基於以上原因，本節試圖對 20 世紀、尤其是當代女性文本中的逃離話語進行分析闡釋。

一、「我想有個家」：逃離與皈依的怪圈

女性逃離家庭是一種世界性的文化母題與原型。最早逃離的女性形象可追溯至《聖經》中叛離伊甸園的夏娃，之後易卜生筆下的娜拉出走成為世人皆知的逃離經典，後來的中外名著中的女性形象如簡‧愛、安娜‧卡列尼娜、子君等也都延續和深化了娜拉出走所揭示的主題。由此，力圖擺脫男性與家庭的束縛，尋求獨立、自由、幸福和愛，成為表現女性生活的一個鮮活的話題。不過，對「逃離」的探尋若僅停留於這一層次，仍不具備鮮明的本土的女性主義色彩。只有當我們把逃離與中國女性的某種生存狀態、某種自覺的人生選擇聯繫起來審視，它才具有了中國獨特的女性性別的歷史和現實的內涵。

考察 20 世紀初至 70 年代的女性文本，我發現深深困擾著、規約著中國

〔註29〕陳染：《一封信》，《阿爾小屋》，華藝出版社 1998 年版，第 61 頁。

〔註30〕林白、荒林、徐小斌、譚湘：《九十年代女性小說四人談》，《南方文壇》，1997 年第 1 期。

現當代寫作女性逃離行動以及她們的逃離書寫的乃深入骨髓的「家」的情結。這種「家」的情結由於中國宗法社會家國同構的結構模式的影響而具有了雙層的內涵。女性生存的「家」是社會最基本的生活和生產單位，是具體的，有形的。這是一個以男性姓氏命名的私人王國，婦女被囚於「內室」之中，她們一方面喪失了經濟來源，只能在「吃漢子，穿漢子，沒了漢子找漢子」的輪迴中度過一生；另一方面，「未嫁從父，既嫁從夫，夫死從子」的訓誡使她們的整個一生都被封閉在家庭的小圈子裏，家庭成為了她們惟一的安身立命之所，是她們全部的生活天地。對於中國婦女而言，「家」意味著物質和精神的源泉，意味著一切。第二層：「家」又是「天下」的代名，是抽象的，無形的。中國文化是把整個「天下」當作一個「家」看待的，所謂「天下一家，中國一人」（《禮記‧禮運》）。儒家經典《大學》則把君子人格的修養和完成制定為「修身、齊家、治國、平天下」的程序，在這一程序中，從「家」到「天下」是一種層層擴展的關係，其血緣關係的實質，是一脈相承的。小家之主為父，大家之主為君。這種天下與家互文互喻的關係，使得中國女性的心目中，家的符號上總刻有封建宗法的印章，無論你對有形的小「家」離棄與否，無形的象徵秩序的大「家」總會像夢魘、像惡魔糾纏著你，撕扯著你，難以擺脫，難以拒絕。有形的、無形的雙重的「家」的束縛，使得中國女性往往無法逃脫「我想有個家」的巨大的誘惑，使得寫作女性及其文本始終走不出逃離與皈依的怪圈。關於這一點，我們可以抽取現當代文學史上最具代表性的三位女作家的「本文」進行分析。

　　——叛逆的蕭紅為了逃避父母包辦的婚姻，毅然走出了父親的家門，她被開除了族籍，真正成了一個無家可歸的人。然而當蕭紅流浪在寒夜的哈爾濱街頭時，她深深感到了無家的飢寒和困苦，她甚至羨慕起尚有一個草窩可以睡眠的狗，羨慕那些平日可憐的尚有棲身之地的妓女們。無家的濃重陰影籠罩住了蕭紅，她終於在無家可歸的焦慮下敲響了自己所逃避的婚姻對象汪恩甲的家門。蕭紅與汪恩甲的同居帶給她的惟有欺騙、傷害和遺棄。在被稱作「一個偉大的見面」〔註31〕之後，俠肝義膽的蕭軍拯救了落難於旅館中的蕭紅，他們結合了，並像春天的燕子一樣，一嘴泥，一嘴草，在商市街築成了一個自己的家。儘管這個家如一個「夜的廣場」，時常伴隨著寒冷和飢餓，但它撫慰了蕭紅無家可歸所帶來的傷痛，安穩了她那顆失去家庭而惴惴不安

〔註31〕王觀泉編：《懷念蕭紅》，黑龍江人民出版社1981年版，第98頁。

的心。不幸的是，二蕭的結合併非理想，由於蕭軍粗魯暴躁的性格，大男子主義作風和泛情主義，痛苦的蕭紅曾三次離家出走，又三次默默地回來。她在「家」的情結的支配下，寧可忍受太多的屈辱和痛苦也不願丟掉那個聊以自慰的家。當然，蕭紅最後終於離開了蕭軍，但她是在看到了另一個召喚她加入的家庭之後才與蕭軍分手的。可悲的是，蕭紅在與端木蕻良組成的新家中並不幸福，然而此時的蕭紅再也無力逃離，只得懷著痛苦與哀怨，永久地留在了那個她並不愛的家中。

蕭紅是以與家庭決裂開始其人生之旅的。她先是逃出了父親的家門，取得了反叛「父為女綱」的勝利，繼而又一次次從「夫為妻綱」的丈夫之家逃離。兩種逃離自然道出了那個時代原生態的女性體驗和經驗，使人看到了婦女作為「第二性」進入家庭的共同處境。但是，蕭紅的逃離總是伴隨著皈依，總是表現為離家──想家──回家的循環。她像一隻戀巢的小鳥，飛了一大圈又返回到原處。這種根深蒂固的對家的癡迷，乃源於幾千年男權文化的教化，它使得蕭紅們從物質和精神上都養成了對家的無限依賴，難以真正自主自立，因而無以逃離父權制家庭的天羅地網。

──丁玲的家庭、愛情似乎比蕭紅「幸運」，由此她免去了從一個個陰鬱、壓抑的父之家、夫之家逃離的噩運。作為一名受五四革命思想感召的新女性，她毅然離開封閉的家鄉走進新思想發源的大城市尋找理想，並通過書寫找到了一條實現自己的逃離之路。她的莎菲女士為爭得婦女的身心解放而繼續著女性角色的逃離：「我決計搭車南下，在無人認識的地方，浪費我生命的餘剩」，「悄悄地活下來，悄悄地死去」（《莎菲女士的日記》）。這是女性在性愛中以主動的方式實現了自我堅持的勝利以後，一次拒絕墮落的理想主義者的逃亡。但後來，在幾位男性共產黨人胡也頻、瞿秋白，尤其是她「凝望」的男性偶像馮雪峰的思想影響下，丁玲不僅在寫作中放棄了莎菲式的逃離，皈依於以男性為中心的民族、國家的政治言說，而且自己也北上延安，投入了革命大家庭的懷抱，表示「我願意做革命、做黨的一顆螺絲釘，黨要把我放在哪裏，我就在哪裏；黨需要我做什麼，就做什麼」。〔註32〕丁玲所走的仍是一條從逃離到皈依的道路，不過，她皈依的對象由個人的「小家」變為了革命的「大家」。這種皈依無疑隱含著將「女性解放從屬於民族階級解放」的大義凜然的等同的悲哀。

〔註32〕丁玲：《丁玲全集（第6卷）》，河北人民出版社2001年版，第53頁。

　　——楊沫的逃離某種意義上似乎兼有蕭紅與丁玲的特點。她的逃離史在以自身經歷為基本素材創作而成的小說《青春之歌》裏得到了形象的描述。女主人公林道靜少女時代有著如蕭紅一樣因抗婚而逃離父之家的不幸；之後由於儒雅多情的知識分子余永澤的搭救與追求，與之建立了不無溫馨的小家；再後來由於抗日救亡的召喚、革命意識的覺醒，林道靜在反覆的猶疑痛苦之後，又一次走出了束縛她身心的夫之家，像丁玲一般投身於革命的「大家」。正如楊沫在《青春之歌》的初版後記中述說的：「正當我走投無路的時候」，「是黨拯救了我」，「是黨給了我一個真正的生命，使我有勇氣和力量度過了長期的殘酷的戰爭歲月，而終於成為革命隊伍中的一員」。在楊沫的書寫裏，這個「大家」有了更為明確具體的形象——黨的工作者盧嘉川、江華。由此可見，楊沫也仍舊重複著逃離與皈依的老路。

　　美國批評家杰姆遜認為，第三世界的文本是一種「民族寓言」，很難是純個人化的文本，相反它常常是「關於一個人和個人經驗的故事最終包含了對整個集體」的「艱難敘述」。〔註33〕確實，以上三位現當代歷史上著名女作家殊途同歸的逃離書寫，反映的是整個中國女性逃離父權文化引力場的艱難命運和艱辛歷程。這其中逃離——皈依怪圈形成的一個主要原因在於女性靈魂深處抹之不去的「家」的情結，骨髓之中對「菲勒斯中心」〔註34〕的依賴。在她們的無意識積澱中，象徵文化秩序的家能帶給她們以穩定感和安全感，「家」比「獨立」「逃離」具有更深的魅力和價值，因此，她們每一次的思想解放後的逃離，伴隨的總是回家，無論是回自己的小家還是革命的大家。就這樣，中國女性幾十年的逃離鬥爭似乎一直處於原地循環的令人悲哀的狀況。不過，希望總是有的，每一次循環都可能是一次隱形的突破，一次螺旋式上升。女性西西弗斯式的不懈逃離，終將為掙脫男權家庭的鎖鏈開闢一條通道。

二、「在路上」：在逃離中拒絕

　　時間之手將歷史推入了 20 世紀 80 年代，寫作女性終於在迷失和一段停滯之後重新開始了逃離，因為只要存在肉體的囚禁、心靈的困頓，存在對自由的追尋，這種逃離就不會中止。如果說新時期以前的逃離始終指向一種對

〔註33〕〔美〕弗·杰姆遜：《處於跨國資本主義時代中的第三世界文學》，張京媛主編《新歷史主義與文學批評》，北京大學出版社 1993 年版，第 251 頁。

〔註34〕「菲勒斯中心」，拉康使用「PHALLUS」一詞，意為男性陽具形象，作為象徵秩序的代表，這一能指包含父權意識。

「家」的皈依的話，那麼新時期相當一部分寫作女性則從拒絕皈依開始，別無選擇地奔走於逃離的路途。「我對自己說家是出發的地方」，〔註35〕「對目的地不存希望，只要一個人，哪怕像瞎子一樣摸索著，只管在黑暗中不慌不忙地騎，騎，不管前邊有什麼，或者什麼也沒有。」〔註36〕儘管在逃離之途不斷遭遇和撞擊那試圖逃離之所，儘管在心靈深處始終未能徹底擯棄對皈依的渴求，她們卻沒有退卻，沒有回頭，為了那「夢中的橄欖樹」——兩性和諧、互愛互補的完美世界，她們始終如一地在逃離：逃離男權秩序，逃離女性角色累贅，逃離女人傷痛而無名孤寂的內心生存。她們在逃離中逐漸清醒地認識到：女性要逃離的不僅僅是父權制的小家，而是整個「菲勒斯中心世界」。為此，她們不得不同整個男權文化、同自身的惰性進行著一場搏鬥，一場曠日持久的戰爭。這種逃離之戰成就了一種多重拒絕的姿態。在女性文本中，這種拒絕皈依的逃離一般表現為三種形式。

第一種形式：逃往異地他鄉

女作家陳染在小說《麥穗女和守寡人》裏寫道：「無論在哪兒，我都已經是失去了籠子的囚徒了。」作為「失去籠子的囚徒」的覺醒女性，向何處去？曾經束縛和囚禁她們的家斷然是不能回了，而她們所向往的兩性和諧、互愛互助的新家卻如夢中的伊甸園尚遙不可及。因為只要存在兩性世界的隔閡與對立，只要人（男人和女人）仍然沒有實現徹底的解放，以「一種全面的方式」「佔有自己全面的本質」（馬克思語），兩性完美合作便不可能實現。「無家可歸」的感覺迫使女性一次再次地逃往異鄉、異地、異文化，以他鄉和異地作為重演夢想的舞臺。「私奔者」蘇修隨身攜帶著小皮箱飄泊於一個又一個城鎮（海男《私奔者》），孤寂的多米隨意挑選著風景，隻身一人出逃大西南（林白《一個人的戰爭》），高傲的黛二總是行走在黑風衣鋪就的逃亡地（陳染《無處告別》），徐小斌筆下的女主人公更是不斷地逃往「他鄉」「別處」：京城女作家「我」找到了中緬邊境的孟定小鎮（《緬甸玉》），成熟的肖星星在神秘敦煌實現了她少女時代的純情之夢後去了印度，高貴典雅的卜零在夢中極端冷靜地殺死了代表「權力、金錢和性」的三個男人之後，逃往了遙遠的佤族山寨。然而，這個「他鄉」和「別處」，正如徐小斌所言，是不存在的，是烏托邦，在根本不存在精神家園的前提下，卜零們只能成為永遠的精神流

〔註35〕翟永明：《人生在世》，《詩刊》1986年第11期。
〔註36〕張辛欣：《在路上》，《收穫》1986年第1期。

浪者。這無疑是女性充滿著自我意識痛楚的生命體驗，無疑揭示出女性生存與文化困境的嚴酷。不可否認，逃往別處是一條想像的救贖之路，但這條路畢竟意味著反抗、尋找和自救，意味著女性主體意識的復蘇和建立，意味著女性探索並改變世界的可能。

第二種形式：逃往自身軀體

女性們為拒絕承諾男權文化所強加於她們的性別角色，從故鄉逃到異鄉，從此地逃到彼地，「耗盡了心力與體力，每次逃跑都加倍感到」自己「與世界之間的障礙」，〔註37〕她們不僅無處可逃，也無處告別。這種「無家可歸」的飄零感迫使她們在自身創傷的血液中尋找療救的辦法，尋找生存的家園。於是，她們如西蘇所言「返回自己的身體」，「婦女們只有自己的身體可資依憑」，「用身體」創建男權文化無以攻破的堡壘，創建女性自主自足的家園。這一女性獨特的逃離方式，女作家林白作了形象而明確的表述：「在這個時代裏我們喪失了家園，肉體就是我們的家園。」〔註38〕所以，不少女性文本都將逃回自身軀體作為拯救女性的一條飛翔之路，女性們在自己的身體裏確認了自我，發現了自我，建立起女性的自信和自覺。

這種發現一方面表現為女性美的發現。這種美，往往是通過鏡象實現的。有時，是一面真實的鏡子：「全身鏡裏走來女媧／走來夏娃／走來我／直勾勾地望著我／／收腹，再收腹／乳峰突起／我撫摸著溫情似海／我看到／地獄之門／充滿誘惑／／哦，給我一百次生命／我只願切實地／做一回女人」（林祁《浴後》）。從身體發現了女人，發現了女人充滿誘惑的美，這對從前習慣於「男女都一樣」的女性，無疑是一種性別身份的確證。有時，是另一雙「眼睛」，是對同性姣好體態的窺視和「掠奪」：「我將以一個女人的目光（我的攝影機也將是一部女性的機器）對著另一個完美而優秀的女性；同時也是自己對自己的迷戀。」〔註39〕七葉常常這樣面對著高貴的朱涼：「在酷熱的夏天，朱涼常常在竹榻上側身而臥，她豐滿的線條在淺條的紗衣中三分隱秘、七分裸露，她乳房和腰肢的完美使男人和女人同樣觸目驚心」；「我」在一扇糊著

〔註37〕陳染：《一封信》，《阿爾小屋》，華藝出版社1998年版，第56頁。
〔註38〕林白：《致命的飛翔》，《林白文集》第1卷，江蘇文藝出版社1997年版，第317頁。
〔註39〕林白：《致命的飛翔》，《林白文集》第1卷，江蘇文藝出版社1997年版，第317頁。

舊報紙的玻璃窗前，從一個煙頭燙出來的小孔窺視到的「一個令人吃驚的場面：女演員姚瓊全身赤裸地站在屋子中間做著一個舞蹈動作⋯⋯」，「屋頂的天窗把一束正午的陽光從姚瓊的頭頂強烈地傾瀉下來」，「把她全身照得半透明，她身上的汗毛被陽光照成一道金色的弧線」，「那種美妙絕倫被正午的陽光推到了極致，使我感到了窒息，有一種透不過氣的感覺」。另一方面，女性美的發現也是一種創造力的發現。女性在孕育的軀體中發現了女性專屬的生命創造偉力：「懷了一季愛的女人／感到那蠕動的生命／是用伊的憧憬和心願／凸出來的春天」（利玉芳《孕》）；「我的手真實地捫及了腹部微微凸起的那拳頭大的一個實體，這不是一塊石頭，一個贅物，這是我創造的一個生命」（葉夢《創造九章》）。女性在這裡發現了「生命創造的快樂」，發現了女人創造溝通短暫與永恆的偉大力量，從而昇華出女性莊嚴自信的使命感：「面對宇宙的廣袤深邃，只有今天，我才不再因生命的短促而悲哀。」（葉夢語）也許有人會指責女性向身體的逃離，帶有過濃的自戀色彩。然而，正是這種返回女性之軀的自戀，為寫作女性提供了重又從自我出發建構精神家園的通道，將女性生命上升為一種形而上的力量，一種自我救贖的源泉和途徑。

第三種形式：逃向寫作

在別無選擇的飄泊和孤獨中，女性的另一條逃離之路便是寫作。女性主義批評家西蘇指出：「寫作，這一行為將不但『實現』婦女解除對其性特徵和女性存在的抑制關係，從而使她得以接近其原本力量；這行為還將歸還她的能力與資格、她的快樂、她的喉舌，以及她那一直被封鎖著的巨大的身體領域；寫作將使她掙脫超自我結構，在其中她一直佔據一席留給罪人的位置。」〔註40〕「寫作永遠意味著以特定的方式獲得拯救。」〔註41〕也許由於女性主義理論直接或間接的影響，寫作成了新時期女作家及其筆下的女主人公逃離現實秩序、逃離男權話語場、自我救贖的精神家園。海男在訪談錄中坦言：「我的寫作實際上就是逃跑。」〔註42〕徐小斌在《逃離意識與我的創作》中表示：「我選擇了寫作。寫作是置身於地獄卻夢寐以求著天國的一種行當。它同我

〔註40〕 〔法〕埃萊娜·西蘇：《美杜莎的笑聲》，見張京媛主編《當代女性主義文學批評》，北京大學出版社 1992 年版，第 194 頁。

〔註41〕 〔法〕埃萊娜·西蘇：《從潛意識場景到歷史場景》，見張京媛主編《當代女性主義文學批評》，北京大學出版社 1992 年版，第 223 頁。

〔註42〕 張鈞：《穿越死亡，把握生命——海男訪談錄》，《花城》1997 年第 1 期。

從小選擇的生存方式（逃離）是一致的：它是人類進行著分割天空式美好想像和對於現實現世的棄絕。」〔註43〕陳染則寧願放棄國內舒適的生活，放棄穩定的職業，逃入個人化寫作的王國：「擁有一間如伍爾芙所說的『自己的屋子』，用來讀書寫作和完成我每日必須的大腦與心的交談。」〔註44〕而對於70年代出生的女作家衛慧、周潔茹、棉棉等人而言，寫作似乎直接帶著生命救贖的職責進入她們的生活。「如果說我身陷囹圄，寫作就是我從柵欄裏伸出來的一隻手，我等待著它變成一把鑰匙。」（周潔茹《頭朝下游泳的魚》）「我的人生是虛弱的。但我很幸運，寫作帶著醫生的使命進入了我的生活，我因此可以期待自己不破碎，我蒙昧的身體因此而逐漸透明。」「我堅信由於我的寫作，愛會成為一種可能，生活的廢墟將變成無限財富。」（棉棉《禮物》）在這裡，寫作之於女性，不僅僅意味著逃離之所和救贖之路，同時也意味著主體位置的爭取和新的歷史的建構。換言之，女性寫作既作為存在方式而具有本體論意義，同時也作為我們時代的後革命景觀，揭示著一種挑戰性的文學行為。

綜上所述，20世紀女性文學中的逃離話語經歷了從逃離到皈依——在逃離中拒絕的歷史性演變。這一演變得益於改革開放、經濟轉型的寬鬆環境，得益於東西方文化遇合的千載良機。儘管在男性巨大的菲勒斯仍自由穿行的今天，女性的逃離也許仍是一次次血痕處處的傷痛之旅，一種遙遠的烏托邦，但正如新馬克思主義者恩斯特·布洛赫所說：「如果，一個社會不再以一種理想的烏托邦社會加以參照以照亮前景，而是根據事物本身去盲目要求，這個社會就會相當危險地誤入歧途……惟有烏托邦的目標清晰可見並成為人類的前景時，人的行動才會使過渡的趨勢變為主動爭取的自由。」〔註45〕這種通過逃離使婦女得到力量和自信並走進歷史的烏托邦，有一種批判和顛覆菲勒斯中心的作用，為婦女進步提供了前景和目標。

第四節　孕育：生命創造的雙重禮讚

人類的童年在父權文化的懷抱裏，一遍又一遍地聆聽著歷史敘事人講述那

〔註43〕徐小斌：《薔薇的感官》，華藝出版社1998年版，第209頁。
〔註44〕陳染：《潛性逸事·代跋》，河北教育出版社1995年版，第359頁。
〔註45〕〔德〕E·布洛赫：《烏托邦的意義》，見《現代美學新維度》，北京大學出版社1990年版，第208頁。

些代代相傳的有關人類文明源頭的故事：從女媧補天造人，到女媧與伏羲連體主理宇宙陰陽，再到盤古替代女媧開天闢地化生萬物；從表現母性生死崇拜的先帝感孕而生的傳說，到誇大父性生殖力的陰山岩畫……人們發現，這種種故事演變的終極都成了一個父性生殖霸權的荒謬神話。在以後男性捉刀的生殖文化史中，此種荒謬和無稽日益強化、愈演愈烈。某些男權觀念的理論家，出於對女性生育力量的恐懼和羞辱——像諾曼·梅勒在《性別的囚徒》中所揭示的：「在男人們看來，婦女們已經具有了把他們生下來的力量，而且這是一種無法估量的力量」，「他們孕育在女人們的大腿間，而在出生的幾個小時裏，他們倍受折磨，差一點窒息而死」〔註46〕，甚至貌似科學地演繹出一套「孤雄生殖」的「胚胎預存論」，認為人的精華，甚至是微小的人形，已經預存在男子的精液當中，女性的使命不過是收留這些人的生命種子，並為其提供生長的適宜環境和養料。由此而來，創造生命的尊貴的生殖女神被貶抑為專為男性享用的「受精器」、「育兒袋」，變成了生孩子的簡單工具。女性最內在的生命創造欲求、最獨特屬己的孕育經驗，被無視、被遮蓋、被淹沒於男性文化的汪洋大海；女性最富創造力的生育偉績被玷污、被抹殺，被堂而皇之地記在了男性的功勞簿上；女性孕育的創造偉力、真切體驗成了男權文化的一種禁忌，神聖的「太陽出世」因而只能在黑暗中長期緘默。因此，在數千年的中國文學史上，孕育題材一直為作家們所規避。20 世紀三四十年代，文學作品對此有所表現，但女性孕育始終沒有得到審美的注視和觀照，不能成為作品的中心和主體，充其量也只是作者為凸現主題、渲染氣氛設置的輔助性情節和細節，如巴金的《家》裏瑞珏的難產、柔石的《為奴隸的母親》中春寶娘的生養、蕭紅的《生死場》中的生育災難。新中國成立後的 30 年間，儘管有過所謂學習蘇聯、鼓勵生育的「英雄母親」時代，表現女性孕育的作品卻愈加稀少，幾近絕跡。直到世紀末，女性寫作才真正改寫了父權化的生命創造的歷史謬誤，賦予了女性孕育以全新的話語內涵，書寫出女性生命創造的綺麗神話。

一、新生命創造的多重禮讚

翻檢新時期有關孕育的女性文本，其中最亮麗多姿的無疑是禮讚女性創造新生命的篇章。這一禮讚主要從三個層面上展開。

〔註46〕轉引自林丹婭《當代中國女性文學史論》，廈門大學出版社 1995 年版，第 63頁。

其一，女性生命創造意識的覺醒

女性生育是人類文明的源頭，是所有創造力的源泉。女性生殖先以血脈的方式把親情和母愛帶給子女，又將他們的體力和才智奉獻給社會，循環往復，社會得以延續、發展、進步。然而，在父權文化系統中，女性生殖的原始衝動，被整合到傳宗接代的文化功能之中，女性淪落為受男人統治、支配的生育工具。即使五四以後的新女性，仍舊籠罩於這古老的陰影之下。魯迅的母親魯瑞老夫人，在聽說許廣平生了海嬰之後，即寫信給許廣平，說這樣你在周家的地位就可以和我一樣了。可見，新女性們仍然要以延續香火的生殖功能來獲得傳統文化的認可。在這般父權化的生殖文化的浸潤、薰陶下，文學中的女性孕育活動始終處於一種屈辱的被動的境地，其蓬勃的生命創造力一直無以凸現於文本。世紀之交的女性寫作對此進行了史無前例的改寫。在許多文本中，女性不再是被動的蒙昧無知的生育機器，而是頂天立地的主動自覺的生命設計者、創造者。她們不無驕傲地向世界宣告：「我的欲望有了形體／有了珍珠的瑩潔／花粉的甜蜜」（梅紹靜《孕》），「我迷戀生命的創造」，「從萌發創作意圖到創造出一個活潑潑的生命，我一直是這項創造的主宰，我獨斷專行地布局謀篇，我潛心於生命藍圖的設計……經過十個月的勞動，新生命終於準確無誤地按照我的設計稿要求降臨人世」。〔註47〕斯妤的《等待》、丹婭的《心念到永遠》、李蔚紅的《生命的響聲》等散文流淌著自主創造生命的欲望，筱敏、梅紹靜、傅天琳、戈雪等的詩篇浸潤著孕育的渴求，葉夢的「創造系列」更是細膩地描述了偉大的人類創造工程，是一首完整而莊嚴的生命誕生的熱情奏鳴曲。在文中，女性清明的創造意識，喚醒了千年沉睡的女性生命的潛能：「生命的創造欲是一種生命本能，它無法迴避，且又是沉睡的潛意識，即隨時可能蘇醒，隨時可能搖撼我的靈魂」（《創造的快樂》）；女性以全部的智慧，描繪著生命創造的最新最美的圖畫：「我以全部女人的心計投入到這樣一個充滿歡樂和痛苦，充滿溫馨和疲憊的創造中。我從這並非尋常的創造中享受到極大的歡樂。」（《創造的快樂》）女性全身心地沉浸在母性的創造之中，注重生命的質量，講究創造的完美，直到看到一個「光輝燦爛的謎底」。畢淑敏的《生生不已》則猶如一支艱苦卓絕、激越悲壯的新生命進行曲。在女兒小甜不幸夭折後，經歷了鏤心蝕骨之痛的母親喬先竹，終於憑實踐理性自救，從失子之痛中解脫出來，產生出「再造新生命」的輝煌創意。

〔註47〕葉夢：《靈魂的劫數》，安徽文藝出版社1993年版，第125頁。

她大病初愈，或者說根本就沒有愈，馬上就進入製造新生命的過程。她對離去女兒的幻影說：「我就要把你造出來了」，「造你的那套模具還在，現在把我的血肉填進去……啊，現在用不了十個月了，你就可以重新回來了。」自覺自主的生命創造欲求，調動起喬先竹最深潛的人格力量，推動她以快要枯竭的身體，以啼血拔毛似的奉獻激情，滋養著、孕育著一個全新的「太陽」，直到他在血雨腥風的洗禮中翩翩蒞臨大千世界。對於女性而言，從受男性奴役的生育工具一躍而為主動自覺的孕育創造主體，實在是了不起的思想和行動的飛躍，它標誌著女性本體創造意識的全面覺醒，標誌著對男權孕育觀念的實質性超越。

其二，生命創造的本真體驗

傳統生育文化注重的是有合法純潔子嗣傳宗接代的生育結果，而非女性孕育的艱辛過程。其基本特徵是輕個體、重家族。在這樣的文化制約下，孕育只是傳遞家庭神聖血脈的一種社會性行為，個體的獨特經驗往往被有意忽略。正如國際公認的「女人健康與治療」的發言人克里斯蒂安·諾斯魯普所言：「所有的道路上都布滿了障礙，以阻止我們去體驗生育的力量。」因此，文學中女性孕育的敘述往往是一種國家、民族、階級的主題性言說，如小說《青春之歌》中秀妮被霸佔而生下道靜、歌劇《白毛女》中喜兒受辱懷孕的情節設置，均是為了揭示統治階級的荒淫無恥、霸道殘忍，勞苦婦女的不幸與悲哀，女性最具獨特價值、最富神奇魅力的孕育體驗成了長期隱蔽不宣的盲區。新時期女作家們奮力開墾了這塊男性無法企及的鮮為人知的女性領地，展現出女性孕育世界的無限風光。女作家們一方面用極富質感的文筆刻畫妊娠、生產的痛苦與惶恐：「揪心挖肺地嘔吐，令我滴水難進，粒米難咽，行為難支，夢寐難圓」（丹婭《心念到永遠》）；「一陣巨痛刺進我的身體」，「疼到極處，我頂不住了。我的心跳紊亂起來，頭腦裏一片昏暗沉重，汗水從每個毛孔往外湧，整個人失重地恐怖地往無底深淵掉下去」。（池莉《怎麼愛你也不夠》）另一方面，又描繪出新生命創造的巨大幸福和快樂。「當孩子在母腹中翻滾騰挪時，我的全部神經細胞都在歡呼著他感應著他。生命對我不再是個冷漠的抽象概念，而是那樣地和我的血脈息息相關。」「一股前所未有的快樂稠稠洶湧而來，教我陶醉。至此，我才真正感知了所謂痛苦的蛻變所帶來的全新的愉悅感。」（《心念到永遠》）「血水之中，濕漉漉的小東西手舞足蹈

地躺在母親的雙腿之間，亦黑亦灰亦紫的臍帶在新生兒腹部跳動幾下復歸平靜。臍帶往黑洞般的產道口逶迤而去……生命之門銜著臍帶莊嚴地洞開著。」「我從嬰兒的紅皮膚和濕胎毛上讀到了新生命的芳香。」（葉夢《生命之門》）這是包孕著痛苦的快樂，隱含著恐懼的美麗；這是純粹女性的諸種感覺的契合，多重體驗的交響。女性文本所揭示的女性孕育的艱辛和臨盆的痛苦，創造進程中的勞累和犧牲，女性在人類發展進化中的豐功偉績，足以感天地泣鬼神，足以令四海男人為之愧疚，為之汗顏，足以震撼男性的生殖霸權，建立起女性創造的神聖豐碑。

其三，生命創造的審美書寫

女性生殖在遠古文化中原本有著深刻的審美意義。據趙國華先生《生殖崇拜文化論》一書中對美字的最初字形分析，認為「美」與孕婦有關。書中指出：「美」字的上部以羊角代羊，下部是人的全形，上肢攤開，兩腿外撇，腆著圓圓的肚腹，如女子懷孕之狀，彷彿表示似懷胎之羊的孕婦為「美」。然而，當封建社會把女性生殖變成「不孝有三，無後為大」等封建倫理規範時，孕育話題由美變成了醜。新時期女性文本對此進行了顛覆性改寫，還女性孕育以原初的狀態和美貌。這種女性生命創造的審美書寫一般表現出兩個明顯的特徵。第一，女性的審美視角。這種視角以絕對的女性眼光透視女性懷孕、生育的每一個細節，完全擯棄了男性敘事中女性孕育的「他者性」講述。請看下面的描繪：

> 受孕的那一刻，她看到了卵子在自己的體內四處飄蕩。它像一朵透明的葵花或者乾脆就是兇猛的海蜇。男人的蜂群像千軍萬馬殺將過來，圓圓的卵子像海洋裏的救生圈，在洶湧波濤間起伏。惟有一隻蜜蜂鑽了進去，它用泥巴封住了洞口，和那個眼睛似的卵子作成一個蛹，在裏面慢慢地孵啊孵，一直要等十個月……
>
> ——畢淑敏《生生不已》

> 我常常和腹中的兒子做遊戲。他喜歡在肚子裏翻筋斗，常常摸著頭在我肋下，忽然一個筋斗便翻到腹底去了。我甚至感覺到他在翻轉的時候攪動羊水的聲音……我常常感覺自己的身體變成了局部的海，我的可愛的 baby 在我身體之海裏酣暢地漫遊……
>
> ——葉夢《創造九章》

　　這是女性對孕育著後代的自我身體的充滿愛意與深情的諦視。在這裡，女性既是審美的客體，又是審美的主體，主客體交融貫通，相互流轉，昇華出純粹女性的美的光彩。第二，飽含象喻的詩性表達。為了對抗傳統文化對女性孕育的無端禁忌和險惡詛咒，女作家們在表現孕育時尤其注意語言的美感。她們往往避免直白的敘說，賦予女性孕育活動以新奇的象喻、詩化的言語。如李小雨的動人描繪：「陶罐摔倒了／從裏面流出無數／金色的小小的種子／——人」（《陶罐》）；海男的詩性表達：「凸凹來了」，「這是她感受到的那個孩子，這是她的凸凹，是那個柔軟的，像沙子一樣的，像潮汐一樣的、嚴肅的、威力無比的凸凹來了」（《女人傳》）；畢淑敏的象喻飛翔：「那個嬰孩終於誕生了。她駕著血的波濤，乘一葉紅色小舟，翩翩蒞臨於這個潮濕冰冷的世界」（《生生不已》）。「金色的種子」、「潮汐一樣」「柔軟」的「凸凹」、「紅色小舟」等精緻絢麗的比喻，引領著讀者在想像的天空中體味女性生命創造的無與倫比的美。

二、女性涅槃式新生的謳歌

　　人類學家羅洛梅在他的著作《愛與意志》裏寫道，男女之欲後的懷孕之於男人和女人是有著根本區別的：男人能照舊他原來的樣子，但女人則變成另一個人。這種新的改變有時會持續終生。女人會懷孕，她在體內把愛的結晶養了 9 個月，這結晶不僅涉入她的生活，而且終生不離。也就是說，孕育體驗之於男性，是間接的，因為男人隔著皮肉，無法直接得到生命的教育，而女人是以生命對生命的直接體驗接受愛的滋潤，人性與責任的薰陶。女人的歷史從受孕的那一刻開始蛻變、更生，開始重新長大成人。正如女作家池莉所感歎的孕育的神奇：「懷孕真是一種奇特的經歷，女人既造就了一個新生命又造就了一個新自己。」〔註 48〕於是，我們在女性書寫中，看到了經歷過孕育洗禮的女性鳳凰涅槃式的新生。

　　在《怎麼愛你也不夠》這一長篇散文中，池莉描寫她從懷孕開始的人生奮鬥。以往惰性非常強的她，被懷孕激昂起無邊的動力和情感。為了獲取孩子出生所需的各種證件，她拖著疲憊的身子與丈夫跑了兩萬多里行程；為了戰勝翻江倒海的孕期嘔吐，保證胎兒營養，她強迫自己振作、吃飯；為了改變一窮二白的經濟窘境，她學習裁剪、編織，親手做出了一套套漂亮的嬰兒

〔註48〕池莉：《怎麼愛你也不夠》，江蘇文藝出版社 2000 年版，第 22 頁。

服裝，她腿腫肚大地站著寫稿，為未來的孩子賺取奶粉錢。她在妊娠的點點滴滴的體驗中昇華出女性的獨立自主意識：「從來就沒有什麼救世主，一切要靠我們自己。因為我不再是孩子，我是孩子的母親了。」「我要自己動手創造自己的世界。」不僅如此，孕育還給了她寬闊的胸懷，廣博的愛心，使她「由對自己胎兒的心疼延及到對所有的孩子的心疼，漸漸又延及所有人」。

《孕婦和牛》（鐵凝）這篇小說中的孕婦是個文盲，但她不願意帶著這人生的殘缺一直愚昧下去，因而在孕育新生命的同時，也在孕育自己的理想，自己的更新。她像所有的母親一樣，以自己的人生殘缺為戒，將理想的外在事物，如背書包上學的孩子，石碑上作為神聖文化標誌的漢字，內化為孕育生命中個人心靈的心理動力。她不希望將來無法回答孩子碑文上的字。於是孕婦流淌著汗珠，用顫抖的手，努力把石碑上海碗樣的字一個一個抄錄在紙上，以便回去請教識字的先生那字的名稱和含義。有了這些字，「她似乎才獲得了一種資格，她似乎才真的俊秀起來，她似乎才敢與未來的嬰兒謀面。那是她提前的準備，她要給她的孩子一個滿意的回答，她的孩子必將在與俊秀的字們打交道中成長，她的孩子對她也必有許多的願望，她也要像孩子願望的那樣，美好地成長」。鐵凝的傳神之筆書寫出孕婦在新生命孕育中拒絕命運輪迴、更新自我的生動姿態。

《太陽出世》（池莉）則敘說了原來淺薄無知的一對小夫妻因為一個小生命的誕生，而心靈淨化、脫胎換骨的故事，他們從此理解了責任和義務，懂得了互助互諒與和睦相處，懂得了積極進取、追求理想人生。他們在懷孕、待產、照料嬰兒的辛勞中共同經歷了一次「太陽出世」般的成熟與新生。小說述及的新生過程始終有男性伴隨，這似乎昭示了孕育對於男性成長的另一層深意：孕育不僅是女人同時也是男人的成人式，男性健全的情感、人性與人格的獲得，離不開女性孕育活動的滋潤和培養。

生兒育女的煉獄不僅造就了富有獨立人格、博愛情懷、創造精神的普泛意義上的新人，而且魔法師般地喚醒了女性壓抑已久的精神性別，將她們鍛造為徹裏徹外的真正的女人。這一點在葉夢的筆下得到了精細而充分的表現。在「創造系列」散文中，作者在永恆的寧靜中諦聽新生命成長的同時，開始冷靜地審視自身：「我對自己身體的奇妙和生命潛能的發現搖撼著我的陳腐的世界觀，我在反省中重新認識自我。」由此感到女人的神奇和優越，惟有女人在從事精神創造的同時還從事新生命的創造，惟有女人的創造才溝通了人

類生命的短暫與永恆，這實在是一個豐盈、美麗的生命過程。女性不必為自己的軟弱無力而羞愧，粗腰大腹而難堪，生產苦楚而恐懼。女性可以自豪地向世界宣告：「我從此不再自卑，從此不再鄙視自己的性別角色」，「我是一個女人，我是多麼地榮幸啊」。這無疑是可歌可頌的完全意義上的女性的新生。

三、反思和質詢

女性主義詩人翟永明在《母親》一詩中痛苦憂傷地寫道：「多年來，我記不得今夜的哭聲／那使你受孕的光芒，來得多麼遙遠，多麼可疑，站在生與死／之間，你的眼睛擁有黑暗而進入腳底的陰影何等沉重。」從這首詩中，我們讀到了對女性孕育的質疑和反省，發現了女性孕育神話寫作的另一條軌跡。對女性苦難的歷史命運一直進行深邃思索的女作家們在讚美女性無與倫比的創造偉力，歡呼女性生命創造的雙重勝利的同時，將目光投向了至今仍遍布神州的令人堪憂的女性生育的異己狀況，投向了隱秘難言、通常不為人注目的孕育困境，以生動的形象、睿智的思考對此進行了頗有力度的反思和質詢。這種反思和質詢主要在兩個層面展開。

第一個層面：對女性生育地位的詰問，即女性是否真正成為了生命創造的主體。檢視眾多的女性文本，將會發現一個有趣的現象：即無論是傳統的還是現代的女性，均奉行著想生個孩子的「女人的規則」。她們或是為了證明自己的能力，自己為人妻的價值，渴望生個孩子：如《舊時代的磨坊》（遲子建）中二太太與短工「偷情」的真相是想生下一個健康的孩子，《麥秸垛》（鐵凝）中被丈夫遺棄的大芝娘，不顧已辦理了離婚手續的法律和心理阻遏，要求與丈夫生個孩子且自己養育永遠不連累他；或者為了留住不成功的可望而不可及的愛情，企盼有個後代：如沈小鳳乞求與陸野明生個孩子，以挽救與之短暫而迷茫的所謂愛情（《麥秸垛》）；田恬決定與有婦之夫生一個孩子，以「留住他留住愛情留住生活」。在這些文本中，女性表面上都是生命創造欲望的主體，在一定程度上表達了女人發自本性的對健全生命的憧憬，對自然的孕育權利的渴求，但實質上隱含了女性主體的又一次失落。女性們不過是舊時代磨坊裏老爺階級和雇工階級的男人同樣希望佔有的另一種「欲望的糧食」，不過是新社會麥秸垛遮掩下的男性原始情慾衝動的泄欲對象。她們無法以別的方式，以精神、意志、理性的行為處理自己的感情，決定自己的婚姻、愛情，惟有以絕望掙扎的生育，「來證明女性性經歷的成果，來填補女性一生只

有一次的處女代價的付出」。〔註49〕如此徹底地出讓身體，顯示出巨大的性別差異面前女性的無力、被動，顯現出女性仍深陷傳統生育觀念的束縛之中。這無疑揭示了當今女性孕育的普遍處境，除了少數先知先覺者，「解放」了的女性孕育在大多數情況下其實並未獲得過真實的所指。因為生育不單單是一種自然的生命創造過程，也是一種不無文化構成的人類行為，傳統文化的潛在的基因將或多或少地遺存於、作用於一個女性的身心，使她們往往不由自主地落入男權生育觀的陷阱，不知不覺中重新淪落為男性的「工具」和「容器」。這種對女性生育地位的振聾發聵的揭示有如趙瓊女士形象而深刻的歌吟：「一次誕生是一種偶然／如一個沒有兇手的流血事件／我含著淚水／在襁褓的鏡子裏／發現了自己的原形」，給人警策，催人清醒。

對女性孕育異化反思的第二個層面即對女性命運輪迴的思考。小說《麥秸垛》展現了兩代女性渴望孕育的場景。作為母親輩的農村婦女大芝娘，當丈夫為了城裏女人和她離婚後，她緊跟著就不辭辛勞、不顧羞怯地先坐汽車，後坐火車來到了省城的丈夫面前，央求說：「我不能白做一回媳婦，我得生個孩子。」而後，她終於有了「長得很醜」而獨立撫養又最終失去的大芝。作為女兒輩的知識青年沈小鳳在被陸野明拋棄後，撲到他的腳下，用胳膊死死抱住他的雙腿，哆嗦著抽泣著乞求：「我……不能白跟你好一場」，「我想……得跟你生個孩子」。不同時代、不同文化層次的兩代女性表達的竟是如此相同的想與男人「生個孩子」的欲望，不能不引起人們深思。如果說代表傳統女性的大芝娘的生育命運是特定時代和文化的構成，那麼知識青年沈小鳳並沒有因為時代和文化風尚的變化，從本質上拒絕重演上一代婦女命運的悲劇，她的形象體現著古老的婦女生育觀念和生育行為的輪迴。小說以生育幻想破滅後的沈小鳳突然從《麥秸垛》的生存空間消失留下了故事的懸念和「意義的空白」，這種驚人的女性角色輪迴是永遠結束了還是將繼續？女性將有反叛輪迴的新選擇還是會無可救藥地走向絕望？這一「懸念」和「空白」，讀者似乎在鐵凝此後的小說《玫瑰門》中找到了答案。《玫瑰門》的結尾處，在蘇眉新生女兒的額上竟有一彎新月形的、酷似婆婆司猗紋頭上被丈夫毒打的疤痕。這無疑是一個意味深長的隱喻，是女性歷史循環的自認，恰如《簡・愛》中簡・愛和瘋女人伯莎的相逢和相認，它曲折地、隱晦地傳達出作為一個群體的女性在歷史鏈條之中共有的命運和壓抑。置身於男性中心的社會之下，由

〔註49〕王緋：《鐵凝：欲望與勘測》，《當代作家評論》1994 年第 5 期。

悠久的男權歷史文化中而來的每一個女性的心靈深處都可能存有一份父權文化的「饋贈」，身後都可疑地拖著一條或隱或顯的「癲狂」的影子，即使是今日之女性，似乎也沒有可能斷然拒絕這份「饋贈」。對女性而言，走出命運輪迴的怪圈將是一個極其漫長而艱難的過程，需要一代代女性為之艱苦奮鬥。女性文本對命運輪迴的深刻的自審，一方面透露出對女性匱乏的焦慮；另一方面，則表現了對於「充實」的現代女性的尋找。女作家們企盼著、希冀著這涉及到處女觀念、女人性愛和婚姻觀念等諸多方面複雜而又可怕的輪迴不再駕馭女性永世的命運，生命創造的女神真正在華夏大地的每一個角落，在整個地球昂然站立。

有人提出，在 21 世紀科技高度發達的全球化時代，在克隆技術已經出現，人類的「無性繁殖」在理論上已經成立的今天，女性寫作反覆糾纏所謂「命中注定」的女性生育似乎有些過時。的確，在許多文化發達的國家，在我國的不少地區，女性已經可能對生育作出這樣或那樣的選擇。可以像西蒙‧波伏娃那樣，選擇「不育」，也不結婚，也可以像美國計劃生育先驅瑪格利特‧桑格那樣選擇「計劃生育」，甚至可以選擇她人子宮孕育「試管嬰兒」。但是，個別的選擇既不能改變既成的歷史也不能改變今天女性群體的性別角色，女性仍然承擔著人類自身生產的責任。這種歷史和現實表明：女性孕育主題的書寫不僅沒有過時，而且有進一步拓展的必要（此前這類書寫是太少了），女性生命創造的神話仍將以獨特的魅力流存於文壇。

第二章 女性詩學的建構與演進

> 婦女的身體帶有一千零一個通向激情的門檻，一旦她通過粉碎枷鎖、擺脫監視而讓它明確表達出四通八達貫穿全身的豐富含義時，就將讓陳舊的、一成不變的母語以多種語言發出迴響。
>
> ——〔法〕埃萊娜·西蘇《美杜莎的笑聲》

第一節 女性詩學的理論建構及其流變

　　幾年前，詩人翟永明在一篇描述友誼的文章中這樣評價過唐亞平：「事實上，這些年來，她那女性的詩學正緩緩的、以女人的和詩意的方式推動著她那被批評家稱之為『懷腹的詩學』的寫作狀態。」[註1]這段話也許是翟永明不經意說出來的，但它一旦出自一位當代最具代表意義的女性詩人的筆下，它就天才地預示著一個新的詩學詞彙的誕生，這就是「女性詩學」。當然，「女性詩學」這一詞彙的誕生並非某個人偶然的、隨意的創造，也並不是在翟永明那裡才第一次被提到。但是，它作為一種具有女性主義特質的詩學理論，其構架、體系與話語模式卻確實是到近幾年來才得以形成。早在80年代中期，當中國詩歌突破了朦朧詩的性別朦朧而凸現出詩歌的性別意識時，一些受到女權主義影響的女性詩人就開始琢磨女性詩歌與女性意識之關係的問題，如翟永明為《女人》組詩所寫的序言《黑夜的意識》可以說是最早的女性詩學的代表作之一。只是由於當時的女性詩人們正在熱衷於女性詩歌的創造，熱衷於用詩歌來表達自己的女性意識，因而對女性詩歌的理論性闡述還沒有得

〔註 1〕翟永明：《紙上建築》，東方出版中心 1997 年版，第 214 頁。

到足夠的重視。90 年代以來，在中國當代詩歌整體衰落的大趨勢下，女性詩歌創作也在發生著變化。一些女性詩人移情別戀，做起小說與散文來，一些女性詩人則厭倦了女性的徽號，希冀穿越性別之門重歸傳統。正是這些變化一方面使女性詩歌的性別意識逐漸淡出，另一方面也從相反的向度構成一股合力，催動著女性詩人反思意識的覺醒。至今風頭正健者如翟永明、王小妮、海男、崔衛平、伊蕾、唐亞平等，年長的智者如鄭敏等，幾乎都用各種書寫形式表達過自己對女性詩歌的返觀，由於她們大都是中國當代女性主義詩歌的始作俑者，而且在文化素養方面也大都有學院背景，因而她們的返觀與思考，既具有當然的親證性，又具有相當程度的理論建樹，在一種溫和的女性主義立場上，多層次多方位地闡述了當代中國女性主義詩歌的本體特徵及其意象結構與話語模式。不過，這些理論的闡述大都散落在女性詩人的各種序跋與回憶性散文之中，爬梳、整理這些理論觀點，為這些理論觀點找到一個體系構架，一個相互溝通的靈魂，這無疑是詩評界至今仍然沒有人做但又確實十分重要的研究課題，它對我們認識中國女性主義詩歌與西方女性主義文學的關係，體認中國女性主義詩歌的困境，把握中國女性主義詩歌的歷史以及發展流變，都能提供許多的有益啟示。

一、靈魂深處的自我獨白

中國是一個有著悠久的詩歌文化傳統的國度，從純粹性別角度來看，幾千年的詩歌文明經歷了有性別到無性別再到有性別的發展過程。在漫長的封建文明時代，女性詩人雖然寥若晨星，但其性別意識是比較分明的，春閨愁怨，兒女情長，無論是在題材還是在情調意境上都很自覺地把自己定位在女性的立場。但是這種定位乃由父權文化中的男性所賦予，所以，封建文明時代的女性性別意識是只有純粹生理意義的，在文化本質上女性的立場被嚴厲地封凍在男性的立場之中。進入 20 世紀以後，中國社會開始了既迅猛而又艱難的現代化轉型，這種被封凍的狀態才在新文化的怡蕩春風中逐漸消解。過去，許多評論家都認為只有 80 年代的女性詩歌受到西方女權主義的影響，這其實是不準確的。早在 20 世紀初年，女權主義思想就已由維新派人士介紹進來，到五四新文化運動時，女權主義思想儼然成為新思潮傳播的最為重要的一個部分。事實上，當時西方女權運動也還處於爭取外在權利如平等、參政等的階段，正是由於受到女權主義思想的影響，20 世紀中國女性在獲取職業

書寫權利的同時，把與男性平等當做女性首先需要解決的問題。這種平等觀念反映在詩歌領域，就使得五四以來的女性詩人們一方面不約而同地從詩歌意境中驅逐春閨女怨的古典模式，一方面則不遺餘力地向男性詩歌的宏大敘事靠攏，儘量抹平男女兩性之間的差異。從冰心到舒婷幾乎無不如此。20 世紀下半葉，西方以波伏娃為代表的女權主義思想家運用弗洛伊德的無意識理論反抗菲勒斯中心主義對女性的文化壓抑與閹割，要求消解男性的陰莖之筆對女性意識與歷史的野蠻書寫，西方女權運動由此進入爭取女性內在權利的階段。80 年代中期以來，中國女性詩歌的性別覺醒與凸顯無疑與這股西方女權主義思潮的傳入與大受歡迎有著密切的關係。

作為詩人兼詩學理論家的鄭敏對西方女權運動與女性詩歌的關係曾有十分精闢的概括：「在 20 世紀 70 年代，西方女權運動又賦予女性詩歌以顯著的時代血液。這類詩歌主要是女權運動的戰歌，它呼喊出男性中心文化中婦女的苦悶，寂寞和憤怒，又進一步引出姐妹手足情與情感、心理的聯盟。……因此西方今天對女性詩歌的主要概念是女權運動的一種詩歌形式。」[註2]中國當代女性詩學對女性詩歌本體特質的界定也是由這一關係入手的。

在 20 世紀女性職業書寫歷史上，如果說五四以後幾代女性詩人寫作的中心觀念是為了尋找、顯示與男性的平等，因而儘量在各個層次上追求與男性的同一，那麼，80 年代以來的先鋒派女性詩人寫作的中心觀念則轉變到尋找、顯示與男性相區別的女性自我上來。這種詩學觀念的轉變是意味深長的，首先，它標誌著中國的女性第一次在詩歌領地中對男性中心主義的叛逆與解構。叛逆與解構的前提是充分意識到男性中心文化壓抑的存在：「那些巨大的鳥從空中向我俯視／帶著人類的眼神／在一種秘而不宣的野蠻空氣中／冬天起伏著殘酷的雄性意識。」（翟永明《預感》）「所有的天空在冷笑／沒有任何女人能逃脫／我已習慣在夜裏學習月亮的微笑方式。」（翟永明《憧憬》）在朦朧詩的早期，舒婷寫過一首著名的《致橡樹》：「我如果愛你／絕不學攀援的凌霄花／借你的高枝／炫耀自己。」這裡表達的只是在男性中心文化籠罩下女性維護獨立人格的自我矜持，而翟永明等的詩歌則分明已經是對男性中心文化的尖銳的控訴。於是，「太陽，我在懷疑」（翟永明《臆想》），「父親，我不幹了」（薩瑪《父親》），先鋒派女性詩歌紛紛以暗喻的方式表達著女性對解構男性中心文化的渴望與意志。林白甚至鮮明地表白：「作為

〔註 2〕鄭敏：《詩歌與哲學是近鄰》，北京大學出版社 1999 年版，第 395 頁。

一名女性寫作者，在主流敘事的覆蓋下還有男性敘事的覆蓋，這兩重的覆蓋輕易就能淹沒個人，我所竭力與之對抗的，就是這種覆蓋與淹沒。」〔註3〕其次，它標誌著在中國詩歌領地裏女性第一次真正獲得了自我身份的確認，這不僅表現在詩歌對於女性自我的急切的呼喚：「我，一個狂想，充滿深淵的魅力／偶然被你誕生。泥土和天空／二者合一，你把我叫作女人」（翟永明《獨白》），而且也表現在女性詩人對女性詩歌之所以存在的必然性的確認。翟永明曾說：「我認為女詩人作品中的『女性意識』是與生俱來的，是從我們體內引入我們的詩句中，無論這聲音是溫柔的，或是尖厲的，是沉重的，或是瘋狂的，它都出自女性之喉，我們站在女性的角度感受世間的種種事物，並藉詞語表達出來，這就是我們作品中的女性意識。」〔註4〕在這裡，「我們體內」與「女性角度」兩個詞是最值得注意的，前者說明女性意識是客觀的，浸透在肉體與血液中，後者說明女性意識也是主觀的，是女性自己所擇定的，女性意識一旦獲得客觀與主觀的雙重鎖定，女性詩歌的存在就是無可爭辯的事實。既然女權運動喚起了女性性別意識的覺醒，而女性自我意識的覺醒又必然促進女性詩歌的崛起，所以，鄭敏非常明確地指出：「女性作為獨立自我的發展既是女權運動的重要課題，也是女詩人成為出色的詩人的關鍵。」〔註5〕女性詩歌乃是女性自我意識的表現，這一有關女性詩歌本體特質的詩學觀念使女性詩人不約而同地將自我獨白作為最本質的書寫方式。在那些深受女權主義影響的女性詩歌中，自我獨白的書寫方式包含三個層次的內容，一是女性之「我」始終居於詩歌的中心位置：「我有我的家私／我有我的樂趣／有一間書房兼臥室／我每天在書中起居／和一張白紙悄聲細語／我聆聽筆的訴泣紙的咆哮／在一個字上嘔心瀝血／我觀看紙的笑容／蒼老的笑聲一片空寂」（唐亞平《自白》），我「最安靜最美好的時光／是在一堆毫無意義的紙張裏度過」（小君《關於我》），而過去在女性詩人所寫的愛情詩中那個包含著男女兩性的複數「我們」已經分裂成我與你，「請你眯一下眼／然後永遠走開／我還要寫詩／我是我狹隘房間裏的／固執製作者」（王小妮《應該做一個製作者》），這幾句詩簡直可以看作是女性詩人在自己的詩歌中向男性所下的驅逐令。二，女性的性別感受是詩歌惟一的題材來源，海男曾

〔註3〕林白：《記憶與個人化寫作》，《林白文集》第4卷，江蘇文藝出版社1997年版，第293頁。

〔註4〕翟永明：《紙上建築》，東方出版中心1997年版，第240頁。

〔註5〕鄭敏：《詩歌與哲學是近鄰》，北京大學出版社1999年版，第395頁。

說：「男人大都為社會的存在而活著，女人則相反，她們正在為自己的感受和歷史而活著，所以……我只是用一種女性的對自我及對別人的感受在說話。」〔註6〕翟永明也宣告，「我更熱衷於擴張我心靈中那些最樸素、最細微的感覺，亦即我認為的『女性氣質』……同時勇敢地袒露它的真實」。〔註7〕女詩人們正如埃萊娜‧西蘇在《美杜莎的笑聲》中所說的那樣：「我合起雙眼，追尋我的感受，感受從不引人誤入歧途。」在封凍得密不透風的男性中心文化中，只有女性的性別感受才是男人性別停止的地方，從女性邊緣文化的角度，在男性性別停止的地方繼續思考，通過發掘女性性別感受的真實來發出種種獨特的聲音，這正是先鋒派女性詩人解構男性中心文化所使用的一個重要的策略。三，訴說是女性詩歌最常用的語調，翟永明在一次談到陸憶敏的詩時這樣說：「讀她的詩總是給我的心重重一擊，於是我的心裏總似有一道指痕來自於她目光的注視和穿鑿。她的力量不是出自呼喊，而是來自磨尖詞語的、哽咽在喉式的低聲訴說，這訴說並不因了她聲音的恬淡而弱化，恰恰相反，她那來自生命內部的緊張、敏感與純粹，從她下意識的深處扶搖上升，超越詞語和意象，就像她本人柔而益堅的形象，用眼睛裏面的黑色瞳仁向你微笑。」〔註8〕「呼喊」與「訴說」來自於兩種不同的心態與精神力量，呼喊是匱乏與有所要求的表現，所以30年代盧隱們向男性呼喊愛，40年代陳敬容們向社會呼喊正義，向黑暗呼喊黎明，而訴說則是充滿後的自然流露，覺醒的女性不再將希望寄託於男性的恩賜，她們驚喜地發現只要返觀自我的內心，就有一個完整的獨特世界。所以她們選擇了無所要求的自我訴說，通過對自我的訴說完成自我的解放與救贖。

　　從詩學觀念的借鑒來看，自我獨白書寫方式的確立無疑得之於美國自白派女詩人普拉斯等人的啟示。也許是普拉斯「詩來自被佔有與創傷」的思想最容易引起中國當代女性詩人的共鳴，80年代以後她的影響簡直像「強大的風暴刮過中國的原野」。翟永明在回憶自己詩歌創作歷程時曾明確指出，她之所以把過去那些小情趣的詩統統扔進字紙簍，突然間轉向女性性別立場的寫作，完全是因為在一個極其苦惱的時刻與普拉斯等詩人的遇合：「我當時正處於社會和個人的矛盾中，心靈遭遇的重創，使我對一切絕望，當我讀到普拉

〔註6〕海男：《紫色筆記》，陝西師範大學出版社1998年版，第194頁。
〔註7〕翟永明：《黑夜的意識》，見《磁場與魔方》，北京師範大學出版社1993年版，第141頁。
〔註8〕翟永明：《紙上建築》，東方出版中心1997年版，第212頁。

斯『你的身體傷害我，就像世界傷害著上帝』以及洛威爾『我自己就是地獄』的句子時，我感到從頭到腳的震驚，那時我受傷的心臟的跳動與他們詩句韻律的跳動合拍，在那以後的寫作中我始終沒有擺脫自白派詩歌對我產生的深刻影響。」〔註 9〕陸憶敏還專為普拉斯寫了一首詩以表示敬意與親切：「我想為整個樹林致哀／用最輕柔的聲音／（布滿淚水的聲音）／唱她經常的微笑／唱她飄飄灑灑的微笑」（《Sylvia Plath》）。當然，在充分估計到自白派詩歌對中國當代女性詩學建構之影響的同時，也必須注意到這種影響實際上是在逐漸發生變化的。也以翟永明為例，事實上在寫完《死亡的圖案》這組詩之後，由於「這組詩徹底清洗了我個人生活中的死亡氣息和詩歌中的絕望語調」，翟永明也逐漸遠離了自白派的影響。這說明中國的女性主義詩歌在走向成熟。不過，我們也應看到，中國的女性主義詩歌雖然逐漸遠離自白派的影響，但是她們仍然喜歡使用詩歌的自我獨白的書寫方式，只是這種自白比過去更加客觀與平靜罷了。她們確實沒有理由放棄這種書寫方式，因為正是在這種自我獨白的書寫方式中，她們充分享受到了女性主體高度擴張所帶來的自由與歡喜。

二、用軀體通向激情的門坎

關於中國女性主義文學的特點，評論界意見分歧最為明顯的莫過於所謂「軀體寫作」。有的評論家充分肯定軀體寫作在女性主義文學發展中的意義，認為女性只有「首先找回自己被放逐和被『他者』化了的軀體，才有可能作為言說者存在」。〔註10〕有的評論家則責難軀體寫作使女性文學走進了誤區，不僅使女性文學愈來愈極端地個人化與私語化，而且使有的作品將女人的軀體當作搶佔讀者市場的廉價廣告與招牌。實事求是地來看，對女性文學軀體寫作的責難並非空穴來風，近些年來確實有些女性作家在女性軀體以及相關情事的描繪上已經失之瑣碎，逾出了審美的界限。不過，我認為這種現象主要是發生在敘事文學中，因為軀體的寫作受到了敘事的強力刺激與誘引。而在詩歌創作中，女性的軀體寫作則是在一種適度的節制中來完成它的審美使命的。這從客觀的方面看，是因為詩歌的言語空間高度濃縮，意象的營構拒絕透明，而從主觀的方面看，是因為女性主義詩人的軀體寫作建立在一種堅

〔註 9〕翟永明：《紙上建築》，東方出版中心 1997 年版，第 252 頁。
〔註10〕張清華：《中國當代先鋒文學思潮論》，江蘇文藝出版社 1997 年版，第 320 頁。

實的女性詩學觀念的基礎上。這種詩學觀念包含三個方面的內容：其一，軀體寫作是女性本質力量的顯現或對象化。女性的創造力由藝術製造改變到身體再造，這是 20 世紀世界女性主義藝術的一種普遍現象，如鄧肯的舞蹈之所以能為女性接受與喜愛，正是因為舞蹈家的身體在舞臺上變成了一種器具或一座聖像。許多現代女性主義理論家都認真研究過這一現象，得出來的結論大致是，女性的身體與藝術創造有著天然的聯繫，這不僅表現在女性身體的曲線擁有美的比例，女性身體的神經質素更適合於藝術創造，而且在於女性身體本來擁有藝術創造所需要的激情。埃萊娜·西蘇說：「婦女的身體帶著一千零一個通向激情的門檻，一旦她通過粉碎枷鎖、擺脫監視而讓它明確表達出四通八達貫穿全身的豐富含義時，就將讓陳舊的、一成不變的母語以多種語言發出迴響。」〔註11〕對女性身體的這種本質力量，中國當代女性主義詩人也有清醒的認識並且予以特別的關注，翟永明就曾明確地表示：「作為女性，身體的現在進行時也是她們感悟和體驗事物的方式之一，對美的心領神會，對形式感本身的特別敏感，使得女藝術家的參與和製作方式，既是身體的，也是語言的。」〔註12〕二，軀體寫作是女性解構男性中心主義文化強勢最有力的突破口。在男性中心文化中，女性被剝奪了一切外在的權利，只有身體似乎還屬於自己。但是，女性在自己身體上用盡心計，其目的還是為了取悅於男性，而男性在享用了女性的身體之後，還在用羞辱的語氣告誡女性要抹煞身體，將女性的身體視為禍水之源。屬於女性自己的身體實際上是女性命運中最突出的一個悖論，是女性生存本質最大的異化。所以，婦女必須通過她們的身體來寫作：「只有用我的軀體才能抵禦來自幻想中那種記憶和時間的夭折」〔註13〕，也只有在軀體的寫作中才能使軀體獲得自由，獲得自我申訴的權利。對被剝奪了一切的女性而言，軀體的自由才是最本質的自由，因而軀體的寫作也就最醒目地構成了對男性中心話語的反叛。三，軀體寫作是女性詩人建構女性詩學話語最適宜的一種方式。過去，女性的一切甚至包括女性的軀體都是由男性來書寫，而這種書寫無疑是隔膜的、歪曲的，就像蘇姍·格巴所形容的，是陰莖之筆在處女膜的空白之頁上的任意塗抹。

〔註11〕張京媛主編《當代女性主義文學批評》，北京大學出版社 1992 年版，第 201 頁。

〔註12〕翟永明：《天使在針尖上舞蹈》，《芙蓉》1999 年第 6 期。

〔註13〕海男：《紫色筆記》，陝西師範大學出版社 1998 年版，第 27 頁。

現代女性寫作的開始就面臨一片話語空白，「幾乎一切關於女性的東西還有待於婦女來寫：關於她們的性特徵，即它無盡的和變動著的錯綜複雜性，關於她們的性愛，她們身體中某一微小而又巨大區域的突然騷動」。〔註14〕所以，女性詩學話語的建構無可選擇地必然要從女性的軀體寫作開始，在所有的言說空間都充滿著男權文化的陳腐氣息時，女性惟有在自己的軀體上才能找到建構女性詩學話語體系的第一塊基石。

從自我軀體出發，當代女性主義詩學找到的第一個真正屬於自己的詞語就是「黑夜」。在男性詩學話語中，光明與黑夜是一組經常出現的對立範疇，從詩學淵源來看，光明的喻意與太陽之神阿波羅掌管的理性有著密切關係，它代表著男性所規定的責任、義務、良知等事物，而黑夜則總是被指認為一種異己性形象：「在臨產的陣痛之後，／黑夜巨大的子宮／將痙攣地分娩／那更大的血紅的日子。」（方敬《黑夜》）「黑夜給了我黑色的眼睛／我卻用它尋找光明。」（顧城《一代人》）在這些詩裏，黑夜的存在只是為光明的出現提供鋪墊。當代中國女性主義詩歌將這一傳統的對立範疇關係予以徹底的顛覆，具有侵入性與剝奪性的光明意象被女性主義詩人所擱置，而黑色的旋風在女性詩歌的領地中肆無忌憚地衝撞著曾被男性話語幽閉的感性之門。「白晝曾是我身上的一部分，現在被取走」，「從此我舉起一個沉重的天空／把背朝向太陽」。女性們毫不猶豫地宣稱著「渴望一個冬天，一個巨大的黑夜」，不僅因為「夜使我們學會忍受或是享受」，也不僅是因為夜能「樹立起一小塊黑暗／安慰自己」，更重要的是，「為那些原始的岩層種下黑色夢想的根。它們／靠我的血液生長／我目睹了世界／因此，我創造黑夜使人類幸免於難」（以上所引詩句均出自翟永明的組詩《女人》）。在這裡，黑夜一詞顯然被女性主義作家們引入到了形而上層次的思考。「黑夜使人類幸免於難，」這是因為黑夜的本質不僅僅是幽暗，而且是吞沒，是包容，它是對女性軀體特徵的最富啟示意義的一種暗喻，與男性之白晝的光的刺入與赤裸的敞開形成鮮明的對照。人類的生存如果只有理性的白晝，沒有感性的幽暗，只有進入與敞開，沒有吞沒與包容，人類的生命就會沒有休憩之地，沒有滋潤的泉源，就會走向堅硬、枯萎、燥裂。所以，女性主義詩歌對黑夜與黑色的詩語建構，不僅是對女性軀體特徵的自我確認，而且是對女性作為人類之另一半對人類生存之不

〔註14〕張京媛主編《當代女性主義文學批評》，北京大學出版社1992年版，第200頁。

可或缺性的責任的自我承擔。翟永明在她著名的詩歌宣言《黑夜的意識》中曾對黑夜與女性的關係作過詩學高度的闡述:「作為人類的一半,女性從誕生起就面對著一個完全不同的世界,她對這世界最初的一瞥必然帶著自己的情緒與知覺……她是否竭盡全力地投射生命去創造一個黑夜?並在各種危機中把世界變形為一顆巨大的靈魂?事實上,每個女人都面對自己的深淵——不斷泯滅和不斷認可的私心痛楚與經驗——並非每一個人都能抗拒這均衡的磨難直到毀滅。這是最初的黑夜,它升起時帶領我們進入全新的、一個有著特殊布局和角度的,只屬於女性的世界。」在確認了黑夜與女性的同質關係之後,翟永明進一步指出黑夜對於女性的意義:「女性的真正力量就在於既對抗自身命運的暴戾,又服從內心召喚的真實,並在充滿矛盾的二者之間建立起黑夜的意識。」對女性而言,「保持內心黑夜的真實是你對自己的清醒認識,而透過被本性所包容的痛苦啟示去發掘黑夜的意識,才是對自身怯懦的真正的摧毀」。人們經常認為,中國女性主義詩歌受到西方女權主義的深刻影響,這固然不錯,但我們在這裡也可以看到一個有趣的對比。西方女權主義認為,在菲勒斯主義文化語境中,女性一直被巨大的壓力隱蔽在黑暗之中,女性與女性寫作都是一塊黑暗的大陸。但是這種黑暗是男性竭盡全力強加給女性的,因而女性的覺醒與解放應該是穿透與打破這片黑暗的大陸。所以,埃萊娜·西蘇說:「黑暗大陸既不黑暗也並非無法探索——它至今還未被開發只是因為我們一直被迫相信它太黑暗了無法開發。」〔註15〕與之相反,中國當代的女性主義詩人們用認同黑夜來標誌自己的覺醒,用擁有黑夜來顯示女性的本質力量,用建構黑夜意識來摧毀自身的怯懦,來完成女性對人類生命存在與發展的一半職責,這種詩學觀念的形成恰恰是與中國傳統文化中的陰陽互補思維方式密切聯繫在一起的。

在當代女性詩學話語的建構中,另一個蘊涵深義且被廣為使用的詞語是「血」。血對女性而言是一種自然的、不由分說的軀體特徵,但是在男性中心文化語境中,這一女性軀體特徵卻被賦予了各種不同的意義。有時它被視為聖潔,因為它是處女貞操的見證,有時它被視為禁忌,因為它是女性原罪的表徵。富於悲劇意味的是,無論是聖潔還是禁忌,血都同女性的不幸聯繫在一起。當被用來作為處女貞操的見證物時,血跡不過是女人的一份有價財

〔註15〕張京媛主編《當代女性主義文學批評》,北京大學出版社 1992 年版,第 200 頁。

產，由父親傳給丈夫為生兒子所用，它是女人作為一種交換的無言象徵。當被視為禁忌的時候，血成了女性的屈辱的來源，是女性不如男性的一種生理缺陷。所以，西方一些激進的女權主義者甚至詛咒女性的這一軀體特徵。不過，對於女性詩人而言，感受、體驗與描寫這一軀體特徵的方式則更為複雜與微妙。因為詩人面對的畢竟不是思想觀念，而是活生生的軀體本身。在女性軀體本身的意義上，經血既帶來自卑，同時也賦予女性自我創造力的確證，它的到來伴隨著痛苦，但也隱含著女性走向成熟時的神秘歡喜。這種複雜微妙的體驗在中國當代女性主義詩人那裡是表現得比較充分的。「你是我的母親，我甚至是你的血液在黎明流出的／血泊中你驚訝地看到你自己，你使我醒來」（翟永明《母親》），「一次誕生是一種偶然／如一個沒有兇手的流血事件／我含著淚水／在襁褓的鏡子裏／發現了自己的原形」（趙瓊《我參與地獄的大合唱》），這兩節寫生產的詩不約而同地揭示了女性如何在血的流動中確證了自己，但「沒有兇手的流血」又透露出女性在創痛的恐懼中無可奈何的悲哀。「我見到愛／第一眼飛濺出／腥紅色思想的潛流」（童蔚《夜曲》），「我攤開軀體，蒙頭大睡／血的沉淪無邊無際／睡成一張白紙一張獸皮」（唐亞平《死亡表演》），「在柿子成熟之前我想到了生／在柿子成熟之後我想到了死／它們和柿子一起爛掉／在我口袋中一片血紅」（伊蕾《三月的永生》），「三月裏，生命追隨著生命／在無盡的糾纏中從生到死／我咬斷了最後一根鎖鏈／女人的日子被鮮血塗炭」（伊蕾《三月的永生》），「傍晚最後一道光刺傷我／躺在赤裸的土地上，躺著證明／有一天我的血液將與河流相混」（翟永明《證明》），這一類的詩句對血與女人的關係都有很深刻的體驗和揭示，它們標誌著當代中國女性詩人的血的自覺。這種自覺是意味深長的，一方面它為女性主義詩歌確立了一種完全屬於自己的詩學話語，另一方面它把女性主義詩歌定格在創傷性的記憶與體驗之中。蘇姍·格巴在分析迪尼森的短篇小說《空白之頁》時指出：「女性身體所提供的最基本的，也是最能引起共鳴的隱喻就是血，由此，創造這一文化形式也就被體驗為一種痛苦的創傷。……因為女性藝術家體驗死（自我、身體）而後生（藝術品）的時刻也正是她們以血作墨的時刻。」〔註16〕墨水灑在紙上正如血灑在床單上，詩來自於被佔有與創傷，所以，當女性詩人們自信「我天生一張白紙／期待神來

〔註16〕張京媛主編《當代女性主義文學批評》，北京大學出版社 1992 年版，第 200 頁。

之筆／把我書寫」（唐亞平《自白》），性別立場也就無可迴避地像冰山浮出了男權意識的海面。

三、敞開生命與傾聽語言

　　90 年代以來，中國當代女性詩學理論話語的建構有一明顯的發展態勢，這就是由軀體衝動到語詞衝動、由軀體寫作到語詞寫作的發展。也就是說，80 年代中後期中國女性主義詩人更多的是關心自己的軀體如何從男性中心文化禁錮中解放出來，90 年代以來的女性主義詩人更多的則是關注如何「握住那些在我們體內燃燒的、呼之欲出的詞語，並按照我們各自的敏感，或對美的要求，把它們貫注在我們的詩裏」。〔註17〕所以，80 年代中後期的女性主義詩歌面對的是女性的軀體，而 90 年代以來的女性主義詩歌開始直接面對語詞本身；80 年代中後期的女性詩學是軀體詩學，90 年代以來的女性詩學已走向語言詩學。這種發展態勢首先可以追溯到理論家兼詩人的鄭敏先生的詩學思考。90 年代以來，鄭敏的學術活動表現出對詩歌語言建設的極大關注，她一方面尖銳地批評「當代漢語正承受著來自多發病的干擾、污染與擠壓，一是來自多年意識形態灌輸所形成的套話，一派官腔，內容空洞令人生厭，另一是來自拙劣的翻譯語型，以彎彎繞為深奧，另一派是渾身沾滿脂粉氣的廣告、流行歌曲、片頭歌的濫美溫情的庸俗」，〔註18〕另一方面她也諄諄告誡詩人們，「語言有一種隱蔽自己的性能，作者必須用他的悟性去發現他和語言間的一種詩的經驗，也就是與語言對話，不要害怕思維會妨礙詩尋找它自己的語言」。〔註19〕也許是受到鄭敏詩學理論的啟示，90 年代以來的女性主義詩人大多表現出對語言本身的敏感與關注。翟永明曾明確地表示：「90 年代以來，我對詞語本身的興趣超過了以往任何時期。」「來自詞語方面的重負（我對自己的某些侷限）被逐步擺脫了，一切詩歌的特性，以及這個時代的綜合詞語都變得極具可能性，我在寫作中，力圖攪拌和混合，然後鋪展它們的本質。」〔註20〕海男也為自己構建了一個詞語的烏托邦，「詞已經成為我的護身符，使我的生命沉溺於沙漏之盤的每個時刻——再現著我活著的全部詞……我的存在是如

〔註17〕翟永明：《面對詞語本身》，《作家》1998 年第 5 期。
〔註18〕鄭敏：《詩歌與哲學是近鄰》，北京大學出版社 1998 年版，第 399 頁。
〔註19〕鄭敏：《詩歌與哲學是近鄰》，北京大學出版社 1998 年版，第 279 頁。
〔註20〕翟永明：《面對詞語本身》，《作家》1998 年第 5 期。

此寧靜，我屬於語言與流傳之詞，屬於護身符所預見的另一個詞：無限的、稍縱即逝的遊戲。」〔註21〕

毋庸置疑，這是一種語言的自覺。當代女性詩學由軀體的自覺到語言的自覺，這種發展態勢的形成絕非任意，也不是偶然，在這一發展態勢的背後潛藏著深刻的歷史文化因素。在長期的男性中心文化的控制下，女性不僅沒有書寫的自由，而且也沒有自己的話語。無論如何天才的女性總是在男性的話語空間中活動，而男性的話語則無不顯現出對女性的遮蔽、歧視與控制，一部民族話語的流變史往往就是女性的屈辱史。所以，西方激進的女權主義者認為，女性在自己的歷史中始終被迫緘默。「現在，我們要炸毀這條法律，要開口說話。」「語言包藏著不可戰勝的敵人，這沒什麼可怕。因為這是男人和他們的文法的語言。我們決不能再留給他們一塊僅屬於他們而不屬於我們的地盤了」。女性的反抗應該「橫掃句法學」，「用她自己的牙齒去咬那條舌頭，從而為她自己創造出一種嵌進去的語言」〔註22〕。當然，中國當代女性主義詩人對男性中心文化的語言控制的反應似乎不如西方女權主義者那樣激烈，但被遮蔽的失語恐懼與焦慮是深深刻印在她們的詩學思考之中的。「女人用植物的語言／寫她缺少的東西」，這是翟永明在《人生在世》中對女性詩人所面對的話語窘境所發出的深沉的歎息。「我的天堂在一張紙上／我尋求神的聲音鋪設階梯／鋪平一張又一張白紙／抹去漢字的皺紋／在語言的荊棘中匍伏前行」（唐亞平《自白》），這無疑是所有女性主義詩人面對男性話語的遮蔽都會萌生的一種言說的渴望，抹去漢字的皺紋，實質上就是要打破傳統的規范用語與禁錮句法，砸毀男性話語的內在秩序。尤其值得指出的是，中國當代女性主義詩人最初用來橫掃男性話語句法與消解男性話語遮蔽的語言武器是從西方引進的女權主義話語模式，這種西方女權主義話語模式雖然在摧毀男性話語遮蔽方面威力無比，但它畢竟根基於另一種不同的文化土壤與政治經濟背景，它畢竟不是在自己的生存體驗中獲得的，所以，對於中國當代的女性主義詩人而言，西方女權主義話語方式是有力的，但卻是異己的。這樣，中國當代女性主義詩人就不可避免地承受著雙重失語的焦慮。一重失語是針對男性中心文化的遮蔽而言，一重失語是針對西方女權主義話語的運用而言。

〔註21〕海男：《紫色筆記》，陝西師範大學出版社1998年版，第166頁。
〔註22〕張京媛主編《當代女性主義文學批評》，北京大學出版社1992年版，第202頁。

如果說男性話語的遮蔽尚可通過西方女權主義強勢話語的引進來消解，那麼，當中國女性主義詩人在抗爭中贏得了言說的權利，她們開始有了一種自覺意識來傾聽自己的聲音時，卻發現自己仍然言說著別人的話語，這一重的失語焦慮在某種程度上比男性話語的遮蔽來得更加猛烈與持久。正是這雙重失語的相互交織與相互促動，使得 90 年代以來的女性主義詩學開始由軀體詩學向語言詩學轉變。由此看來，90 年代以來女性主義詩人從軀體自覺發展到語言自覺，不僅有著必然的邏輯關係，而且在女性主義詩學建構方面也有著十分重要的意義。

　　對於女性主義詩人而言，詞語的重要性首先在於詞語與無意識之間的關係。鄭敏曾經指出：「二次大戰後，詩的開發一方面走向光怪陸離的現實，包容了那些以往不能入詩的反詩美的素材，另一方面又向人們意識深層開拓，超出了伍爾芙的小說和艾略特《荒原》中的下意識，探索著像黑洞一樣存在於人們心靈中的無意識。神秘的無意識，沒有人能進入它，但又沒有人能逃避它的輻射，因為今天語言學已經明確這心靈中的黑洞是語言結構的發源地。19 世紀的浪漫主義理論家柯洛瑞奇告訴人們想像力包括來自先驗和作家心靈兩方面，而今天的語言學家卻指出語言結構的第三空間，這就是無意識。」〔註 23〕很顯然，鄭敏在此是把下意識同無意識作了明確的區分的，如果說下意識是被外來力量壓抑到了意識深處的觀念性的東西，一有觸動就會自然地反射，無意識則是人類遠古以來就積澱在心靈結構最隱秘的地方的生存本能與生理欲望，它無需觸動也在影響著人們的行為。對女性而言，下意識作為一種壓抑物，可能更多地與男性強勢文化觀念有關，而作為生存本能與生理欲望的無意識，則肯定更多地包容著女性軀體的本質能量。所以，當女性主義詩人用軀體寫作的方式消解了包裹著自己的男性強勢話語，女性的軀體能量獲得自由釋放的機會的時候，女性主義詩人理所當然地提出了傾聽語言的詩學原則。「詞語中的秘密與我們內心的理想有關係，對我而言，可以深藏的理想是秘密的，它的秘密在於很多時候把我們自身連同身體都隱現在唯我可以能託的時刻。」「我是一名覘觀者並以我自己的方式用詞語載動著鑰匙，基於此，只有讓我生活在詞語中，我選擇了應該選擇的一切……用一種始終是迷惑不解的預兆等待著一切降臨。」「傾聽自己的聲音時我會忘記自己。」〔註 24〕在

〔註 23〕鄭敏：《詩歌與哲學是近鄰》，北京大學出版社 1999 年版，第 411 頁。
〔註 24〕海男：《心靈挽詩》，湖南文藝出版社 1998 年版，第 199 頁。

無意識包容軀體本能的意義上，傾聽語言，實際上就是傾聽自己心靈深淵之中的生命的呼喊，而生命的呼喊是永遠大於理智的思考的。所以，「在某些時候，當細節在詩中流動和滲透時，語言被怪異地誇大，它表現出對整體的疑惑，對現存的語言的脫節，這時，你不得不敬重那些詞語組織中超越你的思想的涵義」〔註25〕從失語到言說，這是女性書寫的發展史，也是女性生存的發展史。由於女性書寫與女性生存在歷史發展上的這種同構性，傾聽語言這一詩學原則提出的意義就不僅表現在具體的語言操作的層面上，而且具有了女性書寫本體論的高度。對此海男有過很精闢的論說：「語言除了是一種符號之外，在更為廣泛的意義上語言是在解決生活的問題，語言解決我們說話的問題，語言解決我們活著呼吸的問題，語言解決死亡之前一個充滿謊言的世界，語言解決一個已經在混亂中沉溺於太長的心靈世界。」〔註26〕語言是存在的寓所，人棲居於語言這寓所中，用語詞思索與創作的人們是這個寓所的守護者。過去，女性沒有這個寓所，她們被遮蔽在男性話語之中，因而她們在哲學的意義上處於非存在狀態。無疑，語言作為存在的寓所，作為生命的回聲，語言與存在之間的同構關係對於女性而言其意義尤其重要。正是由於中國當代女性主義詩人意識到了語言與存在之間的同構性，意識到了傾聽語言與敞開生命之間的聯繫，中國當代女性詩學的建構才上升到了一個新的學術高度，並且形成了一個向縱深發展的新的理論契機。

最後要指出的是，近幾年來中國女性詩學理論的建構出現了一種普遍的反思傾向，既反思當代女性詩歌創作，也反思女性詩學話語的形成歷史。從這種反思傾向中我們可以看到幾個值得重視的問題。一是女性詩歌如何解決第二重失語，也就是模仿西方女權主義話語的問題。在這方面，我們既看到了焦慮，如鄭敏對中國當代詩歌話語丟掉自己母語的特徵，不斷在模仿別人的失語現象深感憂慮，甚至將此現象提到了民族素質的高度上來認識，同時我們也能感受到一些女性詩人自我轉換的欣慰，如翟永明在談到她的《咖啡館之歌》時曾說：「通過寫作《咖啡館之歌》，我完成了久已期待的語言的轉換，它帶走了我過去寫作中受普拉斯影響而強調的自白語調，而帶來一種新的細微而平淡的敘說風格。」〔註27〕當然，這並不意味翟永明已經放棄自白

〔註25〕翟永明：《獻給無限的少數人》，《詩探索》1999年第1期。
〔註26〕海男：《心靈挽詩》，湖南文藝出版社1998年版，第202頁。
〔註27〕翟永明：《稱之為一切》，春風文藝出版社1997年版，第214頁。

的敘說方式,而是像她自己所說的是加大了自白語調「抒情態度上的客觀性」。
這種轉換,既保持了女性詩歌的本體性特徵,又體現出詩人尋找個體獨異性
的努力。二是女性詩歌由女性痛苦與生命的呼喊向日常生活敘說的轉換。近
年來,王小妮已經把自己定位在同木匠一樣的製作者的位置上,「詩寫在紙上,
謄寫清楚了,詩人就消失,回到他的日常生活之中去,做飯或者擦地板,手
上沾著淘米的濁水」。〔註28〕翟永明也明確表示過,她喜歡從日常經驗中提取
所需的成分,90 年代以來她對詞語本身的興趣主要集聚在口語、敘事性語言
等方面。過去,提到女性作家總給人以一種身份的特異感覺,以致人們在談
論女性文學時首先想到的不是文學,而是女性。所以,向日常生活敘說的轉
換不僅涉及到詩語問題,而且也是女性主義詩人對自我身份的一種反思與消
解。三是對女性詩歌所追求的性別意識的反思,對此,翟永明近來曾有尖銳
的批評:「女性詩歌正在形成新的模式,固定重複的題材,歇斯底里的直白語
言,生硬粗糙的詞語組合,不講究內在聯繫的意象堆砌,毫無美感、做作外
在的性意識倡導,已越來越形成女性詩歌的媚俗傾向。」〔註29〕鄭敏更是敏
感地發現了中國當代女性詩歌的「回歸」傾向,如尋找真正的男子漢、想做
真正的東方女性、尋找一個願意向陽性退賠若干領土的陰性國度、召喚陽剛
之美與陰柔之美等等,所以,鄭敏不無憂慮地指出:「當西方的女權運動者唾
棄一切傳統留給婦女(出於保護她們)的權益,要求受到男子一樣的社交待
遇時,中國的一些女性反抗卻表現在請將我當一個女性來對待。」〔註30〕從
這些反思中,我們不難體會到女性詩歌發展的一個二律背反的課題。「女性作
為獨立自我的發展既是女權運動的重要課題,也是女性詩人成為出色的詩人
的關鍵。」女性意識是女性詩歌存在的本體條件,但是女性詩歌也不能僅僅
憑藉「女性」這一理由在文學史上佔據地位,它還必須依靠與人類普泛精神、
宇宙整體意識的溝通來達到一種世界意義的精神深度。所以,女性意識與人
類意識、性別立場與世界觀點的悖反以及這一悖反的消解融合,恰恰是當代
中國女性詩學理論建構已經意識到了的、不可迴避也無法窮盡的一個永恆話
題。

〔註28〕王小妮:《木匠致鐵匠》,《天涯》1997 年第 1 期。

〔註29〕翟永明:《紙上建築》,東方出版中心 1997 年版,第 232 頁。

〔註30〕鄭敏:《詩歌與哲學是近鄰》,北京大學出版社 1999 年版,第 395 頁。

第二節　美國自白派與 1980 年代以來的女性自白詩

　　20 世紀 80 年代中後期，隨著翟永明《女人》組詩與由趙瓊、島子翻譯的《美國自白派詩選》的風靡，在中國掀起了一陣「普拉斯風暴」，「自白」熱潮此起彼伏，成為一個具有劃時代意義的文學現象。這場「風暴」的始作俑者翟永明坦陳：「我在 80 年代中期的寫作曾深受美國自白派詩歌的影響，尤其是西爾維婭・普拉斯和羅伯特・洛威爾，……當我讀到普拉斯『你的身體傷害我，就像世界傷害著上帝』以及洛威爾『我自己就是地獄』的句子時，我感到從頭到腳的震驚，那時我受傷的心臟的跳動與他們詩句韻律的跳動合拍。在那以後的寫作中我始終沒有擺脫自白派詩歌對我產生的深刻影響」〔註 31〕；女詩人陸憶敏、伊蕾、海男等的詩歌中也充滿對普拉斯、塞克斯頓等美國自白派詩人的或隱或顯的指涉。顯然，美國自白派詩歌直接影響了這一文學現象的發生，成為中國新時期自白詩的引路者，而翟永明等女詩人也因此被貼上自白標籤，成為美國自白詩的「模仿者」「拿來者」。的確，無論是「自白」這一表達形式，抑或「黑暗」的底色與「狂放和恣情」的寫作風貌，80 年代中後期的女詩人們都似與美國自白詩如出一轍，但並不能就此簡單地概括當代中國的自白詩。事實上，在看似相同的「自白」書寫下，翟永明等中國女詩人賦予了自白詩不同的內容與意義，顯現出完全不同於美國自白詩的一種女性的、自信的、從容的靈魂，從而走出了迷信、複製西方文學的誤區與窠臼。

一、自白：精神的宣洩與女性的言說

　　美國自白詩是 20 世紀中期一場聲勢浩大的詩歌運動，以羅伯特・洛威爾、約翰・貝里曼、西爾維亞・普拉斯和安妮・塞克斯頓為代表的自白派詩人展現出令人吃驚的自我坦誠和暴露。由於意識形態的限制，直到 20 世紀 80 年代中後期，美國自白派才進入中國讀者的視野之中並迅速產生影響，美國女詩人普拉斯尤其受到翟永明、唐亞平等中國女詩人的喜愛和推崇。在中國女詩人的詩歌中，美國自白派的身影是清晰可見的：「你的身體傷害我，就像世界傷害著上帝」（翟永明）摘自普拉斯《高燒 103 度》中的一句詩；「海浪拍打我，好像產婆在拍打我的脊背」（翟永明），「接生婆拍拍你的腳底」（普拉斯）；「我十九，一無所知」（翟永明），「我七歲，一無所知」（普拉斯）；「我

〔註31〕翟永明：《紙上建築》，東方出版中心 1997 版，第 252～253 頁。

的黑頭髮遮住我青春的年齡，像掩住一隻小狗，在黑暗中垂著麻木的小舌頭」（伊蕾），「陰鬱的舌頭，是守護冥府的三條肥狗，趴在門口呼哧呼哧地喘氣」（普拉斯）……無論是語氣還是句式，這些獨白似的表達像極了普拉斯的敘述風格。但事實上，中美兩國的自白詩歌中，有一處相當明顯的差異——性別意識的鮮明與否。

美國自白詩包羅了豐富的社會、歷史、宗教因素。自白派誕生於後工業社會的美國，彼時人們面對的是物質對人的迅速異化、政權的高度集中，以及揮之不去的戰爭陰影。此番種種帶給美國當代詩人自我表達和自我實現的挫敗感〔註 32〕。在這種現實環境中，美國詩人飽受精神的壓抑和折磨，終於在 1959 年，羅伯特‧洛威爾出版了詩集《生活研究》，以極端的直白袒露了他的個人生活經驗和思想。一石激起千層浪，美國文壇由此掀起了一場新的革命，標誌著美國「自白派」的誕生。美國自白派詩人為抒發個人精神遭受折磨的憤懣，不斷探索著社會現實和歷史淵源，把個人的經驗同公眾的經驗平行起來，再現了痛苦的個人生活和錯位的現代社會。〔註 33〕他們毫不留情地對美國進行著發洩式的批判：洛威爾在《1961 年秋》中直白地稱「核戰爭」是「我們的死亡滅絕」，揭露人們「在搖搖晃晃的巢」中不得「片刻休憩」；普拉斯在《夜班》一詩中諷刺「人們轉來轉去，一刻不停地侍候著那些油膩膩的機器，一刻不停地侍候著愚鈍的，不知疲倦的事實」；認為現代社會「是一座修補人的城市」，而生活在其中的人只能「躺在巨大的鐵砧上」「變成了一塊一動不動的卵石」（《石頭》）；羅斯克在《渴望》一詩中甚至直接將美國比喻成「一個充滿臭氣和歎息的王國」。

發生在中國 80 年代的自白熱潮比美國自白派的興盛期晚了 30 年，但美國自白派詩人所表達的憂愁與焦慮卻與此時中國女詩人的心緒十分契合，從而引起了她們的內心共鳴，因此自白詩被迅速接受。但更應當注意到的是，中美兩國有著完全不同的社會制度，在意識形態、文化結構等方面有著根本的差異，因而中國女詩人的「自白」衝動與美國自白派詩人有著本質上的不同。中國女詩人憂愁的是女性情感經驗的無處告白，焦慮的是面對主流文學與外來文學的雙重壓力該如何開創與守候女性的一番天地。如果說，美國自

〔註32〕白菲菲：《嬗變與超越：翟永明詩歌論》，黑龍江大學碩士學位論文，2012 年。
〔註33〕彭予：《論美國自白詩的社會批判傾向》，《解放軍外國語學院學報》2001 年第 3 期。

白派是一種在社會壓力和戰爭創傷高度擠壓下的釋放和宣洩，中國女詩人的「自白」則是女性被遮蔽千年的真正的覺醒之聲。

相較於美國自白派詩歌的豐富蕪雜，中國女詩人的自白詩則表達出異常明確的性別意識。「用人類的唯一手段，你使我沉默不語」（翟永明《女人》），這裡的「我」無疑指稱著女性，與「你」（男性）有著明顯對立性；「你把我叫做女人，並強化了我的身體」（翟永明《女人》），女性意識獨有的身體意識在這裡得到了大膽直白的表達；「我有我的家私，我有我的樂趣，有一間書房兼臥室，我每天在書中起居」（唐亞平《自白》），這與伍爾芙提出的著名的女性主義理論「一間自己的屋子」有著異曲同工之妙；在「我還要寫詩，我是我狹隘房間裏的，固執製作者」（王小妮《應該做一個製作者》）中表現出同樣明確的房間意識；更不必一一例舉《獨身女人的臥室》（伊蕾）中對女性身體和欲求的表述之直白，以及《黑色沙漠》（唐亞平）中對女性隱秘情慾的大膽暴露。翟永明們在她們的自白詩歌中對女性意識的空前表達，使詩評家唐曉渡在一篇名為《女性詩歌：從黑夜到白晝》中首次從學理角度提出了「女性詩歌」這一概念〔註 34〕，也就是說，這個與美國自白詩派有著密切親緣關係的「中國自白詩派」以別樣的「自白」方式生成了其獨有的重大意義：「20世紀 80 年代中期，真正意義上的「女性詩歌」才開始出現。以翟永明、唐亞平、王曉妮、陸憶敏、伊蕾、張真、海男等人為代表的第三代女性詩人，一反朦朧詩溫婉含蓄的寫作姿態，用大膽直白的語言、決絕反抗的姿態表達對女性性別身份的真實體認，彰顯女性的自我世界。」〔註 35〕當然，在美國自白詩歌中，我們也能看到性別的突顯，如普拉斯的《家庭主婦》揭示了許多婦女「嫁給了房子」的辛勞無奈；塞克斯頓的詩歌素材往往也是女性的：流產、子宮、乳房、性愛、私通、墮胎等。普拉斯們無疑「是女權主義運動的先驅，她的作品表現了無力擺脫壓迫的女性的憤怒」，但美國自白派女詩人「並沒有有意識地替婦女們說話，只是她所做的努力在客觀上代表了婦女的心聲」〔註 36〕。且美國自白派成員性別不拘，雖普拉斯、塞克斯頓等幾位女詩人聲名巨大，但其詩派領袖仍男性詩人洛威爾，其他幾位重要成員也是男性。而

〔註 34〕唐曉渡：《女性詩歌：從黑夜到白晝》，《詩刊》1987 年第 2 期。

〔註 35〕張豔路：《自白的動因——20 世紀 80 年代女性詩歌言說策略的轉變》，《名作欣賞》2013 年第 36 期。

〔註 36〕彭予：《悲慘的一代，痛苦的繆斯——美國自白派詩歌現象述評》《安徽師範大學學報（人文社會科學版）2004 年第 2 期。

1980 年代的中國自白詩人則是清一色的女性，幾乎覆蓋了八、九十年代之交最重要的女性主義詩人。因此，明確的性別意識無疑是中國女詩人「自白」的特殊貢獻。

「女性詩歌乃是女性自我意識的表現，這一有關女性詩歌本體特質的詩學觀念使女性詩人不約而同地將自我獨白作為最本質的書寫方式。」〔註 37〕因此「自白」這一表達方式並非翟永明們對美國自白派的刻意模仿，而是源於最本質的性別意識的一種選擇；此外，「自白」在中國女詩人這裡多出了一種「策略」的意味，以此來解構男性話語霸權，建構獨特的話語體系。「美國自白派與中國自白派分別展開於理性與非理性、男權與女性兩類不同類屬的二元對立關係中。前者借「自白」來釋放無意識洪流，強調對既有秩序的破毀，非理性色彩濃重；後者借「自白」復活個性、明確性別、突顯女性生命的獨立自在，偏重兩性關係的調整，包孕著豐富的理性因子。」〔註 38〕不同於美國詩人單純的傾訴和哀嚎，「自白」於中國女詩人們而言，更像是一種締造——締造出一個全新的、鮮明的女性靈魂。

二、黑暗：生命的悲劇與希望的亮色

儘管洛威爾們與翟永明們在不同的時代均以「自白」的方式扮演了相近的角色——「私語」時代的開啟者，並分別在各自的文壇領域掀起「黑色旋風」，但兩者的「黑暗」有著不同的本質。美國自白派的「黑暗」不僅僅是一種意象，更是詩歌的唯一底色，甚至是詩人全部的生命色彩，它是痛苦、絕望、瘋癲、死亡、悲劇的代名詞；而中國女詩人筆下的「黑暗」則帶有強烈的性別能指功能，它在女詩人筆下表現出的並不完全是本色的壓抑和絕望，相反，它具有強大的包容性和安全感，因為它是專為女性建構而成的烏托邦世界，為女性帶來的是自由、自信、希望的亮色。

美國自白詩是黑暗的，這並不僅僅指的是詩中那些為翟永明們沉迷的「黑暗」意識或意象，而是從詩歌到詩人的全部色彩——悲劇，徹頭徹尾的悲劇。這種悲劇色彩存在於西方源遠流長的文化中，伴隨著自白派詩人的經歷經驗，流淌在詩人們的血液之中。西方哲學、文學、宗教等文化都是具有

〔註37〕趙樹勤：《當代女性詩學的理論建構及其流變》，《文藝研究》2001 年第 2 期。
〔註38〕白杰：《中美自白詩派私密話語比較研究》，《長沙理工大學學報（社會科學版）》
　　　　2013 年第 3 期。

悲劇色彩的，這在美國自白派發生時期尤其鮮明。自白派的形成離不開弗洛伊德的精神分析學說和存在主義哲學的興起，彼時的西方均籠罩在痛苦、徬徨、虛妄的非理性主義的黯然之中，自白派詩人同樣也在忍受著這種思想智慧的痛苦。他們找尋自我，卻發現「亨利（自己）是個懦夫」（伯裏曼《上帝賜福於亨利》）；他們追尋生存的意義，卻只能站在瀕臨斷裂的神經邊緣大聲發問：「我不知道地球何時會爆裂，我想知道任何脆弱的生命怎樣才能幸存」（塞克斯頓《流產》）；最終他們萬念俱灰：「未來使我厭倦，我從來不想爭取它。……我的靈魂已經死掉」，在「我們都是微不足道的匆匆過客」（洛威爾《尾聲》）的絕望中對自我與生命的價值進行了悲劇性的全面否定。事實上，這種黑暗的、壓抑的悲劇感並非自白派開創，「二戰」結束後，美國先後出現的文學流派——迷惘的一代、垮掉派、黑山派等都是以更近於內心的感受來破除文學的理念和技藝，也將美國文學帶上了後現代主義道路，自白詩派延續了這一基本路向，繼續將迷茫、痛苦、無望的文學情緒推向高潮。當然，包括自白派在內的西方文學的悲劇色彩並非出於作家們刻意的營造，這種黑暗的、悲憫的情懷源於他們重要的文化根基——宗教信仰之中。美國自白詩的繁盛無疑與西方發達的宗教意識有著密切的關聯，在漢語中，「自白」即表述自我內心世界的真實想法；而在英語中，Confession 是一個宗教詞語，含有「懺悔」的意思。因此「在某種程度上『自白派』實際上應該譯成『懺悔派』。詩人們首先建立起了自己和上帝的聯繫，才大膽地發出自己的聲音。那種深刻的、同時也是大膽的自我披露和批判精神，是遠勝過對奧古斯丁，甚至遠甚於十八世紀另一部《懺悔錄》的作者盧梭的。因為『自白派』詩人的懺悔既無對上帝的哀訴，又不想洗刷自己以求得寬容，他們承認自己就是罪惡本身」〔註 39〕——「我自己就是地獄」（洛威爾《黃鼠狼的時辰》）。美國自白詩人在近乎瘋癲的暴露自我時，仍不忘陳述自己的罪惡，虔誠地做著懺悔：「我生來就和罪惡打交道，生下來就在懺悔罪過」（塞克斯頓《在對貪婪的仁慈》），這與生俱來的罪過與痛苦使得美國自白詩彷彿一部純粹的悲劇，不斷衝擊著讀者的靈魂。當這種帶有濃厚的悲劇色彩的文化背景遭遇戰爭、愛情的不幸經歷之時，於敏感的自白詩人們而言，便形成一個萬劫不復的黑色深淵——「一切都完了」（伯裏曼《墓碑傾斜了》）。這種充斥著痛苦與絕望的黑暗，成為美國自白詩人精神和生命的全部色彩，最終以崩

〔註39〕彭燕郊，王佐良等：《國際詩壇》，灕江出版社 1987 年版，第 102～103 頁。

潰與自殺演繹了一齣徹頭徹尾的悲劇。這齣黑暗的悲劇中並不會令人感到矯揉造作，相反，深刻的哲學意蘊、悠久的文學歷史和神聖的宗教信仰使自白詩的「黑暗」久久發散著令人戰慄的魅力。

　　生存於另一種文化歷史境遇裏的中國當代自白女詩人，同樣也在文壇上刮起了一陣黑色的旋風。但與美國自白派的黑暗悲劇不同，中國女詩人筆下的「黑暗」不是毀滅與絕望，而在於建構、希望與光明，她們以「黑色沼澤」、「黑色風景」、「黑色洞穴」、「黑房間」、「黑女人」這些「黑暗」創造了一個僅屬於女性的世界，實現著自我的確認和超越。首先，「黑暗」是對女性自我的發現與確認。翟永明在《黑夜的意識》一文中說：「對女性來說，在個人與黑夜本體之間有著一種變幻的直覺。我們從一生下來就與黑夜維繫著一種神秘的關係，一種從身體到精神都貫穿著的包容在感覺之內和感覺之外的隱性語言，像天體中凝固的雲懸掛在內部，隨著我們的成長，它也成長著。」〔註40〕也就是說，「黑夜」與女性氣質之間存在著一種天然的吻合，當發現黑暗的意義，我們便發現了女性的獨特，觀照了黑夜，才會同時觀照女性的成長，走向黑暗可以說是成為自覺女性的必經之路。從這個意義上說，中國女詩人的「黑暗」意識雖接受了美國自白派「黑暗」的啟迪，卻絕非後者的簡單模仿或衍生，因為「黑暗意識是女性意識在二十世紀新一輪覺醒的必然表達」〔註41〕。其次，「黑暗」代表著包容與安全。從詩學上來看，太陽之子阿波羅掌管的白晝世界是男人的世界，那麼「黑暗」則完完全全屬於女人。女性在黑夜裏可以放縱自己，無論是做「女巫」還是「女妖」，在這個世界中都無人有指謫的資格，女性可以回歸最真實的狀態。因為黑色本身含有極強的包容能力，隱蔽力，可以帶給女性極強的安全感，所以，「黑暗」一時間覆蓋了這一時期幾乎所有的女性寫作。最後，「黑暗」使女性看到了力量、自信與光明。與普拉斯們的精神崩潰和自我否定不同，中國女詩人們在自由自足的黑暗世界中充滿了激情和勇氣，她們的詩歌一反傳統的美學觀念，呈現了一種強勁、飽滿、異常激烈的美學風貌。她們在詩歌中不懼死亡，不拘束服，將衝動、激烈的詩風展現得淋漓盡致：「我吸乾了你的液體，你吸乾了我的靈魂，我是身體透明的魔鬼，我的死，我的死是永生」「忠貞的你和

〔註40〕翟永明：《黑夜的意識》，《詩歌報》1986 年 8 月 12 日。
〔註41〕凌建娥：《論當代中美女性詩歌興起時期的黑暗意識》，《廣州大學學報（社會科學版》2004 年第 3 期。

放蕩的你是無所謂的，無法改變你就像無法改變我，我在愛你中得到永生」（伊蕾《三月的永生》），在這裡，女性「與死亡締結姻緣，毫不妨礙她盡情享受生命之歡娛」〔註 42〕；「不要對我說，你是女人你要溫柔些，我是水，天生的柔情，使我強大」（林祁《海女人》），在這裡，壯闊的「海」成為女人的修辭，盡顯女性本身強大的氣概；「但在某一天，我的尺度，將與天上的陰影重合，使你驚訝不已」（翟永明《女人·憧憬》）則展現出了女人在茫茫天地之間自信昂揚的氣質；「點一支香煙穿夜而行，女人發情的步履浪蕩黑夜，只有欲望猩紅，因尋尋覓覓而忽閃忽亮。」（唐亞平《黑色子夜》），狂熱的「黑夜」是被欲望點亮的樂園……。

普拉斯曾對「黑暗」作過這樣的解釋：「一個黑暗、絕望、幻想破滅的時期，黑暗如同人類心靈的地獄，象徵性的死亡，麻木的電擊，然後是緩慢的再生和精神新生的痛苦。」〔註 43〕但是中國女性詩人並沒有繼承這種被絕望籠罩的「黑暗」。正相反，在翟永明們看來，「它是黑暗，也是無聲地燃燒著的欲念，它是人類最初同時也是最後的本性。就是它，周身體現出整個世界的女性美，最終成為全體生命的一個契合。它超過了我們對自己的認識而與另一個高高在上的世界溝通，這最真實也最直接的衝動本身就體現出詩的力量。必須具有這種發現同時也必須創造這個過程方能與自己抗衡，並藉此力量達到黑夜中逐漸清晰的一種恐怖的光明。……你總會找到最適當的語言和形式來顯示每個人身上必然存在的黑夜，並尋找黑夜深處那唯一的寧靜的光明。」〔註 44〕正因如此，美國自白派說「一切都完了」（伯里曼《墓碑傾斜了》），而中國自白女詩人卻說「我目睹了世界，因此，我創造黑夜使人類幸免於難」（翟永明《世界》）。

三、本土化：「自白詩」的轉型與發展

中美自白詩在「自白」與「黑暗」兩個如此顯性的相似特徵中，皆有各自迥然之處，如果我們從「美國自白派的模仿」的標簽中走出，細讀 80 年代中後期女詩人們的作品，就會發現所謂的「複製品」實則打上了深刻的中國

〔註 42〕張曉紅：《互文視野中的女性詩歌》，廣西師範大學出版社 2008 年版，第 222 頁。
〔註 43〕轉引自劉格，榮光啟：《1980 年代女性詩歌的「自白」藝術》，《寫作》2019 年第 2 期。
〔註 44〕翟永明：《黑夜的意識》，《詩歌報》1986 年 8 月 12 日。

本土的印記。在比較文學中，任何影響都必然經過本土文化過濾後而發生作用，80 年代的中國女性詩人對美國自白派的接受亦遵從這一理論。翟永明們的自白詩始終保持著一些中國傳統文學的審美習慣，並在「影響的焦慮」下不斷反思和創新，最終完成了華麗的轉身，完全突破了美國自白派的陰影。由此，中國當代女詩人們以其實踐證明了她們的自白詩並非所謂的舶來品，而是屬於中國本土的、屬於自己的新詩。

　　文以載道及含蓄克制的中國傳統審美理念鮮明地體現出當代「自白詩」的本土特徵。程光煒先生是這樣判斷翟永明和普拉斯的不同：「翟永明在抒情風格上雖然也有較濃厚的『普拉斯』的氣味，但她選擇了比較克制和冷漠的敘事尺度：她也不是一味依靠過分暴露、誇張和渲染的語言來維持作品的藝術張力，而是相反，作者的思想深度、觀察的深刻與表現的內在力度，都明顯要略高一籌。即使放在本時期最優秀的男詩人行列裏，她的藝術表現也毫不遜色。」〔註45〕顯然，對翟永明們具有顯性主導地位的中國傳統文化無疑在她們接受美國自白派時形成了一個最大的「接受屏幕」，僅管美國自白詩歌的極度私人化和肆意的釋放宣洩深深震撼了中國女詩人們，但她們的詩歌遠不及，抑或不屑於這種肆無忌憚的「嚎叫」。

　　歷經「去性別化」集體創作和朦朧詩對「人」的回歸，翟永明一代的女性詩人更加注重詩歌的內省和內視角度，她們通過女性的「獨語」，來審視歷史，關注女性：「我仍然珍惜，懷著，那偉大的野獸的心情注視世界，深思熟慮。我想，歷史並不遙遠，於是我聽到了陣陣潮汐，帶著古老的氣息」（翟永明《女人·世界》）。這是一種既崇高又平靜的姿態，亦是「地母」式的女性視角，對歷史進行冷峻的審視，對世界予以從容面對，看穿一切，也願分擔一切。〔註46〕自白女詩人的這種冷靜與從容，不僅僅是「載道」的文化所致，亦是對中國源遠流長的自白傳統的繼承。「自白」這一言說策略既有古代從漢樂府民歌到李清照詩詞的源流，又有現代從冰心到陳敬容的接續，它如暗夜之水一直默默流淌在中國文學的肌理中，雖不璀璨卻從未中斷，形成一股默默流淌的潛流，只待20世紀80年代中後期一遇時代之風便呈燎原之勢。〔註47〕因而，這名噪一時的「自

〔註45〕程光煒：《中國當代詩歌史》，中國人民大學出版社 2003 年版，第 372 頁。
〔註46〕安培君：《反叛與交流——論 20 世紀 80 年代中後期女性詩歌》《寧夏大學學報（人文社會科學版）》2014 年第 4 期。
〔註47〕張豔路：《自白的動因——20 世紀 80 年代女性詩歌言說策略的轉變》，《名作欣賞》2013 年第 36 期。

白詩」並非是在搬移美國自白詩歌後的橫空出世，而是有其傳統的流變、發展。也正因如此，中國自白詩始終保持著含蓄、婉轉、中和、克制等傳統審美習慣，只是程度不同而已。即便如此推崇普拉斯的翟永明，雖有普拉斯的自我袒露，卻沒有她的歇斯底里，相反，她是沉靜的、內斂的，並以深刻的洞察力和體驗，致力於對女性的關注和性別的建構。普拉斯們常常通過自白話語展現一種毫無顧慮的語言快感，但是翟永明們卻在痛快表達的同時，不曾遺忘語言的優美：「憂鬱從你身體內滲出，帶著細膩的水滴」（翟永明《渴望》）；「該透明的時候透明，該破碎的時候破碎，瞎眼的池塘想望穿夜，月亮如同貓眼，我不快樂也不悲哀」（翟永明《邊緣》）；「迎春花，你純潔無瑕，猶如我的身體」（伊蕾《迎春花》）……晶瑩剔透的「水滴」、月下的「池塘」、純潔的「迎春花」，這些隱喻皆與以花喻女子的中國文學傳統一脈相承，賦予詩歌一種朦朧、含蓄之美。故而「中國自白詩人雖然極力反抗男權，但並不似美國詩人那樣在情緒上大起大落、在題材上驚世駭俗，而善於在靜美幽深之境求得心物交融、情思會通、兩性諧和，雖缺乏火山爆發式的力度，卻盡顯細膩清麗的女性特質。」〔註48〕「如果普拉斯的詩歌更多地徘徊於愛恨情仇、悲喜苦樂、欲望和恐懼、生之搏鬥和求死之心之間，那麼翟永明的敘事則顯得克制收斂、不動聲色、頗有城府。」〔註49〕不僅是翟永明，中國自白派女詩人大多既有東方古典女子的內斂又具現代女性的獨立思想，從而使得她們的詩歌形成一種中和與平衡之美。

在「互文」的文化時代背景下，極少有作家能夠避開「影響的焦慮」，中國自白派女詩人也不例外。翟永明曾表示過這種焦慮與憂患：「我曾經猶豫是否使用第一人稱，因為我不想被看做普拉斯的模仿者。」〔註50〕80年代的女性文學沉浸在吶喊的熱潮之中，但詩人們並沒有一味沉溺在自白話語的漩渦中無法自拔，她們不斷地反思，並很快意識到「固定重複的題材，歇斯底里的直白語言，不講究內在聯繫的意象堆砌，毫無美感，做作外在的『性意識』倡導等，已使『女性詩』出現了媚俗傾向。」〔註51〕正是在這種警醒和反省之中，翟永明們不斷超越、求新，終於以回歸古典題材、現實主義視角與日

〔註48〕白杰：《中美自白詩派私密話語比較研究》，《長沙理工大學學報（社會科學版）》2013年第3期。

〔註49〕張曉紅：《互文視野中的女性詩歌》，廣西師範大學出版社2008年版，第149頁。

〔註50〕周瓚：《論翟永明詩歌說話的聲音與述說方式》，《翼》1998年第1期。

〔註51〕翟永明：《「女性詩歌」與詩歌中的女性意識》，《詩刊》1989年第6期。

常生活化敘事完成了自白詩歌的本土化轉型。

　　中國自白派在進入 90 年代後在寫作姿態上做出了較大的調整，首先表現出的轉變就是詩人們向傳統題材的移情，如出生於成都，從小就在戲劇的浸染中度過的翟永明。翟永明的《三美人之歌》分別取材於中國戲曲、小說、民間傳說中的孟姜女、白素貞、祝英臺三位女人；《時間美人之歌》寫三位古代美人趙飛燕、虞姬、楊玉環；《編織行為之歌》也寫了三位古代女性黃道婆、花木蘭、蘇蕙。唐亞平的《俠女秋瑾》《才女薛濤》《美女西施》亦是對中國傳統文學素材的運用。可以看出自白派女詩人已將視線投注於中國傳統文化，表現了對傳統文化的某種認同回歸。〔註 52〕其次，詩人們由女性主義的敘事角度逐漸轉向現實主義視角，中國自白派領軍人物翟永明就是這樣的典型。經濟、科技迅速發展的現代文明給社會造成的危機逐漸進入了翟永明的視角，她在《輕傷的人，重傷的城市》《三天前，我走進或走出醫院》《潛水艇的悲傷》等詩歌中都表現出對現代文明的質疑與思考，很好地調整了私密空間與公共空間、個人性與公共性的複雜關係，從而使得自白派女性詩歌「通過多視角、多層次的方式，來體現女性超越自我的省悟力，證明女性詩歌的當代素質。」〔註 53〕最後，自白派女詩人在後期讓大量的生活題材進入詩歌，造就了一種平凡、平淡、平常、平民的敘事風格，推動、豐富了女性自白詩歌的複雜書寫。自白派的重要成員唐亞平說：「女人用詩營造世界就像營造自己的家居環境一樣，使詩與存在與日常生活統一於身，通過對語言的把握達到對世界的把握」〔註 54〕。她的詩作《主婦》就表現了一位普通婦女的日常生活：「我的腰變粗，嗓門變大，一口碎牙咬破世界，嘮叨是家常便飯，有滋味，銀鐲子會耍手腕，圈子和圈子彼此壓扁，彼此無關，繫一條不乾不淨的圍裙，就該我繞著鍋邊轉，我鼠目寸光，兒女情長，雞毛蒜皮的事，說不盡做不完，唯有平庸使好日子過得長久，明天的明天會裝進罈罈罐罐，就這樣活到底……」。這種日常生活是日常瑣屑的，也是平淡如水的，使得女性自白詩歌的寫作有了人間煙火氣，更加恬淡自然真實而厚重〔註 55〕。

〔註 52〕董秀麗：《20 世紀 90 年代女性詩歌研究》，南開大學博士學位論文，2010 年。

〔註 53〕程光煒：《由美麗的憂傷到解脫和粗放——新時期女性詩歌嬗變形態內窺》，《文藝評論》1989 年第 1 期。

〔註 54〕唐亞平：《語言》，《詩探索》1995 年第 1 期。

〔註 55〕張飛：《二十世紀八十、九十年代女性詩歌研究》南京師範大學碩士學位論文，2011 年。

　　事實上，美國自白詩派也曾做出過反思：「儘管我的創作源自我曾擁有的感官直覺和情感經驗，但我並不贊同直抒胸臆式的哭喊，那樣的作品裏除了憤怒與傷害就別無所有的。……我相信詩歌必須與某些普遍的東西有內在的聯繫。」〔註56〕但遺憾的是彼時的美國自白派詩人未能成功轉型從而對自白詩歌進行新的發展，而是或瘋癲或自盡。翟永明與其他中國自白派女詩人則在不斷的反思與創新中逐漸黯淡了美國自白派的影子。80、90 年代在時間上的分割並不代表中國自白詩的斷裂，這是一個延續、繼承和轉向的過程，女詩人們仍保持著對「自白」語式的喜好，但其中更多的傳統性、客觀性、真實性無疑已經構成了一種新的寫作——完全本土化的中國的自白詩歌。

　　在美國文學史上，自白派是一個獨具個性的後現代派，是一種「神聖的痛苦，輝煌的絕望」〔註57〕，是一座「改變了美國詩歌」的里程碑。1960 年，自白派詩歌的開創性作品《生活研究》獲得美國國家圖書獎；1967 年，領袖詩人羅伯特·洛威爾登上美國《時代》雜誌封面，被譽為「美國同代中最好的詩人」。而在中國的詩歌界中，「自白派」這一詞語似乎成為一種標籤，甚至有時成了對女性詩歌一個缺陷性的描述。在中美自白派各自不同的命運背後，隱匿著繁複蕪雜的深層原因，值得我們繼續關注和探討，但對女性寫作的「僭越」行為充斥著偏見與苛刻是一個可見的事實。應當承認的是，80 年代中後期的中國女性自白詩歌確有種種的不足與缺陷，但翟永明等女詩人與其他青年詩人一起，實現了對舊時代之僵死而非詩的一元中心體制的突圍，從而進入現代主義的邊緣中心化以及後現代意味的多元共生態，使萎頓枯竭的中國新詩得以在大陸創世紀式地復生和崛起〔註58〕，並在深刻的反思與積極的轉型進程中，顯示出她們獨特的詩歌品質、活躍的創新思維和持久的精神力量。

第三節　1990 年代女性詩歌的新變

　　從 1980 年代到 1990 年代的時間位移裏，女性詩歌的視角、蘊涵、言說

〔註56〕轉引自白杰：《中美自白詩派私密話語比較研究》，《長沙理工大學學報（社會科學版）》，2013 年第 3 期。

〔註57〕向飛：《「神聖的痛苦，輝煌的絕望」——介紹美國「自白派」詩歌》，《外國文學研究》1988 年第 2 期。

〔註58〕董秀麗：《20 世紀 90 年代女性詩歌研究》，南開大學博士學位論文，2010 年。

策略和藝術品格等經歷了本質性的蟬蛻和裂變。如果說 80 年代的舒婷一代和翟永明、伊蕾一代分別完成了女性寫作覺醒、確認的兩個階段，那麼 90 年代的女性詩歌則進入了回歸詞語本身、直面詞語世界的語言寫作時期。女性詩人在 80 年代關注「說什麼」的激情本身基礎上，又開始關注「怎麼說」的技術問題。〔註 59〕

　　80 年代中期最早標舉「黑夜意識」的翟永明，10 年後又寫了一篇文章《再談「黑夜意識」與「女性詩歌」》，其中有這樣的話：

　　　　儘管在組詩《女人》和《黑夜的意識》中全面地關注女性自身命運，但我卻已倦於被批評家塑造成反抗男權統治爭取女性解放的鬥爭形象，彷彿除《女人》之外，我的其餘大部分作品都失去了意義。事實上「過於關注內心」的女性文學一直被限定在文學的邊緣地帶，這也是「女性詩歌」衝破自身束縛而陷入的新的束縛。什麼時候我們才能擺脫「女性詩歌」即「女權宣言」的簡單粗暴的和帶政治含義的批評模式，而真正進入一種嚴肅公正的文本含義上的批評呢？要求一種無性別的寫作以及對「作家」身份的無性別定義也是全世界女權主義作家所探討和論爭的重要問題……女詩人正在沉默中進行新的自身審視，亦即思考一種新的寫作形式，一種超越自身侷限，超越原有的理想主義，不以男女性別為參照但又呈現獨立風格的聲音。女詩人將從一種概念的寫作進入更加技術性的寫作。無論我們未來寫作的主題是什麼（女權或非女權的），有一點是與男性作家一致的：即我們的寫作是超越社會學和政治範疇的，我們的藝術見解和寫作技巧以及思考方向也是建立在純粹文學意義上的，我們所期待的批評也應該是在這一基礎上的發展和界定。〔註 60〕

翟永明在這裡一方面指出女性詩歌衝破了自身束縛卻又陷入了新的束縛；另一方面又提出了一種「新的寫作形式，一種超越自身侷限，超越原有的理想主義，不以男女性別為參照但又呈現獨立風格的聲音」；並預言「女詩人將從一種概念的寫作進入更加技術性的寫作」。她在這裡所說的「獨立風格的聲音」和「技術性的寫作」，當主要指語言意識的自覺和將目光投向人類、歷史、未

〔註 59〕 羅振亞：《激情與技術遇合：90 年代女性詩歌的審美新向度》,《文藝理論研究》
　　　　2004 年第 2 期。
〔註 60〕 翟永明：《再談黑夜意識和女性詩歌》,《詩探索》1995 年第 1 期。

來、理想和終極關懷的超性別寫作。很明顯，此時的翟永明們已經開始出離80年代的軀體詩學，逐漸向新的審美維度歸趨，學習「重新做一個詩人」。而這一詩學轉向的形成則是對抗西方女權主義話語焦慮、對前期女性主義詩歌創作缺陷的自省和「語言論轉向」的全球化語境影響的合力作用的結果。

一、90年代女性詩歌的新質

進入90年代以後，女性詩歌給人的觀感有所變化。女詩人們面對世紀之交經濟與文化環境的變化，大多對自身進行了重新審視，調整了寫作策略，力圖「思考一種新的寫作形式，一種超越自身的侷限，超越原有的理想主義，不以男女性別為參照但又呈現獨立風格的聲音」。〔註61〕女性詩人的自省與探求催生了90年代女性詩歌新特質。

其一，性別意識的淡化和自白語調的舒緩

90年代的女性詩歌群落並沒有沿著翟永明等人的「黑色系列」路子走下去，而是淡化了前一階段的自賞和自炫色彩，女詩人們意識到，真正女性詩歌提供的都應是女性自身的和人類的雙重信息，女性詩歌既是女性的，也是全人類的。因此，不再將性別對抗作為燭照女性命運的主要文化背景，而是更多地表現人類生存的大背景，表現對自我與世界這一普遍的哲學命題的思考。在這一向度上，非但王小妮、虹影、張真、海南、閻月君等先鋒代表有意識地轉向了寬闊的人文視野，如「現在我想飛著走／我想像我的腳／快得無影無蹤」（王小妮《活著・颱風》），那對於詩意的不可落實的存在幻想，是人類不滿庸俗塵世生活、渴望永恆超越的普泛心理的外化；「隔著一個未知的世界／我們永遠不能瞭解／你夢幻中的故鄉／怎樣成為我內心傷感的曠野」（翟永明《壁虎和我》），悲憫壁虎的經驗，不再是女性獨有而成為籠罩全人類的偉大情懷，詩已上升到命運沉痛思索的高度。就是那些90年代崛起的詩人也紛紛嘗試，她們相當自覺地表示：「女性的寫作可能同樣是極為廣闊的，沒有什麼『內在』的限制不可突破的」，並在寫作中「有意地摒除明顯地歸屬於『女性』的一些特徵，用筆與博大的宇宙對話。女性主義詩人們在保持女性的敏感細膩的同時，又以既往少有的冷靜與睿智，進入了深邃澄明的哲理境界。「在春天的背面／有些事物簡明易懂／類若時間之外的鐘／肉體之上的

〔註61〕翟永明：《再談「黑夜意識」與女性詩歌》，《詩探索》1995年第1期。

生命／或是你初戀時的第一滴淚／需要誰的手歌唱它們並把它們叫醒」（陳會玲《有些事物簡明易懂》），對生命的思考顯然已進入了人類的生存和靈魂深處，說明人類的最高言說都存在於肉體之外。「一段無歌的詞尋找它世界的歌手／由暗變白／服喪的鐘高處弔掛／我看見七朵落霜的玫瑰／我看見被稱作大地的衰老婦女／用血肉餵養蚊蟲和詩人」（沙光《灰色副歌》），這樣，對人類共同處境的鳥瞰不再依賴性別角色，而是呈現為大地表象後幽暗本質的理性發現和籲求拯救的靈魂承擔。

　　90 年代女性詩人在淡化性別色彩的同時，自白語式也隨之進行著調整和轉換。如翟永明在談到她的《咖啡館之歌》時曾說：「通過寫作《咖啡館之歌》，我完成了久已期待的語言的轉換，它帶走了我過去寫作中受普拉斯影響而強調的自白語調，而帶來一種新的細微而平淡的敘說風格。」〔註 62〕當然，這並不意味翟永明已經放棄自白的敘說方式，而是像她自己所說的是加大了自白語調「抒情態度上的客觀性」。這種轉換，既保持了女性詩歌的本體性特徵，又體現出詩人尋找個體獨異性的努力。

其二，走向日常與回歸傳統

　　90 年代後，轉向冷靜的詩人們逐漸意識到自己決非「女神」式的精英，和千千萬萬的普通女性並沒有什麼根本區別。這種對塵世和平凡的認同，使她們開始順應詩歌中日常敘事與個人化寫作的潮流，將目光下移到的凡俗瑣屑的現實人生，在日常生活的海洋裏發現拾撿詩情。如王小妮就把自己界定為家庭主婦和木匠一樣的製作者，認為「詩寫在紙上，謄寫清楚了，詩人就消失，回到他的日生活之中去，做飯或者擦地板，手上沾著淘米的濁水」，很好地諧調了詩與日常生活的關係，置身於生活的瑣屑裏，仍能在心靈的一角固守獨立的精神天地，在家庭平淡庸常背後保持一顆詩心。

　　女性主義詩歌走向日常的同時，也表現出向傳統題材和精神向度的回歸。若說翟永明寫趙飛燕、虞姬和楊玉環的《時間美人之歌》，寫黃道婆、花木蘭和蘇慧的《編織行為之歌》，寫孟姜女、白素貞和祝英臺的《三美人之歌》，分別取材於中國戲曲、小說、民間傳說，它們和張燁的《長恨歌》、《大雁塔》，唐亞平的《俠女秋瑾》、《美女西施》，沈杰的《博物館，與西漢男屍》等一道，在選材上有傳統音響的隱約回應，偏重於古典素材、語彙和意象的現代意識

〔註62〕翟永明：《稱之為一切》，春風文藝出版社 1997 年版，第 214 頁。

燭照與翻新；那麼燕窩的《關雎》、張燁《雨夜》、安琪的《燈人》等則側重於傳統人文精神和情調的轉化和重鑄。如「燈火國度裏被我們男子帶走的／我飼養過的馬匹和蠶／還好吧／一個人打秋韆時／／幸福的花裙子／飄到天上」（《關雎》），這是燕窩「戀愛中的詩經」，含蓄精美；《燈人》讓人讀著彷彿走進了瀟湘館「，蟋蟀的洞窟裏叫我一聲的是燈人／沒來得及回應夢就開了／天暗、風緊，喧嘩縮手／百年前的一個女子持燈杯中／風中物事行跡不定／一小滴水為了月色形容憔悴？白馬帶來春天」，女詩人心懷高潔又滿腹心事的纖弱，猶似林黛玉再現；在農業背景上成長起來的藍藍，與四季相互感應與交談，她那凝結溫暖和憂傷的土地、村莊意境，似陶淵明再生「，夏天就要來了。晌午／兩隻鵪鶉追逐著／鑽入草棵／看麥娘草在田頭／守望五月孕穗的小麥／如果有誰停下來看看這些／那就是對我的疼愛」（《在我的村莊》），那份清幽質樸的感恩情懷，那份香色俱佳的寧靜畫意，那份浸滿人間煙火又脫盡人間煙火的天籟生氣，都極容易喚醒深深蟄伏在讀者心底的遙遠記憶。

這一時期，女性詩歌「超性別寫作」的弊端也不容忽視。立足性別又超越性別，是女性主義詩歌自我拯救的不二法門，但女性詩歌也因之付出了感召力減弱的相應代價，不少詩人放棄了對男權話語再次覆蓋的警惕和反對，詩人們普遍缺少博大的襟懷，震撼人心、留之久遠的佳構難覓。

二、王小妮的個人化詩歌追求

王小妮是 80 年代「朦朧詩」的少數「幸存者」之一，面對此起彼伏的詩歌潮流，她一直保持著沉著、從容的心境。對她而言，寫詩完全是一種內心的需要。這使她能夠始終保持個人化的寫作立場，穿越種種迷思，道出日常事物背後隱藏的力量。她常常被推舉為「女性詩歌」的代表，卻對單一的性別立場充滿警惕。她無意將世界看成一座「象徵的森林」，相反善於使用樸素的口語，通過精妙的直覺，捕捉「平凡世界」中轉瞬即逝的詩意。

也許 20 世紀 80 年代的王小妮還不能算一個十分出色的詩人，但她的《印象》《風在響》等詩已經預示了一個詩人「最初的真誠與清新」（徐敬亞語）而使她「奔走在陽光裏」。並且正是這「最初的真誠與清新」，當高度個人化、女性化的大眾消費文化的 90 年代來臨的時候，王小妮個人內在的詩性天賦就與這個千載難逢的女性化時代相遇合，而在詩歌寫作上發生了一種斷裂性的

現代轉型。使其始而產生「忽然的陰影與迷亂」，繼而表現了「超然的放逐與游離」（徐敬亞語），而最終成就了她 90 年代以來獨樹一幟的個人化詩歌風格。於是有了《應該做一個製作者》中的這樣一些詩句：「我寫世界／世界才低著頭出來／我寫你／你才摘下眼鏡看我／我寫一個我／看見頭髮陰鬱該剪了／能製作的人／才是真正的了不起」（王小妮《應該做一個製作者》）。在這些詩句裏，微微的透露出了王小妮的女性主義意識。然而這種女性意識只是表現為她內心中理智的清醒、自覺與獨立。有了「只為自己的心情，重新做一個詩人」個人化詩歌的本真狀態。這意味著她從此將《緊閉家門》，《在白紙的內部》，《通過寫字告別世界》而徹徹底底的進入個人化的寫作和生活的境界，而不再在乎什麼。而只在《最軟的季節》裏《活著》，去靜靜的欣賞《晴朗》中成長並盛開著的《十枝水蓮》，體悟「怎樣沉得住氣學習植物簡單地活著」，在《我愛看香煙的排列形狀》裏「伸出柔弱的手托舉那沉重不支的痛苦」，從而成為一個「在一個世紀末尾，意義只發生在家裏」的《不工作的人》，「久坐不動成為全身平靜的寺院」的《不反駁的人》。〔註63〕這就是王小妮和她 90年代以來個人化風格的詩。這種個人化風格的詩呈現出兩個鮮明的特徵。

（一）回到日常生活

這一方面表現為平民化的取材。王小妮在 90 年代個人化經驗表述幾乎都是在平民化取材中展開的。如她在 90 年代創作的《西瓜的悲哀》，它題材的來源——買一隻西瓜回家，只不過是日常生活中一個最普通、最平常的生活細節。然而就在這個日常生活中普通得人人皆知的生活細節裏，詩人卻讓思索走入其中，從中透視、感悟到人生的命運也正像此刻西瓜的一樣悲哀：被一種莫名的力量牽引著，變幻無常、而絲毫不能做主。從而賦予了它不平凡的意義。再如《一個少年遮蔽了整個京城》，它取材於送兒子去京城上學，這個最為普通的一件小事。然而卻在這個普通的小事裏，將母親對兒子那份真摯的親情揮灑得淋漓盡致。將一份普通的親情放大到遮蔽了整個京城，以致於「吃半碟土豆已經飽了／送走一個兒子／人已經老了」的地步，這既是藝術的誇張，也是親情真實的再現。當然這樣的例子在王小妮 90 年代以來的詩歌中隨處可見。如《看望朋友》、《回家》、《活著》、《坐在下午的臺階上》、《火車經過我的後窗》、《他們把目的給喝忘了》等等。由王小妮這些日常平民化

〔註63〕趙彬：《王小妮論》，《文藝爭鳴》2009 年第 4 期。

取材的小詩，我們可以看出，詩人在日常生活中，無時無刻不在思索，她正是通過這種詩思的方式來在日常生活中完成她對人生、世界、生活以及命運的形而上思考。這些小詩也正是她思索的智性結晶。同時也正是在這種思索中，使她體悟到了個體存在和人生世界的關係，從而使她真正回到了個體意義上「素色裏」的自己，這種深刻的感悟可見於她後期的《月光白得很》。可以說，以思索的深刻透徹，而讓普通的日常生活煥發出詩意的光彩，使王小妮在 90 年代同是日常生活的抒寫中，顯得高標獨拔。

另一方面則源於平民化視角處理感情的方式。王小妮是一個感情細膩而深厚的人。她是一個善於把激情克制在內心裏、克制在文字中的人，用她的話說就是「我的紙裏包著我的火」。當然，這也是 90 年代女性詩歌寫作轉型，致力於用語言節制激情的詩歌美學原則的體現。王小妮這種平民化視角處理感情的方式，最典型的體現在她的《和爸爸說話》一詩中。在這樣一個生離死別的重大題材裏，詩人冷靜的抑制住了哀痛之情的正常宣洩，她將深刻的悲傷轉移到詩歌敘事性的文字裏，在平淡的詩歌敘事中讓其得到有效的克制和緩解，讓不能在現世裏永恆的親情在文字創造的另一度空間裏通過她的敘說而無限綿延，從而將生死無常帶來的悲痛與傷悼因這份平靜的敘事而輕輕擊碎和瓦解。王小妮這種平民化視角處理感情的方式在另一種更深刻的意義上說，來源於她對人生生死無常的透徹和明達，也許正是這份透徹和了悟，使她始終擁有一種平常人的平凡心態，使她能最終採用平民化的視角，用最樸素的語言去淡化生活中的滄桑與不幸，從而更為和諧的看待和處理人和世界、人和生活、人與自身及他人的關係。

（二）語言對激情的節制

王小妮以語言對激情進行理性節制的個人化寫作主要體現在兩方面：

其一是敘事化的語言追求。正是敘事化使王小妮 90 年代的詩歌有效地抵制了激情的宣洩，而使其詩歌具有一種陌生化的冷靜性的陳述性特徵。這種陌生化的冷靜性陳述性特徵就客觀上在詩歌和讀者之間造成了一種新的現代意義上的陌生化審美距離，從而使詩歌形成一種現代詩歌特有的張力美。這種張力正體現在：由於這種現代性陌生化審美距離的存在，讓讀者智性的思索走入詩中，使讀者和詩人的作者，透過詩意的智性思索，在詩與思之間展開一場意義多維度的對話。同時詩歌也就是在這種多維度的對話、釋義中，

將時代以及個人複雜、多元、曖昧、迷離的情境和心態巧妙含蓄而又婉轉的揭示出來。〔註64〕如王小妮在 90 年代以後創作的《從北京一直沉默到廣州》即是典型例子。《從北京一直沉默到廣州》通篇採用敘事的語調，敘述了從北京到廣州的一路上，詩人的所見所聞、所思所想。詩中的北京和廣州一北一南的兩個城市，既是地理位置上的實際城市，又是人生旅途起點和終點的象徵，因而它們在詩中既是實指又是虛指。整個詩歌表面敘述的是從北京到廣州一路上的旅途遭逢以及在旅途過程中的沉思，而實際上暗示的是人一生的奔波和遭逢，暗示著人生的短暫、倉促。在這樣短暫的猶如從北京到廣州一樣瞬間就可走完生死的同一條人生旅途裏，人卻活在不同的存在維度層面上。這不同層面的存在方式是通過在相同和不同的時間裏，而將不同和相同空間生活情態的對比性展現而揭示出來的。如在相同的時間裏，不同國度的中國以外的人卻可過著花園般的形而上的富足優雅的智者生活，而絕大多數中國人卻為世俗生計所累，無暇顧及生死等形而上問題的思索（詩中「這麼遠的路程／足夠穿越五個小國／驚醒五座花園裏發呆的總督／但是中國的火車像個悶著頭鑽進玉米地的農民」）。但是如果把時間從當下的時代中抽離出來，而將其推回古代，這樣以在不同的時代裏來看人的生活存在的情態，其對比性就更為鮮明。如在物質文明遠不如現在發達的古代，人們卻在艱苦的條件下苦讀深思而以苦為樂，以悟道為樂，過著超越的精神生活。而相反在物質富足的當下時代裏人們卻為金錢利祿所累，不再對生命進行形而上的追思，而迷失於作為路途的過程裏，忘卻了生命的來路和目的，實在令人哀歎。〔註65〕詩作通過古今中外不同時空生活情態的對比，揭示出當下中國人普遍的缺少終極關懷的麻木與迷失。而關於人生短暫、倉促則是通過下列詩句來暗示的：

　　「在中國的火車上／我什麼也不說／人到了北京西就聽見廣州的芭蕉／撲撲落葉。／車近廣州東／信號燈已經裹著喪衣沉入海底」，這裡的「撲撲落葉」與「信號燈」意象，一動一靜對照映襯，惟妙惟肖的暗示出生死近在咫尺，甚至我們的起點就是我們的終點。生命的短暫、倉促和無常性，就可由此窺見一斑。而「在中國的火車上／我什麼也不說」，則與標題的「從北京一直沉默到廣州」相對應，這種由「不說」構成的「沉默」，實際上反襯出當今話語權力喧囂所造成的浮躁。

〔註64〕趙彬：《王小妮論》，《文藝爭鳴》2009 年第 4 期。
〔註65〕趙彬：《王小妮論》，《文藝爭鳴》2009 年第 4 期。

其二是口語化的語言風格。翻看王小妮 90 年代以來的詩作，觸目可見的是大量簡潔、親切的日常口語。這種口語化修辭一方面拉近了詩歌和讀者的距離，另一方面形成了一種親切、含蓄的詩歌風格。她詩歌中的口語並不等同於一般生活化的口語，而是浸潤著個人直覺的藝術性表達，常常讓讀者覺得既是意料之中又出其之外。如在《一個少年遮蔽了整個京城》中「吃半碟土豆已經飽了／送走一個兒子／人已經老了」，再如《他們把目的給喝忘了》中「老遠跑我家來的朋友／把目的給喝忘了」，以及上面《從北京一直到廣州》中的「撲撲落葉」等等。這些詩中的口語運用都異常自然簡樸，彷彿每個詞都剛剛從日常生活中走來，彌漫著生活的氣息。

與翟永明詩歌的口語風格相比，王小妮的口語敘事則在貼進生活的同時，將詩意的智性思索投射在詞語的斷裂空白處，讓一種形而上的精神的光芒照射穿行其中，如她的《我看見大風雪》《月光白得很》《十枝水仙》等等。如果說翟永明的口語詩歌寫作令人在後現代性的圖景中透視出一種不流動變化的現代性；那麼王小妮的口語敘事則讓人在詞語的間隙處瞥見縷縷神性的光亮與禪意，讓人體悟到一種智慧飛昇的快感。

第四節　「第三代詩」中的女性詩人創作

「第三代」詩，又稱「新生代」詩、「後新詩潮」等，泛指朦朧詩之後的青年實驗性詩潮。「第三代」概念源於《第三代詩會》題記：「隨共和國旗幟升起的第一代人／十年鑄造了第二代／在大時代廣闊的背景下，誕生了我們／——第三代人。」〔註66〕

在「第三代」詩人的天幕上，除了韓東、于堅、海子等優秀的男詩人，還閃耀著一個女性詩人的璀璨星群：翟永明、唐亞平、伊蕾、陸憶敏、海男、鄭單衣等。她們是繼「朦朧詩人」（當然，女性詩人中有些人也是「朦朧詩」的參與者）後而加入 20 世紀末詩歌合唱的一支不可忽視的創作力量。

女性詩歌最簡括的表述就是：它不再是「女性寫的詩」，而是「寫女性的詩」。這樣看似簡易的詞語倒換，卻表達了詩歌在一個新的時代裏的巨大進步。女性詩人大踏步地超過「朦朧詩」造就的成果，很快使舒婷的《致橡樹》或

〔註66〕四川省東方文化研究學會、整體主義研究學會編：《現代詩內部交流資料》1985年第 1 期。

《惠安女子》成為古典的話題（這位女詩人傳達的美麗的憂傷儘管震撼人心，卻也並不是單單屬於女人的那些感受）〔註 67〕。她們進軍的方向不是向著外界而是向著自身，向著女性自身豐富而隱秘的內在世界。「作為人類的一半，女性從誕生起就面對著一個完全不同的內在世界。她對這個世界最初的一瞥必然帶著自己的情緒和知覺」，「每個女人都面對著自己的深淵——不為泯滅和不斷認可的私心痛楚與經驗……這是最初的黑夜。它升起時帶領我們進入全新的、一個有著特殊布局和角度的、只屬於女性的世界。」〔註 68〕這就使詩歌找到了過去未曾深的一個巨大主題：女性的精神性別。

下面，我們選擇翟永明、伊蕾、陸憶敏三位女詩人的作品，探尋她們的詩歌世界。

一、翟永明：「黑夜意識」的講述

在詩歌界，翟永明的名字是和她的組詩《女人》及其序言《黑夜的意識》聯繫在一起的。這分別寫於 1984 年和 1985 年的一詩一文確實是使翟永明震撼詩壇的成名作，它一方面奠定了翟永明在詩歌界的地位，另一方面，它又標誌著中國女性詩歌的誕生。

事實上，翟永明一開始就有別於舒婷等吟唱著啟蒙主題的女詩人，她對作為人類一半的女性發出的是新詩史上從未有過的十分成熟的女性的聲音。她在《黑夜的意識》一文中，驚世駭俗地明確地宣布了她的女性主義立場：

> 作為人類的一半，女性從誕生起就面對著一個完全不同的世界，她對這世界最初的一瞥然帶著自覺的情緒和知覺……她是否竭盡全力地投射生命去創造一個黑夜？並在危機中把世界變形為一顆巨大的靈魂？事實上，每個女人都面對自己的深淵——不斷泯滅和不斷認可的私心痛楚與經驗……這是最初的黑夜，它升起時帶領我們進入全新的、一個有著特殊布局和角度的、只屬於女性的世界。這不是拯救的過程，而是徹悟的過程。〔註 69〕

翟永明發現了女性存在是千百年來被男性中心話語世界遮蔽的黑暗，是一個巨大的黑夜。由此，這個黑夜中誕生的詩歌女神開始了黑夜意識的自覺

〔註67〕謝冕：《豐富又貧乏的年代——關於當前的隨想》，《文學評論》1998 年第 1 期。
〔註68〕翟永明：《黑夜的意識》，見《詩歌報》1996 年 8 月 12 日。
〔註69〕翟永明：《黑夜的意識》，見《詩歌報》1996 年 8 月 12 日。

講述。在翟永明筆下,「黑夜」是一個殊異於常態的隱秘空間,一個個體性的女性自我世界。《女人》組詩全部的 20 首中幾乎無一例外地出現了黑夜的意象,首先卷首題詞引用的杰佛斯的兩句詩:「至關重要╱在我們身上必須有一個黑夜」,定下了全詩的基調,接下來,黑夜的意象在全詩得到了盡情的揮灑。比如《預感》:「猶如盲者,因此我在白天看見黑夜」;比如《世界》:「我創造黑夜使人類幸免於難」;比如《獨白》:「渴望一個冬天,一個巨大的黑夜」;比如《沉默》:「你的眼睛變成一個圈套,裝滿黑夜」;比如《結束》:「一點靈犀使我傾心注視黑夜的方向」。這種黑夜及在黑夜中的表達一直貫穿於她此後寫作的《靜安莊》、《死亡的圖案》、《人生在世》等大型組詩中,相當長時間成為她詩歌的一個主旋律。

值得我們注意的是,翟永明「黑夜意識」的講述是建立在二元對立思維基礎上的,建立在男人╱女人、白晝╱黑夜、雄性╱母性二元格局的背景上的,她認為女性只有在「既對抗自身命運的暴戾,又服從內心召喚的真實」的「充滿矛盾的二者之間」才能「建立起黑夜的意識」,〔註70〕這無疑是符合中國古老的陰陽二極說和辯證法的。在這個男人╱女人對峙的世界裏,翟永明首先發現及確立了女性的自我世界。她一方面拆解著男權的白晝神話,創造出一個女性的「黑夜的神話」。在她的筆下,「我」是人類的救世主,「我目睹了世界╱我創造黑夜使人類幸免於難」,「我」完全是一個神話中的英雄:

> ……我在夢中目空一切
>
> 輕輕地走來,受孕於天空
>
> 在那裡烏雲孵化落日,我的眼眶盛滿一個大海
>
> 從縱深的喉嚨裏長出白珊瑚

—— 《女人·世界》

另一方面,她又表現了兩性關係對抗中女性創造的痛苦與尷尬,男人與女人間的關聯被體認為傷害與被傷害,侵犯與被侵犯,佔有與慘敗的對照。像《獨白》這首詩通篇寫的是女性與男性之間複雜而不平等的情感關係:「以心為界,我想握住你的手╱但在你面前我的姿態就是一種慘敗」;又如《七月》所描寫的情境:「你是侵犯我棲身之地的陰影╱用人類的唯一手段你使我沉默不語」。女性自我確立無法在男性世界中實現,於是只得別無選擇地退回到疏

〔註70〕翟永明:《黑夜的意識》,《詩歌報》1986 年 8 月 12 日。

離並對立於男性世界的私人化的生存及話語空間中，或說是「退縮到黑夜的夢幻之中去編織自己的內心生活」。〔註71〕對於敏感而易於受傷的女性來說，具有包容性的黑夜無疑是更適合於她們靈魂飛翔的所在。

其次，從二元對立的思維出發，翟永明闡釋了女性生存被縛、自縛的雙重困境，表現出難能可貴的反省女性黑夜的自省意識。從一個數千年沉睡的黑夜升起的女性世界前途將艱辛叵測，她不僅要面臨男性世界和男性話語的壓抑，更有黑夜本身空虛而沉重的束縛。短詩《雙胞胎》寫道：「兩個女人在燈光下移動……一半生長／一半荒蕪……從一變成二／是怎樣敗露的秘密／它繼承人性危險的信號」；《生命》一度這樣表達：「白晝曾是我身上的一部分，現在被取走／橙紅色在頭頂向我凝視／它正在凝視這世上最恐怖的內容」；《憧憬》則發出了質疑和叩問：「我在何處顯現？夕陽落下／敲打黑暗，我仍是痛苦的中心」。事實上，對女人而言，「黑夜」既表明一種被縛狀態，同時又表明一種自縛狀態，既為其所恐懼，又為其所渴望。翟永明詩歌的優秀與深刻之處正是顯現在類似的自我懷疑與審視中，即詩人既選擇了個性化的自我確認，但同時也袒露了女性自身的矛盾及居於隱秘世界中的自虐傾向。女性創造出了黑夜，卻依然無法消除焦慮，因為這焦慮還來自於最內在化的個體體驗，即便放棄了所有對外在世界的依託與信任，女性的黑夜本身仍會成為巨大的困境，女性仍不可避免受制於自我本身的捆綁。

也許由於受到「女人的寫作由肉體開始，性差異也就是我們的源泉」，〔註72〕「婦女必須通過她們的身體來寫作，據此創造無法攻破的語言」〔註73〕等西方女性主義理論的啟悟，也許由於女性自身話語的匱乏，「毫無害處的詞語和毫無用處的／子孫排成一行／無藥可救和真實，目瞪口呆」（《人生在世》），翟永明詩歌對黑夜意識的講述採取了一種不依賴於男性詩歌話語的女性軀體寫作方式，「女性黑夜」的闡釋始終與軀體寫作實驗同時展開，正如荒林所言：她的組詩和長詩都是圍繞女性身體某一生命階段而開展，不存在身外之物的表達，歷史與現存，死亡與時間，風土民俗與愛憎之情，直接孳生在身體裏，由女性身體的反應實現對外世界歷史物景的再現。《女人》組詩初現了女性軀

〔註71〕李振聲：《季節輪換》，學林出版社1996年版，第219頁。

〔註72〕肖爾沃特：《荒原中的女權主義批評》，《最新西方文論選》，灕江出版社1997年版，第264頁。

〔註73〕〔法〕埃萊娜·西蘇：《美杜莎的笑聲》，張京媛主編《當代女性主義文學批評》，北京大學出版社1992年版，第201頁。

體的種種姿態，長詩《靜安莊》更是「軀體寫作」的典型個案。詩歌取材於作者下鄉的「知青」生活，但與一般「知青文學」迥然不同的是，它將女性身體的變化與歷史場景的發展變遷結合起來。全詩從第一月寫到第十二月。從一開始寫天真未鑿的十九歲少女對陌生的外部世界的敏感：「我來到這裡，聽見雙魚星的嗓叫／又聽見敏感的夜抖動不已」，到看見「每天都有溺嬰屍體和服毒的新娘」，以及聽見「分娩的聲音突然提高／感覺落日從裏面崩潰」，以至由「水是活的，我觸摸，感覺欲望上升」，還有使她從內心感觸到「夜晚這般潮濕和富有生殖力」，凡此種種，都是詩人用「我」的身體的感覺及其變化來對應靜安莊隨著時序變化而發生的民俗事件、婚喪嫁娶，以及形形色色的人物，並著重表現隨著女性身體的成長發育，女性對自身和外部世界的潛意識活動。

長詩《死亡的圖案》是另一場軀體歷險。詩歌寫母親臨終，女兒送終，共分七夜。但它不同於《靜安莊》的男權解構，反映的是女性生命終結之際而暴露的殘忍。詩中母女之間的關係，表面上是一種道德關係而實質是一種互戕。作為女兒的「我」站在生死交織的死亡圖案面前，一方面痛徹心肺聲淚俱下，另一方面卻獲得了生與死、性與愛的直觀瞭解和生命徹悟：「七天七夜，我洞悉了死亡真相」；「生者就是死者的墓地」，「我是死亡的同謀犯」；「愛為何物，你至死都不知道／愛為何物，我至今都不知道」。東方的道德觀釀就了母性的深重悲劇。含蓄慈愛的東方母親，在履行為人母為人妻的職責之時，「愛為何物」從未曾體驗，生命原應有的創造快樂於她們從未有過。更可怕的是這種悲劇的遺傳性，遮蔽生命本質的傳統美德流佈在「我」身體，直到死亡將其敞開。在這裡，「我」對母親的臨終體驗又是對自己的再生品味，寫作的軀體賦予了語言無限豐富的生命意蘊。

抒情長詩《稱之為一切》是與《靜安莊》媲美的軀體寫作的佳構。此詩以「無依無靠」、僅僅八個月的女嬰「我」的口吻，寫她成長發育的過程。在這裡，女性軀體不再是男性慾望客體化的對象，而是女性自我體驗中燃燒的永恆的活火。隨著歲月遞增，女嬰長成了女孩，有了微妙的性心理，甚至像發育好的女性那樣注意自己的軀體：「漆黑的夜晚我站在夢裏／有著人的形狀……」「我年輕窈窕的四肢富有彈性／在天空下的房間遊行」。

可以這麼說，《稱之為一切》、《靜安莊》、《死亡的圖案》正好組成女性「軀體寫作」的系列詩篇。詩中以「我」從女嬰、女孩、少女，直到為人母的身

體及心理變化，主動回應著「我」所經歷和面對的外部世界，引發出對女性世界的重新闡釋以及一整套新的語言的誕生。這種創建女性話語的軀體寫作實驗，無疑是翟永明詩歌中最具光彩的部分。

翟永明詩歌受惠於美國「自白派」女詩人西爾維婭·普拉斯，普拉斯處理素材時所表現出來的那份陰鬱的激情，極端的自我揭示、自白語言、語調直接影響了翟永明的言說方式，使得翟永明在對所傾心的「黑夜」進行講述時，不由自主地採用了一種迷狂式的非理性表達。在《女人》、《靜安莊》、《都是真話》等組詩中，抒情者均以第一人稱進行自白，採用的是一種凌駕於一切之上的造物者式的語氣：「我，一個狂想，充滿深淵的魅力」；「我在夢中目空一切／輕輕地走來，受孕於天空」；「我是夜的秘密無法被證明」；「我來了我靠近我侵入」；「我目睹了世界／因此，我創造黑夜使人類幸免於難」。這種迷狂式語氣，一方面顯現出女性在自我體認過程中遭遇的巨大的迷茫，但主要的方面在於它使黑夜深淵中站立起來的放任內心激情、欲望和幻想的抒情女子達到了仿若造物者般自足而詩意的表達境界。儘管這種黑夜迷狂式的話語方式，在根本上還是生成於與男性世界的對立，但它卻仍有著巨大的創造性意義，即迷狂式話語不僅消解著主流話語的控制，如「太陽，我在懷疑」（《臆想》）和「外表孱弱的女兒們／當白晝來臨時，你們掉頭而走」（《人生》）之類的詩句則明確表明了對以太陽和白晝為象徵的男性世界的疏離，同時也因為詩人無拘無束的激情敘說，徹底還原出個體經驗層面的女性自我世界。簡潔而陰森、堅硬而富穿鑿力的迷狂式自白使翟永明成為 80 年代詩壇真正獨特的「這一個」。耐人尋味的是，率先操觚的翟永明 80 年代後期又率先從具有強烈自白性效果的迷狂基調中抽身而出，進入到新的演變序列。在組詩《人生在世》中，原先那種啟示錄式的高高凌駕的視角和語氣開始淡化，漸次被一種受到世俗限制的日常性視角和語氣所替換。90 年代的《咖啡館之歌》，則完成了自白方式的轉變。她在《〈咖啡館之歌〉及以後》一文中說：「通過寫作《咖啡館之歌》，我完成了久已期待的語言的轉換，它帶走了我過去寫作中受普拉斯影響而強調的自白語調，而帶來一種新的細微而平淡的敘說風格。」〔註74〕《咖啡館之歌》確實是翟永明詩風轉變的代表作。詩歌敘述了境外的一次不成功的懷舊聚會，但卻是一首成功的詩。從這首詩中可明顯看出，翟永明摒棄了她所慣用的毋庸置疑的自白語調、自白方式，詩中的「我」往往

〔註74〕翟永明：《稱之為一切》，春風文藝出版社 1997 年版，第 214 頁。

以敘述代替自白,更像一個旁觀者或旁聽者,因而也更平易近人。

翟永明詩風的轉變引起了詩歌界、評論界的極大關注,對於她詩歌表現的某種程度的向傳統的回歸,也許意味著,這位「黑夜意識」的講述先鋒正試圖尋找一條新的傳統與現代、本土與西方相結合的女性話語通道,以使女性詩學抵達更加完善的境界。

二、伊蕾:女性生命的激情狂舞

女性評論家崔衛平在她的《當代女性主義詩歌》一文中指出:伊蕾「比誰都知道如何向那個千方百計削弱女性力量的怪物發動進攻,撕毀其虛偽的面具」。〔註75〕確實,出生於 50 年代初、有著特殊的人生經歷和個人獨特氣質的伊蕾,在詩歌寫作的漫長摸索中,終於抓住了本真的女性生命力呈示和表達這一無法摧毀的進攻武器。她以女性本體的既危險又痛快淋漓,既沉重又粗野的激情舞蹈,裸露著徹骨的女性愛欲美,創製著嶄新的女性象喻,進行著叛逆的自白。當代女性所能達到的自我認識和自我超越,在伊蕾詩中獲得了盡致宣洩。

伊蕾是一位有著浪漫精神和理想主義的詩人,她常常將性愛尊崇為生命的全部意義和最高價值。她自稱:「我的詩中除了愛情還是愛情,我並不因此而羞愧。愛情並不比任何偉大的事業更低賤。」她甚至在《獨身女人的臥室》這本詩集的扉頁上作過極端的表述:「愛的自由,就是全部的自由!」把愛情當作偉大的事業,將自由全部維繫於愛,固然帶有將愛情理想化的虛幻,但更重要的更有意義之處在於它是對非理想和黑暗的兩性關係的反叛。幾千年來,婦女在兩性關係中一直居於被動地位,他們被迫按照男權文化的規範塑造自己,而不能依從自己的意願和健康正常的人性要求去愛。伊蕾的詩歌以烈火般的女性生命情慾燒毀著既有的兩性秩序。在伊蕾的筆下,「這充滿情慾的奮不顧身的衝鋒/這企圖擺脫囚籠的全力的掙扎/這矚目新天地夢一般的飛騰/這妄想摧毀界限的叛逆的行動」(《潮》),使女性由原有的被動德行和溫良恭順一變而成為熱情奔放、無拘無束的強者,她發自生命愛欲的情感如激流、如暴雨、如烈火勢不可擋:

> 生命放任自流
> 暴雨使生物鐘短暫停止

〔註75〕崔衛平:《當代女性主義詩歌》,《文藝爭鳴》1993 年第 5 期。

哦，暫停的快樂深奧無比

「請停留一下」

我寧願倒地而死

　　　　　　　　　　　　——《獨身女人的臥室‧暴雨之夜》

迎春花！沿著地平線燃燒

我在大火中柔軟曲折

欲望強盛的手把你攀折

在無名者的墓前我放聲大笑

死者，請記住我活潑的生命

　　　　　　　　　　　　　　　　　　——《迎春花 3》

　　伊蕾對女性本能的愛欲力量表現得可謂盡致淋漓，「衝鋒」、「掙扎」、「摧毀」、「放任自流」、「燃燒」、「攀折」組合成愛的風暴、欲的狂潮。這種女性愛欲的自由奔湧，衝破了女性性別禁忌的柵欄，使女性性愛從不可言說、羞於言說變為公開言說，使女性從被佔有變為主動佔有。

　　由於伊蕾「性愛」的理想主義，她對男女兩性關係的思考更加辯證，因為說到底女性永遠與男性互為依存，女性的反抗終究是為了人類理想關係的實現。因此，伊蕾筆下的愛欲舞蹈在追問和挑戰傳統性愛的同時又蘊含著對新型的男／女聯合式性愛關係的嚮往，蘊含著對男性主人公同盟者身份的認同；她詩中的女主人公不僅是個恣肆狂放的「獨舞者」，而且往往也是籲請男性共跳「情舞」的共舞者。儘管在許多時候，由於伊蕾站在女性立場的陳述的主動性無所不在，這男性的「你」或「情人」，實際上只是一個能指符號。在《浪花致大海》裏，浪花和大海分別象徵女性和男性，浪花和大海相互依存、互為一體的本質，象徵性愛。「我本是你的另一半／你身上的任何一種元素／也同時屬於我」，「互相崇拜，又互相批判」。伊蕾辯證地理解兩性關係，從而把愛的哲學創造與愛的方式自由，表達得既深刻透徹，又形象生動、熱烈動人。在《三月的永生》中，她對兩性關係的思考更富有總結意義：

我是你的家園

你是我的夢鄉

我把你交給大自然

你把我馴成大自然的尤物

伊人呀，伊人呀

我征服你時你已佔有我

你佔有我時我已解脫

這種互為流轉的互文表達，使女性愛欲的奔湧具有多重和超越的性質，儘管這其中有時也許隱匿著傳統的暗流。

伊蕾女性生命表達的不同凡響還在於她創製了一系列女性新象喻。傳統文化為女性創製了龐大的象喻系統，女性慾要表達自身，幾乎無法不借助這實質性的男性話語。然而，伊蕾卻頑強地抗拒著男權象喻系統所給定的角色，給定的命名，她拒絕成為一個傳統構想中的「女人」。在一首題為《我的意義不確定》的詩中，她宣稱「輿論是個虛偽的傢伙／我蔑視它，使它無地自容／我本來是不確定的／我的意義也不確定」。在《被圍困者》一詩中，伊蕾乾脆宣告「我無邊無沿」。這裡所表達的是作為女性的詩人對壓迫著她的歷史、語言和文化傳統的拒絕，她不是它們所限定的東西，她是它柵欄所無法規定的，她要躍出這一切。於是，她以大無畏的姿態，以艱苦卓絕的努力，投入到女性象喻的更新創造之中。

轟動詩壇的《獨身女人的臥室》恐怕是伊蕾最振聾發聵的女性象喻，它象徵著女性獨立的物質和精神的空間。這一象喻可見出伍爾芙「自己的房間」的影子，但它已帶有中國女性生存經驗的特色。在「在家從父，出嫁從夫，夫死從子」的男權戒律禁錮下，中國婦女歷來只是寄生於男性屋宇下的附屬品。古代貴為皇妃的楊玉環不過是先被養在父親深閨，後被鎖於皇上後宮的任人宰割的弱女子，當代「解放」了的勞動婦女李雙雙也是丈夫認可的「俺屋裏」人，實際上都無純粹個人的立錐之地，都只能在男權文化的囚籠中苦苦掙扎。而伊蕾卻以前所未有的女性自覺，為女性獨闢了一塊「心理空前安全／心理空前自由」的不依賴於男性的生存空間，女性在這一空間裏可以為所欲為地盡情舞蹈，獲得了從未有過的主體地位。從這種帶極限意味的「獨身女人臥室」出發，伊蕾找到了一條女性象喻的狹長而不失明亮的通道。「獨身女人臥室」這一當代女性主體地位和生存空間的象徵，成為了伊蕾此後寫作的《情舞》、《被圍困者》和《流浪的恒星》等詩歌的一種潛文本，一種精神背景。〔註76〕

除此之外，為了反叛傳統文學男性定位的女性象徵，伊蕾一方面以無所

〔註76〕劉群偉：《論伊蕾》，《詩探索》1995 年第 1 期。

畏懼的姿態、飽和著個人經驗的語言，將「欲語淚先流」、「人比黃花瘦」的弱女子命名改寫為敢於與命運抗爭的「黃皮膚的旗幟」、「黃果樹大瀑布」這樣的剛健不屈的女性形象。另一方面，她又將一向由男性審視的香木花草端出來，全部改由女性審度，賦予其嶄新的女性意識。比如《女人眼中的水柳》，其偏正結構的詩題所宣布的性別立場令人震驚和耳目一新。傳統文學中一貫用以象徵女性的水柳，一般包含有這樣的兩重意蘊：一是女性在形體上所具有的曲線及由此而來的為男性所認同的柔弱美，所謂弱柳輕腰；二是女性在感情上的依附性和由此而來的不專一性，所謂水性楊花。在伊蕾的詩中，通過女性審度的水柳，卻是另一番全新的面貌：

> 當一個柔弱的名字
> 被烙在我的額上
> 我瘋狂地高叫著：不！
> 然後我晝夜地、晝夜地
> 撕著絕望的悔恨
> 而水柳，只有接受
> 風暴和大水輪番地撲頂而來
> 它沒有折斷，沒有粉碎
> 隨著動盪的節奏
> 彎成一條一條曲線
> 時間不能啄食它
> 它時刻都在生長
> 把我叫做柳絮吧
> 讓沙子，街道和腳
> 變成任意驅趕我的鞭子
> 讓心不在焉的手把我毀碎
> 然後我淡淡地笑了
> 去到任何一個我認為可以落腳的
> 地址扎根

與男性眼光中水柳與膚淺、輕浮相連絕不相同，女詩人筆下的水柳以其堅韌的生命承擔、以其對女性生命力的深刻領悟撼動讀者。《處女湖》、《野芭蕉》、《神女峰》、《石榴樹》等詩篇，也是伊蕾重新審視舊象徵物之後的成功之作。

伊蕾師承美國自白派詩人普拉斯和民主主義詩人惠特曼,詩歌大多採用洶湧澎湃、江河直瀉的自白式語言「形式」。但伊蕾的自白詩卻是不囿於前輩而真正獨特的「這一個」,她的加入為中國女性自白的詩歌潮流增添了些許新鮮的因子。首先,伊蕾的自白語言摒棄了普拉斯的陰鬱和晦澀,她非常直白、急促的表達完全隨生命之流的裹挾而來,是生命欲望和內心激情的「本色」表演,具有女性內在性的真實。當我們讀著《黃果樹大瀑布》裏一口氣排列的十二個「把我」「砸碎」的句子,《獨身女人的臥室》中不斷擲出的近似詛咒的痛籲「你不來與我同居」,《被圍困者》中那呼吸般迴環的「我無邊無沿」時,不能不為之震撼。這一聲高一聲、一聲比一聲沉重的無以遏制的打擊樂般的語言,猶如一場永無止息的女性生命狂舞,既湧動著女性慾望的潮汐,又極大地調動著讀者的共鳴。

其次,伊蕾式的自白詩不逃避敘事,而是把敘事當作可供利用的有效因素,以避免浪漫主義的單一的情感宣洩的弊端。因此,她的詩往往由敘事引起話題,並常常伴有一具體的時空場景。在《獨身女人的臥室》中,幾乎每一首看上去都有某種個人經歷的蹤跡,都具有敘事性。但伊蕾的敘事是一個忽隱忽現的影子,事情的前因後果、人物的過去與未來都不在伊蕾的視界之內,她要表現的是「現時」的瞬間,以及瞬間中的無窮感覺和激情。伊蕾的敘事常常成為她詩作的「支撐點」,只有附著於某種個人的生命經歷,她才能自由地展現其想像力和感覺。

另外,伊蕾不同於翟永明、唐亞平等自白式女詩人,她們以營造某種意象,構築繁複、振盪的情緒世界見長,對直接了當的議論興趣不大。而伊蕾卻以議論見長。她的語言因其特有的快節奏和刻不容緩的氣魄而具有一種不容置疑的雄辯力量。她從不迴避在詩中正面爭辯和討論問題,也不迴避抽象的概念和觀點。如《被圍困者》就不斷對人類巔峰的哲學問題「我要到哪裏去」,「我從哪裏來」,「我為什麼而來」進行追問和討論。伊蕾並不要求自己在論爭的每一點上都無懈可擊,她只是把議論與女性特有的感性和敏銳融合起來,而那一份女性的感覺又使論辯有了濃厚的情感。

伊蕾的詩之舞也不可避免地存在著迷失。她過於迷戀《獨身女人的臥室》孕育出的以第一人稱「我」為主語的排列複句形式,以至於將之作為普遍的語法規則絕對化,從而導致了語法結構上的習慣性重複的滑行。《獨身女人的臥室》每一首結束句的設置甚至句法結構,在《被圍困者》和《情舞》中再

度以同樣的面孔出現：「我的精神因此而無邊無際／我無邊無沿」，「讓我的理智從此漆黑一片／我願意被你主宰」。語言的再生能力幾乎被同樣令人心悸的自我復述所取代。如此的循環往復，人們在閱讀時，就不再覺得新鮮，相反，感到單調和疲憊。

但無論如何，伊蕾的詩歌寫作是個體女性對女性文學、婦女解放的一份貢獻。這一詩歌文本的存在，將不斷為眾多的女性寫作提供參照，從而激活女性話語的生成、突破和超越。

三、陸憶敏：女性心靈的高貴訴說

與翟永明用那雙「大得出奇」的黑眼睛對女性命運的黑暗深淵作高高在上的全景式審視、並為女性面臨的困境進行激憤的迷狂式的情感宣洩相比，陸憶敏的詩歌就像「用眼睛裏面的黑色瞳仁向你微笑」（陸憶敏語）。或許因為陸憶敏文靜、溫柔的天性，因為上海大都市嫻雅、精緻的精神氣質的薰陶，因為她如俄國女詩人阿赫瑪托娃一樣，是先前文明孕育出來的優雅、純粹、凝練的結晶式人物，陸憶敏的詩歌沒有其他先鋒女詩人的敢於砸碎一切桎梏，敢於擔當自瀆自虐的風險而向公眾傾瀉自我的氣魄，而只想表達女性個人的沮喪感和受挫感，是自己對自己心靈的訴說。這種女性心靈的訴說有如堅硬刺手的纖維織成的柔和酥軟的緞子，有著尖銳而柔和的美，有著「惟一的女性才具有的高貴」（詩人柏樺語）。

陸憶敏詩歌的高貴在於它從一開始便有著不同於他人的獨特聲音：內向、凝煉、節制。在她訴說女性心靈的詩篇裏，看不到通常在當代先鋒女詩人那裡見到的撕心裂肺的景象，聽不見那種呼天搶地的叫喊，所見到的是另外一番情景：

> 即使小草折斷了
> 歡樂的人生
> 我也已唱出了像金色的
> 聖餐杯那樣耀眼的情歌。
> 滿臉通紅。
>
> ——《我在街上輕聲叫嚷出一個詩句》

我們注意到，詩中有關世界、人與命運之間的比例已經於不經意之中被

稍稍改動，某種厄運般降臨的怪物，此時已經被減弱至折斷的小草那般柔弱、纖細的東西，因而有可能取出微不足道的個人之杯，來承擔「歡樂的人生」。這種盛得滿滿卻不會溢出，「金色」、「耀眼」卻不刺目的聖餐杯，它所蘊含的無限澆鑄在用嘴唇便可輕輕觸碰的量化形式之內，表現出激情的高度自我節制。從這樣的杯子裏飲入的愛情是經過提煉的，喜悅的，柔和的，任何兇殘的元素都褪變為遙遠的背景，而「滿臉通紅」這一羞澀的表達則透露出女性個體存在的深層秘密。

　　陸憶敏早期詩作中體現出的這種「高貴」特質在此後的寫作中得到了更加深入的表現。80 年代中期，美國詩人西爾維亞·普拉斯所挾帶的痛苦的死亡風暴幫助女詩人們恢復和建立了女性主體意識，在「受傷害」的身體方面，女性也找出了自身存在不可剝奪的證據。受這位大洋彼岸的自殺的女詩人的影響，翟永明於 1984 年寫下了才華橫溢、不同凡響的《女人》組詩，以女先知的口吻，宣布了女性的精神性別，引起了不小的轟動。陸憶敏自然也處於這場由「死亡」和「受傷害」的衝擊波所帶來的詩壇地震之中。然而，由於特殊的氣質和修養，陸憶敏在這股潮流中加入了自己的語調和姿態：一種內向的外鬆內緊、抑揚有度的情感。和翟永明寫下《女人》組詩幾乎同時，陸憶敏寫下了同樣出人意料、使人驚訝的《美國婦女雜誌》。該詩開頭以一種迅速而又輕鬆的快捷方式，將「此窗」突然打開：

> 從此窗望出去
> 你知道，應有盡有
> 無花的樹下，你看看
> 那群生動的人
> 把頭髮繞上右鬢的
> 把頭髮披覆臉頰的
> 目光板直的，或譏誚的女士
> 你認認那群人，一個一個

　　這是一個成熟的女性視角中呈現的女性群體：一群如花般「生動」的女士，卻不得不對世界做出種種「無人認領」的姿勢，像一群永遠流浪的囚徒。在「你知道」、「你看看」、「你認認」這種無可辯駁的指認語氣背後，含有一種隱隱的激憤，但這種激憤最終還是被一個無聲無息的女性群體輕輕壓住，

詩中的敘述者沒有叫喊，沒有抗議，只是默默地隱匿於「她們」背後。〔註77〕
在這裡，我們既看到了建立女性主體意識的另一種方式：不是在一個封閉的
天地中和男人上演激烈的對手戲，也不是在男人離去之後於黑暗中注視自己
身體上所受的「傷害」和「傷口」，而是在面臨一個女性群體中所產生的認同
感；也感覺到了女性情感內化後突然釋放的觸目驚心的力量：

> 誰曾經是我
>
> 誰是我的一天，一個秋天的日子
>
> 誰是我的一個春天和幾個春天
>
> 誰？誰曾經是我？

——《美國婦女雜誌》

　　這種對女性在劫難逃的隱秘命運的突如其來的追問，展現出陸憶敏特有
的內向的抑揚適度的抒寫方式的異乎尋常的魅力。

　　即使是描寫死亡，陸憶敏也想「用最輕柔的聲音」，「為整個樹林致哀」
（《Sylvia Plath》），而沒有將之發展為一種「囈語」或「嚎叫」。她不像她熱愛
的普拉斯那樣用「血」、「骨頭」、「亡魂」、「創口」、「殺人」、「自殺」等令人
心驚肉跳的刺激性字眼渲染死亡，而是把死亡放在一個能夠接受的位置上，
作為一種始終與人相伴的柔情蜜意的事物，用一種包容寬厚的態度對待它。
這不是說陸憶敏沒感覺過死亡的沉痛，而是這種沉痛已經和她內在地結為一
體，她的友善的「寬懷」的表達正是沉痛過後的理性和超然。這種內蘊的有
節制的表達可從她的一些詩題看出，如《死亡是一枚球形糖果》《溫柔地死在
本城》《可以死去就死去》，也可從她別具一格的詩句中見到：

> 我們不時地倒向塵埃或奔來奔去
>
> 挾著詞典，翻到死亡這一頁
>
> 我們剪貼這個詞，刺繡這個字眼
>
> 拆開它的九個筆劃〔註78〕又裝上

——《美國婦女雜誌》

　　這裡的死亡由「倒向」、「奔來奔去」、「挾著」、「翻到」、「剪貼」、「刺繡」、
「拆開」、「裝上」等一連串動作組成，由此提供了一個非常具體、確切的女

〔註77〕參見李振聲：《季節輪換》，學林出版社 1996 年版，第 226～233 頁。
〔註78〕死亡這個詞，中文共有九個筆劃。

性手工勞動的場面，從而避免了將死亡說成一個深不可測的黑暗深淵。

陸憶敏心靈訴說的「高貴」氣質還表現在她詩中沒有那種兇惡猙獰、險象環生的意象和言詞，她寧願採擷日常生活中隨處可見的事物：陽光、灰塵、餐桌、花園、牆壁等。表現被壓抑的女性生存恐懼的詩作《風雨欲來》，從頭至尾不曾正面提及這種陰沉的恐怖，只是一而再再而三地進行日常生活描述：那是一個最平靜的日子，既無人出門旅行，也沒人上門喝酒，清淡的生意和冷清的生日，通過信、通過卡片，在紙上進行，窗簾蒙塵，光色黯然，夫婦倆相對無言，說什麼才好呢？「穿過門廳迴廊／我在你面前提裙／坐下／輕聲告訴你／貓去了後院。」這恬淡平靜的生活場景，這小心翼翼、左躲右閃的日常話語後面，顯然暗示著女性被壓抑得幾近精神崩潰的生存驚恐。此類女性刻骨銘心的被傷害的經驗也一再以日常生活的面貌出現：「在幽暗的內室／我的心被擱淺」；「除了隨歌而至／我無法接近／為筆跡描紅的生活／那歌就像一道牆阻止了我／永遠不可能途經花園」；「從我衣袋和指縫中／失落了飾品、餐具／和灰色的食物／我駐足，起意尋找／他們已更改了面目（《室內一九八八》）。即便是殘酷嚇人的死亡意象，也被自然美麗的世俗生活賦予了柔和詩意的色彩：死亡猶如「紙鷂在空中等待」，「幼孩在陽光渴望」，「旅行者在山上一腳／踏空」（《可以死去就死去》），「死亡是一枚球形糖果」。這種內隱性很強的日常生活意象和平靜幽冷的低聲訴說比掏肝撕膽式的表述更深沉更富有暗示力，因而也更動人心弦。

陸憶敏的詩，形式上比較接近中國古典詩歌中的長短句——詞，上下行字數參差不一，段落的劃分也比較隨意，詞語和節奏較為疏朗和灑脫。有兩種形式可以說是她獨有的並運用起來得心應手的。一種以三行詩句組成一個段落。如《可以死去就死去》這首詩，一共五個段落，前四個全是由這樣的三行組成：

> 紙鷂在空中等待
> 絲線被風力折斷
> 就搖晃身體
> ……
> 汽車開來不必射閃
> 煤氣未關不必起床
> 遊向深海不必回頭

　　這首詩前面顯得有些突兀，有些欲言又止有些懸置之感，而後面則使人產生一種加速度的幻覺。另一種形式是，起首段落只有兩行，然後隨意發展下去，下一個段落有八九行之多，甚至再發展出另外一個段落。起首兩句往往有一種衝破沈寂的尖銳的感覺，讓人覺得防不猝防：

　　　　我坐在光榮與夢想的車上
　　　　去到無論哪個地方

　　　　　　　　　　　　　　——《我坐在光榮與夢想的車上》

　　　　被攝入奇境
　　　　而隔淵望著人們

　　　　　　　　　　　　　　　　　——《上弦的人》

　　這種類似於長短句的詩歌形式，似乎更利於表現陸憶敏內在而有節度的典雅情懷。

　　陸憶敏女性心靈的訴說儘管比不上翟永明們濃烈、寬泛和棱角畢露，但她的詩在一定程度上實現了先鋒的女性意識與有節度的古典情懷、西方女性話語與本土女性生活的良好結合，這無疑是對女性詩歌的一份獨特奉獻。

第三章　女性小說與外國文學

採用外國的良規，加以發揮，使我們的作品更加豐滿是一條路；
擇取中國的遺產，融合新機，使將來的作品別開生面也是一條路。

——魯迅《〈木刻紀程〉小引》

第一節　從「荒原」到「野葫蘆」：宗璞與哈代

　　哈代是 19 世紀末英國批判現實主義小說家之代表，20 世紀英國現代詩歌之父，而宗璞則是當代中國文壇極具影響且成果豐碩的優秀作家。當然，將兩位生活於不同國度、不同時代的作家進行比較，主要是基於宗璞文學創作對於哈代的創造性接受。閱讀兩位作家的作品，我們發現，宗璞與哈代有不可忽視的文學因緣，並都執著於文學作品氛圍營造，且在敘事視角上呈現多元交錯。

一、宗璞與哈代的文學因緣

　　1984 年，宗璞遊歷英國參觀都徹斯特博物館，在哈代陳列區，她感慨：「時間過了快一百年，證明了哈代自己的作品是值得的！值得讀，值得研究，值得在博物館特闢一間——也許這還不夠，值得我們遠涉重洋。」[1] 宗璞對哈代給予了太多「值得」，足見宗璞的喜愛之情。哈代是英國小說家裏最偉大的悲劇大師，他的創作生涯達 60 餘年，一生著述豐厚，14 部長篇小說是重要成就，最為後世推崇的當數《無名的裘德》、《德伯家的苔絲》等。與長篇相應，詩歌與短篇小說也頗受讀者與批評家青睞。這些奠定了他在英國乃

至是世界文學史上的崇高地位。宗璞認為,哈代的偉大在於他「是永遠向著時代和世界開放的。」[2] 哈代小說反映社會與人生,遠不只是表現某一地區生活,「小說總有個環境,環境總是侷限的,而真正的好作品,總是超出那環境,感動全世界」,[3] 哈代還「有一個更高級的哲學特點,比悲觀主義,比社會向善論,甚至比批評家們所持的樂觀主義更高,那就是真實。」[4] 哈代堅持自己的創作,他能看清真實,而去看則需勇氣和本事,看清還寫出來,則需更大勇氣和本事。宗璞對此致以欽佩之情,她對哈代所言「如果為了真理而開罪於人,那麼寧可開罪於人,也強似埋沒真理」,感歎「看來即使他有著和劊子手打交道的前途,也還是不會放下他那如椽的大筆的。」[5] 自然,在欽佩與讚賞裏,更體現出宗璞對哈代及作品的喜愛,這使得她會自覺或不自覺受哈代影響。

宗璞與哈代的文學因緣難以割捨,就時間而言,宗璞閱讀哈代已半個多世紀了,且鍾愛之情一直延續。作為與王蒙同時代作家,宗璞也是一個跨時代人,不過,她並不單純如王蒙從 20 世紀 50 年代受俄蘇文學影響,到 80 年代汲取歐美文學營養;宗璞有多重身份,一是中國社科院外文所英美文學研究專家,二是父親馮友蘭生前「秘書」。這兩者對其創作都有不可忽視影響。1951 年,宗璞從清華外文系畢業,論文是美籍教授溫德指導的《論哈代》,此間大量閱讀了哈代作品。當時溫德開設法語、英國文學史等課程,這位老教授對宗璞的影響顯見,除指導宗璞研習哈代,引導學習歐美文學,還教會她如何讀書,宗璞說,「美國教授老溫德告訴我,他常用一種『對角線讀書法』,即從一頁的左上角一眼看到右下角。……不同的讀法可以有不同的收穫,最重要的是讀好書,讀那些經過時間圈點的書。」[6] 頗有意味的是,1948 年宗璞由南開大學轉入清華後,她借法語「AKC」創作短篇小說《A‧K‧C》發表於《大公報》。筆者以為,這少不了溫德講授法語的作用。可以說,進入大學,宗璞對外國文學接受不再單純閱讀而已處於「身體力行」階段了,這似乎預示著其後宗璞可能對哈代創作藝術的自然融入。當然,宗璞長期從事外國文學研究,先後任《文藝報》、《世界文學》編輯、中國社科院外國文學研究所副研究員,更廣接觸各類外國文學作家作品,也更多投入到外國文學譯介工作,並撰寫《他的心在荒原——關於托馬斯‧哈代》等哈代研究論文。值得注意的是,她與父親馮友蘭生活數十載,其文學創作不可避免受到父親影響,如宗璞所言,「作為父親的女兒,而且是數十年都在他身邊的女兒,在

他晚年又身兼幾大職務，秘書、管家兼門房，醫生、護士帶跑堂，照說對他應該有深入的瞭解，但是我無哲學頭腦，只能從生活中窺其精神於萬一。」[7]可以說，宗璞在照料馮友蘭的數十年間，馮友蘭對宗璞影響是潛在巨大的，如宗璞所說「生活中窺其精神於萬一」，這也更說明影響實際存在。於此，我們不難理解宗璞與外國文學有深厚淵源，特別是於哈代，不論是「英國的哈代對我的影響很大」，[8]還是「青年時代我最愛兩位作家，陀思妥耶夫斯基與哈代」[9]等都說明宗璞與哈代不可忽視的文學因緣。

二、氛圍：「無處不在的網」

　　哈代是營造氣氛的行家，他的「性格環境小說」依託環境的烘托進行氣氛營造，而「人與環境是互相作用協調發展的關係，人與自然、人與社會共處的生存狀態。」〔註1〕可見，哈代借助人與環境相聯顯現「生態的復魅」，他「把人與自然重新整合起來，把自然放到一個與人血脈相關的位置上去」，也打破了人與自然的界限，從而喚起「人性中長期守護的信仰和敬畏。」〔註2〕因此，透過哈代小說中人與環境關聯可洞見某些自然生態的神秘色彩。哈代評論英國畫家 J・M・W・透納的風景畫是「一片風景加一個人的靈魂。」〔註3〕其實，這也是哈代小說創作的特點。比如，《德伯家的苔絲》寫了安璣、亞雷等十餘個人物，這些人物甚至是小說的景物都是以苔絲為中心的。當苔絲歷經磨難再次出場時，哈代多以精心寫作的詩與畫襯托，他以景物帶出人物，同時也將人物置於景物中。這樣的表現手法在小說中俯首皆是：苔絲的家鄉是群山環繞、水草豐腴的小山村，這是個集天地靈氣的「天堂」；她與安璣的新婚夜住在荒涼而寂寞的古宅，這又與苔絲樂極生悲的心境吻合；遭棄的苔絲窮愁潦倒，在貧瘠苦寒的棱窟槐農場掙扎活著，這些加深了她的失望和沉痛，也促使她瀕於絕望等。可見，環境情調與人物心靈已形成了不可分割的整體，「隨著人物境遇和心境變遷，這些詩與畫的格調則或明快、或恬淡、或沉鬱、或陰暗」，〔註4〕環境反映心態，心態又賦予環境靈氣，兩者交相輝映，這些也使得《苔絲》成為百年來英國最具獨到魅力的小說。

〔註1〕張皓：《生態批評與文化生態》，《江漢大學學報》2003 年第 1 期。
〔註2〕魯樞元：《生態文藝學》，陝西人民出版社 2000 年版，第 81～82 頁。
〔註3〕〔英〕托馬斯・哈代：《苔絲・譯者後記》，孫法理譯，譯林出版社 2000 年版，第 364 頁。
〔註4〕張玲：《哈代》，華夏出版社 2002 年版，第 39 頁。

　　這樣的網哈代撒在了他的不少小說中。《一雙波秋》置於英格蘭西南的端康沃爾面臨的大西洋巉崖壁立之海岸；《司號長》與《意中人》的故事也發生在英格蘭海港韋默斯及其毗連的波特蘭島，這些景物本就具令人心馳神往，以及濃鬱的浪漫氣息。而小說的主人公，不論是牧師之女埃弗瑞德、磨坊主之女安妮·加蘭，還是貧苦村姑阿維斯，她們都透出天真、空靈與脫俗的美感，這也顯示了造化獨鍾與鬼斧神工的奇妙景觀是與小說風情、人物個性等渾然一體的。《塔中意人》的空曠原野中凌空攀雲的古塔，呈現出遠離人寰、比肩星空的態勢，這也營造了人物超越時空而奔向宇宙的境界。《計出無奈》透著「陰鬱的氣氛」，〔註5〕這裡有陰謀、愛情、兇殺、偵查等陰森神秘且令人毛骨悚然的場景或情節。哈代在《萎縮的胳膊》中把牛奶場掛水桶的架子寫成「用剝了皮的櫟樹枝製成的，豎直插在地上，狀似一叢巨大的鹿角」，這些有著濃厚地域色彩的景象能給人強烈的視覺衝擊感。《綠林蔭下》開篇就奏響小說的主旋律，「對於森林的居民來說，樹枝起伏搖盪時沙沙作響。」哈代把自然景物當成悲劇或悲劇的理想背景，讓自然景物扮演人類生活的戲劇角色，「我們自始自終呼吸到一種純粹喜劇的氣息；埃爾弗里最後則在一種悲劇的憂鬱氛圍中從我們面前悄然隱去。」〔註6〕

　　《還鄉》的序曲呈現出異常誇張的莊嚴氣氛，而小說通篇更是籠罩在埃格敦荒原不斷變化的光彩之中。這部小說開頭便充滿濃厚的悲劇氣氛：「十一月裏一個星期，……當作了它的地席。」而《三生客》則特意寫出故事發生的精確時間：「18世紀20年代某年的3月28日夜」，並細緻描繪牧羊杖曲柄等室內陳設、喜慶蠟燭擺放在壁爐架上等細節，還有好客的牧人與齊齊妻子、機智果敢的鐘錶匠、令人生畏的劊子手等。這些與精確時間相融合形成了陰鬱、緊張與奇異的色彩。在小說結尾處，哈代以簡約筆調勾勒了幾座孤零零的墳墓，多年後，那些原本生氣勃勃的人早已作古。這又引人感慨逝者如斯與人生的變幻無常。《夜闖古堡》（《古堡上的幽會》）有兩位幽會者：故事敘述者「幽會」的是高山古堡中出沒的古代凱爾特游牧部落與羅馬士兵的鬼魂，而業餘古物學家「幽會」的是順手牽羊帶走更多古文物等。兩人對「過去」

〔註5〕〔英〕哈夫洛克·艾利斯：《托馬斯·哈代的小說》，張揚譯，見陳燾宇編選《哈代創作論集》，中國社會科學出版社1992年版，第146頁。

〔註6〕〔英〕M·扎貝爾：《哈代為其藝術辯護：不協調的美學》，王義國譯，見陳燾宇編選《哈代創作論集》，中國社會科學出版社1992年版，第151頁。

有不同態度：一為精神，一為物質。這部小說始終浸潤在陰暗、陌生與奇異之中，甚至借助暴風雨夜襲古堡暴情境的描寫，彰顯出氣勢磅礡之感，從而起到渲染氣氛與烘托人物心境的作用。

哈代以景物烘托氣氛，將人物心境與環境緊密融合，讀來似乎也讓人進入他設定的情景中，並且能時刻感知到那張無形的巨網。當然，哈代也因此超越了同時代作家，他的小說完整優美猶如雕塑家的傑作，而小說的情節、對話、人物與景色等渾然一體又宛如一棟完整和諧的建築物。有意思的是，宗璞評論曼斯斐爾德「以氣氛、情緒感染讀者，這是她最突出的藝術特色。」〔註7〕早在 1988 年接受施叔青採訪時，宗璞說過小說可分為側重情節、人物與氣氛三種類型。在 2001 年，她再次談到寫小說的追求：「一是結構完整，無論怎樣的奇峰怪石，花明柳暗，總要是渾然一體；二是語言要達到一篇散文所能達到的，讓讀者能從語言本身有所收穫；三是要有一個意境，也許短篇小說不一定有故事，但一定要有意境。」〔註8〕將上述論述結合來看，氣氛（抑或「意境」）是宗璞小說創作重要的藝術追求。由此可見，宗璞小說同樣依託環境來營造氣氛，但她並不像哈代以景帶人，或借自然生態獲得神秘氣氛。宗璞寫環境與景物既是為行文需要，又是協調小說的整體氣氛，更是為更好襯托人物心境。可以說，宗璞與哈代的契合更多顯現出創造的一面，這體現在通過人物言行與心理活動渲染某種氛圍，甚至是借助事情的敘述獲得濃厚的、滲人心境的氣氛。不過，儘管相異於哈代營造的氣氛多呈現悲觀色彩，宗璞的「氣氛」更體現一種明快亮麗、積極向上的光芒。

宗璞小說中景物或環境與人物心境相通，由此顯現出一種難以言說的氛圍，這種無處不在的氣氛如同一張巨大無形的網籠罩著整個小說，讀者能時刻感受到被「網」進去的滋味。詹臺瑋（《西征記》）從軍到犧牲的過程正能如實感受到這種滋味：詹臺瑋打算去軍隊服役，而此時臘梅林尚處於雪色但雪水已開始從樹枝上滴落的季節，這似乎也預示當時抗戰趨於「回暖」局勢；他報名從軍的路上，「小花圃裏有些植物仍然一身綠衣，不顯衰頹，有幾株還頂著花朵。花朵剛著雪水，濕漉漉的，不很精神……」這似乎又隱含抗戰並未結束但有繼續奮爭的信心，也有某種疲態，恰恰需要新力量的充實；從軍出發前，玹子帶他去與弗之家道別，離別時發現「臘梅沒有開，但仍有淡淡

〔註7〕宗璞：《試論曼斯斐爾德的小說藝術》，《國外文學》1984 年第 2 期。
〔註8〕宗璞：《自序》，《風廬短篇小說集》，上海社會科學院出版社 2002 年版。

的暗香」；前往部隊路上，太陽昏昏西沉、塵沙遮蔽，但冬天山上還是顯現出一抹綠色；在部隊中途休整途中，他與殷大士短暫相見在一片濃重黑色中；接受架線任務後，他前去是遍布溝渠與崎嶇不平道路的荒廢田野；中彈後的他是被民夫們歷經萬難穿過彎曲小路才送往醫院的，而此時天空忽然飄起幾點雨；他在彌留之際看到的是「一小塊藍天，窗前一顆普通的樹，都是那麼美好」，這無疑寄寓了希望的意蘊。可以說，在景物、環境與人的心境相交融的氛圍中，我們也更能體味澹臺瑋的處境與心境。

在《南渡記》中，為展示晚清舉人呂清非堅守知識分子氣節，宗璞也是將這一切放置與景相融合形成的某種氣氛中。呂清非正式出場在一片雞舌香繚繞的煙霧中，他在這裡讀書、看報、寫字、誦經。我們感覺呂清非活於世外的生活狀況。伴著北平城外的炮聲，他在客廳不時踱步，急促催問何時能讀報紙，還時時詢問屋外隆隆聲來自何處。這又可見到他對戰局時刻且急迫關注。聽到劃北平為文化城的建議，呂清非眼中「荷花在驕陽下有些發蔫，但那顏色對一雙昏花老眼已足夠鮮豔了」，鮮豔卻又發蔫正是他心境的反映。得知國共合作團結抗日，呂清非熱淚揮灑，舉著抄報反覆讀著，而天氣如同冷熱水沒有攪勻但熱氣中已滲入一股涼意。兒女孫輩們俱已南渡後，呂清非覺得心裏「落空」了，院子階前青草也長到膝蓋，磚縫冒出各種雜草，顯得滿目荒涼了。他以死明志拒任偽職而服安眠藥自盡，身邊的蒿草已在晨曦中顯得顏色頗深，但草尖有了露珠閃亮，而一縷微弱的陽光正落在了臺階上。在這些景物（環境）描繪裏，雖或顯憂愁、或帶憤懣、或現緊張、或又歡快、或呈希望，但從其中並不見悲觀或消極色彩，反而更凸顯出積極樂觀、明快輕盈，以及寄予希望或蘊藉讚頌的情感。

除以景或境營造氛圍外，宗璞對人物言行、心理刻畫中也呈現出某種氛圍。比如，小娃（《南渡記》）因腸套疊入院手術治療，碧初與前來探望的繆氏夫婦寒暄後回病房，但見醫生低頭只顧說話，聲音似有異樣，兩個護士在屋角低聲抽泣，醫生臉上也掛淚痕。在這裡，宗璞以簡約筆調寫醫生與護士的反常行為，並未交代前因後果，但仍透出悲愴、感傷、失落的氛圍。其後，宗璞以「南京陷落」四字結束描述，一切疑惑均迎刃而解。明倫大學因戰局變化可能再次遷移，眾人對搬遷意見並不統一，但對一件事絕對一致：中國人決不投降！宗璞不再以人物行為營造氣氛，而以語言交匯形成同仇敵愾、

視死如歸、戰爭到底的氣氛：

> 「我們最好找一個地圖上都沒有的地方，讓敵人找不著。」（梁明）

> 「我是不走的了，我與昆明共存亡！」（江昉）

> 「我們簡直沒有生存的地方了！」（有人喊道）

> 「不論發生什麼事，我們——我們決不投降！」（秦巽衡）〔註9〕

　　《西征記》中不少片段以心理的刻畫營造出特定氛圍。在詹臺瑋犧牲前後，孟靈己的心理有這樣的變化：得知詹臺瑋中彈住進醫院，她幾乎是跑進登記處，而後悄悄站在亂哄哄的人群裏，看到瑋緊閉雙目且已昏沉，不禁頻頻拭淚。因瑋急需輸血，她主動獻血，李之薇遞給了她一杯水，水很甜但她感到「心裏有苦又痛又慌亂，真不知如何是好。」當詹臺瑋永遠閉上眼睛，她默默站床邊，希望他能再次睜開眼睛，還在心裏低聲喚著：「你不要走——」但她心裏有更巨大聲音如戰鼓咚咚敲著，從四面八方傳過來，那就是詹臺瑋已經離去了。不過，她擦拭著不斷流下的淚水，義無反顧走向了崗位，因為那裡正有源源不斷被送進來急需救治的傷員，因為抗戰沒有結束仍需她做出更大、更多的努力。其實，從孟靈己心理的變化過程，我們能感受到她內心巨大苦痛，也感知到她肩負的重大責任以及為大家而不能只顧及小家的犧牲精神。當然，這種籠罩在生與死交織的密網中的心理刻畫，營造出令人幾乎無法呼吸的氛圍。

三、敘事：視角的多元交錯

　　要展示一個敘事世界，作家不可能原封不動將外在客觀世界照搬紙面，而必須創造性運用敘事規範，將自身體驗的客觀現實世界轉化為語言敘事世界。這就是敘事視角的問題，「敘事視角是一部作品，或一個文本，看世界的特殊眼光和角度。」〔註10〕一般來說，敘事視角分全知敘事、限制敘事與純客觀敘事。全知敘事的敘述者無所不在、無所不知，並有權利去知道且道出任何人物都不可能知道的秘密。限制敘事的敘述者與作品裏人物知道的一樣多，敘述者無權敘說人物不知道的事。這種敘述者是一人或是幾人輪流充當，可採用第一人稱或第三人稱。純客觀的敘述者只可去描寫人物所見、所聞，

〔註9〕宗璞：《東藏記》，人民文學出版社2004年版，第333～334頁。

〔註10〕楊義：《中國敘事學》，人民出版社1997年版，第191頁。

且不作主觀評價與分析人物心理。〔註11〕

戴維森認為，哈代小說藝術以兩種方式表現，一是營造使自己能信心十足處理傳統故事的藝術氣氛和環境，並使典型民謠裏之男女主人公能借助於完全合理化「神話」活躍起來。二是把傳統或非文學的敘事體精華逐漸發展成一種文學形式，而他的長篇小說根據口述或吟唱故事構思，也是傳統民謠或口頭故事以現代散文小說形式擴大而成的。〔註12〕第二種表現談到的是哈代小說敘事的問題。哈代是講故事的高手，他是英國傳統小說優秀傳承者，他的作品裏採用較多傳統寫作模式。但他又並非固守的作家，他有意識利用能使作品產生某種複調效果的多元敘事視角，這不僅為小說敘事藝術增添了亮色，而且更凸顯出哈代小說的魅力。

哈代的短篇小說輕「講述」重「表現」，尤其是重「烘托」與「展示」，運用各種寫作技巧實現統一的藝術效果。因此，他小說中的戲劇性衝突與矛盾總是自行發展與解決的，哈代大多以作者本人或敘述者的口吻，娓娓道來且從容不迫。像《兒子的否決權》、《兩個野心家的共同悲劇》、《在西部的巡迴裁判》、《讓妻高興》、《一支插曲罷了》、《失魂落魄的牧師》等都是如此。哈代的這種多元交錯敘事視角更多體現在長篇小說中。《無名的裘德》便採用了全知全能的敘事，小說敘事者擔當全知角色，這樣的特定視角在小說敘述結構裏成為不可缺少的要素，為創造完整小說世界發揮著獨特審美功能。比如，哈代不僅對威塞克斯的青年男女在田間的隨意結合瞭如指掌，而且全知全能娓娓陳述威塞克斯的崢嶸歲月：

> 在那地裏新近把過而留下的紋條，像新燈芯絨上面的紋條一樣，
> 一直伸展著，讓這片大地顯出一種鄙俗地追求實利的神氣，使它的
> 遠近明暗完全消失，把它過去的歷史……一概湮滅。〔註13〕

哈代還善於自由靈活的運用全知敘述方式，他從不同角度或層面向讀者透露所有信息，甚至還以片段式語言進行闡釋性或判斷性評論。譬如，當苔絲被亞雷誘騙後，哈代寫道：「為什麼往往是在這種情況下，粗俗鄙野的偏把精妙

〔註11〕陳平原：《中國小說敘事模式的轉變》，北京大學出版社2003年版，第62～63頁。
〔註12〕〔美〕唐納德·戴維森：《托馬斯·哈代的小說的傳統基礎》，丁耀林譯，見陳燾宇編選《哈代創作論集》，中國社會科學出版社1992年版，第126～127頁。
〔註13〕〔英〕托馬斯·哈代：《無名的裘德》，張谷若譯，人民文學出版社1995年版，第9頁。

細緻的據為己有呢？為什麼往往在這種情況下，絕難匹配的男人把女人卻據為己有？」〔註14〕

　　值得注意的是，哈代的這種全知全能的敘事視角仍是點到即止的，他並未長篇大論式發表個人意見，而且這種視角又是與情節緊密結合的。哈代在總體敘述採用全知全能的敘事視角，在細微處又不時變換敘事角度敘述故事或描繪情節。他有時採用限制視角代替全知全能敘事視角，讓小說與人物拉開距離，最大限度追求文本客觀效果。有時又為製造懸念，敘述者假裝成不瞭解情況的旁觀者，比如，裘德的出場就是哈代通過講述一個鄉村教師搬家時引出來的：「一個十一歲的孩子，先前曾滿腹心事的樣子，幫著收拾行李……那孩子和老師站在那兒。……『裘德，我要走了，你心裏不好過吧？』老師和藹地問。」〔註15〕

　　除了全知全能敘事與限制敘事，哈代還運用純客觀敘事視角，即有的情節並非靠敘述者「講述」而更多依照故事發展流程「顯示」。比如，裘德、妻子淑與三個孩子生活窮困交加，因無意聽到無處求宿的談話，孩子們便覺得自己是父母負擔，竟選擇了自殺。哈代對孩子慘死的描繪就是透過裘德的眼睛（視角）按客觀事實呈現：裘德聽到淑驚聲尖叫→於是便轉身看見套間門敞著→他又發現淑已失魂落魄跌坐於地板→床鋪上未發現孩子們→他往屋子四圍望→在門後鉤子見到兩個年幼孩子屍體→又發現大兒子睜眼死去的慘狀。整個事件的客觀呈現是隨裘德視線移動而逐漸推開的。借助裘德所見、所聞及所感，我們能身臨其境感知哈代描繪的客觀存在。這種帶「戲劇化」情境氛圍也借純客觀視角營造出來。

　　哈代小說是通過他「鷹一般的目力從很高的地方來觀察生活」〔註16〕的結果，也是他對社會現實的真誠反映。從敘事視角來說，哈代以全知全能的敘事視角為主，並與限制視角、純客觀視角等多元交錯，形成了哈代式的小說敘事風格。這種全知全能視角的運用，主要是利於深刻揭示真實社會現實。哈代也承認，他的小說敘事採用第三人稱敘述，主要想使敘事更客觀。他還指出，這種方式有三個特點：其一，作者可自如進入一個或幾個人物的外部

〔註14〕〔英〕托馬斯·哈代：《德伯家的苔絲》，張谷若譯，人民文學出版社1996年版，第112～113頁。

〔註15〕〔英〕托馬斯·哈代：《無名的裘德》，張谷若譯，人民文學出版社1995年版，第2～3頁。

〔註16〕顏學軍：《哈代詩歌研究》，人民文學出版社2006年版，第150頁。

與內心世界;其二,作者可不受任何時間與地點限制,自在安排情節;其三,作者可自由對人們行為的意義進行評論。〔註 17〕顯然,哈代的多元化敘事視角使小說家更多忠實於現實,儘管作者有時會對作品事態評論,但作家並不明顯介入作品。可以說,哈代始終是清醒的現實主義者,並以如實反映生活為己任,他的小說體現了他對生活的仔細觀察與深刻思考。他的悲劇小說又以旁觀者講述在異己世界的人們未能自我實現的悲劇,而敘事者在講故事時則相對客觀。這些都體現了這種多元視角的存在。可以說,哈代創造的這種多元敘事一定程度上影響了其後眾多中外作家的小說敘事。

上世紀 50 年代初期,宗璞就開始研究哈代,她以英語寫作的本科畢業論文就是《論哈代》。這可見得宗璞對哈代的喜愛,這種喜愛不免也會對宗璞的創作產生潛移默化的影響。眾所周知,哈代曾多次表示他對故鄉的山水草木、或歷史掌故、或鄉民風俗習慣與愛憎好惡等了若指掌,同時也對當地事物觀察細緻入微,因而他能詳實描繪故事的背景環境、真切刻畫各色人物。這也意味著哈代能在全知敘事中融會多種敘事並顯現出真切、真實、真摯。當然,宗璞創作也是基於熟知領域與人物,而她的敘事也是以全知全能敘事角度為主的多元交錯敘事。

《野葫蘆引》系列小說開篇,宗璞就是以全知全能敘事來敘述的:

這一年夏天,北平城裏格外悶熱……自東北淪陷之後,華北形勢之危,全國形勢之危,一天比一天明顯……就在這平淡中,摻雜著惴惴不安。像是一家人迫於強鄰,決定讓人家住進自己的院子裏,雖然漸漸習慣,卻總覺得還是把他們請出去安心。〔註 18〕

昆明壩可謂眾壩之首。昆明市從元代便成雲南首府,在美麗的自然環境中,出了文武人才。一九三八年一批俊彥之士陸續來到昆明,和雲南人一起度過了一段艱難而又振奮的日子。〔註 19〕

各樣的標語壁報……「這是你的戰爭!This is your war!」這條標語最是觸目驚心。是的,戰爭已經不是報紙上、廣播裏的消息,也不是頭頂上的轟炸。它已經近在咫尺,就在你身邊,在你床側。

〔註 17〕 顏學軍:《哈代詩歌研究》,人民文學出版社 2006 年版,第 158 頁。
〔註 18〕 宗璞:《南渡記》,人民文學出版社 2004 年版,第 1~2 頁。
〔註 19〕 宗璞:《東藏記》,人民文學出版社 2004 年版,第 2 頁。

敵人，荷槍實彈的敵人正在向你瞄準。〔註20〕

以上三段描述正好將「抗戰八年」的歷史自然貫穿一起，也從側面揭示了日本侵略者的步步緊逼。宗璞對這場在小說不斷推進且原本客觀存在的戰爭極為熟知，她於是便選擇了全知全能敘事。比如「度過了一段艱難而又振奮的日子」等透露出敘述者的無所不知與無所不能。當然，小說的限制視角也較為明顯，如孟樾三個孩子的出場就如此，最先是兒子小娃（孟合己）。從學校返家的弗之走進過道，看到凸窗的「嵌在牆上的長木椅」上「一個男孩正垂頭坐在那裡」，弗之詫異道，「小娃！你怎麼沒睡覺？」於是，孩子如往常一樣「撲上來迎接爹爹。」無疑，宗璞早知道小娃的存在，但故意當做不知，而借弗之之口道出人物姓名並指明身份。其次，便是嵋（孟靈己）與峨（孟離己）的出現。她們幾乎同時出場，但都是借小娃之口：小娃向弗之詢問耶穌，究其原因弗之發現椅子上有個木製十字架，他問其來處，小娃便道：「這是嵋從姐姐房間裏拿來的。」〔註21〕宗璞以限制視角將自己與讀者、敘事者放在相對平等的地位，並帶期盼去觀察故事的發展。

此外，宗璞小說裏的純客觀敘事也處處存在，如《西征記》寫詹臺瑋的犧牲過程：詹臺瑋替代生病的薛蚡協助謝夫前往前線架電話線→來到荒野棄車而改步行→詹臺瑋帶頭冒險走出雷區→來到前線迎著槍林彈雨架線→詹臺瑋代替受傷的謝夫去取高掛樹梢的電線→在取線時不幸中彈→成功手術但不幸的是傷口發炎→詹臺瑋平靜地離世。對於詹臺瑋受傷直至去世，宗璞是以嵋的視角客觀陳述整個事件發生的過程，一切感受、見聞都沉浸於宗璞優雅敘事中。

宗璞小說不但呈現敘事視角的多元交錯，而且還表現出迅疾的敘事視角轉換，這主要體現為人稱轉換。譬如，《南渡記》寫到呂碧初帶兒女們經轉香港入雲南，便稍在香港停留。小說起初以第三人稱視切入，嵋與小娃待在「大廣東號」談論停泊的船是否真的在動，忽然，敘事視角瞬間轉入第一人稱敘事：「那天頭真疼……第二天好多了，想跟娘上街買東西，峨還要乘登山電車。可不讓我去，只好在房間裏走走站站……」之後與莊無因、掌心雷、詹臺瑋等人的交往又是在「我」的支配下進行，這又是以嵋的口吻敘述的第一人稱敘事。「大廣東號」重新起航後，「我」又變成了嵋，亦即又從第一人稱敘事

變成第三人稱敘事。

宗璞的敘事還出現一種延展空間的敘事，這種敘事將敘事角度不斷延伸，不受時空限制，而以小說某個或某些人物的口吻，或在文段上不斷轉換、或思想不斷跳躍、或內容銜接出現突移等，但又多運用一整篇帶強烈抒情性的敘述文字，以傳達多元交錯的敘事轉換也不能準確傳達的信息。比如，《南渡記》中的《野葫蘆的心》、《沒有寄出的信》、《棺中人語》，或以呂碧初對小娃和嵋講故事的口吻講述野葫蘆的故事；或站在衛葑立場用第一人稱給妻子凌雪妍寫信；或借死去的呂清非之口敘述其淒壯的一生。這裡有宗璞對日本發動盧溝橋事變的側面書寫，也有她對這種不正義入侵必將失敗的預言，還有她通過時空、人物轉移來表達自己的情感等。《東藏記》中《炸不到的臘梅林》、《流不盡的芒河水》、《流浪猶太人的苦難故事》與《衛凌難之歌》，或以碧初口吻敘述永遠要自強不息的堅定信念；或以凌雪妍口吻寫對丈夫、父親、母親的愛；或講述猶太人大衛·米格爾和寶斐·謝安的愛情與中國人民團結互助的故事；或寫剛出生的嬰兒衛凌難對母親凌雪妍的思念等，這些都隱含了宗璞對家、國、民族以及對抗戰必勝的堅定信念。《西征記》的《譙臺瑋軍中日記》、《看那小草 聽那小草》、《夢之漣漪》等，或展示譙臺瑋用日記記錄的軍中生活；或以瑋瑋的思索來敘述，融匯宗教、哲學等諸多內涵；或以呂降初及人稱的變化表達一份敬意、思念、悲痛與惋惜。這些變化多樣的敘事，既是與哈代的不同之處，又是宗璞內心真情實感的展示。

宗璞說哈代——「他的心在荒原」，而她正是在哈代傾注心血的「荒原」中擷取藝術之花，創造出獨具魅力的藝術之果——「野葫蘆引」系列小說。宗璞不僅在哈代的基礎上創造性營造氣氛，而且還在小說中以優雅姿態浸透這種敘事，並且飽含著她個人的濃厚情感。這些顯示了宗璞與哈代在敘事上差異，更體現她對哈代多元交錯敘事的創造性接受。更重要的是，多元視角與濃厚氛圍還促使宗璞小說敘事空間得到延展，小說文本張力得以拓展。

第二節　浪漫精神的詩意表達：王安憶與雨果

從傷痕文學到知青文學再到尋根文學，從先鋒文學到「新寫實」再到女性文學，王安憶的創作與新時期以來文學的發展幾乎同步。四十年來，她不斷否定自我、超越自我，始終以一種頑強堅韌的姿態，暢快地書寫著自己獨

特的人生體悟、精神歷險和生命嚮往，散發著特有的魅力與光彩。或許與當代其他作家，如張承志作品中的哲合忍耶、馬原筆下的圈套敘事等用來標記自我不同，王安憶並沒有如此顯著的特徵，她之所以能讓我們印象深刻，更多源自於其身上所散發的一種精神，即對創作本身的持續思考和探問。雖然這份思考與探問伴同著對傳統文化的因循與承繼，但對於一位涉獵廣泛、博採眾長的作家而言，在日益多元化的文化語境中面對西方文化的入侵時，還是不自覺地吸收了西方文學的影響。對此，王安憶從不否認，並坦言「外國文學是特殊的養料」。她對大量西方經典作家作品的閱讀以及在《小說家的十三堂課》中對部分外國作品的解讀，都足以證明她與外國文學之間存在的淵源。托爾斯泰人道主義的書寫方式、巴爾扎克城市景象的勾描技法以及馬爾克斯魔幻神秘的敘事風格等都為其創作提供了諸多可資借鑒的資源，特別是作為西方浪漫主義代表作家之一的雨果，更以其特有的精神特質和創作手法贏得了王安憶的持續關注與青睞。

一、浪漫主義牽引下的靈魂相遇

　　作為文學現代化進程中的一種文學思潮，西方浪漫主義擁有著不容忽視的地位，它不僅發現了人自身、確認了自身所具有的獨立性，而且還探尋著逾越存在之上的精神意義。帕斯卡爾曾經說過，「人不過是一根葦草，是自然界最脆弱的東西；但他是一根能思想的葦草。用不著整個宇宙都拿起武器來才能毀滅他：一口氣、一滴水就足以致他死命了。然而，縱使宇宙毀滅了他，他卻仍然要比致他於死命的東西更高貴得多；因為他知道自己要死亡，以及宇宙對他所具有的優勢，而宇宙對此卻是一無所知。因而，我們全部的尊嚴就在於思想。」〔註22〕這種對於死亡的認識和思想的能力，表明了人的高貴，同時也在人的思想的無限性和人自身的有限性之間投下了巨大的鴻溝。獲得獨立性的文學承擔的便是填補這一鴻溝的任務，它以其獨特的審美方式構建著人的生存體驗，解釋著生命的意義，為人類的理想保留著那個彌合了鴻溝指向無限的烏托邦。與現實主義文學對生活的關注與客觀性展現相比，不再為現實的規範所侷限，在卸去現實中的一切枷鎖（包括物質、制度、規範）之後使人的情感、想像、夢幻得以自由抒發和馳騁，最大限度地滿足人們對

〔註22〕〔法〕帕斯卡爾：《思想錄——論宗教和其他主題的思想》，何兆武譯，商務印書館 1985 年版，第 157～158 頁。

自由嚮往的西方浪漫主義文學更具有文學的超越性。

　　而在中國思想文化領域的現代化變革途程中，極具個性化特徵的西方浪漫主義是中國從世界文學中借取的另一種資源。雖說我國古代道家文化、李贄的「童心說」、湯顯祖的「主情說」、公安派的「性靈說」等都有著對浪漫主義的詮釋。但由於缺少對人的個性解放與自由的清楚認識，還只能呈現一種古典式的浪漫色彩，真正作為一種具有現代意識的文學潮流，在現代中國流行的浪漫主義並非是中國傳統文化中浪漫主義的延續，而是「西方浪漫主義思潮在中國的一個橫向移植，是西方浪漫主義在遙遠的東方所激起的一次巨大的回聲」〔註23〕。早在五四時期，啟蒙主義作家們一方面以冷峻的態度直面現實人生，對黑暗的生活現狀予以極力的批判，一方面又在民主和科學倡揚的理性精神之外，以五四學運的洶湧澎湃、民族主義的巨浪滔天、知識分子的慷慨激昂發出了對自由平等的熱情呼喚。特別是作為西方浪漫主義詩學核心的情感，幾乎成為了當時中國作家們創作時所遵奉的圭臬。郭沫若推崇藝術本質的主觀性，強調要將藝術之根建立在感情之上；郁達夫明確將藝術的要素概括為美和情感，並道出了情感在實現藝術美中的作用；周作人直接將對「作家情感的表現」作為文學的定義；鄭振鐸更是將感情視作文學的生命。在這個社會形態轉型的歷史關鍵點上，對於舊時代束縛的掙脫，對於未來時代的想像性建構，給西方浪漫主義文學思潮在中國的成長提供了富饒的土壤。但到了三十四年代，現實主義文學思潮的地位愈顯突出，包括浪漫主義在內的其餘思潮逐漸萎縮。新中國成立以後，文學更是毫不猶豫的加入到對國家神話的維護中，借助於意識形態的提倡，浪漫主義曾有過輝煌，但過多的政治因素對它的影響最終使其喪失了特有的內質而陷入沼澤。

　　進入社會轉型時期後，受「歷史問題」拖累的浪漫主義仍處在一個非常尷尬的境地。但即便西方浪漫主義沒有得到應有的認可，也不像新時期其他文學思潮一樣有自己的宣言和旗號，可在當時開放性的文化語境中，它卻並未消失。作為一種中外文學史上有著悠久歷史的創作潮流，雖說它在中國的發展進程中沒有像現實主義和現代主義一樣總能引起種種爭議，也不能像它們一樣擁有眾多的理論批評為之助興，但它依然在新時期文學大潮的裹挾下發出了由微弱到激越的聲音。誠然，受西方其他文學思潮的夾擊，浪漫主義

〔註23〕黃庭月：《西方浪漫主義文學思潮對中國浪漫主義文學的影響》，《鄭州航空工業管理學院學報（社會科學版）》2006年第6期。

會暫時地藏匿於這些思潮之中，但它帶給我們的精神追求卻不會改變，文學中的浪漫主義精神可能暫時被削弱、被減少，但卻無法永遠被中斷、被阻隔，只要文學存在，其中的浪漫主義精神就不可能消逝。20世紀80年代以來，雖有不少作家強調物慾的重要性而忽略了精神空間的構建，但還是有一些作家自覺地再次揚起了浪漫主義的旗幟，引領人們進行著理想主義的追尋。王安憶的創作就顯示出對這種立場的堅持。從早期雯雯系列對個人理想的追求，到「三戀」中女性自由平等意識的張揚，再到《叔叔的故事》、《烏托邦詩篇》等對知識分子精神世界的堅守，最後到《長恨歌》、《富萍》等對美好人性的展露，她的創作中始終縈繞著一種濃烈的浪漫主義情懷。在一個物質日益侵蝕精神，平庸日益取代崇高，現實日益消解浪漫的社會，面對現實主義的如火如荼與現代主義的方興未艾，她的身上總有股難以抗拒的浪漫衝動，漫步於多年的創作歷程，她始終聆聽著西方浪漫主義的呼喚，也正是在這一精神的牽引下，王安憶有了和雨果的多次相遇。

作為浪漫主義的代表作家之一，雨果強調其作品對人物心靈景觀的展現，在他看來，浪漫主義文藝的基礎是「人的心靈」。他說：「人心是藝術的基礎，就好像大地是自然的基礎一樣。」他把人的心靈作為藝術的基礎，而把自然現實當作精神，人心的物化，在作品中作者著重要表現的是個體的心靈世界。比如《巴黎聖母院》，作品中儘管雨果用了很多篇幅細緻地描繪了聖母院和巴黎的宏偉景象，展示了中世紀巴黎色彩斑斕的風光，勾勒了「十五世紀時代的風俗民情、宗教法律、藝術文化」，但這些都僅僅是小說的背景。作品的重要部分是圍繞不同人對女主人公愛斯梅拉達的不同關注，不同方式的「愛」，來表現個體不同的心靈世界。例如巴格特溫柔的母愛、吉卜賽人純樸的手足情，卡西莫多崇拜、獻身式的忠誠，還有克洛德主教「欲佔有而不成」後的毒辣，法比「逢場作戲」的卑鄙，等等。雨果通過這些人物各自不同的性格和心靈的折射，揭露了天主教會反動勢力的偽善、陰險和毒辣的本質，批判了封建貴族階級的荒淫、卑劣和無恥的行徑，讚頌了下層人民的美好品德。這是對人物內心世界的揭示，同時，也是作家自身心靈圖景的呈現。

對於雨果這種主張表現心靈世界的創作理念，王安憶是認同的，在復旦大學講授「小說研究」課程時，她曾將小說命名為「心靈世界」。在她看來，擁有真實完整的故事外殼並不是小說的終極追求，而應該是要讓人們從現實中飛昇，創造一個有著另一種規律、原則、起源和歸屬的心靈世界。與心靈

圖景的世界一樣，小說這個世界「和我們真實的世界沒有明確的關係，它不是我們這個世界的對應，或者說是翻版。不是這樣的，它是一個另外存在的，一個獨立的，完全是由它自己來決定的，由它自己的規定、原則去推動、發展、構造的，而這個世界是由一個人構造的，這個人可以說有相對的封閉性，他在他心靈的天地，心靈的製作場裏把它慢慢構築成功的。」〔註24〕這種「小說不是現實，它是個人的心靈世界」〔註25〕的觀念是王安憶多年來小說觀的核心要義，憑藉著敏銳的洞察力和獨特的理解力，採用了有別於納博科夫式的分析方式，她通過對小說肌理的細緻描繪，完整地呈現了若干心靈世界的彩圖。《心靈史》中追求自由、崇尚犧牲的世界；《九月寓言》中不斷奔跑、火熱奔騰的世界；《巴黎聖母院》中超越塵世和腐朽的靈光世界；《復活》中充滿腐敗的罪人世界；《呼嘯山莊》中超凡脫俗的愛情世界；《百年孤獨》中神奇誇張的魔幻世界……，在對名著一層層的解析過程中，我們記住了其「心靈世界」說中的一些核心詞彙：現實、心靈、個人、情感等。實際上，王安憶所倡導的「心靈世界」是一個建立在現實世界的基礎上但又不同於現實世界的個體精神世界，是在將情感轉化為想像力的過程中對自我心靈圖景的展現，它潛藏於人類的內心之中，是在觀照世界的過程對自我的展露。

王安憶很多作品的題材都來源於現實生活的經驗和經歷，但即便是對現實世界的再現，她的小說在常態化賦形的基礎上依然實現著對個體自身情感的表達。《流逝》、《我愛比爾》、《妹頭》等文本都擁有一個日常化的物質外殼，作家採用接近現實的寫實手法，通過生動、具體的人物塑造，講述了一個個女人在上海這座城市的生存故事。這些由細密文字構建的作品既是作家對現實生活的觀照，也是其為表現自我而搭建的一個舞臺，她在表現生活現實的同時，同樣渴望去表達和演繹個人內心的情感與心緒。對此，王安憶曾做過如下表述：「我從來不期望要寫出任何地方的真正模樣，無論是上海，還是江淮流域的農村，它們都是我小說裏的戲劇舞臺，一個空間。我屬於寫實派，我喜歡現實生活的外部狀態，因為存在的合理性，而體現出平衡、對稱的秩序，我要求我的故事空間亦有這樣的美感。但空間裏或者說舞臺上發生的，是我內心的情節。」〔註26〕這種內心的情節正是作家所呈現出的抽象性、詩

〔註24〕 王安憶：《心靈世界》，復旦大學出版社1997年版，第13頁。
〔註25〕 張新穎、金理編：《王安憶研究資料》，天津人民出版社2009年版，第77頁。
〔註26〕 顏琳：《沉入常態敘述與呈現詩性情懷——論九十年代中後期王安憶小說敘事策略》，《中國文學研究》2003年第4期。

意性的內心意緒，在小說常態的外表下，她更想展現內部的不常態。在此，我們同樣能感受到雨果對她的影響。對於這種潛在的觸媒王安憶並不否認，並在一些訪談中多次表示：「雨果我很喜歡，就是因為他們外部非常常態，但裏面是完全不同的，是上升了的，昇華了的。」〔註27〕曾有論者將《長恨歌》看作是對《巴黎聖母院》的模仿，其實這兩部作品除了在景物描寫上有著類似的手法外，兩者之間最大的共同之處還在於：主人公都承載著作者豐富的精神情感，且在常態的故事背後都隱藏著另外一個心靈的世界。王安憶讓王琦瑤在弄堂、愛麗絲公寓、鄔橋、平安里等環境中穿梭，用一個女人的一生演繹了一座城市的歷史命運。而雨果則以聖母院為依託，幫卡西莫多和愛斯美拉達這兩位離散在人間的神構造了一座充滿靈光的神殿，當奇醜的卡西莫多躺倒在死去的吉普賽美麗少女身邊時，他們都成了神，他們活在小說的心靈世界裏，也活在讀者的心靈世界裏。這種個人情感的寄託讓他們的小說在超越自我經驗的基礎上獲得了更為自由的心靈空間。

　　作為一種獨立的心靈場域，「心靈世界」是完全個人的，王安憶強調小說對自我的表現，對自我「心靈世界」的展露。在《小說的創作》中，她曾將小說的形成過程做了一個由「殼」到「瓤」再到「核」的形象概括。小說是一門時間的藝術，創作首先要處理好時間的問題。當我們在作品裏講述一個故事的時候，並不取決於故事實際的時間長度，而是在於這個故事中所包含的情節、思想、人物性格等內涵的體量。因此，我們在一個時間的流程裏，要從實際情況出發，將不可敘述的轉換為可敘述的，這就是小說的外部形式——「殼」。而當我們打開這一物質外殼後，看到的就是裏面的「瓤」，從「殼」到「瓤」是一個由形式到內容的過程，講故事便是小說的內容——「瓤」。作家們在創作時以各種形式來編織自己小說的情節，但都會不自覺地尋找一個現實的核再做合理的推理，以實現真實基礎上的合理虛構。實際上，內容又往往是圍繞某一中心或者主題來呈現，如果我們再接著往裏走一步便更接近其小說創作觀念中最核心的東西——「核」，她覺得「核是生命的種子，種植下去，長出苗來，最後結成果實。小說的核我是這樣命名它的，叫思想」〔註28〕。思想是對個人自我情感的一種抽象和提煉，王安憶曾將創作比喻為

〔註27〕王安憶：《王安憶說》，湖南文藝出版社2003年版，第234頁。
〔註28〕張新穎、金理編：《王安憶研究資料》，天津人民出版社2009年版，第207頁。

「把真實的房子拆成磚，再砌一座寓言的房子」〔註29〕的過程。真實的房子是客觀現實在作家意識中的反映，而寓言的房子則是通過作家已有經驗加工化了的另一現實。小說是作家苦苦思索的成果，是從意識之屋走出來的、經驗化了的現實，是一個藉以超越世俗的提升精神境界的心靈世界。王安憶在90年代末期創作了《姊妹們》、《文工團》、《喜宴》、《開會》等一組描寫淮河歲月的短篇，其實在她初登文壇時，知青時代特別是淮北農村的那段經歷早就被其反覆描述過，然而當她再次回首那段蹉跎歲月時，農村所呈現給作家的已然不是當時那種艱難的生計。雖然當中也有因成分不好而被耽誤以至虛度年華的青年，有在焦灼和無望中等待回城的知青……但在沒有迴避時代、社會給人造成精神創傷的同時，她給我們展示的是另外一幅圖景。正如其在《生活的形式》一文中所說的：「我寫農村，並不是出於懷舊，也不是為祭奠插隊的日子，而是因為，農村生活的方式，在我眼裏日漸呈現出審美的性質，上升為形式。」〔註30〕在一個審美的領域裏，作家重新發現了它們，與採取直白方式控訴那段歷史的知青小說不同，王安憶所著力體現的那段歷史都經過了她經驗化處理，在自己的情感世界中形成了新的審美追求，經歷過時間的沖淡濾盡，留下更多的是人情人性之美。可以說，這些故事都是經過她的經驗淘洗的，是作家自身內心情感的流露。她的這種在現實生活基礎上對個人心靈世界的表現和雨果所強調的建立在外部現實基礎上的心靈情感激蕩有著異曲同工之妙。

雖說小說中作家個人的「思想」不能像哲學一樣給人們對世界的疑問一個絕對的確定答案，卻為人們的靈魂找到了一個暫時的棲息地，能將人類的精神引向崇高。所以王安憶非常推崇雨果作品中所體現的思想的力度，對她而言，其筆下的經典人物形象之所以能夠具有如此大的藝術魅力，並不是靠人物自己的性格來支撐的，他們身上始終閃現著思想的光芒。《巴黎聖母院》中的愛斯美拉達和卡西莫多來自平民生活的最底層，他們對自身的命運沒有自覺的意識，也不具備複雜的思想，但在他們走向神界的過程中卻花費了雨果大量的思想材料。也正因為其思想所達到的高度才最終成就了其構建的心靈世界的完美。

〔註29〕 王安憶：《心靈世界》，復旦大學出版社1997年版，第79頁。
〔註30〕 王安憶：《生活的形式》，《上海文學》1999年第5期。

　　親眼目睹和親身經歷了幾乎整個 19 世紀重大歷史事件的雨果，創作了《巴黎聖母院》、《悲慘世界》等一系列經典作品。而當一直以來就將 19 世紀西方經典文學當成自己閱讀的重中之重的王安憶接觸到這些文本時，很自然地被他的藝術風格所吸引。在上海圖書館舉辦的一次講座上，她對雨果的《悲慘世界》做了專門論述，並用富於激情的語調談到了《悲慘世界》對自己的影響以及自己對這部作品各個方面的理解；在一次巴黎舉辦的圖書展上，她同樣提到了雨果對她創作的作用，並聲稱：「如果只說一位法國作家影響我，那就是雨果」；在《小說家的十三堂課》裏，王安憶還專門針對《巴黎聖母院》做了詳細的分析，對於作家以一層一層的方式所構建的心靈世界尤為欣賞……這些都足可以證明王安憶對雨果的推崇和認同。事實上，她在接受的過程中已經開始了對大師的借鑒與模仿，每當人們讀到《長恨歌》開頭作家對弄堂、流言、閨閣、鴿子等事物的細緻描摹時，腦子裏總會浮現《巴黎聖母院》中故事開場時的情境。同樣的場景鋪陳，同樣的事無鉅細，我們明顯看到了王安憶作品中閃動著的雨果的影子，不知不覺間她已將雨果式的浪漫主義書寫方式內化到自己的創作中。對於王安憶而言，向雨果靠攏是她經過成長過程中的反覆閱讀、思考、提煉、修正之後正確的結論，更是其成為一流作家的必然選擇。

二、自由精神與傳奇色彩的追尋

　　雨果曾在他著名的浪漫劇《歐那尼》的序言中表述了他對浪漫主義的基本看法：「如果只是從戰鬥性這一方面來考察，那麼總起來講，遭到這樣多曲解的浪漫主義其真正的定義不過是文學上的自由主義而已。」〔註 31〕他這一深刻見解表明了浪漫主義文學的基本特徵，即「自由主義」。作為一種個體解放的口號，追求自由早已得到了啟蒙思想家們的大力倡導。在當時，這一口號雖然喊得格外響亮，但激情消退之後，人們卻發現這只是啟蒙主義者和進步知識分子灌輸的一種普世理想，自由在這一時期僅僅只是人們為了擺脫宗教束縛、推翻封建統治而追逐的目標。在人們為爭取各種獨立自主性而艱難竭蹶後，它的深層含義被漸漸發現，與個體行為上的自主獨立相比，實現個人意志的無羈無絆才是自由的真正可貴之處。

―――――――――――――――――

〔註31〕〔法〕雨果：《雨果論文學》，柳鳴九譯，人民文學出版社 1980 年版，第 92 頁。

　　自由是對外界障礙的突破，是對自身權利的確認。盧梭的《新愛洛伊絲》是一首描述朱麗與聖·普樂在平等、自由基礎上相愛的頌歌，作者最後借愛德華之口說出了一段「你引以為榮的貴族頭銜有什麼可光榮的？……在一個共和國裏，你敢以這個踐踏道德和魚肉百姓的身份自豪嗎？你敢說你善於奴役他人和羞於做平民嗎？」的名言，作為浪漫主義文學的先祖，這是盧梭對自由平等的極力謳歌；歌德的抒情詩《少年維特之煩惱》，抒發的是個性解放和情感自由的時代精神，他反抗庸俗社會，在向堅固的封建堡壘衝擊的同時高揚的是對情感自由的渴望；浪漫詩派宗主拜倫的《曼佛雷德》、《唐璜》、《東方敘事詩》等作品，更是以生命的喪失為代價成全了對自由的嚮往。相對於這些作家對自由的表達，雨果更是從創作題材、表現方式等方面對其予以了全面的詮釋。首先，其作品創作領域的擴大呈現出自由主義的特點。他衝破古典主義作家「只注視古希臘羅馬的現成題材」的束縛，廣泛地面向現實，立足現實去選擇具有時代氣息的題材，不再去專門描寫帝王將相，而是將廣大人民作為表現對象。同時，在作品的表現方式上，他同樣體現了一種自由主義的創新精神，他主張以戲劇的形式寫小說，提出「小說不是別的，而是超出舞臺比例的戲劇。」〔註 32〕比如《巴黎聖母院》，作品中作家巧設懸念，（如，出現聖母院窗口的禿頂男人是誰？愛斯梅拉達胸前帶的小紅鞋等），運用發現、突轉的手法（如，發現修女與愛斯梅拉達是一對母女，短暫的相認後，愛斯梅哈爾達被捕，修女撞牆等），用內心獨白、短語反覆來深化人物內心，以場景法敘事、動靜結合等手段，使得小說具有了戲劇的表現力。

　　受雨果自由思想的薰陶，王安憶在對其借鑒與轉化的過程中，通過對兩性之間關係的重新建立以及城市中女性地位的設計安排，著力表現了女性對自由精神的追求。馬克思曾說過：「一個種的全部特性，種的類的特性就在生命活動的性質，而人的類特性就是自由的自覺活動。」〔註 33〕同樣作為生命的個體，男人和女人在「性」的需要和表達上本應享有自由平等的權利，但出於對男權社會的遵從，強大陽剛的男性形象被拔高，其實現和追逐自我價值的欲望被淋漓盡致地展現在占主導性的性行為中。相對而言，女性卻是缺

〔註32〕　〔法〕雨果：《雨果論文學》，柳鳴九譯，人民文學出版社 1980 年版，第 22 頁。

〔註33〕　〔德〕馬克思·恩格斯：《馬克思恩格斯全集（第 42 卷）》，中共中央馬克思恩格斯列寧斯大林著作編譯局編譯，人民出版社 1979 年版，第 96 頁。

席緘默的，她們囿於封建禮教，使得其與生俱來的生命本能的「性」話語權被剝奪。而王安憶的創作卻打破了基於性之上「男性與女性」傳統關係之間的「平衡」，在她筆下，女人們開始認識自我、承認自我，並試圖獲得和男人一樣作為人的生命本質意義。《荒山之戀》便是一個女性在性與愛之間自由漫遊並最終實現自我價值的文本。金谷巷女孩文靜柔弱，愛情與母愛卻在內心暗潮湧動；有著「纖弱」般氣質的「他」，走進了「她」的世界，觸動著「她」多情而溫柔的情懷，他的依賴讓她有一種驕傲的快樂的重負，也讓她獲得了實現自我價值的途徑。愛情在此成為女性成就別樣人生的契機，充滿著生命激情的「她」執著守望顛峰時期的愛情，當這樣的愛情來臨時，不惜以生命作代價，用死亡將其定格成為一種永恆。雖然這個故事最終淪陷到了悲劇和虛無的結局裏，但女性已經用她的主動和自由選擇獲得了作為人的權利。之後，在《錦繡谷之戀》、《崗上的世紀》等作品中，王安憶兩性意識中女性個體自由的觀念得到了進一步的強化，女性長期被遮蔽的情慾、本能欲望及個人化的性愛體驗得到了有力的敘寫。雖然作家一直在對傳統的兩性關係進行解構，甚至不惜做出了男性工具化和女性中心化的處理，但她還是深刻地認識到，所謂的對男權話語的顛覆並不能打破社會秩序中的男性中心地位，將其推向邊緣並由女性取而代之的事實，因此，她更多地追求的是女性和男性之間的平等和諧，她希望女性能夠得到和男性一樣自由言說的權利。

王安憶不僅在對兩性關係的重新構建過程中追尋自由，而且還將更深層次的自由精神隱匿到了對城市中女性地位的設計安排中。長期以來，受父權中心文化的影響，女性在城市中的地位往往是被忽視的，即便少量女性想要參與都市生活，也多半得不到應有的重視。王安憶在重新審視都市女性自我缺位的歷史變遷過程中，經過橫向和縱向維度的比較，破解了女性群體自由精神覺醒的密碼。她的一系列作品都建構了一個「城市與女人」的結構框架，在這些女人們演繹的城市故事裏，幾乎每個美麗的女性都變成了城市的主角。作為都市女性代表的王綺瑤、張永紅、吳佩珍們，拒絕囿於家庭有限的空間，嚮往外在的公共世界，不僅快樂而自由地穿行於咖啡廳、照相館、沙龍、舞廳等各種都市的公共空間，還積極參與到了一些新潮的類似於選美、拍戲的社交活動，無意中女性在都市生存空間中的地位逐步得以確立。伴隨著她們城市參與頻率的增高，女性特有的審美特質和眼光也慢慢形成，她們購買和評判新款商品的價值標桿甚至使其不自覺地成為了城市裏主導時尚潮流的詮

釋者和權威。威廉・李奇在研究美國的百貨公司後曾得出結論：「在消費資本主義那些早期……令人愉快的日子裏，逛百貨公司構成了其大部分內容，許多女性認為她們發現了一個更讓人激動的……生活。她們對消費體驗的參與和挑戰推翻了傳統上被認為是女性特徵的複雜特質——依賴、被動……家庭內向和性的純潔。大眾消費文化給女性重新定義了性別，並開拓出一個和男性相似的個性表達的空間。」〔註34〕實際上，女性在城市公共空間的出入和發展，便是她們對抗傳統性別觀念和習俗後完成的對自我的自由表達。《富萍》裏出現的寧願背負道德敗壞、離經叛道的罵名，也誓不臣服於舊式包辦婚約的富萍，在親身經歷和感受到了都市文明生活的魅力後，頭也不回地選擇了城市生活。城市是一個有別於農村的新的生存空間，富萍對城市的融入正是處於都市中的女性從被動生存到主動生存自我意識覺醒的表現，如果說她初到上海時的沉默事實上是在規劃自身的發展，為尋求自由而蓄積力量，那麼之後她對留在上海執拗的堅持更是對自己自由選擇權利的保護和自由精神信仰的堅守。

出於對工業文明以及工具理性壓抑人性的反抗，雨果開始了對自由的追尋。出於對生命個體存在價值的確認與表達，王安憶在其作品中也揚起了自由主義的理想風帆。然而，作為一門崇尚自由且注重個人情感表達的藝術，浪漫主義「不是對於現實世界的研究，而是對於理想的真實的追求」。〔註35〕在理想主義精神的支配下，雨果更傾向採用遠離現實生活的神話傳說、奇異故事等作為自己的表現對象，通過描寫一些具有奇特的超人品格、行為和能力的形象，憑藉幻想創造出傳奇色彩的藝術世界。其小說作品中的傳奇特質毋庸置疑。他的史詩巨著《歷代傳說》共三卷，就是以聖經故事、古代神話和民間傳說為題材的。《巴黎聖母院》的人物和情節都極為誇張，那驚世的醜陋和美貌，那靈動的舞姿，那神奇的山羊，那魔圈般的命運，構成一個光怪陸離的傳奇世界。《悲慘世界》裏，主人公冉阿讓一生的道路是那麼坎坷，他所遇到的厄運與磨難是那麼嚴峻，他的經歷也具有明顯的奧德修斯式的傳奇性。與此同時，為了進一步體現文本的傳奇色彩，雨果在作品中塑造了很多

〔註34〕羅鋼・王中忱：《消費文化讀本》，中國社會科學出版社2003年版，第191頁。

〔註35〕高等藝術院校《藝術概論》編寫組：《藝術概論》，文化藝術出版社1983年版，第199頁。

英雄形象，他們並不是那種馳騁沙場，叱吒風雲的人物，而是擁有著無比崇高的精神世界和救苦救難思想的人格英雄。例如《悲慘世界》的主人公冉阿讓，他具有史詩般的人生，是一個善良、勇敢、堅強、聰慧的「完人」。他擁有財富和地位之後，以仁愛寬容之心善待與幫助別人，做出許多偉大的行為，甚至感化了卑鄙小人。《海上勞工》中的吉利亞特，勇敢、智慧，勇於犧牲，被作家比作普羅米修斯。《巴黎聖母院》中的敲鐘人加西莫多雖然獨眼、瘸腳、駝背且又聾又啞，卻能懷著對於愛斯梅拉達的感激以及愛慕等複雜的感情，悉心照料保護這個善良的女孩，在認清了克羅德的真面目之後，毅然決然的對其進行了處罰，他奇醜無比，但心靈高尚、靈魂聖潔。《笑面人》中的格溫普蘭，被拋棄和毀容後，他頑強地生存著；重獲爵士身份之後，他堅持著自己的價值觀，最後毅然拋棄榮華富貴，追求真理和真愛。無論是冉阿讓、吉利亞特，還是加西莫多、格溫普蘭，他們的出現都成為了雨果傳奇性書寫的最好例證。這種獨特的創作傾向深深地影響到了王安憶，她也擅長通過傳奇性的書寫來展現自身的浪漫主義情懷。首先，作家善於選擇傳奇性質的題材來安排故事。《小鮑莊》中開篇的神話、《崗上的世紀》中崗上小屋中的性神話、《傷心太平洋》裏小叔叔詩意傷感卻偉大的人生等材料都不自覺地被打上了神奇的印記，當我們閱讀這些作品時，很自然的被一種神秘感所包裹。縱觀王安憶的創作，我們發現英雄情結始終是其小說的一大特質，也是其作品傳奇性的另一種表現。在她為我們呈現的大量文本中，她對「英雄」這一形象是有明顯分類的，一類是精神崇高的道德英雄，如《小鮑莊》中如同神之子的撈渣；《傷心太平洋》中為了民族事業而努力奮鬥的「父親」與「小叔叔」；《烏托邦詩篇》中心懷天下蒼生的理想主義者陳映真等。另一類則是平民英雄，他們是一群生於凡世卻有著旺盛的生命力和頑強的生命意志的普通人。《長恨歌》中的王琦瑤以百折不饒的毅力一次次行走在命運多舛的人生道路上；《富萍》中的富萍靠著堅強的性格扎根在了上海；《桃之夭夭》中上海弄堂裏的異數少女郁小秋，以潑辣而旺盛的生命力，從容面對多舛的生活和變幻無端的命運，走出了一條艱難而純淨的生命之路。正如王安憶在《流水三十章》裏所說，她探討的是「英雄心在平凡的人世間的存在形式」。〔註36〕相對於那些精神崇高的道德英雄而言，王安憶往往將尋求詩意人性、挖掘精神

〔註36〕王安憶：《流水三十章》，上海文藝出版社1990年版，第2頁。

活力的目光定格在小人物的煩囂和平庸的生活裏。她覺得：「真正的英雄是歷經磨難卻頑強生存，是雖平凡普通但生命力旺盛的俗世人，」〔註37〕這是作者對真善美的追求，亦是其對浪漫的執著。

三、多重對比與交錯對位

對於從啟蒙運動過渡到浪漫主義時期文學的特色，馬克思曾概括為：「一切都顯示了浪漫的樣式」，這裡的樣式其實就是西方浪漫主義文學的表現形式，與古典主義對重大歷史題材、重要現實事件的關注及理性展現不同，浪漫主義者更主張個體主觀性情感的抒發。作為一種始終高度注目於人類精神情感表達的文學思潮，西方浪漫主義在演進過程中與羅曼司之間的親緣關係注定了羅曼司中所描寫的各種神奇事蹟，騎士們所選擇的旅行冒險的生活方式，因這種方式而遭遇的諸多艱難險阻和風流韻事，以及在面對厄困時所表現出來的俠肝義膽的豪情與鐵骨錚錚的柔情，都將深深感染到浪漫主義作家們。被啟蒙理性精神所摒棄並有意忽視了的人生詩意在羅曼司中被他們重新發現，也正因為對生命冥冥中不可估量、不可預測的思索以及超離世俗的想像凝聚出了其作品中傳奇性的意蘊。因此，為了展現情感、玄思、靈魂的深度，為了呈現想像、幻想、聯想的廣度，浪漫主義文學必然會在對社會烏托邦、人文理想、生態理想、英雄、激情、愛情、傳奇、冒險、田園風情、奇異風光、異國情調、幻想、玄思、童話、神奇、神秘、神話等題材和表現場域的展示中進行相應的話語形式和表現方式的實驗。雖然他們並不拘泥於哪一種固定的文本呈現形式，更崇尚任何一部作品都「有從每部作品特定的主題中產生出來的特殊法則」〔註38〕的創作主張，但出於對浪漫主義文學精神特質的彰顯，對比誇張的手法得以廣泛運用，特別是雨果，更是將美醜對照作為其創作的主要表現手法和核心原則。在他看來，世界上的萬物都有高低貴賤善惡之分，它們並不完美，而且也總是將不同的相互對立面展現在人們面前，「醜就在美的旁邊，畸形靠近著優美，醜怪藏在崇高的背後。美與惡並存。光明與黑暗相轉。」〔註39〕因此，文藝作為現實的

〔註37〕 李海燕・鄧建：《心靈世界的構築——論王安憶小說的浪漫主義特色》，《雲南社會科學》2007年第1期。

〔註38〕 〔法〕雨果：《雨果論文學》，柳鳴九譯，人民文學出版社1980年版，第58頁。

〔註39〕 〔法〕雨果：《雨果論文學》，柳鳴九譯，人民文學出版社1980年版，第30頁。

反映，應該囊括社會生活的一切方面，美與醜、善與惡、光明與黑暗這些對立面也該統一於其中，藝術的任務就在於再現事物的對比，也只有通過對比手法的運用，作品才能產生動人的藝術效果。

　　為了突出作品中人物的個性特徵，使其表達的情感更為強烈感人，雨果在人物形象的塑造和情節結構的設置中大量使用了多重對比的手法。在《巴黎聖母院》中，作家為我們安排了兩大陣容和兩組截然不同的人物形象，一組是由加西莫多、愛斯梅拉達以及「奇蹟王朝」中的一群善良乞丐組成的「真善美」的代表，他們善良、淳樸、憨厚、心靈高貴，雖然外貌或美或醜，但都擁有高尚的道德；一組是由克洛德・弗羅洛、弗比斯以及佔據統治地位的權貴們組成的「假醜惡」的代表，他們舉止高貴卻品行低劣，往往是些道貌岸然且虛情假意的偽君子、心靈骯髒的卑劣之徒。整部作品，雨果對這兩組截然不同的人物形象進行了全面的對照，以歌頌崇高純美的人性，鞭撻偽善齷齪的現實。其中愛斯梅拉達與克洛德應該算得上是這兩個階層人物之間對比較為強烈的一對。作為美與善的組合，愛斯梅拉達有著仙女般的美貌，走到哪裏，她都能像太陽散發出來的光芒一樣耀眼燦爛，這是一種心搖目眩的絕美，不僅甘果瓦分不清她是「天使」還是「仙女」、克洛德那樣陰鬱的禁慾主義者第一次見到她時眼睛裏會閃爍出不同尋常的光芒，甚至連貴族小姐們也會覺得自己的容貌在她面前都受到了極大的損傷。和她美麗的外表一樣，愛斯梅拉達還擁有一顆純潔善良的心靈，雖說自己身處社會下層，但到處流浪的她還是時刻不忘用自己的歌聲和舞蹈來驅散人們的憂愁，給苦難的人們帶去真誠的慰藉。作品中，她曾兩次救人，甘果瓦誤入乞丐王國即將被處死時，為了救他一命，她不顧少女的聖潔和他摔罐成婚，當曾經搶劫過她的面目醜陋的加西莫多在受刑臺上乾渴如焚的時候，她不計前嫌在眾目睽睽之下為他送去了救命的甘泉。在雨果的筆下，愛斯梅拉達顯然成為了真善美的化身。與其形成明顯對比的便是克洛德，一個醜與惡的結合體，他是巴黎聖母院的副主教，是人們心目中知識和禮教的標尺，披著神職人員的外衣，內心卻黑暗、陰鬱。道貌岸然的他看上並企圖佔有愛斯梅拉達，先是對其實行引誘，引誘不成便搶劫，搶劫失敗後又設下毒計污蔑陷害，為了滿足自己的欲望，他不擇手段地對她施以破壞，一旦陰謀落空，就借助宗教和法律的力量將其置於死地。這是一個自私、殘酷且陰險毒辣的極惡的代表，作家借助這個形象對反動官府和教會的罪惡予以了無情的揭露。在不同類型人物之間的

比對中，愛斯梅拉達的善與克洛德的惡表現得尤為突出。這種個體與個體之間相互對比的表現方式在《笑面人》中也有體現。外表醜陋卻心地善良的關伯倫和長相英俊卻道德敗壞的大衛、純潔美麗的蒂和驕奢淫逸的郁茜安娜、仁慈聰明的窩蘇斯和殘忍愚蠢的安妮女王等等，這些個性各異的人物形成了一組組的對照關係，雨果讓他們對比登場，在彼此的相互映襯中將各自的美與醜、高尚與卑下等品質展現在讀者面前。為了進一步呈現主人公的鮮明個性，雨果不僅在人物與人物之間展開美醜對比，還對人物的外部形象和內心品格進行了多方面的對照。《巴黎聖母院》中的加西莫多便是一個醜陋的外表與高尚的內心形成鮮明對比的典型形象。在外在的現實世界中，他無疑是最醜陋的，駝背並且羅圈腿，獨眼而且耳聾，身材的比例嚴重失衡。他一出場就「當仁不讓」地當選為本年度最醜的「醜人王」。可以說，他的醜使世人所不齒，讓魔鬼都戰慄，人們將其視為瘟神、地獄使者，為恐避之不及。但是雨果卻讓這個相貌奇醜無比的人擁有了一顆純潔善良的心靈。他的身體殘疾，卻無礙於其內心的完美。在他的世界裏，愛與恨非常簡單，只要有人給他一滴愛情之水，他將傾盡所有為其付出一切，甚至生命。克洛德·弗羅洛收養了他，他就把克洛德當成唯一的主人，對他心存感激，甚至不惜為他綁架愛斯梅拉達，並為他頂罪且遭受酷刑。愛斯梅拉達僅在刑場喂水給他，他滴下了第一滴感動的眼淚，並從此全身心來保護回報愛斯梅拉達的滴水之恩。在他的心中，他對愛斯梅拉達的情感是真誠、高尚的，他的任何感情都源自於內心。為了救愛斯梅拉達，他絞盡腦汁，冒天下之大不韙，置生死於不顧，甚至不在意她曾經對他的厭惡仍救下了她，默默地照顧她。雖然他為保護愛人進行了一場激烈的戰鬥，但愛斯梅拉達最終還是在克洛德的出賣下被絞死，明白一切的加西莫多把曾經收養他的克洛德從聖母院頂樓推下，最後懷抱著愛人的屍體化為灰燼。作家將人類善良的品質和偉大的心靈都鑲嵌在了加西莫多奇醜的外表下面，產生了一種強烈的震撼效果。和加西莫多一樣，《笑面人》中的格溫普蘭也是一個外表醜陋而內心高尚的人物，還不記事的時候，就被剝奪了爵位繼承權，並被毀容製成了永久的「笑面人」，由於遭受人為的破壞，他的長相奇醜，臉是扁的，嘴和耳朵連在一起是一道裂縫，眼睛是兩個洞，鼻子是兩個窟窿，正是在這樣一張畸形的臉上卻還安著一副永遠令人害怕的笑容。然而，他的相貌雖醜，但心地卻很善良，他在自身性命不保的情況下救下了身處荒原雪堆中的盲女蒂，在和蒂相戀之後將其視為一切來疼

愛和保護，面對約瑟安娜小姐的勾引能潔身自好，面對一夜之間降臨的財富能不為所動，他忠誠於自己的愛情，在得知蒂的離去之後，毅然跟隨她跳入了大海。無論是加西莫多還是格溫普蘭，作家通過他們身上最醜外表和最美心靈相結合的巨大反差再現了人類美好的精神情感，「這種高尚的感情根據不同的條件而熾熱化，使這卑下的物在你眼前變換了形狀；渺小變成了偉大，畸形變成了美好。」〔註40〕在一般的文學作品中，和美緊密相連的往往是善，和醜密不可分的往往是惡，而雨果卻將醜與善和諧地統一到了人物的身上，通過交錯縱橫的對比來表現形象，以增強作品的思想性和藝術性。

對於雨果以對照的形式塑造人物形象的方式，王安憶是比較欣賞的，「雨果就是能夠這樣漫不經心地讓人物從容置現於背景，而且，他筆下的人物永遠是那麼生動而又富於變化性」，〔註41〕這是王安憶在反覆研讀了雨果作品後的一種感受。從某種意義上講，王安憶小說中人物形象的表現也受到了雨果的啟悟，她根據作品故事情節的需要以交錯對位的形式對人物的設置做了處理。對位原是音樂創作中的一種方法，指將兩個或兩個以上有關聯但是相對獨立的旋律組合在一起形成的和聲結構，在保證結構統一的情況下，又讓每一條旋律都保持自己的橫向的旋律特點的一種方法。巴赫金在評價陀斯妥耶夫斯基的創作時將這一術語借用到了文學中，在他看來，「在同類概念的集合中，如果極限的兩級分別由兩個人物擔當，人物之間就構成對位關係。」〔註42〕他們之間往往相互映襯，一個高雅，一個鄙俗；一個善良，一個邪惡；一個肯定什麼，一個否定什麼，等等。成對的人物綜合起來構成了兩重性的整體，而人物與人物之間的關係便形成了對位。在王安憶的作品中，人物也常常以對位的形式出現，即通過對兩種不同性格特徵亦或不同價值觀念的人物的對舉描寫，使本身具有對立性質的形象之間產生鮮明的對照。比如《流逝》中的歐陽端麗和張文耀。出生於富裕家庭的歐陽端麗，大學畢業後嫁給了俊秀瀟脫的資本家少爺，過著錦衣玉食的享樂生活。「文革」爆發後，她和她的家庭從天上跌落到地下，由富有變成貧困，面對突如其來的命運遭際，她放下了自己的尊嚴，以強大的生命韌性承擔起了照顧全家的生活重擔，認

〔註40〕〔法〕雨果：《雨果論文學》，柳鳴九譯，上海譯文出版社 2011 年版，第 103
　　　　～104 頁。

〔註41〕王安憶：《王安憶說》，湖南文藝出版社 2003 年版，第 349 頁。

〔註42〕董小英：《再登巴比倫塔──巴赫金與對話理論》，生活・讀書・新知三聯書
　　　　店 1994 年版，第 263 頁。

認真真地活出了人生的意蘊。與她的堅強形成鮮明對立的則是張文耀，在慘淡的家庭生活中，這個男人表現得非常懦弱。自己的妹妹要開家長會，他推脫不去；需要幫文影辦理病退手續時，他依然逃之夭夭。他「是用金子鑄的，倒是貴重，卻沒有生命力」〔註43〕，在艱難的歲月裏，他既無法適應生活的變故，也無法承擔生活的重擔，只得渾渾噩噩、畏手畏腳的混日子。又如《流水三十章》中的皇甫秋和張達玲，皇甫秋是一個有著光潔靈魂的人物，「因為他愛生活，愛一切，包括困難和障礙。他的與生俱來的愛心已經受到了種種磨煉，經過了離別的苦楚，經過了碰壁的打擊，經過了零下幾十度的天寒地凍，又迎來了百花怒放的春天。」〔註44〕所以，他不會消沉，他以一種和諧的方式與人相處，總能積極面對生活中的磨難。和他的順應樂觀相對應的則是以棄絕的態度對待生活的張達玲，這是一個擁有著一顆傷痕累累且封閉的心靈的女性，她崇尚一切偉大莊嚴的事物，努力地培養自身崇高的情感，可面對生活的平庸和瑣碎，她終究無計可施，與周圍環境氣氛和生存境況的不協調，讓其產生了強烈的被疏離感和拋棄感，她日夜被孤獨所包圍，卻依然以孤寂的心境來陪襯轟轟烈烈的時代，以內在激烈的對抗來映襯人際關係的淡漠，和對任何事物都能欣然接受的皇甫秋相比，始終背負著沉重的心靈枷瑣的張達玲表現出斷然拒絕一切的姿態。同樣的對位式人物形象的設置還體現在《長恨歌》、《富萍》等作品中。《長恨歌》中的王琦瑤與蔣麗莉就是一組構成對位關係的人物典型。作為上海弄堂的女兒，王琦瑤是通俗化的、家常的。被好友硬拉著去片廠，在大家的推動下競選了上海小姐，為了獲得終身的依靠做了李主任的情人，她既不喜歡湊熱鬧，也不熱衷於追趕潮流，而是將「不求面子上做人，給人看，而要芯子裏做人，求實惠」〔註45〕當成了自己的生活哲學。設計了一個這樣的王琦瑤，作家於是就安排了一個與之不同的蔣麗莉，工廠主家庭出生的蔣麗莉擁有優越的物質生活，但親情的淡薄以及愛情的錯位卻使她的情感世界一片荒蕪，緊跟時代潮流的發展腳步，她參加革命並積極要求入黨，最後雖組建了家庭，可她卻並不愛自己的丈夫，甚至由於孩子長得更像自己的丈夫而顯得異常排斥，她追求生活表面的光鮮亮麗，是一個渴望活在別人的豔羨目光中的女人。和王琦瑤「芯子裏做人」

〔註43〕王安憶：《流逝》，人民文學出版社 1995 年版，第 131 頁。
〔註44〕王安憶：《流水三十章》，上海文藝出版社 1988 年版，第 409 頁。
〔註45〕李玉滑：《王安憶長篇小說創作論》，武漢大學碩士學位論文，2000 年。

的生活方式相比，蔣麗莉更在意的是面子上的風光，通過對這一組具有對比性形象的塑造，王琦瑤所代表的城市精神展現得更為鮮明。同時，以王琦瑤為中心，王安憶還在作品中安排了兩組男性形象的對位關係。作為最早進入其生活的男人，程先生對王琦瑤情深意重，他滿懷愛戀地從內心深處關愛和呵護她，卻因無法得到對方真心的認同而只得傷心的選擇離開。與程先生處在對位位置的便是王琦瑤生命裏最後出現的老克臘。和程先生對她真心實意的愛慕相比，老克臘對她的感情明顯沒有那麼真誠，他將其當成過去歷史的遺物，猶如欣賞一場老戲般地去觀賞王琦瑤，面對她的真心付出，他只得倉皇出逃。兩個男人，兩份感情，兩種截然不同的結果，一實一虛間構成了對位。另一組對位關係的人物是康明遜和李主任。康明遜是一個「人跟了時代走，心卻留在了上個時代的空心人」〔註46〕，他和王琦瑤一樣只是承受著生活磨礪的普通人，他無法為她抵擋外界力量的各種侵襲，也幫她解決不了多少實質性的問題，這是一個於社會中求生存的再平常不過的男人。和康明遜相比，作為權勢象徵的李主任卻是一個能夠給王琦瑤帶來安全感的、更為強大的男性，面對外面世界的風起雲湧，他總能為王琦瑤撐起一把巨大的保護傘，讓其獲得安慰與安寧。或許在王琦瑤的生命歷程中，這兩個男人扮演的更多的是過客的角色，但他們一個弱小，一個強大，同樣構成了對位。王琦瑤一生的愛恨糾葛在與這些虛虛實實、真真假假的人物關聯中得以呈現。此外，王安憶在《富萍》中也設置了人物的對位關係，比如具有獨立生存精神的殘疾青年與缺乏自主生活意識的李天華，等等。與雨果從對立的角度來對人物形象進行美醜、善惡式的區分相比，王安憶作品中人物性格的對比性明顯沒有那麼強，其作品中的人物多以「貌似兩極」的對位組合的形式出現，作家總是根據創作時的文化語境來編排對位人物之間的思想交鋒，在突出形象個性特徵的同時藉以襯托她對社會矛盾的思考。

對於每一部小說而言，人物形象的塑造固然非常重要，但作為作品展示人物經歷、各種矛盾衝突以及一系列能顯示人物自身、人物與人物之間、人物與環境之間某種特定關係的具體事件的情節同樣不可或缺。雨果便是一位特別擅長處理作品情節的作家，為了造成文本的曲折離奇，他將對比手法運用到了對故事展開的組織安排中。《巴黎聖母院》的情節由愛斯梅拉達先後五次的遇險與得救以及最後被害的曲折過程構成，小說開始描述的時代是以真

〔註46〕王安憶：《長恨歌》，作家出版社 2000 年版，第 185 頁。

實存在過的現實世界——路易十一統治的時代為藍本，在這個真實存在過的世界，雨果用自己的主觀構想建立了一個和現實世界對立的由乞丐組成的「奇蹟王國」。這兩個王國的現實情形完全形成了對比，現實的王朝政治黑暗，虛情假意盛行，人們民不聊生；虛構的「奇蹟王國」裏面的乞丐雖然生活得窮困潦倒，但卻感情真摯，互助互愛，他們甚至甘願冒生命危險攻打巴黎聖母院救出「妹妹」愛斯梅拉達；外表強盛、富麗堂皇的封建王朝實則腐爛奢靡、破爛不堪，而看似破敗的「奇蹟王國」卻團結安定、欣欣向榮。故事開場時，窮人們正高興地抬著「醜八怪」舉行化妝遊行以此歡度愚人節，在歡樂的氣氛中一個滿臉陰沉著的人物登場，他就是巴黎聖母院副主教——克洛德，在情慾的驅動下，當晚他便指使自己收養的加西莫多攔路劫持了愛斯梅拉達，被法比救下後，愛斯梅拉達愛上了法比，這一切都讓克洛德覺得痛苦萬分，淫心未能得逞的他一次次地設計想要得到愛斯梅拉達，可卻也一次次的以失敗告終，之後，他讓愛斯梅拉達在獸慾和絞架之中做了一回選擇，而愛斯梅拉達寧死不從的態度再一次徹底激怒了克洛德。最終，愛斯梅拉達被送上了絞刑架，無辜的被絞死。就在克洛德站在聖母院的頂樓俯視這殘忍刑場並發出掙獰的微笑的時候，加西莫多把他從樓上狠狠的推下。整個作品情節的發展縱橫跌宕，曲折紛繁，愛斯梅拉達時悲時喜，時而厄運臨頭，時而絕處逢生，她的每一次遇險與得救的前因後果，都具有明顯的對照性質。雨果始終將善惡兩種勢力的對比穿插於文本當中，並特別注意在每一個環節發展的關鍵點上設置懸念，尤其是作品的開頭和最後出現的悲劇性結尾，歡快地慶祝愚人節的情節與加西莫多推下克洛德並殉情於愛斯梅拉達身邊的情節更是形成了巨大的對照性和衝突感，給人們帶來了震撼的藝術效果。同樣的以對比的形式展現情節的方式在《悲慘世界》《笑面人》等作品中也有體現。《悲慘世界》中冉阿讓帶著阿賽特逃離沙威的追捕後，進入了一個萬籟俱寂的園子，他的耳邊傳來陣陣祈禱聲交織的音樂，在這個化險為夷的情節描寫中，作家筆鋒一轉，出現了一個脖子上纏著繩子在地板上被拖著的可怕的人僵臥在一間廳堂裏的畫面，形成了一組安全與危險相比照的情節；《笑面人》中當關伯倫被突然認定為克朗夏理爵爺的時候，他忘記了貧窮、忘記了「綠箱子」、甚至忘記了蒂，這是作者描述他在經歷了命運的巨大轉變後所獲得的狂喜的一組情節。然而，在受到蒂的靈魂的感召之後，關伯倫卻良心發現了，他決定走出權利的圈子，從黑暗走向光明，作家將人物心靈中光明與黑暗的鬥爭與

自然界的光明與黑暗有機地融合在一起，以人物前後矛盾的心理活動為依託造成了情節的對比。

　　和雨果一樣，王安憶也特別注重作品情節結構的安排，但和雨果以帶有對比性甚至衝突性的故事情節來實現文本的傳奇性不同，王安憶作品中情節與情節之間並不具備強烈的對比，她更多地以對位的形式在文中設置幾條情節發展的線索，略去彼此之間的過渡與銜接，讓不同的情節自由發展最後融合成為一個整體，呈現出複調小說式的結構特點。關於文學意義上「複調」的內涵，巴赫金曾做過明確闡述，「有著眾多的各自獨立而不相融合的聲音和意識，由具有充分價值的不同聲音組成真正的複調。」〔註47〕而它的實質就是，「不同的聲音在這裡仍保持各自的獨立，作為獨立的聲音結合在統一體中，這已是比單聲結構高出一層的統一體。如果非說個人意志不可，那麼複調結構中恰恰是幾個人的意志結合起來，從原則上便超出了某一人意志的範圍。可以這麼說，複調結構的藝術意志，在於把眾多意識結合起來，在於形成事件。」〔註48〕在巴赫金對複調的描述中，我們發現他對「獨立」、「不相融合」、「聲音和意識」、「統一體」等幾個詞是非常強調的。實際上，這幾個詞已經明確概括了複調形式小說結構的具體特徵，它要求作者在創作的過程中突破單一文本的限制，以對位的形式涉及多種聲音的對話，由此展開爭論與交鋒，最終形成一個多元的世界以表達作品的思想。王安憶的《大劉莊》應該算得上是對位式複調結構安排較早的嘗試。在這部作品中，作家為我們設置了兩組不同的情節，一組是由文本中的單數章節來承擔的對大劉莊農民日常生活的書寫，一組是雙數章節承擔的對上海中學生到大劉莊來插隊前生活瑣事的描寫，作家分兩條線索對這兩個地域發生的事件做了對位的安排，雖說之前的兩條情節線看似不同，但最後隨著中學生們向大劉莊的進發，兩條線索似乎又交叉到了一起。如果說《大劉莊》中，情節最後的匯合初步顯示了複調小說的風格的話，那麼在《小鮑莊》、《黃河故道人》、《紀實與虛構》等作品中對位式複調情節的安排顯得更為明顯。《小鮑莊》中作者鋪設了多條情節線索，有拾來和二嬸的婚戀糾葛、鮑秉德與其瘋老婆子的家庭生活、小翠子與

〔註47〕〔俄〕巴赫金：《巴赫金全集》（第五卷），河北教育出版社 1998 年版，第 4頁。

〔註48〕〔俄〕巴赫金：《巴赫金全集》（第五卷），河北教育出版社 1998 年版，第 27頁。

建設子、文化子倆兄弟的愛情等等，從顯性層面上看，幾條線索是完全獨立的，彷彿是一種世態生相圖的真實呈示，但深入到作品的隱形層面，在對小鮑莊「仁義」與「不仁義」對立的表現中，幾條線索最終結合到了一起。《黃河故道人》中一條情節線是楊森在老師的影響下開始喜歡音樂，並靠自己的努力從進公宣隊到文工團再到報考音樂學院，之後學小提琴，學指揮作曲，並逐步接近自己人生夢想的故事；另一條是從他步入音樂殿堂開始到他總是失敗，並最終明白自己生活在牢籠之中的故事，兩條情節線有對位，也有銜接，最終呈現了楊森對生命的追求以及不懈的努力。《紀實和虛構》中也有兩組情節，一個是以紀實的方式講述作為外來戶的「我」在上海的成長故事，一個是以虛構的方式追溯母系家族的起源過程，兩條情節線索相對獨立，但也時刻交叉，在一實一虛中真實地敘述了作者在她的生存空間中的位置。王安憶以對位的形式安排作品情節雖然沒有產生雨果文本中的傳奇效果，但她卻在對多條結構線索構成的意蘊場中書寫著生命的詩意，就像大型交響樂通過多個聲部交相混響產生悅耳的效果一樣，多條情節線的對位和融合也能使得作品的主題更為突出。

王安憶是一位極富創作力的作家，她在「西方現代思想文化中，找到超越傳統文化慣性的各種有益的參照系，以激活本土文化傳統的現代嬗變。」〔註49〕其作品在對個體心靈世界的呈現、自由精神和創奇色彩的表達等方面都表現出對雨果的借鑒。但這種借鑒並不意味著簡單的記錄與複製，而是在接近大師的過程中對自我的不斷否定與提升，她以其對藝術的孜孜探求和投入的「生命寫作」建構著更為豐富的文學世界。

第三節　孤獨守望與互文書寫：陳染與杜拉斯

中國當代女作家陳染三十餘年來一直專注於女性生命經驗的書寫，在這個過程中，法國作家杜拉斯對其創作風格的形成起到了重要的滋養作用。通過對陳染與杜拉斯作品的比較分析，可以清楚地看出在孤獨景象的描繪與互文手法的運用上兩者均存在相似之處，但陳染的創作明顯呈現出影響後的創造與新變。

〔註49〕陳傳才：《當代文藝理論探尋錄：陳傳才自選集》，中國廣播電視出版社 2008 年版，第 287 頁。

一、陳染與杜拉斯的精神相遇

　　在陳染的文學世界中，杜拉斯的影像始終是難以忽視的，對於這位前輩作家，陳染表達了足夠的欽佩與喜愛之情。《與往事乾杯》中肖瀠的情感歷程同《情人》中的法國少女具有驚人的相似，《潛性逸事》中的雨子更是直接將自己的丈夫想像成《情人》中那個「充滿了死亡般慾火」的東方男子，毫無疑問，這種現象的產生必然直接來源於杜拉斯書寫的故事中令人難以割捨的藝術魅力。當張英提出「你欣賞杜拉斯嗎？」這一疑問時，陳染坦承「杜拉斯的小說我比較喜歡」〔註 50〕。而在另一次採訪中，陳染更是充滿讚賞地說道：「我覺得杜拉斯是一個很純粹的女性作家，她的感覺特別好，她的女性的敏感、用詞的漂亮、超出常規的感覺世界──感覺異性和同性的視點，決定了她是一個特別出類拔萃的女性作家。」〔註 51〕

　　事實上，陳染對於杜拉斯的這種主動接受不會是一種簡單的巧合，其中一定包含有社會氛圍、家庭環境等因素的作用，而這種影響的緣由首先可以從時代精神方面來加以考量。自從 1984 年杜拉斯的小說《情人》獲龔古爾文學獎之後，其作品在中國大陸開始了飛速的傳播，「出版界對她的興趣十分濃厚。她的《情人》中譯本多達 6 種，關於她的中文傳記（包括翻譯過來的）至少有 6 種，上世紀末本世紀初灕江出版社、作家出版社和春風文藝出版社都各出版了一套杜拉斯叢書或文集，目前杜拉斯的絕大部分小說都能找到中文譯本。」〔註 52〕隨著中國社會步入 1980 年代，一方面人們開始為自由的時代氛圍感到欣喜，另一方面又在社會文化轉型的時代浪潮中變得迷惘，應該說，「杜拉斯熱」恰逢其時的產生促使作家開始了對其的閱讀與接受，並從中尋找某種精神的共鳴或方向的指引，陳染的小說創作在這一階段受到杜拉斯的影響也就帶有了一種時代的必然。

　　其次，家庭文化的薰陶在這個過程中也產生了重要的作用，出生在知識分子家庭的陳染天然地擁有了接近外國文學的便利，父母在精神上以及日常生活中自然會對她幼小的心靈施加一定的影響。同時，母親在具體的文學閱讀中更是為其起到了直接的指引作用。「第一本小說是母親念給我聽的。當時我忙於功課，午休時躺在床上母親就給我讀小說。」〔註 53〕在當時，以司湯

〔註 50〕張英、陳染：《私人感覺》，《中國婦女報》2000 年 6 月 15 日。
〔註 51〕陳染：《不可言說》，作家出版社 2000 年版，第 230 頁。
〔註 52〕楊茜：《西方的杜拉斯研究》，《外國文學研究》2004 年第 5 期。
〔註 53〕陳染：《沒結局》，《陳染文集（第四卷）》，江蘇文藝出版社 1996 年版，第 3 頁。

達的《紅與黑》、雨果的《九三年》、左拉的《小酒店》等為代表的法國文學作品就已經進入了陳染的閱讀視線，這無疑大大開拓了她的眼界。

最後則是源於個人經歷的契合。同當代的許多作家一樣，陳染也出生在那個動盪的年月裏，從小她便感受到了人性中的卑劣和醜惡，人與人之間相互肆無忌憚的傷害成為她痛苦的起點。「從我還未出生的五七年反右開始，家裏就屢遭衝擊，家庭氣氛沉悶、壓抑、冷清。」〔註54〕這段灰暗的人生經歷令她過早地承受起生活的壓力，在這期間，家庭也並未成為她生活中真正的避風港。「父母關係的緊張使我深感自卑和憂鬱」，〔註55〕17歲那年父母的離異更是讓她完全躲入了自我的世界之中，與母親共同居住的那間尼姑庵則在她的作品中反覆出現，成為一個帶有標誌性的象徵。這些經驗造成了她內向、敏感的個人性格，於是當杜拉斯筆下根源於個人生命體驗的孤獨景象開始成為她的閱讀對象時，產生精神上的共鳴也就是理所當然的了。

二、孤獨經驗的個性守望

當陳染在1990年代初以《與往事乾杯》這篇極具自傳色彩的作品引起社會的注意之時，人們感興趣的是作品中對「我」的成長經歷和隱秘心理的大膽描寫，此後，長篇小說《私人生活》的發表則進一步引發了人們的好奇心，在當代文學的宏大敘事模式下成長起來的讀者們並不習慣這種新穎的寫法，所謂「私人寫作」或「個人化寫作」一時成為文學界的熱門話題。這些作品中明顯的私語化寫作手法「相對於公共性話語，它傾向於個人性……相對於對外部世界的關注，它是收縮於內心世界的。」〔註56〕陳染沒有如前輩作家一樣在作品中描繪宏大的政治與社會背景，而是投入了對個人生命中孤獨經驗的關注和表達。「我認為我的作品就是一種個人化寫作，我沒有進入宏大敘事；我沒有去寫時代歷史的什麼黃鐘大呂；我無力寫這些，也不會。我只願意一個人站在角落裏，在一個很小的位置上去體會和把握只屬於人類個體化的世界。」〔註57〕陳染之所以採用了這種書寫模式，正是與1980年代以來杜

〔註54〕陳染：《沒結局》，《陳染文集（第四卷）》，江蘇文藝出版社1996年版，第2頁。

〔註55〕陳染：《沒結局》，《陳染文集（第四卷）》，江蘇文藝出版社1996年版，第2頁。

〔註56〕王又平：《新時期文學轉型中的小說創作潮流》，華中師範大學出版社2001年版，第522頁。

〔註57〕康宇：《陳染姿態與立場》，《作家》2001年第2期。）

拉斯作品在中國大陸的快速傳播有著直接的聯繫。

　　《無恥之徒》是杜拉斯早期的一部小說，其中所描繪的家庭環境幾乎就是作者真實生活的寫照，20 歲的女孩莫德生活在一個家庭成員之間相互猜忌的環境之中，哥哥雅克無惡不作，頭腦中成天想到的就是怎樣得到更多的金錢，母親對此則不聞不問，完全成了兒子的幫兇。在《抵擋太平洋的堤壩》裏，蘇珊一家的全部希望都寄託在那座抵擋洪水的堤壩上，但土地管理局官員的冷酷無情令這種努力一再地付之東流，家庭的沉悶與社會環境的黑暗共同造成了蘇珊的孤獨。《坦吉尼亞的小馬》則是對婚姻生活中的夫妻關係進行思考，瑣碎的家庭事務令薩拉和雅克的婚姻不再具有當年的甜蜜與溫馨，薩拉在欲望的召喚中開始了和陌生男人的幽會。「我曾沐浴在存在主義之中。我呼吸過這種哲學的空氣。」〔註58〕正是由於存在主義所帶來的影響，因此個體與他人及世界的緊張關係成為了杜拉斯小說中人物感受到孤獨的緣由。

　　由外界環境所施加的孤獨無疑也是陳染寫作中的一個重要表現對象，其筆下的主人公們在與現實持久的對抗關係之中毫無例外都成了孤獨的俘虜。「在客觀上，人與人之間是隔膜而無法溝通的。」〔註59〕獨立倔強的黛二小姐討厭在學院裏規規矩矩的生活模式，希望通過出國來實現自我的某種人生理想，但辦理手續時繁雜冗長的過程令她不勝其煩。身邊的朋友原本應該成為黛二最好的傾訴者，可麥三、墨非們對自己生活中的問題尚且還束手無策，又怎麼能給黛二施以援手。在混亂的世界中黛二與母親相依為命，但母親過度的情感投入最終讓黛二「不敢去看房門，她害怕和那雙疑慮的、全心全意愛著她的目光相遇。」正像陳染所說，「只要人還愛著什麼，就無法不孤獨。」〔註60〕陳染筆下充滿悲劇性的人物完全可以獲得另一種輕鬆自在的生活，但她們不肯向醜陋的現實妥協，始終執著於對內心理想的找尋，因此，走向孤獨也就成了一種不可避免的結果。

　　孤獨在陳染的小說中既是作為一種被動施加的生存狀態，同時還是人物主動選擇的結果。「我發現自己並不是想擺脫那種被稱之為孤獨的東西，而是

〔註58〕〔法〕克里斯蒂安娜·布洛－拉巴雷爾：《杜拉斯傳》，徐和瑾譯，灕江出版社 1999 年版，第 154 頁。

〔註59〕陳染：《稠密的人群是一種軟性殺手》，《陳染文集（第四卷）》，江蘇文藝出版社 1996 年版，第 136 頁。

〔註60〕陳染，《一封信》，陳染文集（第四卷），江蘇文藝出版社 1996 年版，第 25 頁。

去找尋它依戀它，我是那麼刻骨銘心地喜愛它。」〔註 61〕《消失在野谷》中的「我」認為「生活有時簡直比死掉還要平淡無味」，而身邊的人卻並不認同我的觀念，於是「我」索性便以一場想像的死亡來拉開和世俗的距離。《空的窗》裏的盲眼女人，許多年來一直靜靜地站在窗口，對於外部世界的逃離使她徹底領悟了生命的豐富意義，最終實現了感受世界與書寫世界的絕對自由。「我覺得孤獨是全人類（無論男女）共同面臨的精神困境。我寫得更多的，總在重複的一個問題就是人與外界關係的難以相容或者說人與世界的對抗關係。」〔註62〕在陳染看來，無論何時，人們都不應該在孤獨的痛苦面前屈服，如果為了短期的快慰而不去正視生存的痛苦，那這種生存就是無意義的存在。

對於孤獨的表現，並不單純只是營造出一幕幕的生存景象，這同時還要借助於具體的孤獨意象來加以實現。「視覺的意象是一種感覺或者說知覺，但它也『代表了』、暗示了某種不可見的東西、某種『內在的』東西。……意象可以作為一種『描述』存在，或者也可以作為一種隱喻存在。」〔註 63〕它有助於形成強烈的故事氛圍，令讀者更好地把握作者描述孤獨的用意。杜拉斯喜歡選擇開放性的場景意象，例如河流、麥田、廣場等，這類宏大的意象隱含著某種強勁的力量，其內蘊的自由精神能進一步襯托出人物內心的孤單和無助，同時又可能提供給人物以慰藉和支撐。《直布羅陀水手》裏的「我」從故事一開始就處於低沉的情緒中，當從卡車司機那兒知道了附近有條湍急的河流之後，「我」便迫不及待地投入了它的懷抱，人物內心的壓抑在暢遊中得到了暫時的排解。《廣場》中男人和女傭各自原本處在自我的茫然中，熱鬧的廣場上他們的孤獨顯得尤為醒目，兩人相遇之後的交談並未使灰暗的色調有所消退，孤獨還將繼續。

而在陳染的作品中，她更傾向於內傾性的自我言說，因此杜拉斯筆下的宏大意象並未為其所使用，她選擇的是臥室、小鎮、密林等封閉性的場景。《另一隻耳朵的敲擊聲》中的黛二在母愛的窺視之下感到壓抑與恐慌，她便整天

〔註61〕陳染，重返舊時光〔A〕，陳染文集（第四卷），江蘇文藝出版社 1996 年版，第 37 頁。

〔註62〕林舟、齊紅：《女性個體經驗的書寫與超越——陳染訪談錄》，《花城》1996年第 2 期。

〔註63〕〔美〕雷·韋勒克、奧·沃倫：《文學理論》，劉象愚、邢培明、陳聖生、李哲明譯，生活·讀書·新知三聯書店 1984 版，第 202～203 頁。

緊閉門窗，將自己的臥室與整個房間隔離開來，在與「大樹枝」的短暫交合之後生活並未給她以新的希望，最終她只能獨自在「倫敦南部的那套舒適而溫馨的宅舍」等待梵高般的知己的出現。《空心人誕生》中的男孩兒親眼在密林裏見證了父親親手造成的母親的死亡，他再沒有勇氣去面對外面的世界，於是當他鑽進樹身時才終於獲得了久違的寧靜。在這些私密的空間裏，人物可以通過書寫自身以擺脫束縛，也可以在簡單的平和中擁有心靈上的安寧。

在對逃離孤獨的看法上，杜拉斯的作品整體上是趨於明亮的，儘管生活本身並未提供任何樂觀的理由，但作品中的人物依然對從孤獨中逃離擁有執拗的希望。「作家在向讀者展示存在的困惑和生存的煩惱時，並沒有忘記提醒大家應該堅守對這個世界的希望，並保有不斷追求的美好理想。」〔註64〕杜拉斯對我們生活的世界的廣度有足夠的信心，她認為即便目前生活的這片土地是令人絕望的，但並不代表我們就不能找到與此處完全不同的所在，小說《抵擋太平洋的堤壩》就體現了這樣的思想。母親為之畢生奮鬥的大壩固然是沒能修建成功，改變家庭的貧窮彷彿已是癡人說夢，可當母親去世之後，蘇珊沒有止步於男友的愛情，而是勇敢地選擇從這裡出走，她相信自己能夠在外面的世界中找尋到光明。如果說蘇珊的選擇代表了一種對過往全部事物的遺棄，那薩拉的思考則是在保留現存事物的情況之下重新找到生命的價值。婚姻生活造成的煩悶並不應該簡單的歸咎於丈夫，想通過與陌生人的幽會來擺脫孤獨無疑是飲鴆止渴的舉動。薩拉意識到了此前行為的荒唐，她不再逃避，而是選擇與丈夫一道去欣賞塔吉尼亞的小馬群。

陳染在逃離孤獨的問題上有著自己獨立的思考，在她的眼中，孤獨是生命的本真狀態，只要人們還保持著獨立思考的能力，孤獨就無法避免。面對這個冷酷無情的世界，倔強的陳染並不想做出什麼妥協，她唯一給予希望的便是「無數次地幻想在一個遠離舊土的陌生而淳樸的亞熱帶小鎮居住下來，這裡誰也不認識誰……大家彼此尊重、友善而疏遠，這正是我所向往的一種人際環境，一個安謐的隱廬。」〔註65〕然而，這並不代表陳染是徹底絕望的，事實上，她的心中仍然存留有些許的期冀。在《嘴唇裏的陽光》中，黛二小姐幼年時期的創傷記憶使她無法去面對成年後的世界，口腔裏的兩顆智齒阻

〔註64〕 楊茜：《杜拉斯初期小說的追尋主題》，《外國文學研究》2005年第4期。
〔註65〕 蕭鋼、陳染：《陳染對話錄──另一扇開啟的門》，江蘇文藝出版社1996年版，第252頁。

礙著她的生活，可她卻沒有勇氣拔除它。但是，不同於以往醜陋、卑劣的男性形象的孔森醫生用溫柔的關懷驅散了她記憶裏的濃煙，並最終讓她「張大嘴巴，坦然地承受那只具有象徵意義的針頭戳入她的上顎」，當帶有儀式感的手術完成之後，困擾著黛二小姐許多年的傷痛終於被徹底地消除。由此我們可以發現，儘管陳染在小說中表現了太多的孤獨困境，彷彿令人找不到一點點光亮，不過在她的意識最深處依舊潛藏著對美好生活的嚮往。

三、互文手法的雙重變奏

為了充分滿足思想表達的需要，作家在創作之時很自然地將不同的藝術樣式統攝到自己的寫作中來，使得同一文本之中包含了多種多樣的意義載體，同時，在各個獨立的文本之間往往也會存在某種相似性，這就導致了不同文本之間有了相互注解與闡釋的可能。「互文性是指文本中不同意義相互關聯、相互映像的關係。……它強調文本與文本之間的相互指涉、感應、滲透、轉移等作用，它關注文本的不確定性。它既可以存在於一個文本中，也可以存在於不同的相關聯的文本中。」〔註66〕互文性的寫作手法意味著單個文本是不自足的，對於其意義的把握與闡釋必然是在同其他文本的比較之中才能得以展開。

在杜拉斯的作品中，互文手法首先就表現在多個文本之間的相互關係上，在這其中「情人」形象的逐步變化則最具代表性。「文學形象就是：在文學化，同時也是社會化的運作過程中對異國看法的總和。」〔註67〕與作品中的一般人物形象不同，作為異國「他者」形象出現的「情人」代表著作者對異域的文化想像，其在不同作品中形象的轉變標示了作者自身觀念的發展。

在《抵擋太平洋的堤壩》中，這位「面孔不英俊，窄肩，短臂，中等以下個頭；手很小，精心保養得好，比較瘦」的諾先生儘管家財萬貫，但其糟糕的外在形象並未讓蘇珊產生好感。「自然屬性是對一種文化情境的說明和擔保……他者的自然屬性解釋了他者的文化，他的存在解釋了他的行為（低級的）和作為敘述者的我的行為（高級的）。」〔註68〕諾先生和蘇珊相處得越久，

〔註66〕戶思社：《杜拉斯四部作品中的互文性研究》，《解放軍外國語學院學報》2008年第3期。

〔註67〕〔法〕達尼埃爾－亨利・巴柔：《形象》，孟華主編：《比較文學形象學》，北京大學出版社2001年版，第154頁。

〔註68〕〔法〕達尼埃爾－亨利・巴柔：《形象》，孟華主編：《比較文學形象學》，北京大學出版社2001年版，第161頁。

內心的猥瑣就暴露得越明顯，以至於想用留聲機為誘餌來窺視蘇珊的身體。
而在《情人》裏，他儘管是一個來自撫順的中國人，卻被注入了某些西方元
素，「一身歐洲人打扮，他穿著西貢銀行家穿的那種淺色柞絲綢西服」。雖然
此時的他仍然十分膽怯，可相比諾先生卻已有了很大的進步。當這個男人再
一次出現在《來自中國北方的情人》中時，外在形象得到了進一步的強化。「他
與那本書裏的那個男人略有不同：他微微強壯些，不像他那麼醜陋，膽子大
些，更英俊，更健康」，此時的他已經成為一個與女孩在身份上完全平等的愛
情對象。

　　在杜拉斯筆下「情人」形象的先後演變這一過程中，作者最終完成了對
自我成長的書寫。「我寫女人是為了寫我，寫那個貫穿在多少個世紀中的我自
己。」〔註69〕作為一個生長在印度支那的法國人，杜拉斯既難以忘記生活在
這片土地上的點滴歲月，又無法背叛自己作為西方人的身份優越感，可是，
通過對「情人」形象的反覆書寫，她終於找到了排遣痛苦的途徑。小說的女
主人公從最早排斥、利用諾先生，到之後喜愛上在岸邊送她離去的那個男人，
再到最後勇敢地對「情人」說出「我真希望我們也結婚，讓我們成為終成眷
屬的有情人」，她打破了種族的界限，完成了對於真實自我的建構。

　　與杜拉斯一樣，陳染在自己的寫作中自覺地使用了互文手法，不同文本
之間採用了相似的故事框架和人物形象。然而她並未模仿杜拉斯通過書寫男
性「情人」形象以建構自我的方式，而是將筆觸直接伸向女性人物本身，在
對女性個體成長過程的不斷描述中來達到表現人物成長日趨邊緣化的效果，
從而將個人經驗與女性的集體記憶連接起來。陳染的這種互文性寫作在具體
文本中主要表現為現實敘事與想像敘事兩個部分，即「黛二小姐」系列和小
鎮神話系列。

　　與《紅樓夢》中的林黛玉一樣，美麗、高傲的黛二始終與現實保持著某
種距離，她憂鬱敏感、孤獨茫然，既想對現實生活中不合理的部分加以改變，
又清楚地意識到這種努力的不切實際。在《無處告別》和《另一隻耳朵的敲
擊聲》中，由男性角色帶來的破壞在黛二的世界中無處不在，而其他的女性
角色也不過是在沉默與窺視中擠壓著黛二的生存空間，而在此後的文本《破
開》中，黛二固然擁有了超性別意識這一對抗男權社會的武器，也擁有了能

〔註69〕〔法〕瑪格麗特·杜拉斯：《物質生活》，王道乾譯，百花文藝出版社1997年
　　　　版，第53頁。

同我一起面對這個世界的殞楠，然而，當象徵希望的石珠在黛二眼前滾落一地時，原本已帶有亮色的前景轉眼間就回到了此前的黑暗之中。

在關於黛二小姐生存境遇的重複敘事中，陳染描繪了女性在現實社會中「無處告別」的悲傷體驗，她們夢想著一個烏托邦式的理想環境，可現實並不給她們以希望。與此相併列的是陳染創作早期的小鎮神話系列，這一組充滿神秘氛圍的小說將未被現代文明侵入的偏遠小鎮作為故事發生地，有著充沛生命力的女性在與溫柔的男性人物的交往之中釋放了自身的生命潛能，但他們卻在之後無一例外地被外力驅逐出去，等待女性人物的仍然不過是沈寂的世界。

在同一文本內部的互文關係上，杜拉斯一方面通過多重敘事結構形成情節的交叉發展，表面上互相平行的敘事部分實則有著內在的聯繫，進而完成對故事的多層面講述，另一方面她又在小說中大量地插入歌曲、對話體等不同樣式的文本以在作品內部形成張力，超越小說本身的藝術形式逐步滲透到小說的敘事過程之中，同故事本體形成了交錯注解與闡釋的關係。

《副領事》從兩個故事層面敘說了個人由痛苦走向瘋狂的發展過程，法國駐拉合爾的副領事在深夜之中開槍打死了幾個麻瘋病人，此後他又莫名其妙地愛上了大使夫人，副領事的所有行為都表現得似乎不合常理，這正與故事中另一人物禿頭瘋姑的經歷暗然相合。《夏夜十點半鐘》則以瑪麗亞的故事為小說主體，在小鎮度假的瑪麗亞無意間發現了丈夫皮埃爾和女友克萊爾之間的不軌行為，迷惘和絕望的情緒籠罩著她。此時旅館對面的屋頂上因殺死妻子和情夫而在逃的羅德爾吉正巧躲避至此。這樣，兩個相互獨立的故事便連接到了一起，瑪麗亞在羅德爾吉身上看到了自己家庭悲劇的影子，羅德爾吉也在對方的影響之下開始了對自我的反思。

同樣是在小說《副領事》中，為了表現這位副領事孤獨、迷茫的內心，哼唱《印度之歌》就成為他平抑孤獨、迷茫情緒的唯一方法。《抵擋太平洋的堤壩》裏，蘇珊和哥哥早已厭惡這片荒涼土地上的生活，留聲機中反覆播放的曲子《拉莫娜》則代表著他們對於生活的希望。小說《廣場》的整體故事發展由男人和女傭的對話來推進，但這種對話並未有太多的交叉，男人和女傭各自陳述的話語完全可以單獨分列開來形成兩個部分，它們共同書寫了主人公卑微的生存景象。

通觀陳染的作品，我們可以發現，文本內部的互文現象也大量地存在著，

例如由多重敘事結構所帶來的互文性就在《孤獨旅程》這類作品中表現得十分明顯。《孤獨旅程》的敘事結構包含有兩個部分，一個是「我」與同學 X 之間發生的故事，另一個則是「我」給流浪人寫的信。兩個部分在文本中交錯進行，X 和流浪人共同指代著生活中的知己，他們既可能突然出現在我們的身邊，又或許會在某一天默默離去，作者藉此表達出人們在漫長的孤獨旅程中對同路人的盼望與期待。

　　除此之外，陳染在學習杜拉斯作品中互文手法的同時還嘗試進行一定的創新，小說中插入了更多新樣式的文本，作品的話語形態得到了更新。在《世紀病》、《人與星空》裏，抒情性的詩句融入了小說之中，前者的最後一章裏「我」對山子的呼喚全部由泰戈爾的詩所構成，後者則先後六次出現「慢慢地走，慢慢地尋，我要去尋那山裏人……」的旋律，詩歌和小說的故事敘述部分在這裡形成了一種互文性的藝術表達現象。《與往事乾杯》中，作者分別使用「男人」和「女人」這兩個詞組合成對立的三角圖形，暗示了作品所表露的男性與女性既相互靠近又相互傷害的矛盾關係。《角色累贅》裏安插了主人公「我」的一份病歷，對習以為常的所謂正確的社會評價模式構成了反諷。《女人沒有岸》以劇本的文體形式出現，麥一、意馨、泰力等人物都成為其中的角色，更加形象地表達出故事中人生如戲、戲如人生的思考。長篇小說《私人生活》則集中體現了陳染創作中的互文性現象，在小說的敘述過程中分別引入了詩句、圖形、歌曲、電影、病歷、信件等等藝術表現形式，如小說每一章的開頭部分都有詩句同本章內容形成對照，主人公塗抹出的墨蹟象徵著人們的對峙和分離，伯格曼的電影《野草莓》與《第七封印》中鏡頭的描述同主人公內心的念頭相印證。

　　正如陳染自己所言，「一個優秀的作家，她真正的重複是不存在的，而循環往復是存在的，而每一次循環到同一個位置上的時候，其實已經不是原來的那個位置。」〔註 70〕應該說，陳染作品中互文手法的使用相較於杜拉斯有了更進一步的發展，作品的敘事過程由單一走向多元化。在她的筆下，互文性寫作成為整合多種藝術手段的有效方式，包括美術、音樂、電影以及其他各類應用文體都成為了文本自身的有機組成部分，對作品中思想的表達起到了闡釋和補充的作用。這一方面應歸功於杜拉斯的作品對其所起到的示範及

〔註 70〕蕭鋼、陳染：《陳染對話錄——另一扇開啟的門》，《陳染文集（第四卷）》，江蘇文藝出版社 1996 年版，第 257 頁。

引導作用，另一方面也與陳染自己在此基礎上的主動創新有著密不可分的關係。

第四節　河流・情人・城市：虹影與杜拉斯

從《飢餓的女兒》開始，虹影便一直在講述自己作為「重慶女兒」的成長故事，在對主人公苦難體驗的深度描述與探究中，作家書寫下了自己的精神成長史，而在杜拉斯的「情人」系列作品中，法國少女的形象也被廣泛看作其對自身經歷進行回憶書寫的結果。虹影在接受訪談時認為，「中國的女作家都受杜拉斯的影響」〔註71〕，此後她更是明確表述「我喜歡她的某些小說」〔註72〕，毫無疑問，杜拉斯的作品在虹影的創作過程中扮演了極其重要的角色，成為不容忽略的客觀存在。由此，本節試圖從意象運用的角度對虹影與杜拉斯小說中的河流世界、異國情人和城市空間進行系統解讀，考察由其所承載的生命氣息與文化內涵。

一、河流：故事起源與生命象徵

河流是人類文明的起點，人類的繁衍生息、聚落的遷徙發展通常都與河流相伴相隨，久而久之，作為與人類日常生活關係密切的自然事物，河流的身上被注入了強烈的情感寄託，反映在文學上便是對於河流意象的大量使用，《詩經》裏充盈著「所謂依人，在水一方」的浪漫情懷，當代女作家王安憶的《姊妹們》中淮河映照著少女們的純真無暇，遲子建的《額爾古納河右岸》中河流則充盈著強烈的母性氣息。河流在杜拉斯與虹影的內心中同樣佔據有重要的位置，杜拉斯少女時代的足跡是沿著湄公河流淌的方向行進的，沙瀝、西貢、永隆等城市均位於湄公河畔，她所使用的姓氏「杜拉斯」更是直接源自父親故鄉一條小河的名字，而虹影的童年世界則與長江緊密相連，山城重慶的萬家燈火投映在長江江面的景象成為她內心中無法忘卻的記憶。當河流進入杜拉斯與虹影筆下的文本世界時，個人與河流便組成了高度的統一體，擁有強勁的生命活力，承載起她們對於人生內涵的豐富思考。

河流寬闊博大，是個體生命的容留之所，杜拉斯的作品中河流首先意味

〔註71〕王朔主編：《文學陽臺：文學在中國》，上海文藝出版社2001年版，第38頁。
〔註72〕周文翰：《探求感情的各種可能性》，《財經時報》2003年1月11日。

著生命開始與故事起源之地。「我出生在河邊，我在紅河岸邊度過了自己幼小的童年……隨後，我曾在湄公河畔的金邊和沙瀝停留過。」〔註73〕在《情人》與《來自中國北方的情人》中，法國少女作為「我」的化身親眼目睹了河流的雄偉與壯美，「我看著這條長河。……湄公河和它的支流就在這裡洶湧流過，注入海洋」，對生命的講述就是在這條河流上開始，「我」與生命中最重要的男人在這裡相遇、相戀、相守直到分離，從某種意義上說，他們的愛情從未離開河流走向岸邊，湄公河上緩緩行駛的渡輪凝固成了一幅永恆的圖畫。其次，河流對於故事氛圍的生成也起到了重要的作用，《副領事》裏徹夜流淌的恒河河水營造出了神秘的東方景象，同故事中人物身上的瘋狂相互呼應。再者，河流還具有排解人物內心焦躁情緒的功能。《直布羅陀水手》裏的「我」厭倦了枯燥煩悶的平庸生活，旅行並未減輕人物內心的痛苦感受，可當主人公投入河流暢遊之後，這種壓抑得到了暫時的控制。最後，河流在杜拉斯的作品裏還作為人性慾望的象徵體而存在，既同純粹的性慾相關聯，例如《坐在走廊裏的男人》中男女在交合過程中一直注視著遠處的那條大河，又同人物逃離當前生活的精神需求相應和，如《抵擋太平洋的堤壩》中蘇珊便一直夢想著遠方大海的方向。

河流世界在虹影的作品裏也承擔著相似的功能，「幾乎我所有的長篇甚至短篇都有一條河流。比如《飢餓的女兒》裏面是長江上游，《K》裏面還是長江中游，《阿難》裏面是恒河。恒河每夜穿過我的心。中篇《一鎮千金》和《給我玫瑰六里橋》也有河流。河流給我生命，我賦予河流人性。從這個意義上說，沒有任何一本書比得上河流對我的影響。我寫任何東西，只要一沾到河流，我整個人就變了，我就是那條河。」〔註74〕主人公的生命從最開始便與河流有著密不可分的關聯，父母的相遇是由河流作為見證的，「父親在嘉陵江邊，一片弔腳樓前的臺階上，看見一個年輕的女人，背上背著一個剛生下來只有幾個月的嬰兒」，這個瞬間讓父親久久不能忘卻，同時也成為了家庭組建的開端。在虹影的眾多小說中，河流意象同樣也是營造環境氛圍的重要手段。在描寫到六六與歷史老師的性愛過程時，主人公感覺到「江上的景致倒轉過

〔註73〕〔法〕讓·瓦里爾：《這就是杜拉斯（1914～1945）》，戶思社、王長明、黃傳根譯，作家出版社2009年版，第1頁。
〔註74〕止菴：《關於流散文學、泰比特測試以及異國愛情的對話》，《作家》2001年第12期。

來，船倒轉著行駛，山巒倒立在天空……天空在我的四周，江水在我的頭頂起伏跌盪，無邊無際，毫不顧惜地將我吞沒。」長江上景致的錯亂構成了「我」在第一次性愛中的心理感受，其間的瘋狂預先便為這段感情的悲劇結局埋下了伏筆。同時，河流還成為虹影作品裏連接此岸與彼岸的重要通道，幫助著人物實現自身向外部世界的逃離，河對岸的世界給主人公帶來了珍貴的希望。茫然的六六獨自守候在江邊，等待輪渡過來，她並不清楚自己要走向何方，但離開已成為必然的選擇，江水會將自己導向內心期望的去處。

除此之外，虹影作品中的河流世界還承載了更多嶄新的含義，直接推動著故事情節的發展，更成為人物個體生命的關鍵象徵之物。《飢餓的女兒》開篇之處便提到江的兩岸截然相反的生活景象，江之北岸是革命熱情高漲的世界，所有人都在熱火朝天地為革命事業奉獻自己的力量，而在南岸的山坡上，髒水、垃圾、污泥組成了生活的全部內容，這裡是「城市腐爛的盲腸」，被遺棄的所在，而「我」的生命也正是一段被遺忘的歷史，見不到任何光亮。流淌的河流既連接著塵世的生命，在它的暗處也連接著塵世的諸多罪惡。六六整天在江邊看到屍體漂過，此後的武鬥中江水又吞噬了那麼多年輕的生命，《一鎮千金》裏「小鐵匠的血把眼前的這段河水染紅」，《孔雀的叫喊》中柳璀母親在江水上即將臨產之時，作為革命幹部的父親卻為一己私利設置了完整的圈套，給紅蓮與玉通禪師加上「反革命分子」的罪名殘忍殺害，江水令人性的黑暗與罪惡鮮明地凸顯出來。在另一方面，河流在某些時刻又為生命賦予了積極的色彩，它喻指著人類的自我救贖與靈魂淨化，小說《阿難》裏的恒河便承載了這樣的功能，在是非之間漸行漸遠的阿難選擇了沿著河流的方向自我放逐，並在故事的結尾走進恒河暸解生命，所有的一切在此終結，阿難就此達成了對自我的拯救。此外，江水還是親人間聯繫與溝通的橋樑，為感情的維繫搭建了通道。「我」與父母間的隔閡曠日持久，可隨著年歲的增長他們終究離「我」而去，河流在此時安撫了主人公的內心傷痛。「看著山下長江在靜靜地流淌，我突然想到，我和你們終於和解了。」〔註 75〕在虹影的內心深處，「我們住在江邊的人，對江水有一種特別的依戀。……江水就像流在我們心裏，我們生來是江邊的人。」〔註 76〕河流不再僅僅只是一種自然存

〔註 75〕虹影：《小小姑娘》，譯林出版社 2011 年版，第 241 頁。

〔註 76〕虹影：《我和卡夫卡的愛情》，陝西師範大學出版社 2009 年版，第 130～131 頁。

在與客觀物態，而是成為自我生命的象徵與代名詞，承載起對於生命體驗與
家園世界的多重感知和理解。

二、情人：自我實現與雙性和諧

在杜拉斯和虹影的作品中，杜拉斯根據自身的真實情感經歷在「情人」
三部曲裏反覆重構了「我」與中國男人在渡船上的相遇，虹影則在《英國情
人》裏通過自己的想像構建了生活在不同文化體系之下的閔與裘利安之間的
愛情故事，而文學作品中對於他者形象的構建和創作主體的自我言說之間往
往存在著緊密的關聯，在對他者形象的塑造過程中一定會伴隨著自我形象的
生成。「每一文化的發展和維護都需要一種與其相異質並且與其相競爭的另一
個自我的存在。自我身份的建構……最終都是一種建構——牽涉到與自己相
反的『他者』身份的建構，而且總是牽涉到對與『我們』不同的特質的不斷
闡釋和再闡釋。」〔註77〕異國情人的存在強化著作家對於異域世界的想像以
及對自身文化身份的反觀，為自我的書寫提供了重要的參照對象。

異國情人形象在杜拉斯作品中的出現同人物對於情感的需求緊密相關，
在法國少女的個人情感世界裏，父親的過早逝去為她留下了情感的永久缺憾，
而母親與哥哥的存在並沒能為她減輕對父親的依戀與安全感的匱乏，至於故
事中的中國男人則始終處於父親的壓抑之下，他未曾擁有過真正的自由生活，
兩人的相遇令雙方都找尋到了情感的投射對象，這成為彼此生命中最為關鍵
的事件。如果說在最開始的接觸中主人公還保持著些許的羞澀與緊張，那麼
隨著交往的進一步深入，兩人相互間的依戀正在不斷地加強，他們主動向對
方介紹著自己的家庭，無論是法國少女家庭經濟上的困窘還是中國男人的家
庭內部複雜的人際關係都成為了談論的對象，這種深度的交流為雙方的情感
找到了重要的傾訴窗口。

然而，作為自我話語言說所需的一個參照物，杜拉斯筆下的異國情人形
象在根本上仍是為「我」而服務的，中國男人並未成為故事的主角人物，他
不過是反映「我」的內心世界變化的一面鏡子，服務於「我」對自身真實自
我的建構。在《抵擋太平洋的堤壩》中，蘇珊對於諾先生的愛情並無任何好
感，此時的蘇珊在很大程度上仍然只是為他的金錢所吸引，希望借助他的力

〔註77〕〔美〕薩義德：《東方學》，王宇根譯，生活·讀書·新知三聯書店 1999 年版，
　　　 第 426 頁。

量以擺脫家庭的控制。而當法國少女出現在《情人》中時，愛情已經超越種族的身份隔離而產生了，在她意識到與情人即將走向永別之時，「她哭了，因為她想到堤岸的那個男人」。當這個發生在異國男女之間的情愛故事在《來自中國北方的情人》中再次上演時，她的態度最終明朗化了，勇敢地向對方表達自己內心的傾訴，此時的她已在情人的幫助之下獲得了個體意識的覺醒和自我認同的實現，克服文化禁忌與家庭牽絆之後的自由體驗讓人物的內心真實感受得到了最大程度的釋放。

　　而在虹影的作品中，愛情故事的主題似乎已遠遠超越愛情本身，文本中表現得最鮮明的是主人公在文化立場與思維方式上的對立與調和，「從文化相對主義出發，東西方都有不少人認為不同源的異質文化不大可能真正溝通和互相理解，因為各自都無法擺脫自身的文化框架和思維方式。」〔註 78〕虹影的意圖在很大程度上正是在探究東西方文化身份的碰撞之下男女兩性間如何實現最終的和諧相處。事實上，類似的困惑在其他作家的創作中也得到了相應的表現，如陳染的小說《無處告別》中，瓊斯便始終是以充滿激情的性愛來表達他對於黛二的愛情，至於黛二在精神層面的需求他則不以為然，文化身份上的強勢地位令他自認為是愛情中的絕對主導者。虹影筆下的裘利安同樣如此，他來到中國原本就抱著救世主的身份優越感，堅定地認為自己是為了理想而奉獻自身，因此，從走上青島的土地時他便一直用西方人的視角觀察著這個陌生的世界，中國人的穿著打扮、精神面目乃至室內布置都讓他感到新奇。「東方被觀看，因為其幾乎是冒犯性的（但卻不嚴重）行為的怪異性具有取之不盡的來源；而歐洲人則是看客，用其感受力居高臨下地巡視著東方，從不介入其中，總是與其保持著距離……東方成了怪異性活生生的戲劇舞臺。」〔註 79〕在這種觀念的制約之下，他對於閔的挑逗實際上也是出於一種文化實驗的需要，並未打算有任何的情感介入。

　　但是，《英國情人》裏的閔與傳統的中國女性羞於談及性愛的形象存在著明顯的差異，「女性在性問題上慣常是被動的……但《K》裏的女主人公沒有這一套，她是主動的進攻的，屬於控制方的」。〔註 80〕精通於道教房中術的閔

〔註 78〕樂黛雲、蔡熙：《「和而不同」與文化自覺：面向 21 世紀的比較文學──中國比較文學學會會長樂黛雲教　授訪談錄》，《中國文學研究》2013 年第 2 期。
〔註 79〕〔美〕薩義德：《東方學》，王宇根譯，生活·讀書·新知三聯書店 1999 年版，第 135 頁。
〔註 80〕虹影：《我們相互消失》，陝西師範大學出版社 2009 年版，第 205 頁。

反過來用性愛的武器征服了曾經在欲望遊戲中如魚得水的裘利安，他被閔的性愛世界給迷惑住了，忘掉了自己來到中國的初衷，當他看著手帕上的字母 K 時，「心一驚，K 哪裏是第十一位，完全錯了，K 分明就是第一，他終生第一的心愛之人」。這時兩人間的情愛關係已隱喻著閔所代表的東方文化對裘利安所代表的西方文化的完全征服，這是他所難以想像與接受的，鄭的捉姦在床不過是為裘利安的逃離提供了一個合適的藉口而已。虹影對此作過這樣的表述，「我這本小說，力圖處理中西文化的嚴重衝突，指出任何定式化地看待東方人，西方人，男人，女人，都會落入災難性結果。」〔註 81〕裘利安無法解開東西方文化交流方式之謎，因此，他也就始終不能與閔之間達成真正的相互理解，只有當他在彌留之際終於將自己與閔置於同等的文化地位之下，並徹底明白自己所需要的一切都在同閔的交往中得到了滿足時，不同文化身份下的雙性和諧才成為可能。

三、城市：身份標誌與故鄉想像

在現代的敘事文學作品中，城市不再只是一種純粹的物質實體，作為與人物及其行為緊密聯繫的象徵性環境，其外延已得到了極大程度的擴充，它所暗示的自然也不單純只是一個簡單的空間概念，如在張愛玲、王安憶、張欣等人的作品中，城市同欲望、孤獨、漂泊等詞彙顯得是如此的難解難分，文學敘事中對於空間的這種強調和重視正是對過往單純的「忽視空間、重視時間之傳統的反抗。空間不再是永恆、靜止的背景與框架，而成為意義豐富的前景和中心。」〔註 82〕在杜拉斯眾多的文本之中，從東方的西貢、沙瀝、加爾各答到西方的巴黎、特魯維爾，一個龐大的城市意象群得以產生，而虹影則將筆墨專注於長江邊的重慶與上海兩座城市，這些地理空間如影像般重疊並置在一起，共同作用於作家的空間記憶之中，持續不斷地呈現在她們的文學世界裏。

「在她的生命中和在她的作品中一樣，地點始終具有決定性的意義。」〔註 83〕正像《情人》中法國少女所說的那樣，「我的生命的歷史並不存在。那是不存在，沒有的。並沒有什麼中心。也沒有什麼道路，線索。只有某些

〔註 81〕胡軼：《解讀虹影：虹影訪談》，《世界華文文學論壇》2006 年第 2 期。

〔註 82〕方英：《理解空間：文學空間敘事研究的前提》，《湘潭大學學報（哲學社會科學版）》2013 年第 2 期。

〔註 83〕〔法〕勞拉·阿德萊爾：《杜拉斯傳》，袁筱一譯，春風文藝出版社 2000 年版，第 156 頁。

廣闊的場所，處所。」杜拉斯的一生始終處於不斷的流浪與找尋之中，在印度支那與法國本土之間，她反覆嘗試確立自己的文化身份，其筆下的城市風景表現出了截然相反的面貌，法國最終成為了她心靈的歸宿之地。

事實上，杜拉斯對於東方的態度一直是矛盾的，西貢、河內、永隆、沙瀝，她的童年記憶和這些城市完全交織在一起，這裡有她童年的歡樂記憶，緩慢而悠長的時光讓她心懷嚮往，更重要的是，這塊土地上還有著她少女時代最為寶貴的初戀體驗。不過，儘管法國少女在輪渡離港時為發生在這片土地上的那些故事留下了傷感的淚水，可是對於她而言，東方仍然是異己的所在，「一個『單一形態和單一語義的具象』一旦成為套話，就會滲透進一個民族的深層心理結構中，並不斷釋放出能量，潛移默化地影響著後人對他者的看法。」〔註 84〕杜拉斯的作品中東方城市終究逃脫不了黑暗、骯髒、混亂、落後等等刻板化的描述。

《情人》裏「我」和中國男人的幽會發生在堤岸的房間之中，在這個封閉的房間內，「我」有了最初的愛情，可在房屋外的街道上，「城裏的喧鬧聲很重……房間四周被城市那種持續不斷的噪音包圍著……木拖鞋聲一下下敲得你頭痛，聲音刺耳，中國話說起來像是在吼叫，總讓我想到沙漠上說的語言」，「我」在這裡並未能感受到安全，一切都讓人煩悶不安。至於在《副領事》《勞兒之劫》《印度之歌》等作品中，以加爾各答為代表的東方城市更是讓人產生極度的恐懼與厭惡之情。城市的每個角落都充滿了瘋狂，尤其是麻風病的存在更讓它滲透著死亡的氣息，因此，城市郊外的自然環境吸引了她更多的注意，但那裡也只是被熱帶茂密的森林所覆蓋，洪水、暴雨、野獸構成了蠻荒的未開化之地。與東方相反，西方世界仍然是文明的象徵，尤其是當杜拉斯在這裡開始了自己長久的寫作生涯之後，她似乎又回到了久違的寧靜之中。在巴黎的聖伯努瓦、諾夫勒以及特魯維爾的黑岩旅館中，杜拉斯整日不斷地寫作，「我從來沒有在一個我感到舒適合意的地方住過，我一直是被拖在後面不得心安，我一直在尋找一個地方，尋求一個時間安排，我願意駐留的地方我一直沒有找到，也許在某幾個夏季，在某種可慶幸的不幸之中，諾夫勒可說是一個例外。」〔註 85〕或許只有在歐洲大陸的土地上，她才結束

〔註 84〕 孟華：《試論他者「套話」的時間性》，孟華主編：《比較文學形象學》，北京大學出版社 2001 年版，第 190 頁。

〔註 85〕 〔法〕瑪格麗特‧杜拉斯：《物質生活》，王道乾譯，上海譯文出版社 2007 年版，第 4 頁。

了長久以來的漂泊，終於尋覓到「一個她自己的房間」。

　　城市在虹影的作品中則直接聯繫著她對於精神故鄉的想像，由於長久身居異國，她對故鄉的思念之情與日俱增，重慶在虹影的筆下完全化作了母系家園的代名詞，「我們一家都是『土生土長』的重慶人，靠著山腳岸邊長大，天天看嘉陵江水清長江浪濁。」〔註 86〕在她的自傳性作品當中，重慶從來就是故事不變的發生地，自然，對於重慶的最初描繪是與成長的傷痛密不可分的。全家人擁擠在南岸山坡間的破房子中，在「我」的幼年時代貧窮從未離開過，經濟上的窘迫讓全家人的記憶與飢餓相伴。家人的關係也並不融洽，母親與大姐之間的紛爭從未停息，兄弟姐妹相互間也是一遍又一遍的傷害，「我」的存在更是讓家庭有了永遠揭不去的羞恥印記，但是，這片土地仍然讓虹影難以忘卻。「對於這個城市的記憶或眷戀，來自我骨肉之中……我寫了布拉格、紐約、倫敦或者武漢，其實都是為了再現重慶那個城市在我童年中的記憶和認識而已。」〔註 87〕《飢餓的女兒》和《好兒女花》在根本上其實講述的都是一個找尋精神故土、確證家庭往事的故事，隨著敘述的一步步推進，讀者清楚地發現，母親為人所詬病的混亂的情史恰恰反映出她為這個家庭在昏暗年代下得以生存所付出的艱辛努力，父親看似沉默，卻以他寬容和博愛的內心為我們撐起了一片天空。至于兄弟姐妹之間實際上也是關懷多於傷害，大姐向我們隱瞞了自己喪子的悲慘遭遇，五哥冒著生命的代價將「我」從纜車前推開，自己卻落下終生的殘疾。重慶這座城市記錄了「我」太多的成長記憶，如《飢餓的女兒》結尾處所言，「我」在傾盆的大雨中聽到一陣口琴的聲音「傳到我的耳邊，就像在母親子宮裏時一樣清晰」，當一切都走向結束之時，重慶就如母親一般呵護著歸家的遊子，讓「我」感到久違的溫暖。

　　虹影對於另一座城市——上海的描寫略有不同，她將故事背景放在 1930至 1940 年代之間，講述了妓女、戲子、魔術藝人在上海這座城市的生存掙扎史，背後所傳達出的卻是對於存在價值的思考。筱月桂面對上海灘幫派之間的仇殺與利益爭鬥，並未表現出女人的脆弱，而是在失敗後再次重返上海，憑一己之力為自己贏得生存的權力，於董則在電影明星的身份掩護下來到日據時期的上海，靠自己的美色在各方政治力量之間周旋，並最終用生命換來

〔註86〕虹影：《蕭邦的左手》，學林出版社 2005 年版，第 154 頁。

〔註87〕李原、虹影：《關於倫敦、關於作品——虹影訪談錄》，《山花》2008 年第 15
　　　　期。

日軍偷襲珍珠港的情報，《上海魔術師》裏的所羅門、加里與張天師的雜耍班子從相互競爭走向相互幫助，在艱難的生存壓力之下找尋著自己的人生希望並如願以償。虹影之所以要書寫這些小人物的成長故事，其內在根源則是出自父親，「父親一輩子都想順江水而下，回到長江入海的那片廣闊的平原，那生育他的土地。」〔註88〕父親與這些小人物一樣，在平凡的生活中守護著自己的家庭，其精神實質與故事中的人物別無二致，這些主人公身上所傳導出來的堅韌與頑強正是對於父親的人生最好的寫照，上海對於「我」而言儼然就是父親的化身，讓「我」從這座城市的一角得以窺見又一處險些被遺忘的故鄉景象。

綜上所述，河流世界、異國情人與城市空間這三類意象在虹影與杜拉斯的作品中不斷復現，儘管在表現內容上各有側重，但其內部卻存在著有機的聯繫，共同傳達出作者在成長過程中的生命體驗，構成了一個完整的意象系統。河流作為個體生命的起源之地，既直接導引著作者自我意識的生成，又見證了「我」同異國情人間的相遇，同時還與城市相伴相隨，在各個意象之間起著重要的連接作用；情人的存在滿足著人物在成長過程中的情感需求，為自我認同的達成提供了實現的途徑；城市則成為個體在情感覺醒之後靈魂的棲居之所，最終幫助「我」完成了自身的成長。如果說杜拉斯在意象的營造過程中依然表現出由東西文化身份造成的矛盾衝突的話，虹影則在借鑒時基於自身文化土壤實現了主動的過濾，其筆下的意象書寫更多地呈現出一種和諧之態，而這種多樣性和差異性的存在恰恰為讀者營造出一個真實的感性世界，豐富著作品的底蘊和藝術感染力。

〔註88〕虹影：《蕭邦的左手》，學林出版社 2005 年版，第 154 頁。

第四章　異域影響與女性寫作的現代性

　　女性主義批評以其虛懷若谷的胸襟和優雅從容的風度，緊追時代步伐，廣泛借鑒西方當前流行的馬克思主義、精神分析、語言分析、存在主義、解構批評等的哲學和方法論，提出了一系列富有開拓性和建設性的理論和主張，具有包容性、化解性和創造性。

——張首映《西方二十世紀文論史》

第一節　精神分析學與當代女性文學

　　19 世紀末由弗洛伊德創立的精神分析學說在人類文化史上矗立起了一塊劃時代的豐碑，它的巨大而深刻的影響不僅僅是在心理學的領域，而且波及到了人類文化的各個方面。尤其是文學，幾乎在精神分析學剛剛問世之時，文學就成了精神分析這一心理科學的最好的盟友，文學既是精神分析學的主要對象，同時又是精神分析學的最為廣闊的用武之地。自從精神分析學介入文學創作以後，文學對於人性以及人的本質的刻畫已經獲得空前未有的深度，而 20 世紀中像走馬燈似的匆匆而來又匆匆而去的各種現代主義流派，幾乎鮮有不以弗洛伊德主義為其理論基石的。中國文學在 20 世紀 20 年代開始與西方文學接軌，弗洛伊德主義無疑是較早被介紹進來的一種文化思潮。在現代作家之中，能夠比較地道、比較嫻熟地運用精神分析學進行人物心理描寫的，可謂大有人在。不過，20 世紀 50 年代以後，由於主流意識形態對西方文化採

取嚴格的封閉政策，弗洛伊德主義在中國文學中銷聲匿跡竟達 30 年之久。而精神分析在中國文學中的全面回歸，已經是在 80 年代中期了。

一、精神分析與女作家性別意識的遇合

如果比較一下 20 年代弗洛伊德主義初入中國和 80 年代弗洛伊德主義大舉回歸這兩個時期中國作家對弗洛伊德的接受情況，我們可以發現一個很有意味的現象。在 20 年代，最早接受精神分析學說並用之於文學創作的都是男性作家，魯迅在 1922 年寫作《補天》時，即是「取了弗羅特說，來解釋創造——人和文學的——緣起」。〔註 1〕在稍後的《肥皂》一篇中，他用精神分析學說刻畫假道學四銘的形象，寫出他的潛意識中的流氓根性，頗受評論的賞識。郭沫若的《殘春》等早期小說寫夢、寫變態心理與兒童性慾，也明顯可見精神分析學說的影響。許杰說他「一度注意過福魯特的所謂新心理學，恰巧在那個時候，廚川白村的《苦悶的象徵》也介紹到了中國來，於是乎文學是苦悶的象徵，變態的被壓抑的昇華，下意識潛入意識的白日的夢，便傳染上我的思想，那時的情形，差不多想以性的行動，為一切的中心行動，而去解決、觀察一切的人生問題和社會問題的」。〔註 2〕這可以說是當時許多男性作家一種共同的傾向，但同時代的女性作家如冰心、廬隱、陳衡哲、蘇雪林、凌叔華、馮沅君等，即使觸及了男女愛情題材，也幾乎沒有誰顯示出對弗洛伊德學說的特別興趣。其中原因在於，一方面剛剛從封建禮教的束縛下解脫出來的新女性們還沉醉在情與愛的幸福之中，對於更深一個層次的性的問題還來不及作出思考和關注；另一方面，真正的職業性的女性書寫是在 20 世紀 20 年代才開始的，在新文學的草創時期，女性書寫的力量還相當地薄弱，經驗亦相當地膚淺，女性的書寫還沒有成熟，因而也就缺乏一種為女性書寫尋找理論資源的自覺性。

與 20 世紀初的情況大不一樣的是，80 年代以來弗洛伊德主義在中國文學中的復歸並且取得輝煌的成績，首先應該歸功於女性作家。王安憶、殘雪、陳染、海男、林白等在精神分析方法的使用上，其大膽、細膩、到位的程度遠遠超出於同時代的男性作家們，而其孜孜不倦的興趣也不是那些善於追趕新潮的男性作家們所能比肩的。當然，在文學剛剛從「文革」的冰封中解凍

〔註 1〕魯迅：《〈故事新編〉序言》，《魯迅全集（第 2 卷）》，人民文學出版社 2005 年版，第 354 頁。

〔註 2〕許杰：《火山口》新序，上海樂華圖書公司 1930 年版，第 1 頁。

時，也有一些較早接近西方現代派文學的男性作家曾經試圖越過這一被禁錮多年的「雷區」，如王蒙等人對意識流技法的運用，但真正引爆這一「雷區」，使人們對精神分析與文學創作的關係刮目相看並且對文壇造成一股強烈的精神分析衝擊波的，毋庸置疑乃是王安憶的「三戀」的相繼問世。這三部中篇小說雖然還是像傳統的小說描寫男女之情那樣用精神性的「戀」來命名，但其內容已經由寫情轉換為寫欲，寫人的本能欲望是怎樣地不可遏止，怎樣地驅使著人的情感活動與決定著人的行為方式。幾乎與之同時的殘雪的突如其來，則將精神分析由本能欲望的性驅力拓展到了更為寬廣的領域中，她的小說以夢囈為主要方式，喋喋不休地探究非理性這一人類心靈深處的黑暗洞穴，在推崇理性、講究功利、關注現實、忠於客觀的中國當代現實主義文學的鐵幕上撕開了一個裂口。在殘雪的創作中，精神分析已經不止於對性驅力的揭示，而是涉及到了日常行為的各個方面，為中國文學與精神分析的關係開創了一個廣闊的前景。就中國文學與精神分析的關係史而言，陳染的意義也許是最為引人矚目，因為她不僅僅對自己與精神分析的聯繫津津樂道，不僅僅將性驅力的揭示由異性之戀開掘到了同性之戀與自戀的深度，而且在於她是首先自覺地以一個女性作家的身份與意識來領會、運用精神分析的，從而在中國當代文學中第一次真正將精神分析與性別意識結合起來。

　　在此以一種性別比較的方式來描述 20 世紀中國文學與精神分析之間關係的發展，其用意就在說明中國的女性書寫在曲曲彎彎走過了半個多世紀的風雨歷程之後，終於在性別意識覺醒的同時也找到了自己最為契合的理論資源。首先，弗洛伊德主義是從文化壓抑與力比多的轉移與昇華這一基本結構開始立論的，壓抑與昇華是弗洛伊德主義的中心詞彙之一。在弗洛伊德看來，人的精神結構分為本我、自我與超我三個層次。本我就是力比多，是人肉體裏面總在衝動不安的本能欲望，自我是人的意識，超我則是被本人的意識所認同的一些社會原則、文化理念。本我作為一種肉體中與生俱來的本能欲望，它總在人體內奔突衝撞，具有強烈的毀滅性，而超我為了維護社會與文化的穩定，則不斷地通過自我對力比多進行壓抑，雙方構成一種緊張的情勢。力比多在被壓抑之後，或者潛入意識的深層，或者昇華為一種創造性的力量，而人類文明往往就在這種創造性力量的推動下向前發展。在中國，漫長的封建宗法家族社會體制對婦女的壓抑是極其嚴重的，這不僅是表現在儒家文化的禮教總是將三綱五常、三從四德之類的觀念與非禮勿視、非禮勿言之類的

教條來壓抑禁錮女性的性慾望，而且也表現在典型的父權文化體制用女子無才便是德之類的觀念剝奪了中國女性的書寫權利與表達欲望。在這雙重的剝奪與壓抑下，中國歷史上的女性很少有人能夠突破父權文化的重圍，在民族文明的建樹中佔有自己的一席之地。所以，在 20 世紀 80 年代，中國的女性書寫已經發展到完全可以與男性書寫分庭抗禮的時候，女性作家在欣喜於自己的才華展露、在快意於自己的表達欲望能夠輕盈地騰升的時候，無疑對弗洛伊德主義的壓抑學說會特別感到親切。

其次，弗洛伊德主義的一個核心觀點是潛意識，這一觀點是由壓抑學說推論而來的。正是由於超我（社會規則、文化理念、傳統習慣等）對於本我的壓抑，力比多被封閉而沒有自己的宣洩渠道，於是固結在精神結構深處，日積月累，在人的精神結構深處就形成了一塊黑暗的大陸。這塊黑暗大陸有自己的活動形式與自己的活動規律，人的理性、意識都無法進入這塊大陸，但它卻常在意識放鬆了警惕的時候，或者人的理性處於暫時的迷惘的時候，突然浮出意識的地表，影響著、制約著人的言說與行為。在近代文明歷史上，關於人的認識是在不斷地發展著的。莎士比亞發現了人是高貴的生物，是萬物之靈長，把人的主體性從中世紀封建時代神的奴僕的地位解脫出來，為人認識自身樹立起了第一塊里程碑。此後，俄羅斯的偉大作家陀思妥耶夫斯基發現人的主體性並非任何時候都是圓融的，相反，人的主體經常是分裂的，二元對立的，精神與物質之間，靈與肉之間，理性與感情之間，充滿著無法調和的矛盾。人是一個神與魔、善與惡、靈與肉二元對立的生物。陀思妥耶夫斯基的發現無疑深化了人類對自我複雜性的認識，是人類認識自身的第二塊里程碑。在陀思妥耶夫斯基的基礎上，弗洛伊德發現人不僅自我分裂，而且由於潛意識這塊黑暗大陸的存在，人甚至沒有能力完全控制自己的意識。這塊黑暗大陸的發現與分析，是弗洛伊德在人類認知史上建立起來的又一塊里程碑，它不僅極大地打擊與摧毀了人類從工業革命以來就膨脹起來了的狂妄與傲慢，也極大地促進了人類對自我心理與精神活動的反思意識，從而改變了世界文學的歷史進程。世界文學從 19 世紀末期來的整體性的內轉傾向，無疑是受到了弗洛伊德主義的牽引。而女性主義文學對潛意識理論的青睞，則是因為這一心理學理論表達了女性的一種文化痛苦。在女性主義看來，人類文明史上種種意識形態本質上都是父權文化的產物，理性是男性的理性，意識也是男性的意識，女性從來就沒有建立起自己的話語權利與言說方式。

而且，女性自身一直是在被男性所言說，即使在偶然的機遇中某一個女性爭得了自我表達的權利，也不過是用男性的語言、男性的眼光與男性賦予女性的傳統格調來審視自我。因而，從性別差異來看，女性自我應該言說什麼，怎樣言說，始終是被男性文化所封閉的一塊黑暗大陸，屬於人類的潛意識領域。正是這一認識，使得「黑色」成了女性主義文學的流行色，而「黑暗大陸」、「黑夜意識」則成了女性主義文學自覺張揚起來的叛逆大旗。西方女性主義文學是如此，深受西方女性主義文學影響的當代中國女性文學更不例外，就如翟永明所說：「黑夜的意識的確喚起了我內心秘藏的激情、異教徒式的叛逆心理、來自黑夜又昭示黑夜的基本本能。」〔註3〕

二、女作家的白日夢與個人化書寫

夢是人類文化史上一個從古至今不可窮盡的永恆話題，在人類剛剛學會用文字記載自己的思想的時候，人類就開始了對於夢的探究。古人往往將夢視為神諭，是人之吉凶禍福的一種預兆，所以古代的方術之中也有釋夢之說。1900年弗洛伊德出版了他的代表著作《夢的解析》，把釋夢這一傳統的方術納入現代心理學的領域之中，賦予了夢以全新的心理學意義。弗洛伊德的貢獻在於他首次提出了「夢是願望的達成」的觀點，並且圍繞這一觀點對夢的改裝、夢的運作等作了深入的分析。這一理論對世界文學的影響是怎樣估價也不過分的，因為不僅夢本身乃是人的一種生命顯現形式，是人之生活一種重要而又神秘的內容，而且弗洛伊德以此對文學與夢的關係作了一個石破天驚的界定：文學是作家的白日夢。弗洛伊德在作這一界定時，將作家劃分為兩種類型，「一種作家像寫英雄史詩和悲劇的古代作家一樣，接收現成的材料，另一種作家似乎創造他們自己的材料。我們要分析的是後一種」。〔註4〕在中國，就其一般狀況而言，女性作家多屬於後一種「創造他們自己的材料」的作家，因為身體生理、文化環境與傳統習俗等等都注定了女性的生活範圍受到很大的限制。生活範圍的限制導致女性文學題材興趣天然地個人化與表達方式天然地私語化傾向，所以，當女性作家用書寫的方式來幻想地實現她們

〔註3〕翟永明：《閱讀、寫作與我的回憶》，《紙上建築》，東方出版中心1997年版，第229頁。

〔註4〕〔奧〕弗洛伊德：《創作家與白日夢》，見〔美〕卡爾文·斯·霍爾等《弗洛伊德心理學與西方文學》，包華富、陳昭全等編譯，湖南文藝出版社1986年版，第140頁。

不可能在現實生活中實現的願望時，文學是作家的白日夢就成了她們將創作個人化與私語化的最有力的理論依據，而夢也就成了她們創作的主要靈感源泉與象徵符碼。

女性作家對夢的關注，從新時期一些女性作家所取的作品名字就可見一斑。在 80 年代初期，張辛欣有一篇著名的小說就題為《我們這個年紀的夢》。這是一個永恆的敘事模式，現實生活是枯燥乏味、呆板瑣碎的，而女主人公卻正是浪漫如花的年齡，她不甘心被日常生活的瑣碎粗俗所淹沒，卻又不可能從生活的庸庸碌碌中自我超拔出來，於是便在一種虛幻的白日夢中沉迷不已。這個白日夢的起源是她童年時代與一個小男孩的邂逅相遇，朦朧的性意識的覺醒與童年時代的浪漫真純使她把這個小男孩當作自己的理想偶像，一次又一次地在想像中繼續與發展著那個浪漫的故事。可是真實中的故事卻是，那個小男孩已經長大，而且恰恰就是自己的頂頭上司，現在正在使用著卑劣的手段暗算著自己。白日夢的終於破滅尖銳地揭示了現實情境與心靈世界的南轅北轍。當然，這是一種典型的女性痛苦。男人的心中也許有一個同樣浪漫的夢，也許同樣有一個邂逅相遇卻終生難忘的甜美的小女孩，但男性社會角色的自我定位將使他把這種浪漫的邂逅轉化為一種奮發向上搏擊人生的力量。而女性的社會角色的傳統定位就在日常生活之中，所以她才會那樣尖銳地感受到日常生活的瑣碎庸碌與內心世界的浪漫幻想在情調品位上是如此地不諧。

如果說張辛欣的白日夢是那個年紀的女孩子們的一種具有普遍性的欲望表達，儘管最終的夢醒讓人不免尷尬，但它畢竟帶有一種女性的特有的緋色與溫情，那麼，宗璞筆下的夢卻是漆黑一團。「大野迷茫，濃黑如墨。我在黑夜的原野上行走，再也找不到自己的家。」《蝸居》中的開頭就點出了「文革」時代自由缺席、思想窒息的生存背景。這個「家」當然不是十幾年後被許多流行歌星唱得甜膩膩軟綿綿的那個男人的「港灣」、女人的金絲籠子，而是「一個可以自由自在、說話無需謹慎小心」的隱私性的場所。但是，在那個「鬥私批修一閃念」、政治意識形態的影響無孔不入的年代裏，哪裏還會有一角天地讓人們保存一點自由與隱私？於是，「我」夢裏的人們「每人身後都背著一個圓形的殼，像是蝸牛的殼一樣」。雖然在大家都變成蝸牛的時候，有一個秀氣的年輕人悲壯地用自己的頭顱點燃照亮黑暗的燈火，「但我竟動不了身。圓殼中的黏液黏住了我，我跺腳我揮著手臂，我拼命地掙，掙得精疲力盡，癱

軟在地上」。「我躺著，覺得自己在萎縮，在乾癟。有什麼東西在嚼那圓殼，我在慢慢地消失。」這是一個恐怖的夢，荒誕的夢，是「文革」時代民族生存方式的一種變形的反映。它透露出一個有良知有正義感的知識分子對自我的反省與審思。「這一切都在黑夜裏發生過了，既然天已黎明，又何必忌諱講點兒古話呢？」小說的結尾也顯現著解凍初期人們特有的一種樂觀主義精神。當然，這是那個時代裏一個公共的話題，但它的表現方式無疑是女性的，只有女性才會在那樣一種理論資源十分貧乏的年代裏，本能地將思想自由與回家的感覺聯繫起來，本能地去尋找一種屬於自己的精神家園。

　　80 年代後期以來，中國女性文學的性別意識日益明顯，日益自覺，女性文學對於夢的描寫也就更加弗洛伊德化。陳染無疑是將夢的描寫弗洛伊德化最著力的一位。這位曾經以其出色的心理描寫與精神分析而參加國際精神科學協會的作家，總是在她的作品中扮演著雙重的角色，一個角色是弗洛伊德，一個角色是少女杜拉，她的理智的一半不停地對她的潛意識的一半作著自我剖析，所以，陳染的代表作幾乎都是一種典型的精神分析敘事。夢魘（包括白日夢）在這類作品中是經常出現的意象，這裡可以《角色累贅》作為範例來分析。這部中篇小說同陳染其他的小說一樣，也是用青年女性第一人稱敘事，不過，小說中還有一個虛擬的「夢幻人」，「我」雖然搞不懂夢幻人從哪裏來，但「她像我的自然生命一樣頑固不去，伴隨我的生活」。應該說，這個夢幻人就是敘事者的第二自我，也就是作品中的女主人公的潛意識。小說在心理發展的關鍵處安插了兩段完整的夢境，一處是「我」剛住進精神病院的時候，「天花板上的黑眼鏡晃起來，像一條遊動的眼鏡蛇串來蕩去」。這時，「我」開始做夢了：

> 　　我走進一個又寬又大又破的黑房子。腳下的皮靴把地板敲得叮叮咚咚，像歌一樣。我身上穿著我男朋友老 Q 從華盛頓寄給我的那身黑色鹿皮衣褲。
>
> 　　一個聲音從四周彌漫起來。
>
> 　　「你身上的繭子太厚了，厚得認不出你了。」
>
> 　　我向四周環顧，沒能找到聲音是從哪兒發出的。只有空蕩蕩的回聲在蔓延。我看看自己的手，又摸摸臉，說：「我沒有繭子。」
>
> 　　「繭子在你身上生了根，你已經看不出它是繭子了。」
>
> 　　這時，模模糊糊晃過來兩個人。一個人手裏拿著大鐵錘，另一

個手裏拿著鐵釺子。他們向我移近。

接下來的情節是這兩個人要用鐵錘與鐵釺除掉「我」臉上的繭子,「我」大聲地叫喊「我沒有繭子」,這時候感覺一個什麼東西壓在「我」的腦門上,「我」就醒來了。這個夢實際上是作品女主人公的一個願望的曲折的表達,雖然經過了改裝,但其寓意還是很明確的。夢境用蠶蛹吐繭將自己包裹起來的本事來暗示「我」的不可救藥的自我幽閉,而那兩個要破除「我」的自我幽閉的人乃是「我」的大學朋友,他們赤身裸體地站在「我」的面前,喻示著人與人之間的溝通需要赤誠相對,坦蕩無私。當然,這個夢的發生也不是空穴來風,它說明「我」在潛意識中間是渴望與人交流與溝通的,只是因為幽閉時間已長,自己已經習慣了這種幽閉狀態,所以自己才會對身上的「繭子」視若無睹。相形之下,另一處的夢境卻要隱晦得多。「我」夢見一隻母猿在樹上叫喚,「我」把書扔過去,母猿把書吞吃了,說它已經懂得了人類,它要同人類交換,把一身棕色的皮毛披在「我」的身上,「我」感到非常的輕爽,母猿還說要送給「我」兩隻小猿,但到手後小猿卻變成了兩隻靴子。聯繫整個故事情節與「我」的心態發展來看,這個夢同樣是「我」潛意識中的欲望浮顯。「我」所看到的一本書上有一首詩寫道,母猿的叫喚是在叫喚愛情,這本書的閱讀乃是這一夢境產生的心理線索,母猿在這裡是「我」的一面鏡象,因為作為人類之始祖的母猿,其愛情是沒有絲毫虛偽的,是赤裸裸的本能情慾的。而「我」的生活中雖然也有男友,但「我這輩子對別人說出過『愛』這個詞的,大概只有一個人」,這個人就是小說中的那個「不穿鞋子的隱士」。他曾經是「我」的文學老師,後來出國去了。這個人影子般地潛藏在「我」的精神世界裏,由於「我」生活在他的巨大而濃密的陰影中,因而儘管「我」在老 Q 那裡享受到了性的快感,但「我」依然不知道自己的「愛」在何方。性與愛的分離並不是因為「我」不知道愛,而是因為「我」不願意在性中去愛,寧願在虛幻的精神中去愛。這是人類的進化,同時也是人類的退化,所以母猿看了人類的書以後就說已經懂得了人類。而小猿變成了靴子,「靴子頭像只小腦袋一動一動,它們的眼睛又大又溫存,望著我,無比信賴和親熱。我抱著這兩個毛絨絨的小傢伙,激動極了」。靴子顯然對應著「不穿鞋子的隱士」,「我」抱著靴子激動極了,則是「我」內心中對性與愛能夠真正結合的一種願望的達成。

討論女性作家對夢的描寫,人們絕不可能繞過殘雪。因為,如果說在其

他的女性作家那裡，夢不過是一種材料，而在殘雪那裡，夢似乎已經成了生活的本質。無論小說的意境、氛圍、語言、結構等等，一切都是夢一般的混亂無序，夢一般的恐怖猙獰，夢一般的找不到出口，夢一般的鬼鬼祟祟……在其他的女性作家筆下，夢與現實呈現出一種交叉結構，而在殘雪那裡，夢與現實已渾然一體。殘雪的寫作也許最能驗證弗洛伊德的「文學是作家的白日夢」的理論，她寫小說往往是由心靈的夢而進入現實的夢。在她的代表作《黃泥街》中，她曾用一種與她的一貫風格頗不一致的筆調敘說了她的創作衝動：

> 哦，黃泥街，黃泥街，我有一些夢，一些那樣親切的，憂傷的，不連貫的夢啊！夢裏總有同一張古怪的鐵門，總有那個黃黃的、骯髒的小太陽。鐵門上無緣無故地長著一排鐵刺，小太陽永遠在那灰濛濛的一角天空裏掛著，射出金屬般的死光。
>
> 哦，黃泥街，黃泥街，或許你只在我的夢裏存在？或許你只是一個影，晃動著淡淡的悲哀？

必須指出的是，殘雪寫夢雖然最能夠驗證弗洛伊德的精神分析理論，但殘雪的夢魘世界其實已經超越了精神分析的性心理學的閾限，也超越了純粹的性別界限，而觸及了更為深刻也更為廣泛的人類問題。正如鄧曉芒所言：「殘雪從《黃泥街》開始，走向了一個不斷挖掘和尋找自己的自我的艱難歷程。她有意識地從苦難中，從人心最隱蔽、最陰暗的角落中，從地獄中去發現她的真我。她看出這個真我不是一個可以抓得住的東西，而是一個矛盾，因而是一個在矛盾的推動下不斷向內旋入的過程。這個矛盾就是自欺。在人心的最陰暗處，人類所曾經有過的或自以為有過的一切真誠、赤誠、純真、純情、童心、赤子之心全都破滅了，只剩下自欺。」知道這是自欺，並且力圖發現自己的自欺，「這就是充滿在殘雪作品中的那種一般人無法看見的最高級、最深刻的幽默」。〔註 5〕

三、女性創傷經驗與童年固結

　　弗洛伊德研究人類的心理發展非常重視人的童年時代。在弗洛伊德看來，人的心理發展在前 20 年中雖然是一個逐步的不斷的過程，但也可以把它分為嬰兒期、童年期與青春期、成年期，每一個時期都有自己的心理發育特徵。一般

〔註 5〕鄧曉芒：《靈魂之旅》，湖北人民出版社 1998 年版，第 210 頁。

情況下人是穩定地從一個階段發展到下一個階段,但如果那一個時期出了問題,發展也會停留,不能登上更高一個階段。這種問題被弗洛伊德稱之為固結,這種固結最容易在童年時代形成,它往往是由童年時代的某種創傷性經驗所致,一旦形成,它就潛藏在人的人格發展動力結構之中。如果沒有機會解開或宣洩這種固結,它就會對人的人格各個階段的發展產生意識不到卻又確實存在的影響,妨礙著人的心理潛力的充分釋放。不過,由於各種固結對人格發展的制約,往往某種固結極有可能導致一種人格的偏至。對於作家而言,一種特殊的固結也許成就他一種獨特的藝術風格,對於作品中的人物而言,一種獨特的固結則有可能產生一種獨特的藝術典型。所以,弗洛伊德對創傷經驗與童年固結的重視,給世界文學的意義深度帶來了極其偉大的理論啟示。

童年的固結對每個人都是可能發生的,但比較而言,由於環境的制約與社會角色的傳統定位,女性比男性更容易懷舊,因而也就更容易意識到這種固結。事實上,許多當代的女性作家經常沉浸到自己的童年回憶中,不厭其煩地咀嚼著童年中的一些故事或印象,為她們現在的成就或個人風格作出浪漫性的解釋。確實,當代風頭正健的這些女性作家或者出生在 50 年代,或者出生在 60 年代,反右與「文革」兩個重大的歷史事件橫亙在她們的童年生活中,許多不可理喻的荒誕行為使她們迷惑,許多突如其來的家庭變故直接刺入她們的心靈,在她們童年的精神世界中抹上了一重重揮之難去的陰影。這些人格陰影曾是她們精神始終焦慮不安的原因,也很有可能就是促使她們用自我書寫來宣洩、表達和確認自我的一種最深層的原因。正如翟永明在她的詩歌宣言《黑夜的意識》一文中所說的:「每個女人都面對自己的深淵」,這個深淵就是「不斷泯滅和不斷認可的私心痛楚與經驗」。

對此,翟永明也曾有過典型的敘說:「七歲的那一年,我經歷了我人生中的第一次死亡洗禮,我還清楚地記得那一天我高高地站在幼兒園的土坡上,山腳下就是我居住的家,一排人抬著黑色的靈柩從遠處走來,我七歲的心裏居然一下就有了不祥的預感,我從高高的山上一口氣跑回了家,祖母躺在她的床上,惟一不同的是臉上平放著一張手帕,周圍的人告訴我祖母回老家去了,那時的我尚不理解死亡的意義,我甚至沒有哭泣,只是關心祖母以後是否還能帶我去看戲。那是我第一次接觸到消失,消失的人和消失的事物。」〔註 6〕雖然作者

─────────────────────────

〔註 6〕翟永明:《閱讀、寫作與我的回憶》,《紙上建築》,東方出版中心 1997 年版,
　　　　第 218 頁。

說那時她還不懂死亡的意義，但這無疑是一種創傷性經驗，因為在那個革命如火如荼的年代裏，父母忙於自己的事業，照例沒有時間也沒有興趣來陪伴自己的兒女，「我」的童年只能同祖母相依相伴。在一個本來就寂寞的童年心靈中，失去祖母就意味著失去了童年的夢，失去了童年可以享受的愛。所以，幾十年後，作者還認為這「畢竟是她幼年時代最重要的事」，並且在長詩《稱之為一切》中描寫了這一場面。後來，翟永明的詩歌經常歌詠死亡的主題，在她的幻想中經常出現這一類的句子：「你是一個不被理解的季節／只有我在死亡的懷中發現隱秘。」「我生來是一隻鳥／只死於天空。」這不能不說是因為她童年時代就過早地經受了死亡所帶來的心靈創傷，而這一創傷一直固結在精神結構深處。

　　無獨有偶，海男也曾經反覆敘說過她的童年時代與死亡的一次相遇。「我七歲那年看到過一具女屍，這個記憶反覆地被我充斥在社會生活之中。實際上，我只是看了她一眼，別人告訴我她已經死了。她是一個女人，從一個漂亮女人到瘋子最後投入金沙江這個過程對她來說很漫長，然而對於我來說只是一個故事。我記得很清楚，我只看了她一眼就知道她已經死了，所以我便撒腿奔跑。我面對死亡的現實所選擇的奔跑足以說明我害怕面對它，我害怕面對一個活生生的人離我而去。當時我的母親在我身後追我時也用同樣的聲音告訴我：沒有什麼害怕的，你快回來。這種情景我至今仍記憶猶新，但我毫不回頭，我並沒有考慮到一個關於死亡的神話與七歲的我到底有些什麼關係，在一個七歲女孩的本能裏，只有奔跑才可以橫穿過那沙灘上的女屍，只有用向前的方式才能夠擺脫那場死亡。記憶就這樣像影子一樣伴隨著我，用了足夠的時間我才找到了寫作的方式，惟有寫作的方式可以將那個像影子般伴隨著我的東西記錄下來。」〔註7〕這是一段典型的精神分析自敘，它說明了一個漂亮女人的死在童年「我」心中產生的恐懼效應，這個恐懼感在「我」生活與成長中的如影隨形，以及這種人格陰影與「我」的寫作之間的關係。

　　正是由於許多女性作家本身具有某種固結傾向，因而她們不僅在自己的創作自敘文字中喋喋不休地談著她們童年時代一些隱秘的創傷性經驗，而且對如何用創傷性經驗與童年固結來塑造人物性格、剖析人物心理，也充滿著濃厚的興趣。王安憶在《紀實與虛構》中寫到了「我」與「我家老房子弄底的一扇窗戶」的關係，「那窗戶在我幼年記憶裏總是黑洞洞的，它長久以來成為我噩夢的根源，我到天黑時就不敢從它底下走過。我那時聽來許多恐怖的

─────────────────────

〔註7〕海男：《心靈挽詩》，湖南文藝出版社 1998 年版，第 35 頁。

故事，都提供我培養對這窗戶的懼怕心理。我很模糊地認為那裡面藏匿有鬼怪和罪人，它給這條狹窄的後弄增添了陰鬱的氣氛。這是一個相當晦暗的景象，可說是我童年的陰影之一。」「這扇窗戶的陰森氣息還在於它底下是一塊荒蕪的空地，散落著一些垃圾，它在弄底的位置也使這荒涼感有增無減，這就像是被遺棄的一角。它正對著我們的後弄，就像是一種逼視，壓迫著我小小的心靈。」至於這個窗戶所固結的陰影在「我」性格中所產生的影響，王安憶自己在小說中作了分析：「現在看來，這裡面好像有一種暗示。它首先暗示我是處在一個封閉的空間，猶如房間那樣的，這是一個孤獨的處境，一人面對四壁。其次它暗示這房間與外界有一個聯繫，這聯繫是局部的，帶有觀望性質，而不是那種自由的，可走出走進的聯繫，所以它決不以門的形式出現，而以窗的形式。窗戶這東西看起來很優美，還有些感傷，帶有閨閣氣，許多評論家都被這迷住了，而無一注意到其間的暗示意味，這種暗示意味和閨閣毫無關係。關於窗戶的故事都是發生於我的成長過程中，不只是童年往事，也包括少年往事。但我是一個晚熟的孩子，我身心的成長都要比普通人漫長而遲緩。」之所以「我」的身心成長比普通人漫長與遲緩，當然是因為「窗戶」這一陰影在「我」人格中的固結。

陳染小說中的女敘事者「我」在不少的篇章中都表現出一種「戀父」傾向，在《與往事乾杯》中，肖濛就是在與尼姑庵中一個鄰居大男人的性愛中完成一個小女人的成長過程的，《私人生活》中的拗拗也與自己的老師有過一段雖然不是主動但卻並不拒絕的私情，還有《角色累贅》中的黛二小姐，她之所以始終不能在自己甘願投入的性中進入到愛的層次，就是因為她在少女時代曾經愛上了自己的文學老師——「不穿鞋子的隱士」。與這種情節構設相反的是，在陳染的小說中，女敘事者與父親的關係往往是非常緊張的，要麼父親都是暴躁的、凶蠻的、孤傲而又自私的，要麼就是無父文本，在故事裏有一個巨大的父性空缺。按照弗洛伊德的理論，男孩子都有弒父情結，女孩子則有戀父情結。但是在陳染的小說中女敘事者無父可戀，但這樣一種情結是必須要獲得緩解與宣洩，人格才能獲得正常發育，所以，小說中的鄰居大男人與老師就都成了父親的替代品。在一次與記者的對談中，陳染曾說：「我熱愛父親般的擁有足夠的思想和能力覆蓋我的男人，這幾乎是到目前為止我生命中的一個最為致命的殘缺。我就是想要一個我愛戀的父親！他擁有與我共通的關於人類普遍事物的思考，我只是他主體上的不同性別的延伸，我在

他的性別停止的地方，開始繼續思考。」《〈私人生活〉附錄：另一扇開啟的門》。將這一段告白同陳染小說中的情節構設聯繫來看，說戀父與弒父情節的反覆出現與陳染潛意識中的童年陰影有關，應該不是無稽之談。

四、變態心理的女性呈現

由於弗洛伊德的精神分析的理論結構是壓抑與轉化，其主要的研究對象是夢、潛意識、性本能、性倒錯、固結、人格分裂、歇斯底里等問題，所以有的學者認為精神分析學說作為一門變態心理學，比其作為一門科學心理學更有價值。弗洛伊德自己在《夢的解析》一書的第一版序言中也說：「我嘗試在本書中描述夢的解析，相信在這麼做的時候，我並沒有超越神經病理學的範圍。因為心理學上的探討顯示夢是許多病態心理現象的第一種，它如歇斯底里性恐懼、強迫性思想、妄想亦是屬於此現象。」〔註8〕將精神分析學主要作為一種變態心理學來看待，這是文學家所持的一種普遍態度，也是文學創作與精神分析學發生的一種基本聯繫。這是因為，一方面，精神分析學說誕生在西方由於大工業文明的高度發達使得社會日趨機械化、標準化，而個體在這種標準化社會自我失落、個性淪喪、精神畸變現象十分突出的時候，因而這一學說引起了以研究人為己任的文學家的極大興趣，另一方面，精神分析學說對變態心理的精微研究，也能夠為文學家準確把握人物的變態心理提供理論依據。在中國，由於文學幾千年的傳統都是十分強調文以載道的巨大使命，而男性既是這種傳統的創始者，也是這種傳統的承襲者，在安邦立業、治國平家的理想指引下的男性往往執著於用理性的精神與政治對話，與社會對話，而女性作家由於歷史上就沒有自由書寫的權利，本身不在男性傳統的言說與思想的模式之中，所以當她們用文學來反觀自身時，她們更容易與研究變態心理的精神分析學發生聯繫，或者用變態心理的揭示，對壓抑女性的男性中心話語方式予以反抗，或者在變態心理的揭示中體現出女性對人性理解的一種獨特的角度。

殘雪對變態心理的刻畫在女性作家中應該說是最為深刻的一位，她的小說創作觸及的變態心理類型很多，最突出的一種是窺視欲。《蒼老的浮雲》中，這種窺視欲就好像瘟疫一樣傳染了小說中的每一個人。虛汝華幾乎是難以遏止地從窺視鄰居的秘密中獲得樂趣，她的鄰居更善無無論做什麼事情，總會

〔註8〕〔奧〕弗洛伊德：《夢的解析》，賴其萬等譯，作家出版社1986年版，第1頁。

看到「有一張吃驚的女人的瘦臉在他家隔壁的窗欞間晃了一晃」。「更善無的
腦子裏浮出一雙女人的眼睛，像死水深潭的、陰綠的眼睛。一想到自己狹長
的背脊被這雙眼睛盯住就覺得受不了。」但是，更善無的妻子慕蘭卻是一個
不動聲色、更加高明的窺視者。在這種欲望的刺激下，她甚至別出心裁地在
後面的牆上掛了一面鏡子，從鏡子裏可以很方便地偵察鄰居的一舉一動。更
善無的岳父也是一名討厭的窺視者：「從他娶了他女兒那天起，他每天都在暗
中刺探他的一切。他像鬼魂一樣，總在意想不到的地方冒了出來，鑽進他的
靈魂。」更善無深受被窺視的痛苦，但他又何嘗不是一個窺視者？他不僅每
天夜裏透過板壁縫偷看到了虛汝華收集女人屁股的圖片，按照他岳父的偵察
結果，他還每天夜裏沿街去收集別人的唾沫，把它們藏在自己的公文包裏。
在殘雪的小說中，人們就是這樣既被窺視，也窺視別人，人人在窺視別人的
秘密中獲得一點驚喜，一種刺激，以此來消磨無聊的時光。每個人都會有一
些個人難以與外人道的秘密，守住這點秘密，這是人的基本權利。但是在中
國傳統文化觀念中，家族群居的生活方式使這一基本權利往往被剝奪，人越
是沒有了保守自己秘密的權利，就越是企望窺視別人的秘密，越是焦慮於失
去自己的秘密，就越是企望在窺視中獲得一份竊喜。這就是中國家族宗法文
化傳統壓抑下民族成員的一種心理變態，現代女作家張愛玲曾對此有過精彩
的描寫：「中國人在哪裏也躲不了旁觀者。上層階級的女人，若是舊式的，住
雖住在深閨裏，早上一起身便沒有關房門的權利。冬天，棉製的門簾擋住了
風，但是門還是大開的，歡迎著闔家大小的調查。清天白日關著門，那是非
常不名譽的事。即使在夜晚，門閂上了只消將窗紙一舐，屋裏的情形也就一
目了然。」〔註9〕殘雪的關注點當然不只是傳統文化的積澱，相對而言，她更
感興趣的是窺視欲所發生的現實情景。在「文革」那個特定的時代裏，發動
群眾檢舉揭發是政治運動的主要方式，群眾的眼睛是雪亮的，這是時代最流
行的政治口頭禪，靈魂深處鬧革命，這是時代最流行的政治口號。在這樣一個
缺乏理性的時代裏，甚至夫妻之間在床頭上所發的人生感慨都有可能被當作檢
舉揭發的犯罪材料，人們還有什麼空間可以用來保存一點自己的秘密呢？殘雪
小說中的窺視欲望，就是這個時代的夢魘，是這個時代的政治話語的沉重壓
抑下所造成的國民心理的變態反應。

〔註9〕張愛玲：《洋人看京戲及其他》，《張愛玲文集》（第4卷），安徽文藝出版社1992
年版，第21頁。

如果說殘雪的小說在寫變態心理方面更多地是顯示出人類或民族的某些共同特性，那麼，具有強烈的女性主義傾向的女性作家對於變態心理的描寫則明確地表現出一種性別挑戰的意味。因為在男性中心的社會文化模式中，女性一向被從兩個方向進行定位，一個方向是她的順從性，溫良賢淑是她的美德，一個方向是她的「缺乏性」，因為根據弗洛伊德的閹割理論，女性相對於男性的本質是缺乏而不是他性，從小女性看到自己沒有陰莖就生出自卑心理，認為自己不如男性，從而埋下順從的根性。在漫長的父權制度的物質控制與精神浸潤下，女性的這兩種定位已經在人們的頭腦中（也包括大多數的女性）根深蒂固，習以為常。所以，在西方女性主義作家那裡，一種妖女寫作方式應聲而起。這種妖女寫作的特徵就是，在根深蒂固、習以為常的男性中心文化模式中，沒有自己的言說方式的女性有意識地選擇了與男性理想恰恰相反的角色定位來言說自己。男性要求女性溫柔，她們就選擇狂放，男性要求女性貞節，她們就選擇縱慾，男性要求女性順從，她們就選擇逃逸。只有這樣，女性主義文學才能以一種突出的反抗的語言形式，徹底地顛覆男性中心話語的敘事結構與思維模式。從文學本身所表現的內容來看，這種妖女寫作方式與弗洛伊德的精神分析學說有著十分密切的聯繫。一方面她們要顛覆弗洛伊德的閹割理論，一方面她們又充分地利用了弗洛伊德變態心理研究的理論資源，在作品中著力去描寫種種在傳統的眼光裏被視為變態的心理與行為。

總體看來，中國當代女性主義作家對變態心理的描寫主要是集中在性愛方面。這一方面是由於性是女性解構男性文化中心的一個最佳的突破點，另一方面也是由於弗洛伊德關於性倒錯的理論為這種描寫提供了許多有益的啟示。我們可以把當代女性主義作家對性心理變態的描寫內容歸納為下述幾個方面：一是施虐與受虐傾向。在施虐方面體現出的是女性對性愛暴力的崇拜，「用愛殺死你」（翟永明《女人・獨白》）是這種暴力傾向的典型表達方式，體現出女性由被佔有到主動佔有的性愛抗爭。受虐傾向則是將性愛暴力引向自己，「迎接你，即使遍體綠葉碎為塵泥。／與其枯萎時默默地飄零，／莫如青春時轟轟烈烈給你。」（伊蕾《綠樹對暴風雨的迎接》）這種詩歌表達出的是女性對性愛暴力的一種渴望。二是女性的自慰。女性在性別意識覺醒之後，感覺到自己在傳統的性愛方式上的屈辱地位，但又無力改變這樣一種屈辱狀況，更不願意重複這樣一種屈辱的狀況，於是產生一種自戀情結，在自我的

欣賞與撫摸中達到性愛的滿足。林白曾把此種女性的自慰稱之為「一個人的戰爭」，它體現了中國那些覺醒後卻無伴侶可行的先鋒女性的尷尬與絕望。三是女性的同性戀。在 20 世紀 70 年代，美國女性主義批評家切麗‧里吉斯特曾說：「為得到女性主義的認可，文學必須承擔下述一種或多種功能：（1）為婦女提供一個論壇，（2）促進達到雙性同體，（3）提供角色原型，（4）提倡姐妹情誼，並且在此基礎上，（5）增進自覺意識。」〔註 10〕這裡所說的第 4 條「提倡姐妹情誼」無疑為女性主義文學描寫女性之間的同性戀傾向準備了一個很充足的理由。無論是施虐受虐，還是自慰與同性戀，在弗洛伊德看來都屬於性倒錯的變態行為，是兒童時期性心理與性生理發育不健全的結果。由於本書已有專節論及女性主義文學的性愛主題及其描寫，在此只是簡略述及。不過，這裡需要指出的是，弗洛伊德主義本身是一種典型的男性中心話語，而女性主義作家卻不僅對弗洛伊德主義興趣濃厚，而且在自己的作品中不斷地採用弗洛伊德式的語言與思維，這雖然是女性主義文學在顛覆男性中心話語方面所採取的一種不得已的策略，但確實也說明了中國女性主義文學在尋找與建構自我言說方式方面的尷尬與困惑。

第二節　現代繪畫色彩美學與當代女性書寫

推開當代女性創作藝術殿堂的大門，旖旎多姿、五彩繽紛的色彩景觀便紛至沓來：《粉色》、《黃泥街》、《紅蘑菇》、《赤彤丹朱》、《紫色筆記》、《藍色風景》、《黑色裙裾》、《黑色沙漠》（以上作品作者依次為：海男、殘雪、張潔、張抗抗、海男、趙玫、翟永明、唐亞平）……從這些景觀標題的語序所創造的色彩印象中，不難感覺到，其製作者藝術語言向現代繪畫色彩美學的親切認同。因此，本人以為從「色彩語言」與現代繪畫美學的比較中進入當代女性書寫的美學分析，是切實方便和富於建設性的。

一、女性寫作向現代繪畫色彩的趨近

當我們注視於色彩美學在繪畫史上的演進過程，就會面對著一個高度簡化而富於戲劇性的歷史對立。從繪畫的發生意義上看（對視覺印象的表現），作為形式構成的最基本元素，色與形，當是共生的。這一點，完全可由原始

〔註 10〕〔美〕桑德拉‧吉爾伯特、蘇珊‧格巴：《鏡與妖女：對女性主義批評的反思》，張京媛主編《當代女性主義文學批評》，北京大學出版社 1992 年版，第 277 頁。

藝術得到確證。然而在中西畫史上，無論是以達·芬奇的光色理論為圭臬的歐洲傳統繪畫，還是以骨法用筆、氣韻生動為第一要義的中國古典繪畫裏，色的美學意義都沒有超出「以色貌色」、「隨類賦彩」這一層次。高更曾對此批評道：「人們把學習畫畫分為兩類，先畫素描然後畫色彩的畫，或同此一事，在一個已經準備好了的輪廓裏塗色彩，就像一個塑像後加彩色。我承認，我對這手續至今只理解一個，即色彩算做次要的。」〔註11〕正如現代繪畫的先驅塞尚、康定斯基等人所一再針砭的，形與色之間這種支配與從屬的恒定關係，來自人們對於繪畫的「故事性」及「意義」（傳統觀念價值）的第一性關注。

在中國，由少數文人對「筆趣」和特殊色——墨色的審美興趣而牽動了繪畫向表現性領域跨入的步履。在西方，德拉克羅瓦驀然注意到色彩構成的本身能夠在「對那件作品裏『畫的是什麼』的理性探索之前」使讀者產生一種神秘的共鳴，「向人們的靈魂直接交談」。〔註12〕塞尚也指出：「對於畫家來說，只有色彩是真實的。一幅畫首先是，也應該是表現顏色。歷史呀，心理呀，它們仍會藏在裏面……這裡存在著一種色彩的邏輯。」〔註13〕西方人發現了色彩語言的獨立意義。從早期印象派開始，便出現了如前提到的歷史對立和變革，開始了現代繪畫對形—色關係的歷史性顛倒。這一對立的簡略表達是：形為第一性的繪畫——再現的、表意的、傳統的、理性的；以色為第一性的繪畫——表現的、表情的、現代的、直覺的。

考察當代女性書寫的演進軌跡，可以發現，其色彩語言運用也悄然發生著如前所述的從傳統到現代的歷史性躍進，表現出與現代繪畫色彩美學顯而易見的默契。

比較楊沫寫於「文革」前的《青春之歌》和張抗抗寫於新時期的《赤彤丹朱》中有關紅色的描述，也許很能說明這種躍動。

　　一霎間，那些迷蒙的山水畫變了，它變成一面巨大的紅色旗幟
——上面有鐮刀斧頭的紅色旗幟。這旗幟那麼鮮豔，那麼火熱地出

〔註11〕〔德〕瓦爾特·赫斯：《歐洲現代畫派畫論選》，宗白華譯，人民美術出版社1980年版，第17頁。
〔註12〕〔法〕德拉克羅瓦：《德拉克羅瓦論美術和美術家》，平野譯，遼寧美術出版社1981年版，第301頁。
〔註13〕〔德〕瓦爾特·赫斯：《歐洲現代畫派畫論選》，宗白華譯，人民美術出版社1980年版，第17頁。

現在她的眼前。

——《青春之歌》

在楊沫筆下，鮮豔如火的紅旗被客觀自然地再現了，它對應著主流意識形態認可的傳統的理性的精神內涵：紅色是革命，是理想，是希望，它熱烈蓬勃、壯麗昂揚，給人以信心、力量和溫暖。色彩描繪是小說中隸屬性、偶然性因素，服從於表意載道，不具備獨立的色彩意義。

在《赤彤丹朱》中，色彩的舞蹈卻出現了另一番景象：

> 一顆米粒那麼大的、鮮紅色的斑記，像一滴凝固的血珠子或是一粒番茄籽，黏在我扁平的腹部上，肚臍眼的左側。

> 一塊血紅血紅的紅手帕在她面前漂浮著，像一條流動的血河，澆灌著窗外枯焦乾涸的大地。她死死地抓住桌子角，只要一鬆手，她也許就會倒下去。假如不是什麼紅手帕，而是小紅帽就好了。……儘管在很久很久以前，她曾是多麼希望在這樣一塊象徵著黨旗的紅手帕前宣誓啊……

> 西邊的殘陽經久不散。利劍似的塔頂，猶如刃血的刀尖，冷冷威鎮全城。血影在暮色中緩緩移動，與我們剛剛刷好的紅牆遙相呼應。又漸漸模糊為一片黑紅色，隱退成夜色沉重的背景。

——《赤彤丹朱》

在這裡，色彩語彙展現出新的特徵。其一，主觀性、直覺性。小說描繪的紅色是作家心靈過濾後的主觀色彩，即歌德所說的藝術家自己「眼睛看到的顏色」，〔註14〕閃爍著主體的精神靈光。小說中反覆出現的紅痣、紅手帕、殘陽等，總是與凝聚著死亡恐懼的血珠、血河、血影聯繫在一起，充滿著慘烈沉重感。其二，覆蓋性、凝聚性。紅色作為小說的主調色，幾乎無時無處不在。母女承襲無法抹掉的神秘紅痣、交織著幸運與不幸的紅手帕、紅旗紅星紅袖章紅寶書紅五類、紅色的汪洋大海。紅色的色彩感覺在小說的情感結構中成為了第一性的、滲透性的、凝結性的神秘因素，啟示著作品豐厚的精神內涵。赤——略帶暗色的紅；彤——紅中透出亮麗光澤；丹——豔紅，色澤略淡；朱——正紅，大紅，這幾種不同程度、不同風格、不同性質的紅色，

〔註14〕轉引自張亭亭：《文學與色彩》，河南人民出版社 1994 年版，第 5 頁。

組合與拆解、糾纏與廝殺，宛如一首哀婉悲涼的紅色變奏曲，彌漫全篇，系統地解構著從紅色理想至紅色風暴再至現代的紅色神話的巨型紅色話語。

　　類似張抗抗筆下的色彩感覺，一再出現於新時期的女性文本中。徐小斌作品裏不斷閃現的「紅色」、「猩紅色」的視覺喻象，海男小說中「粉色」、「藍色」、「紫色」、「黑色」、「白色」交織變幻的五色迷宮，翟永明、唐亞平、伊蕾詩歌中的「黑色」奇觀等，形成了色彩語言的共鳴交響。新時期女性書寫向現代繪畫的不約而同的趨近，究其原因，除了多元文化時代提供的寬鬆文化氛圍外，主要得益於女作家們廣泛、深厚的藝術素養。新時期活躍的女作家大多受過良好的專業訓練，素養卻不囿於專業範圍。鐵凝自幼在父親藝術創造的耳濡目染中增長著藝術的細胞，徐小斌九歲榮獲國際兒童繪畫比賽銀獎，翟永明、張抗抗均有過頗富創意的藝術論。從《女人傳》（海男）選自畢加索繪畫的精美插圖，從《羅丹之約》（鐵凝）、《阿爾小屋》（陳染）、《從瘋狂到強勁——說達利》（林白）等命名中，不難看出這批才女們對羅丹、凡·高、畢加索、達利等藝術大師的稔熟。正是美術素養與文學的契合，使色彩語言在她們筆下得到了有意無意的精緻表現。

二、色彩語言與女性生命狀態的同構對應

　　在人類生活中，色彩頻繁地與人的肌體發生著種種微妙的關係。人類的感覺賦予色彩以溫度與動態，自然色彩又在這溫度與運動中獲得了靈性，升騰為一種特殊的生命形式。從這一意義上說，色彩實在就是人類生存狀態的一種「轉述」和體現，它與人類生命同構對應，色彩即生命。色彩與人類生存狀態密切呼應的現象在現代繪畫史上俯拾皆是。著名的荷蘭畫家凡·高一生鍾愛黃色，他畫深黃色的酒吧間、金黃閃亮的頭髮、橙黃如火的向日葵，在黃色神秘的韻律中，畫家那顆狂躁不安、神經質顫動的心靈找到了安居地。畢加索藝術發展經歷過藍色時期、粉紅色時期。西班牙政治的動盪，人民生活的悲慘孕育了畫家潛意識裏的憂鬱，好友卡薩蓋馬斯死亡昭示的生命的無力與脆弱，直接將畫家推入到陰沉、壓抑的藍色時期，畢加索筆下冷漠、憂鬱、孤獨、不幸、神秘的藍色，正是他本人靈魂狀態的外化。而粉紅色時期源於愛情的滋潤與甜美，情感歸屬的喜悅漸漸軟化了畫家固執頹喪的心靈，筆下沉淪痛苦的藍色，逐步由溫馨、豐富的色彩所代替。

　　有趣的是，當我們檢視當代女性文本，尤其是有關女性軀體寫作的文本時，發現了與上述類似的情形。女作家們在展示軀體欲望、軀體經驗時常常專注生命狀態與色彩語言的同構對應，與藝術前輩凡‧高、畢加索的藝術現象不謀而合。在軀體寫作的一些文本中，生命狀態與色彩的同構對應往往呈現為兩種形態。一種為生命狀態與純色的同構對應。這一形態在 80 年代的女性詩歌中得到了盡情的發揮。海男曾這樣描繪過當時的情況：「在整個幻想的黑色時期與黑色相交替的卻是我對身體的詰問。」〔註 15〕的確，在「黑夜意識」〔註 16〕的導引下，心有靈犀的女詩人們不約而同地操起了「黑色」的圖騰，宣洩著、釋放著女性的身體欲望和體驗。一時間，黑色成了女性詩歌的流行色。「我插在你身上的玫瑰／可以是我的未來　可以是這個夜晚」，「我要的就是整個世界　一片黑色／可以折疊起來／像我的瞳仁集中這些世紀所有的淚水」（虹影《琴聲》）；「我是女人中那最好的女人／我是你的黑眼睛，你的黑頭髮……／我以為我握住了你的柔情，而夜潮／來臨，波中捲走了你，捲走一場想像」（沈睿《烏鴉的翅膀》）；「穿黑裙的女人贪夜而來／她秘密的一瞥使我精疲力竭」，「渴望一個冬天，一個巨大的黑夜／以心為界，我想握住你的手／但在你面前我的姿態就是一種慘敗」（翟永明《女人》）；「我似乎披著黑紗煽起夜風」，「甚至皮膚　血肉和骨骼都是黑色」，「每一個夜晚是一個深淵／你們佔有我猶如黑夜佔有螢火」（唐亞平《黑色沙漠》）。

　　可以感覺到，女性詩歌中軀體寫作對黑色的情有獨鍾。這種鍾情產生的黑色效應至少有三方面意義。其一，作為女性本質特徵的隱喻。鋪天蓋地的黑色壓滅了一切顏色，「是黑夜的衣裳」，〔註 17〕具有極強的遮掩性和包容性，與女性軀體特徵（如子宮）、軀體經驗（如懷孕、分娩、性事）有著某種天然的契合，黑色能使女性軀體回覆到本真的混沌狀態自由飛翔，是女性經驗真諦的住所。其二，對男權軀體敘事的反叛策略。千百年來，女性的生命欲望的諸種形式的表達呈現為一片空白，女性軀體形象的創造權牢牢把握在男性手中，男權中心話語肆意塗抹、篡改著女性生命，利用（「美人計」）、享樂（行樂）、使用（生育）著、踐踏著女性軀體。作為顛覆，女性詩歌一反男權話語對女性軀體妖豔、柔媚的多彩定位，像白居易《長恨歌》中所描畫的：「回眸

〔註 15〕海男：《紫色筆記》，陝西師範大學出版社 1998 年版，第 24 頁。
〔註 16〕翟永明：《紙上建築》，東方出版中心 1997 年版，第 234 頁。
〔註 17〕〔日〕城一夫《色彩史話》，亞健等譯，浙江人民美術出版社 1990 年版，第 163 頁。

一笑百媚生，六宮粉黛無顏色。」「雲鬢花影金步搖，芙蓉帳裏度春霄。」啟
用與光明對立富有反叛意義、精神蘊含豐富的無彩的黑色世界來書寫女性。
其三，暗示女性軀體的浮現。黑色代表色彩的終結，而終結即意味著開始與
誕生，正像黑暗才是光明的使者。它喻示著女性軀體終將徹底衝破男權話語
的幽閉，浮出歷史的地表，「據此創造無法攻破的語言」。〔註18〕生命狀態與
色彩同構對應的另一種形態為：生命流程與多種色彩的依次呼應。徐小斌曾
寫道：「色彩是我一生的愛好」，「按照順時針方向，很清醒地看一看過去，忽
然發現我的生命的片斷，都染著不同的色彩，我靠色彩來區別它們」。〔註19〕
海男也表示，「想寫這樣幾篇小說，如黃色、藍色、棕色、白色等」，要堅持
著活在「喜歡的那種顏色之中」〔註20〕。於是，便誕生了《世紀回眸：生命
中的色彩》、《女人傳》這樣生命流程與色彩交相輝映的創作。色彩在與這類
作品中女性生命流程交融時表現出兩大功能。一是象徵、隱喻功能。正如徐
小斌所言，生命的「每一個片斷」都有著「象徵的色彩……有著一種與生俱
來的神秘和宿命」。〔註21〕在《世紀回眸：生命中的色彩》這篇散文中，人生
的許多片斷都由色彩象徵著：染上了斑點的紅色相間的美麗的泡泡紗裙是女
孩混沌的快樂和痛苦，茂盛的淡紫色藤蘿是大學女生如夢的浪漫情懷，絲絨
般蔚藍的湖水是美國學院生活的明淨和燦爛……在海男筆下，色彩的隱喻則
是純粹女性意味的。被譽為小說版《第二性》的《女人傳》中，作者分別以
六種顏色對應女人一生的六個階段，每種顏色都極富隱喻地詮釋著女性精神、
心理以及肉體的諸多隱秘。二是結構功能。海男曾這樣談及西蒙作品的結構：
曾做過畫家的西蒙對繪畫的顏色有一種特殊的感覺，在準備操作《弗蘭德公
路》前，為了解決組合小說結構的問題，他採取了一種方法，即「用彩色鉛
筆」「給每個人物、每個主題定一種顏色」，將之「整體組成，如同一幅畫」。
〔註22〕也許，《弗蘭德公路》的結構創意啟發了靈性的海男，《女人傳——一
個女人的成長史》採用了色彩組合的同形結構。小說共分六卷，每卷描寫女
人生命的一個階段，每一階段分別以一種象喻性極強的顏色命名：粉色（10

〔註18〕〔法〕埃萊娜·西蘇：《美杜莎的笑聲》，張京媛主編《當代女性主義文學批
　　　　評》，北京大學出版社1992年版，第188頁。
〔註19〕徐小斌：《薔薇的感覺》，華藝出版社1998年版，第1頁。
〔註20〕海男：《紫色筆記》，第191頁，陝西師範大學出版社1998年版，第190頁。
〔註21〕徐小斌：《薔薇的感覺》，華藝出版社1998年版，第1頁。
〔註29〕海男：《心靈挽詩》，湖南文藝出版社1998年版，第211頁。

歲到 18 歲)、藍色(18 歲到 30 歲)、紅色(30 歲到 40 歲)、紫色(40 歲到 50 歲)……連接起來,就像一條色彩的河流,一幅完整的女性人生畫卷。在這裡,色彩語彙對女性軀體寫作浸潤的積極意義是清晰可見的。一方面,色彩的感性有助於凸現女性軀體可視、可聞、可觸的鮮活的生命力;另一方面,色彩飄忽不定的朦朧性,使軀體寫作有可能超越瑣碎的如實摹寫而進入詩意的審美光暈。讀著《女人傳》中這樣的文字:「少女的殷紅嘴唇,沒有口紅的顏色,沒有金屬欄的遮擋。在一個銀色之夜,她用嘴唇找到了他的嘴唇」;欣賞著《迴廊之椅》(林白)中色澤閃亮的美麗的裸體:「落日的暗紅顏色停留在她濕淋淋而閃亮的裸體上,像上了一層絕妙的油彩,四周暗淡無色,只有她的肩膀和乳房浮動在蒸汽中,令人想到這暗紅色的落日餘暉經過漫長的夏日就是為了等待這一時刻」;人們一定會為女性生命的美妙、聖潔而傾倒。

三、色彩象徵與女性文化符碼的凸顯

高更曾說:「色彩就像音樂的震動一樣,我們利用純熟的和聲創造象徵而獲得自然中最曖昧最普遍的東西:即自然中最深奧的力量。」〔註 23〕現代繪畫之所以重視色彩,一個重要的原因就在於色彩具有高更所言的令人震顫的象徵功能。看這些使高更的名字得以不朽的畫題:《我們從哪裏來?我們是什麼?我們往何處去?》,《被死亡幽靈注視》——抽象、原始、無限和終極問題的哲學解答,就是高更所渴望探求的「最深奧的力量」。高更試圖復活人類早期藝術觀念和藝術方式,被黑格爾稱為「無意識的象徵」的方式,以克服具象繪畫中感性形象的具體有限性而達到對「無限」神秘、暗示的象徵。在色彩語言上,高更發現了「純色」的力量,它顯示出對色彩的自然屬性(物質性)的否定而袒現色彩表現的「超自然」性質;同時高更鄙棄「停留在眼睛所見」的「正確」色彩,要求穿過色彩的「客觀感覺」。他在自己的《黃色基督》裏畫一株血紅色的樹。

對翟永明、徐小斌、殘雪、海男等用漢字來塗色的「畫家」們而言,運用色彩的象徵功能來表達抽象的觀念,乃是一種相當普遍的現象。在她們的作品裏,不難看到相當自然主義的色彩勾填,但這只是些預設的平淡的背景,其意義不過是使得那些突如其來的奇幻玄奧的「主觀色彩」(超自然色彩)在同這些平庸背景的不時交錯轉換之際顯得更加奇幻玄奧而已。在殘雪女巫

〔註23〕轉引自馬鳳林:《世紀末藝術》,天津人民美術出版社 1997 年版,第 175 頁。

式的書寫中，我們可以看到主觀色彩象徵的森林，感到猶如食用了致幻毒蘑菇〔註24〕後的荒唐離奇、雜亂無章的彩色幻視。「天上老是落下墨黑的灰屑來。……連雨落下來都是黑的。那些矮屋就像從土裏長出來的一樣，從上到下蒙著泥灰。」「即將枯涸的深井裏髒水混濁如泥漿」，被邪惡浸淫的母親頃刻間化作「一盆發黑的肥皂水」。（以上引文分別出自殘雪小說《黃泥街》、《污水上的肥皂泡》、《天堂裏的對話》之一。）這些灰暗、墨黑的色彩散發出日久年深的糜爛和腐臭，象徵著一種荒謬、陰暗、殘酷的人類生存境況，一種串聯著死亡和醜陋的人間惡夢。徐小斌筆下的色彩象徵似乎更富於女性文化符碼的意義。《末日的陽光》中少女初潮時那種猩紅色的幻覺：眼前楓葉的猩紅以及夢中一個青年男子身披猩紅色斗篷的搭救就是以色彩的超感覺性使抽象的性／政治象徵意向得以凸現。在《藍毗尼城》裏，在「我」逃離的路上，也出現了紅色的象徵體：

> 風把火吹得如同瀑布一般奔騰起來，她那千萬根金屬絲一般的頭髮透明地揮動。作為背景的天空也變成了地面那樣的紅磚色。她紅色的裸體變得無比單純。

> 墮落了的藍毗尼城裏充滿了污穢，但是有食物保證生命延續。

> 這紅色的天空和土壤帶來的是飢寒交迫，卻潔淨而自由。

在這裡，紅色與那個瘋狂「革命」年代的符碼顏色相暗合，其對意識形態的解構性不言自明。不過，在整個作品裏顯得特別凸出的紅色裸體，意義又不止於此。紅色在先民文化中，象徵著誕生——澳洲人「用紅色塗身表示進入生命」。〔註25〕脫掉塵世骯髒的外衣，在污濁的物質塵世與純淨的真我境界自由穿行的神秘的紅色裸體，如初生嬰兒般單純、潔淨，她似乎象喻著女性生存的別一種接近於大徹大悟的新的生命形態。

色彩的象徵性和抒情性幾乎不可分離。無論對色彩作怎樣的抽象和超感覺處理以提示其象徵意向，色彩仍會保留它的感性特質，保留它和某種情緒的對應聯繫，而人在認知某種象徵意義時也正需要相關情緒的引導和伴隨。《無處告別》（陳染）、《一個人的戰爭》（林白）裏的黑色風衣就是賦有這種雙重功能的色彩媒體。蟄居閨房，有過短暫的戀愛史，出過國，開過洋葷，

〔註24〕據《神農本草經》中記載：古代印第安人食用毒蘑菇後產生幻視。
〔註25〕〔俄〕康定斯基：《論藝術的精神》，查立譯，中國社會科學出版社1987年版，第62頁。

回國後忙於找工作的黛二小姐，雖然與世俗種種格格不入，卻不得不為求職而做著與本性相悖的努力。「她知道只要她活著，就得面對這一切，無處可逃，也無處告別。」黛二最終未能獲得一個可以「安身立命」的職業，淒涼地孤獨地行走在霏霏雨霧中——

> 初夏的灑滿雨淚的街上只剩下黛二小姐像一條瘦棱棱的魚兒
> 踟躕而行。她的頭髮淋濕了，憂鬱的黑色風衣裹在她的身上。

這件驚心觸目的黑風衣，在小說最末尾又一次孤零零地飄蕩，它彷彿象徵著女性無法擺脫外部世界的「物質性」、無法逃離男權文化樊籬的絕望和悲哀；另一方面，它又讓人直觀到女主人公在喪失所有依託後內心的痛苦和無奈、掙扎和哽咽。冰冷的黑風衣好像遮蓋了整個大街，一直延伸到最後的逃亡地。經歷過童年的孤寂、寫詩時代的隱秘事件、孤身飄流、愛情創傷等一系列不幸的多米，總是想在龐大的城市尋求地獄的入口處——

> 我常常在地鐵站看見她，她穿一件寬大的黑色風衣，像幽靈一
> 樣徘徊在地鐵入口處，她輕盈地懸浮在人群中，無論她是逆著人群
> 還是擦肩而過，他人的行動總是妨礙不了她。她的身上散發著寂靜
> 的氣息，她的長髮飄揚，翻捲著另一個世界的圖案，就像她是一個
> 已經逝去的靈魂。

這件通向地獄的黑風衣暗示著女性現實生存的邊緣莫名的「異類」處境，暗示著「獨立」女性對現代都市的疏離和逃避，對男性社會無意識中的拒絕和抗爭。凝視著這些奇特的黑色，我們幾乎可以感知到一切，以至感覺出黑色向作品邊界之外的擴張。這時，我們隱約體認到高更向色彩的縱深尋求「無限」的企圖……

綜上所述，我們可以清晰地看到，當代女性書寫同現代繪畫色彩美學的聯姻，不僅具有純粹技巧的意義，而且，甚至可以說更重要的是還具有深刻的哲學意義。這種哲學意義從最表面的層次來看，當代女性書寫對色彩的重視乃是對革命時代單一色彩的解構與反撥。50 年代以來，由於主流意識形態對大眾日常生活的強力滲透，人們對於色彩的認同逐漸趨於一體，象徵革命與鮮血的紅色成了人們頂禮膜拜的惟一顏色，而一些軟性的色調如玫瑰色、淡紫色被視為小布爾喬亞情緒的表現淡出於人們日常生活之外，而「黑色」之類冷性的色調則因為與紅色的對立而被視為不祥之物、不吉之兆。到了「文革時代」，整個華夏大地幾乎只有紅色（紅旗、紅寶書）與草綠色（軍裝）交

相輝映，人們的生活與情感愈加被局囿於單一的色彩崇拜中。新時期以來女性書寫對色彩的迷戀與張揚，正是幾十年來單一色彩籠罩下人們精神饑渴的反彈性表現，是人們在突破紅色崇拜之後色彩欲求的自然流露。從文化的層面來看，當代女性書寫對色彩的重視也是對男性話語權力的一次摧毀性的反擊。在男性話語權力中心的文化語境中，女性沒有選擇顏色的自由，所謂「粉黛」、所謂「桃紅柳綠」都是男性依據自己的趣味強加給女性並且逐漸為女性內化為自己的色彩基調。黑色，在歷史上是男性話語賦予女巫的專有色彩，現在女性書寫將黑色視為女性的本質力量的象徵，視為女性的屬己色彩，這不啻是對男性話語禁錮的有力的摧毀。最後，從內在的生命本能來看，女性的表現方式是感性的方式，無論情感的強烈、感受的細微、視聽的靈敏、思維的具象都遠遠優越於男性，對色彩的豐富與纖細的感受能力本來就是女性的天賦。所以，女性書寫中的色彩美學的形成本身就是女性對屬己的獨特的感覺方式的自我確認，是女性解放自身並建構自我的一種審美方式。只有從這三個層面來理解女性書寫中的色彩美學，我們才能真正把握住女性書寫同現代繪畫美學的聯姻對女性書寫乃至女性解放的深刻意義。

第三節　黑色幽默與 1980 年代以來的女性小說

　　2018 年 9 月，中國改革開放四十週年最有影響力小說評選結果揭曉，《你別無選擇》赫然在列。這部發表於 1985 年的作品「在人物、情節、場景、語言風格、主題、所用的隱喻等各方面」幾乎是美國黑色幽默代表作《第二十二條軍規》的「翻版」〔註26〕，中國文壇由此刮起一陣「黑色幽默」的旋風。但劉索拉這位風潮發起人卻似乎成為新時期的「花木蘭」而被人們忘記了性別，常作為一個「引子」成為影響研究中在場的「缺席者」。劉索拉之外，張潔、張抗抗、王安憶、池莉、海男等女性作家都對納博科夫、馮尼古特、海勒、品欽等黑色幽默作家稱讚有加，被稱為「新新人類」的衛慧、棉棉也對王朔、徐星等作家的黑色幽默筆調表現出濃厚的興趣。不少人對於她們的作品，或是習慣性地尋找溫柔細膩的「本質」面貌，或將「逸出」讀者想像的表現簡單地指稱為「女性主義」。但女性主義何嘗不是在廣泛吸收多種思想資源的基礎上逐漸興起的？因此，同黑色幽默的影響研究相結合，或許能夠為

〔註26〕嚴鋒：《劉索拉與海勒：模仿的本質》，《小說評論》1990 年第 2 期。

女性小說的探索提供新的思路和啟發。

一、怪誕：天使到女巫的墜落

　　早期的張潔、諶容、張抗抗等女作家宛如降臨人間的天使，在一場人間浩劫之後，「吹著一支柔和的長笛，帶著大森林裏松木的芳香」〔註27〕，憧憬著「永遠是春天」〔註28〕的願景。然而，人們眼中的天使卻在 80 年代中後期突然鍍上了一層怪誕的黑色，她們大聲宣稱「咱們是女巫」〔註 29〕，創作風格也從溫婉朦朧變成冷嘲熱諷，從詩意溫情轉為荒誕病態。從天使到女巫，這場墜落並不是簡單的「原形畢露」，「黑色」的侵染或許是一種可信的解釋：張潔在一次中美作家會議中結識了著名的黑色幽默大師馮尼古特，並撰文《庫特・馮尼格說：NO！》表達了欽佩與欣賞之情；諶容也很坦率地表示常在創作中積極地運用、借鑒黑色幽默等西方藝術，從而使小說成為一個「可以任你馳騁」的「廣闊的天地」〔註30〕；張抗抗也曾直言自己的重啟天窗之感：「最先讀到的便是約瑟夫・海勒的《第二十二條軍規》。……這是一次現代意識的重新啟蒙。新奇而別有意味的小說形式，亦使我快悟，小說還可以有這樣千奇百怪的寫法。」〔註 31〕如果說中國男作家傾心於「黑色幽默」式的語言和技巧，那麼張潔等女作家則對黑色幽默有著更加細膩真摯的情感共鳴，並且在當代女性創作的譜系中一代代沿襲。自此，中國女性創作的「變調」成為常見的現象，很少再有人輕易將她們指認為溫婉純潔的「天使」。

　　美國黑色幽默，在某種意義上是一個被批評家指認出來的文學流派，沒有一個明確、統一的概念界定。但「怪誕以及病態的幽默」、「絕望的喜劇」、「荒誕小說」已成為人們對它的共識。黑色幽默十分善於將幽默與荒誕、歡娛與病態融合在一起，將一種怪誕的氛圍推向極致，這同樣顯現於 1980 年代以來的女性小說。

　　作為 1980 年代傳入中國的荒誕派中的重要一支，黑色幽默提供了一種特

〔註27〕張辛欣：《撕碎，撕碎，撕碎了是拼接》，《中國作家》1986 年第 2 期。

〔註28〕「永遠是春天」為諶容中篇小說題目《永遠是春天》，該小說由人民文學出版社 1980 年出版。

〔註29〕張辛欣：《撕碎，撕碎，撕碎了是拼接》，《中國作家》1986 年第 2 期。

〔註30〕余昌谷：《「小說，在我面前沒有了模式」——諶容小說文體三題》，《江淮論壇》1988 年第 2 期。

〔註31〕張抗抗：《大寫的「人」字》，《外國文學評論》1989 年第 4 期。

殊的範式。在其影響之下，一些先鋒又敏感的女作家們創作了諸如《他有什麼病？》、《減去十歲》、《你別無選擇》、《省長日記》、《競選州長》等一系列融合了荒誕與幽默的小說，通過不合邏輯的事件和讓人發笑的行為展現了一個荒誕可笑的世界，一時間，荒誕幾乎成為一種最基本的美學風格。與黑色幽默的戰爭背景不同，女作家書寫的故事大多發生在一個既具有文革後遺症、又具有現代性特徵的中國特有的歷史情境之中。儘管「文革」與戰爭都是一種非常態的生活環境，有著濃重的政治氣氛，但相比黑色幽默，女性小說中沒有太多血腥和暴力，生命轉瞬即逝的絕望和恐怖不是女作家表現的重點，光怪陸離的感覺也未被推向極致。她們書寫的荒誕多源於平凡的世俗生活，源於她們撕裂愛與夢後的心理體驗，顯示出生活本身固有的怪異，更加真實可信，更易引起深陷生活泥沼中的普通大眾的共鳴。

　　與黑色幽默作品類似，女作家賦予人物和讀者的快感和樂趣也不同於傳統的幽默，而是一種畸形的、病態的體驗。皮埃爾・布迪厄認為社會系統有諸多的場域，其中權力場域（如經濟、政治）是元場域，之於次場域具有支配性。在場域理論的視角下，黑色幽默小說與中國 1980 年代以來的女性小說中的元場域——權力場清晰地浮現出來，於無聲無形之中發揮著巨大的作用。《第二十二條軍規》中，尤索林赤身裸體參加頒發儀式；張潔《條件尚未成熟》中的岳拓夫以為打壓他人便能穩操勝券而自鳴得意；《尾燈》中的鄧元發從權位享有的特殊待遇中獲取快感，把門的女列車員甚至從「嘎嘣脆地給人一個回絕」中品嘗到「權力的樂趣」〔註 32〕；諶容《減去十歲》中，人們為傳言中能令時光倒流十年的「紅頭文件」欣喜若狂；鐵凝《樹下》中的老教師面對成為廳長的老同學不知所措，卻對著一棵樹暢快淋漓地傾吐了心聲……文中人物種種可笑的行為似乎很是歡娛暢快，作為讀者的我們也覺得幽默好笑。但一般情況下，富有邏輯和理性的行為事件大多不具有引人發笑的功能，因此，小說中一個個好笑的人和一樁樁可笑的事都揭示出這樣一個真相：在人與權力場的博弈中，人的主體性與能動性幾乎完全被壓倒，人被壓制和操控，被迫扭曲變形，最終只能以不合邏輯的、反常規的行為釋放出來。顯然，這種幽默、快感與其產生原因一樣，是扭曲、病態的，這也是為何我們很快便笑不出聲來的原因——誰都不會也不能通過嘲笑不幸與可悲來

〔註32〕張潔：《尾燈》，選自《來點兒蔥，來點兒蒜，來點兒芝麻鹽》，長江文藝出版
　　　　社 1996 年版，第 86 頁。

保持長久的歡愉感。

權力場的發現並非是中國女作家對黑色幽默的套用，中國的官文化十分發達，已有千百年來的發展歷史，官本位的思想早已盤踞在中國人的頭腦之中，可見中國自有黑色幽默產生的土壤。況且，在女作家筆下，權力場的羅網遠比黑色幽默的細密，它鋪天蓋地，任誰都無處逃遁。相較於美國黑色幽默作家在戰爭、政治事件等宏大的權力場中顯現其威力，對日常生活敘事情有獨鍾的女作家則通過位於權力場域邊緣的，甚至根本「不在場」的青年學生（《你別無選擇》、《你是一條河》）、普通百姓（《他有什麼病？》、《煩惱人生》）、知識分子與藝術家（《含情脈脈水悠悠》、《先鋒》）的在劫難逃更加突顯出元場域的可怖。布迪厄指出，科學、藝術場域具有較高的自主性，能夠擺脫其他場域的限制和影響，在發展的過程中體現出自己固有的本質，遵循「是非」的邏輯。〔註33〕而女作家筆下的文化場域已然失去了其自主性，被其他場域無限度地攻佔吞噬，場域內人們的遭遇早已背離了「是非」邏輯，而在自主性程度最低的政治場域「敵友」邏輯中變了形甚至變了質。某種意義上，女作家通過這些頗具黑色幽默色彩的小說，揭示出中國社會集體異變的病態現象，暴露了中國文化場域正在發生的嚴峻危機。另外，作為一個獨立的作家群類，女作家們多了一份敏感且豐富的性別體驗，當這一獨特的性別體驗滲透在創作過程中時，女性所遭遇的來自性別的權力場──男權的擠壓也浮現出來：年輕的女孩為成功男性的魅力所折服，無怨無悔地奉獻著身體和愛情，她們樂在其中，但卻都為之所傷（《來來往往》）；在娛樂圈中浮沉的女性需要利用自己的身體換取資源和金錢（《先鋒》）；聰慧貌美的女白領為談下一筆生意費盡心力卻依舊逃不過男性的圈套（《遭遇愛情》）⋯⋯這些在黑色幽默小說及男性接受者創作中很少得到自覺的表達。被裹挾於男性、政治等多重權力場域中的女性不得不承受著來自身體和精神的雙重折磨，而女作家歡娛的筆調和女性人物的快意與享受，愈發令人同情和悲哀。

女作家們此類怪誕的小說嗤笑權力、揭露現實，似乎接近於黑色幽默式的男權話語和宏大敘事，很難識別出女性寫作的性別印痕。但事實上，是劉索拉，而不是八九十年代之交的男性作家們率先在現代化中國的文化景觀中放置了一個不可理喻、瘋狂可怖的女人──那個沒有姓名的孟野的女朋友。

〔註33〕 李全生：《布迪厄場域理論簡析》，《煙臺大學學報（哲學社會科學版）》2002
　　　　年第 2 期。

〔註34〕這位女性的瘋癲被整體的荒誕氛圍所掩飾，女性角色與視點處於微妙的匿名狀態之中，但絕沒有缺席。劉索拉此後的一系列作品同樣延續了黑色風格，但性別的自覺卻在她的作品序列中漸次清晰，因為她已經冒犯在前並獲得成功，人們似乎放棄了規範她的努力。或許可以大膽地猜測，女作家這些具有黑色幽默傾向的作品，很有可能是她們冒著失陷於主流話語窠臼的風險採取的一次寫作策略。她們在對政治、歷史、社會等宏大問題的譏諷與攻擊中，自覺不自覺地對女性話語進行喬裝改扮，將其含混而曖昧地潛隱在宏大話語之中進行沉澱和醞釀，與主流話語、男性話語相疊加，使之成為其中不無異質性的因素。

二、遊戲：女性玩家的狂歡

　　黑色幽默產生於非理性哲學思潮中，在文本人物、作者寫作、讀者閱讀三個大的方面都表現出明顯的遊戲性，彷彿顛覆了理性制約的狄俄尼索斯，在文學創作的各個環節中盡情娛樂和狂歡。這種陌生和新奇的創作對20世紀80年代急於求變和改革的中國作家而言極具誘惑，女作家們將種種遊戲方式悉數收取，並在遊戲過程中彰顯出鮮明的性別色彩，女性的主體性在遊戲場中得以浮現。

（一）人物——遊戲生活的兩性

　　黑色幽默小說中的人物大多處於風華正好、充滿理想抱負的年歲，他們往往生活在殘酷的環境之中，卻沒有與之相應的使命感和責任感，而是以一幅無聊混沌的樣子玩笑人生，彷彿一群「玩累了的傻瓜」〔註35〕。中國女作家對人物遊戲生活的表現則是一個漸次清晰的過程。在張潔、諶容、張抗抗的筆下，這種輕浮的生活態度尚以一種較為隱晦的方式表現出來，作者的寓意亦不在於再現這種遊戲人生的態度，而是提醒和諷刺。如《他有什麼病？》中，夫妻是否離婚這種大事完全取決於處女膜是否完好，這裡意在諷刺男性的虛偽與狹隘，但兩性間的遊戲傾向也在悄然間得以體現。到了王安憶這裡，生活的遊戲性不再從諷刺和暗示中得以窺見，而充斥於男女兩性間的較量。

〔註34〕戴錦華：《涉渡之舟——新時期中國女性寫作與女性文化》，北京大學出版社2007年版，第274頁。

〔註35〕汪小玲：《美國黑色幽默小說研究》，上海外語教育出版社2006年版，第87頁。

《神聖祭壇》中，男女兩性間的情誼在一場窺探與被窺探的遊戲中無聲地開始，又以女主人公戰卡佳的勝利而悄然告終，女性主體性開始在遊戲場景中浮現。池莉與徐坤的作品更像是一場又一場的兩性遊戲，女性人物尤其玩得酣暢淋漓，甚至有自己的遊戲規則和計劃，被賦予了豐富的情感和性慾體驗。如果說池莉與徐坤小說中的人物尚有或多或少的真情，海男、衛慧、棉棉等年輕女作家的一些小說則直接忽略了情感的試探與嬉戲，將性愛遊戲推至高潮，直觀地展現出遊戲式兩性關係的都市圖景。

女性小說中，女主人公的遊戲生活觀自成一條清晰的漸進線：壓抑——復蘇——釋放——狂歡。這便使得女作家的人物遊戲與黑色幽默小說大不相同：其一，遊戲式生活觀在早期女性小說中並不顯眼，往往隱現於其他情節，直到後來才漸次清晰，同時，這種遊戲也愈來愈狹隘至兩性之間的交往；其二，徐坤、海男等將女性的情感與性愛遊戲置於小說顯著的中心地位，成為主要表現對象，而黑色幽默則通過遊戲生活突出生存的荒誕體驗；其三，在女性小說的遊戲世界中，女性作為一個真正的玩家成為遊戲的中心和主導，具有明確的主體意識，而黑色幽默小說中的女性大多是被侮辱與被損害而又不自知的「性奴」，真正參與進遊戲的玩家只有男性，這個遊戲世界亦只是屬於男人的世界。

（二）寫作——溫婉端莊的棄置

黑色幽默作家以一種「恣意妄為」的遊戲姿態進行寫作：利用語言的不確定性進行大膽的語言革命；通過「元小說」敘事方法暴露小說的虛構，並創作出後來被成為「歷史編纂元小說」的作品嘲弄歷史；甚至運用戲仿、碎片與拼貼的技藝創作出「非小說」的小說……1980 年代以來的中國女作家也開始以遊戲的姿態進行寫作，如以「戲謔諸神」著稱的徐坤，顛覆了傳統的語言規則，在能指的狂歡中將語言遊戲玩得酣暢淋漓；王安憶與她推崇的納博科夫一樣，將元小說的遊戲策略貫徹始終，動搖了「author」與生俱來的「authority」。不過在對歷史的消遣及戲仿、拼貼等具體遊戲手法上，女作家是不同於黑色幽默作家的。

黑色幽默對素來標榜嚴謹、真實和權威的歷史進行了盡情的戲弄，《第二十二條軍規》、《公眾的怒火》、《煙草經紀人》、《葡萄園》、《萬有引力之虹》、《梅森與迪克森》等作品涉及美國許多重大歷史時期和事件，但在作家的遊

戲筆法下，歷史人物、歷史事件和歷史語境的「本來面目」不復存在，歷史與小說交融在一起，難以釐清真實與虛構的界限。事實上，從克羅齊「一切真歷史都是當代史」及其繼承者柯林伍德「一切歷史都是思想史」的論斷，到福柯「問題化的歷史」的譜系學方法，再到新歷史主義的確立，這一系列對歷史與過去的「問題化」的思考說明了歷史學家與小說家一樣，面臨的工作是怎樣確立某種闡釋模式進行符號和話語的編纂。1980 年代以來，中國女作家也與黑色幽默作家一樣，在歷史和小說二者間左右逢源。如王安憶喜歡駕馭較為宏大的題材，《叔叔的故事》、《紀實與虛構》、《進江南記》等小說都具有一種「史」的建構，表現出明顯的新歷史敘事傾向。張潔的《無字》、張抗抗的《赤彤丹朱》與《集體記憶》、鐵凝的《玫瑰門》、池莉的《你是一條河》等也都從各自的角度重新審視著中國一段段特殊的歷史。但對於張潔、王安憶、鐵凝而言，她們的新歷史敘事絕不僅是一次對舊歷史的反叛，亦不僅是對個人歷史與集體齟齬的發現。正如黑色幽默中逃兵的歷史不同於將軍的歷史一樣，性別的差異必然帶來比地位之差異更加迥然的歷史命運。中國兩千多年以來，女性一直是有生命而無歷史的存在，她們或缺席於歷史，或依靠與男人的歷史發生偶然的「共振」而被順帶著走進歷史。而 1980 年代以來，王安憶等女作家大聲地宣告「我虛構我的歷史」〔註 36〕，她們尋找女性家族的歷史，書寫沉沒在歷史隧洞之中的女人個體的命運滄桑，展示女性面對複雜歷史起伏時具有的勇氣和智慧。通過對「正史」的消遣與解構，她們將女性經驗世界延伸到幽深的歷史空間，體現出女性歷史意識的覺醒。即使無力將 history 改寫為「herstory」，但被邊緣、被遮蔽、甚至被改寫的性別歷史終於可能確立其合法性和有效性。如果說黑色幽默與中國女性小說都通過嬉戲「正史」的方式，完成了從關注階級的民族的命運到關注個人的家族的命運的轉折，這種對中國女性歷史的發現和正名，則是中國 1980 年代以來的女作家們獨特的意義和貢獻。

　　戲仿、碎片與拼貼的狂歡也是黑色幽默作家寫作的重要遊戲手法之一。中國女性作家對戲仿手法的運用與黑色幽默作家有相似之處，如《紀實與虛構》對追尋主題的戲仿、《先鋒》對各大「主義」的戲謔等等。但更多地體現出了創新：一是她們的戲仿具有中國本土的特色，如《有了快感你就喊》等是對中國特殊政治話語的挪用、《女媧》是對中國神話形象的改寫、《招安，

〔註 36〕王安憶：《紀實與虛構》，人民文學出版社 2012 年版，第 460 頁。

招安，招甚鳥安》是對古典文學的改編；二是女作家的戲仿帶有性別色彩，如《私人生活》、《糖》、《上海寶貝》等小說可謂是對諸如《青春之歌》等傳統女性「成長」的戲仿式書寫，女性或在一個自我設置的封閉空間中拒絕成長，或在酗酒、吸毒、性行為中放肆體驗成長的狂歡，這無疑是對女性傳統成長模式的反撥。女作家們也學習了黑色幽默式的支離破碎，從張潔《關於XX 區 XX 派出所關於 XXX 揭發 XXX 在「文革」中砸搶 X 民主黨派我統戰對象社會知名人士 XXX 私人文物玉器金銀首飾 XXX 又向法院控告 XXX 誣陷罪之旁證材料經各支部及全體職工討論情況的彙報》這空前的標題就能略知一二，她們塑造的人物形象如「叔叔」、「X 女士」等甚至都是一個個不完整的符號。但不同的是，一些黑色幽默小說完全是後現代主義式的，即「從頭至尾，從上到下只是孤零零的拼貼畫」，只是一種符號的「自顯」〔註 37〕，如美國作家羅伯特‧庫弗的《保姆》有上百小節，上下節之間沒有任何聯繫，情節事件的發生也不存在因果關係，整部小說完全就是一幅由碎片拼接起來的巨型拼貼畫；而中國女作家，即使是徐坤這樣的先鋒作家從沒有也不屑將此遊戲手法奉為小說創作的至高方式，這些遊戲手法只是女作家進行種種藝術實驗的形式之一，而絕非創作之本。顯然，女性小說未達到黑色幽默「反小說」、「非小說」的「後」的程度。

（三）閱讀——填補空白的遊戲

作者的遊戲寫作使得文本充滿了情節與情感的空白與不確定，成為激發、誘導讀者進行創造性填補和想像性連接的基本驅動力，讀者因此自覺不自覺地參與進填充「文本空白」的遊戲之中。如《洛麗塔》中的亨伯特是個不可靠的敘述者，我們無法從一個神經病患者種種模糊的回憶裏確定信息的真假，他的講述到處都充滿著需要讀者填充的文本空白；《叔叔的故事》也是如此，在一開頭就警告我們「有許多空白的地方需要想像和推理，否則就難以通順。我所掌握的講故事的材料不多且還真偽難辨」〔註 38〕。但讀者在黑色幽默小說和中國女性小說中的遊戲體驗並非毫無差異。

對於讀者而言，我們所能夠想像和填充的往往源於自身的經驗與經歷，如果文本所給予的既有信息符合讀者的經驗記憶時，讀者會越具有參與創作

〔註 37〕 胡全生：《英美後現代主義小說敘述結構研究》，復旦大學出版社 2002 年版，第 144 頁。
〔註 38〕 王安憶：《叔叔的故事》，中國電影出版社 2004 年版，第 2 頁。

的動力。反之，文本對讀者而言過於陌生甚至「天馬行空」，出現大片大片的空白斷點，讀者或許會失去閱讀的興趣甚至產生抗拒心理。相較於黑色幽默小說的血腥戰爭、時空穿梭，以及毫無頭緒的零散碎片，張潔、王安憶等的現實主義遺風似乎更容易邀得讀者，尤其是女性讀者的共同參與，她們以女性敘事為主的作品顯然能更好地承載起讀者的性別記憶和性別想像。這種區別正如伊瑟爾的接受美學和以羅蘭・巴特為代表的後結構主義間的不同，二者都很重視讀者的二次創作，但前者一方面激發讀者的創造性閱讀，肯定讀者的主體性，另一方面也限制、規定著這種創造性閱讀的方向與程度，沒有走向片面鼓吹閱讀自由和想像的極端；而巴特等法國後結構主義者們則在非理性思潮的影響下完全否定了作者的意義和權威，驚駭地宣告了「作者之死」，文本成為一個完全獨立的「詞的樂園」〔註 39〕，讀者實則也淪為文本自身遊戲的一種工具。顯然，具有後現代主義品格的黑色幽默更接近後結構主義的思想。

　　劉象愚將後現代主義的基本特徵概括為：「不確定性的創作原則、創作方法的多元性、語言實驗和話語遊戲」〔註 40〕；賴大仁也指出在當下「解構性和遊戲化的後現代特性更為突出」〔註 41〕。可見這種狂歡化的「遊戲」特徵，使得黑色幽默小說成為美國後現代主義文學之濫觴，也使其在世界範圍形成影響。一向以宏大、崇高、嚴肅為宗旨的中國當代文學，正是在黑色幽默這種遊戲風格的影響下，出現了某些較大的轉變，開始向後現代這一新的創作階段發展，而女作家以主人翁精神參與進遊戲，無疑有助於這一進程。

三、悖論：此岸的烏托邦

　　黑色幽默的怪誕和遊戲突出了諸如「平面化」、「無道德」、「零價值」等後現代主義的特徵，但撥開玩世不恭和麻木冷漠的迷霧，崇高、嚴肅、理想等與表象形成悖論的本質就會得以澄清。同樣的，1980 年代以來的女作家也並非殘酷醜陋的女巫，她們在經歷劫難、認清現實之後，仍舊不願放棄那份美與希望，在荒誕喧囂的此岸，悄然築起關於英雄、責任和性別的烏托邦。

〔註 39〕〔德〕H.R.姚斯、〔美〕R.C.霍拉勃：《接受美學與接受理論》，周寧、金元浦譯，遼寧人民出版社 1987 年版，第 357 頁。
〔註 40〕劉象愚等：《從現代主義到後現代主義》，高等教育出版社 2002 年版，第 15 頁。
〔註 41〕賴大仁：《後現代主義與當代文藝發展》，《貴州社會科學》2007 年第 11 期。

（一）英雄與反英雄

黑色幽默為當代世界文學畫廊增添了典型的「反英雄」形象，懦弱與堅守並存、貪婪與良知同在的普通人終於隨著傳統英雄萬丈光芒的悠然轉暗而得以浮現。從對崇高的禮讚到對平庸的關懷和認可，20 世紀的西方完成了一次審美的回落，這種回落也出現在中國女作家的創作中，如《你別無選擇》中畏畏縮縮又兼具才情理想的青年學生；《他有什麼病？》中精神萎靡卻又富有責任意識的醫生胡立川；《只有一個太陽》中懦弱木訥卻樸實正直的知識分子司馬南江。劉索拉、張潔等將個人從職業的光影中抽離出來，暴露他們作為一個普通人的行為遭遇與情感思想，塑造了一批平庸的「反英雄」式知識分子，池莉等則為印家厚、辣辣等小市民和普通農婦賦予了一份英雄主義的背負。但由於時代、文化背景的不同，黑色幽默作家與中國女作家的「反英雄」有著較大的差異：

其一，比起黑色幽默小說，女作家筆下的人物生存處境更具安全感和自由度，至少不必日夜生活在死亡的恐懼之中，他們的痛苦大多源於更高的精神追求與落後的現實之間的矛盾。而同是普通人的尤索林（《第二十二條軍規》）、坎貝爾（《黑夜母親》）們卻無法在一個普通的環境中棲息，他們生活在戰爭的陰霾之中，僅僅是活著就需要拼盡全力。

其二，亨伯特（《洛麗塔》）、尤索林等都是瘋癲的異類，李鳴們則不然。瘋癲人物的產生說明尤索林們與環境進行了殊死抵抗，最終突破了「正常」的界限，抵達「常人」眼中的瘋人之域。而李鳴們雖也有著陰鷙、惶恐、壓抑等精神特徵，但終究沒有突破現實進入自己的「彼岸」，而是自覺不自覺地遵循了此岸的秩序，最終成為被學校、體制規訓了的「正常」的人。不過這並不意味著他們比誰懦弱，因為滋養他們的中庸文化包含著比懦弱與否更加複雜的內容。這也並不意味著他們沒有主體性，布迪厄以「行動者」這個術語與「主體」作區分，行動者是通過其在場域中的位置得到界定的，因而不能被等同於內在性的主體〔註42〕，突出了人在現實生活中的被動性和被塑造性。從這個意義上說，尤索林們以「瘋癲」凸顯了「主體」的意義，而印家厚等人物則更多地體現出現代社會中行動者的存在。

其三，黑色幽默小說的「反英雄」更具有悲劇的震撼力與衝擊力。在絕

〔註42〕陶水平：《文學藝術場域學術話語的自主、開放、表徵與競爭——布爾迪厄的文化場和藝術再生產理論探微》，《中國文學研究》2017 年第 2 期。

境中抗爭的尤索林們就像西西弗斯一樣，明知徒勞，卻依舊執著。儘管尤索林們與李鳴、印家厚們都發出過無奈的笑聲，但前者更像是一個悲觀主義者的絕望的笑，後者大多僅是含淚的笑。他們或許都懂得如何痛中取樂，但李鳴、印家厚等未曾有過與死亡共舞的體驗，更像一部正劇而非悲劇的英雄。因此，李鳴們大多只是沾染了些許的黑色幽默色彩，而不具有黑色幽默「反英雄」的悲劇美學。

（二）解構與建構

作為反叛的異教徒，黑色幽默對一切事物都表現出強烈的顛覆力量，是一種典型的解構藝術。然而解構，並不是「破壞」或「毀滅」，而是類似於「分析」和「批判」〔註43〕，蘊涵著建構與完善。因此，有學者認為後現代藝術一半是魔鬼，打破視聽的慣性和價值評判，但另一半卻是天使，反叛地建構新的藝術世界，在解構與建構的二律背反中，造成了視聽震撼、情感衝擊〔註44〕。通過解構，黑色幽默作家與中國女作家都建構起各自的人道主義關懷和理想，不同的是，女性小說還包含著對詩的憧憬、女性「自我」的指認與確立，以及她們終究捨不去的熱情與希望。

女性與詩總是有著天然的關聯，她們建構的詩意更加自然靈動。海男說納博科夫的作品「飛滿了從幽暗時光中飛來的蝶翼」、「彷彿在淡藍色的捕捉蝴蝶的上空中，飄忽著作家從少年開始的那些心靈跡象」〔註45〕頗富詩意。但兩者以蝴蝶意象建構成的詩意卻迥然不同。在納博科夫這位鱗翅目昆蟲研究者的筆下，蝴蝶暗指的女性與蝴蝶一樣，是「著魔的獵人」抓捕、觀察、評判的「獵物」。她們（或者是某種程度上的它們）按照他們的喜好，分別以「蛹」、「釘在牆上」的蝴蝶、「桑樹上一隻該死的蛾子」等被分類和命名。而海男筆下的蝴蝶則指稱著覺醒的、自由的女性意識，是美麗的、詩意的女性生命，是純潔的、理想的女性愛情。海男說「我的內心居住著一隻憂傷的蝴蝶」，「蝴蝶」不是一種用來觀察顏色是否鮮豔、紋路是否清晰、體型是否纖細的品種，而是她生命和情感的體驗，具有與女性相互指涉的靈性，因而成為美與詩的代名詞。

〔註43〕馮俊：《從現代主義向後現代主義的哲學轉向》，《中國人民大學學報》1997
年第 5 期。

〔註44〕劉香雲：《後現代藝術建構與解構的二律背反》，《大眾文藝》2009 年第 1 期。

〔註45〕海男：《外國文學閱讀片斷記》，《世界文學》2015 年第 4 期。

　　如果說詩意是源自女性生命之中的無意識，那麼對女性主體的發掘與建構則是中國女作家四處突圍的成果。80 年代以來，女作家們從不同的角度切入，以各自獨特的「解構—建構」模式，發掘和彰顯女性「自我」的主體：張潔、王安憶等通過顛覆男權與父權的歷史發現了女性的文化之根（《無字》、《紀實與虛構》），同時在窺破男性的虛偽與孱弱後，從「他們」的「菲勒斯中心」出走，建構了「她們」的世界（《方舟》、《弟兄們》）；殘雪、鐵凝、池莉等則通過塑造「惡魔」（《蒼老的浮雲》、《突圍表演》）、「畸變」（《山上的小屋》、《玫瑰門》）、「兇悍」（《松明老師》、《你是一條河》）的女性形象，將牢牢黏貼在女性身上的「賢妻良母」、「溫婉安分」等標籤狠狠地撕碎，重建了豐滿的、立體的、多樣化的女性；陳染、海男等的私人寫作（《私人生活》、《花紋》等）更是建構起女性「自我」幽深的生命體驗。女作家們對女性主體的探尋和建構不斷縱深和完整：從大集體中出走，建構女性的群體，再從女性群體中表述「自我」的個體；從以「他者」身份小心翼翼地試探，到如今對女性「自我」身份的確認、自信，甚至是自戀，這是女性文學的艱辛歷程，也正是 1980 年代以來中國女作家寫作最為重要的意義所在。然而女性在黑色幽默小說中顯然是「不入流」的，甚至是被排擠在外的，大多只能作為戰爭、科技的犧牲品，她們永遠不會成為真正的主人公，更無人願意去建構她們真正的「自我」。

　　此外，相較於黑色幽默的虛無與絕望，女作家們則執著於黑暗中的那一抹亮光。墜落為「女巫」後的張潔始終是一個痛苦的理想主義者，看似冷漠的作品實則附著了濃厚的個人情感指向，與黑色幽默「就那麼回事」的漠然大相徑庭；《你別無選擇》較之於《第二十二條軍規》傾注了更多的熱情，作家明顯執著於對理想的追求和美好的憧憬；甚至看透了生活之瑣碎、「不談愛情」的池莉，也在解構了英雄主義的同時賦予庸常生活以熱情和樂趣，在撕裂愛情理想的同時建構起一種穩固的現代婚姻與家庭，使之在對現實的辛酸、匱乏、困窘和不盡如人意的背負中煥發出一份人間的、此岸的神聖〔註 46〕。中國女作家們始終沒有也不願抵達西方的虛無和悲劇，對烏托邦般美好願景的建構是中國由來已久的寫作慣性，早已成為中國作家的一種集體無意識，就像西方作家從希臘神話中因襲的「悲劇意識」一樣，不可更改。

〔註46〕戴錦華：《涉渡之舟——新時期中國女性寫作與女性文化》，陝西人民教育出版社 2002 年版，第 350 頁。

　　在德里達看來，男性與女性構成了人類生存中最基本的兩項對立，邏各斯中心主義與父權制所主宰的性別秩序是合二為一的，現代社會是邏各斯中心社會，也是菲勒斯中心社會。人是「符號的動物」，但菲勒斯中心社會不允許女性有自己的符號和話語，她們一直處於一種「非人」的狀態而不自知。因此當女性意識覺醒，開始建構自己的符號之時，男性話語規則的解構必然同時發生。在這個意義上，女性寫作自身就具有「解構－建構」的性質——顛覆菲勒斯中心乃至邏各斯中心，建構另一種平等而又具有性別差異的文化模式，故而有別於黑色幽默作為策略的解構手法。

（三）滑稽與嚴肅

　　黑色幽默以浮誇、滑稽著稱，但這些往往都是浮於字面的，嘻哈式文字反映的卻是諸如戰爭、屠戮、異化等慘烈和恐怖的內容，從戰爭到權力再到科技，玩世不恭的態度隱藏著作家嚴肅的思考和深切的憂慮。存在主義哲學滲透在黑色幽默作家創作思路的始終，向社會、歷史、文化、人性形成一個個的詰問，表達了深刻的批判和真誠的關懷，強化了小說的正義與嚴肅。

　　對於中國女作家來說，她們生長在古有「禮樂治人」、「文以載道」之傳統，後有「為人生的文學」、「必須有『高度的嚴肅』」〔註47〕之主張，今有「文藝為政治服務」、「為工農兵服務」之號令的土壤之中，她們的創作從來都不是嬉皮和滑稽的。《你別無選擇》就是模仿到精髓、模仿出創新的一次嚴肅創作。「功能圈」指稱著音樂學院，甚至整個中國不可抗拒又荒誕無用的文化教育機制，表現了對中國文化痼疾的嚴肅反省，看似滑稽的創作不僅僅有文體創新的意義，更具批判性、反思性和啟蒙性。同樣，張潔在《只有一個太陽》中將種種醜態訴諸筆端，大肆調侃，這幅現代社會人的生活萬象圖令人忍俊不禁而又不能不發人深省，因為其中反映了眾多的現實問題；張抗抗的《第四世界》以魔幻色彩的故事展現人「追趕戈多」似的無意義存在，具有哲學的沉思和深度；即使是被批評為「記流水賬」的池莉，也將目光長久地駐足於平凡的底層人民，關注著他們的存在方式……無論張潔後期的轉變有多麼決絕，諶容的語氣如何戲謔，殘雪的思想有多天馬行空，徐坤之語言又是怎樣的恣意，她們始終都秉承著中國知識分子與生俱來的憂患意識，用女性特有的細膩與嚴謹創造著新世紀的中國文學。

〔註47〕朱光潛：《論小品文（一封公開信）》，選自朱光潛《我與文學及其他》，安徽教育出版社 2006 年版，第 107 頁。

以戲謔著稱的馮尼古特多次為自己得不到「嚴肅作家」的對待表示強烈不滿；嬉戲歷史的《公眾的怒火》實則是庫弗十幾年的嘔心力作，不為發行，只為發聲；書寫鬧劇、質疑歷史的張潔卻為獲得最為詳實的史料四處奔波（《無字》）；徐坤更曾直言：「假如無法以理性去與媚俗相對峙，那麼何妨換個方式，拋幾句侐語在它腳下，快意地將其根基消解。」〔註48〕……無論是60、70年代的美國黑色幽默小說，抑或是1980年代以來的中國女性小說，其內容與形式的特殊絕非為了賣弄實驗的技巧、標榜遊戲的態度，而是出於對當下社會更深刻的認識、更強烈的批判，以傳達出文學藝術應有的嚴肅與深度。

四、突顯性別的「克里納門」

20世紀80年代以來的中國女作家以開放包容的姿態迎接了黑色幽默的陌生化與後現代性，同時，先在的文化性格、知識結構和性別體驗鑄成了女作家的「接受屏幕」，對外來思潮進行過濾、篩選與加工，因而形成了一定的誤讀。這種誤讀在欲望書寫和個人話語的表達兩個方面體現得尤為明顯。

啟迪和引導中國女性慾望書寫的因素眾多，女性主義無疑是最為主要的影響來源，但從女作家諸如「（納博科夫）激活了我的許多思想」〔註49〕的言論，及衛慧們對與美國黑色幽默頗有淵源的「垮掉派」的偏愛等種種實證來看，中國女作家的欲望書寫與黑色幽默有著千絲萬縷的聯繫。一些女作家，尤其是90年代一批年輕作家讓欲望以張揚放縱的姿態從晦暗曖昧的背景中走上前臺，將道德、靈魂與精神踩在腳下，人的存在似乎只剩下赤裸裸的欲望宣洩，因而頻頻引起爭議，被貼上色情的標簽。這一遭遇與《洛麗塔》、《白雪公主後傳》等黑色幽默小說剛上市的情形十分相似，但命運不同的是，後者成為了經典名著。相較於黑色幽默，女作家的欲望書寫遺落了懺悔與贖罪、棄置了性的文化含義。亨伯特（《洛麗塔》）始終在普魯斯特式的追憶與「陀思妥耶夫斯基式的竊笑」〔註50〕中自嘲、懺悔和悲痛，這種情緒控制著整個小說特殊的黑色幽默聲調，以贖罪的悲劇深深感染和震動了讀者。《V.》、《萬有引力之虹》通過男性對女性的侵犯，暴露了殖民地所遭受的非人待遇；《葡

〔註48〕徐坤：《悲愴與激情（代跋）》，選自《先鋒》，北嶽文藝出版社1995年版，第318頁。
〔註49〕池莉：《最是妖嬈醉人時》，《世界文學》2000年第2期。
〔註50〕肖誼：《納博科夫對美國黑色幽默運動的影響》，《當代外國文學》2016年第3期。

萄園》通過女性對軍官的臣服，揭示出政治權力已然成為一種「深入人心」
的集體無意識。在黑色幽默小說瘋狂的情慾深處，掩映著的是人被欲念和罪
惡感相互衝擊的焦灼與痛苦的精神，是在愛與懺悔中虔誠贖罪的道德，是對
藏污納垢的文明的揭露。只放大了情色與亂倫，無疑是對黑色幽默小說的嚴
重誤讀，這與女性接受主體有關，但更大層面上也有文化語境對女作家強力
滲透的原因。

　　1980 年代以來，黑色幽默等西方流派對個體的觀照和言說啟發了中國作
家，尤其到了 90 年代，蟄伏已久的中國女性個人化寫作迎來了釋放期和噴薄
期，女作家們終於可以無憂無慮地飛翔在自己的一方天地，她們在「自己的
房間裏」喁喁私語、對鏡欣賞，細膩地展現著女性個人的心理、生理、欲望、
體驗，女性寫作進入了一個新的階段。但發展與危機並重，一些女作家沉溺
在私語寫作的泥沼之中不能自拔，她們的個體敘事大有自閉與逃避的趨勢。
關注個人話語並不意味著沉溺於自戀自艾，如《洛麗塔》、《萬有引力之虹》
等黑色幽默小說運用個人話語思考人的存在，探索人性的複雜，通過個人的
體驗與經歷向讀者全面地展現了歷史、政治、文化、科學等景觀，可謂包羅
萬象。中國女作家的私語呢喃固然有其真切、感人的一面，但沉溺於極端的
個人話語大大簡化了一代人的生活經歷和生命體驗。更為危險的是，這種極
端「個人」的反抗方式反而將女性自己限定在私人領域之中，甚至意味著對
男性／女性等級的重新默認。作為策略的自我敘事反而落入圈套之中，讓女
性寫作深陷沼澤，愈焦慮愈掙扎，愈掙扎愈陷落，這是怎樣的危險和可悲！

　　誤讀常常會歪曲外來文化，但這種現象在跨文明文化的接觸中是不可避
免的，更有著不可小覷的價值。誤讀很大程度上源於「影響的焦慮」，表現出
一種競爭意識與創新思維，中國女作家的誤讀體現出她們對自我性別身份的
追問和對主流創作的超越。哈羅德‧布魯姆將這種誤讀稱為「克里納門」
（Clinamen），他認為一個真正的詩人的每一次閱讀，都會發生「具有創造性
或趣味性的誤讀」，越是「強者」，他的「克里納門」就越沒有顧忌。〔註51〕
中國女作家對黑色幽默等西方思潮發生的誤讀，是不同於誤解、誤會的，儘
管有其自身的偏差，但更多表現出了一種「創造性叛逆」，對女性寫作和中國
當代文學具有一定的意義：

〔註51〕〔美〕哈羅德‧布魯姆：《影響的焦慮》，徐文博譯，生活‧讀書‧新知三聯
　　　　書店 1989 年版，第 44 頁。

首先，相較於黑色幽默政治權力的寓意，以及男性作家利益與道德的束縛，女作家們賦予欲望以詩意、快樂及生命的美好。性成為一種值得禮讚的創造行為——創造出新的他／她、新的自我和新的生命，〔註 52〕而不再是骯髒齷齪、羞於啟齒的，亦不再背負強加的功利或道德。儘管衛慧們丟失了欲望書寫中的精神與深度，但同時消解了性的神秘和醜陋，予以其平常的快樂，從而淡化了外來思潮的陰影，顯現了中國女性寫作的特點與創新。從某種意義上說，正是通過這種誤讀，中國女性的欲望書寫才在這千載契機之中一步步突現於「地表」，展現出詩意與美好、幽暗與危機。

其次，相較於黑色幽默小說中被侮辱、被損害、被物化的女性形象，女作家用女性的個人話語確立了女性的主體意識。女性在黑色幽默小說中大多作為一種顯現政權之荒謬、殖民之殘虐、主人公之虛無的陪襯，是充當激起憤怒或同情的犧牲品。但在中國女性小說的舞臺上，女性大多是主角，她們的喜怒哀樂、行為思想具有鮮明的性別特徵和自我意識。尤其是 90 年代前後的女性已經擺脫了被傷害、被邊緣的自我定位，在社會、情感關係中佔據主動地位，成為事業的女強人和男性的依賴。與黑色幽默的這種迥異說明中國女作家從不屑於對外來影響的簡單複製，她們更加執著於自身的性別身份和文化。

再次，女作家的極端恰恰揭示出當今女性寫作的艱辛與危機。女作家們對黑色幽默等西方文學思潮做出的種種誤讀，並非出於無知淺薄，而是因為女性寫作至今仍舊四面楚歌，被種種鏡象圍困，不得不通過一些極端的方式，從這場幻影密布、歧路橫生的鏡城中突圍。而鏡城之中的每一處呼喚都可能是一份誘惑，每一種可能都可能是一個陷阱，在如此艱險困境之中突圍的她們還要遭受外界的正面狙擊和敵意唾罵，一次不期然的陷落，就會被釘死在暴露／取悅的位置之上，〔註 53〕被譏諷為東施效顰。「20 世紀中國女性文學寫作的崛起這一事實本身便帶有文化悲情成分」〔註 54〕，這一方面揭示出中國女性寫作的艱難與不易及種種深刻的社會文化根源，另一方面也顯現出女作

〔註 52〕趙樹勤：《找尋夏娃——中國當代女性文學透視》，湖南師範大學出版社 2001 年版，第 31～33 頁。

〔註 53〕戴錦華：《涉渡之舟——新時期中國女性寫作與女性文化》，陝西人民教育出版社 2002 年版，第 362 頁。

〔註 54〕萬蓮姣、黃宗喜：《20 世紀中國文學市場化中的「文化審美過濾」》，《湘潭大學學報（哲學社會科學版）》2016 年第 6 期。

家這一群體性別意識的完全覺醒以及她們所具有的勇氣與包容度。

　　最後，我們應當認識到，正是女作家被詬病的激進和偏離放大了黑色幽默等西方文學流派中的後現代性，一定程度上為中國文學的發展提供了某種新的可能，宣告了中國文壇開始向「無法告別的 19 世紀」〔註 55〕道別；同時證實了 1980 年代以來的中國女作家在西方文學思潮強有力的衝擊中，有能力創作出既與世界文學接軌又兼具本土經驗和性別特徵的作品，而不再是只能仰望西方的他者。

〔註 55〕戴錦華：《涉渡之舟——新時期中國女性寫作與女性文化》，陝西人民教育出版社 2002 年版，第 28 頁。

第五章　女性文學的走向與反思

　　婦女必須參加寫作，……必須把自己寫進文本——就像通過自
己的奮鬥嵌入世界和歷史一樣。

——〔法〕埃萊娜·西蘇《美杜莎的笑聲》

第一節　消費時代女性寫作的一種走向

　　早在 20 世紀 90 年代初，思想敏銳的文化人就睿智地預言：「我們面臨的
將是一個世俗的、淺表的、消費文化繁榮的時期」，「今天時代的熱點不在精
神而在物質。」〔註1〕的確，藉社會政治經濟轉型與對外開放之機，全球化的
消費主義文化浪潮迅速地湧入中國，至 90 年代中後期風靡神州大地，成為大
眾社會的主導話語。在這一消費文化語境的裏挾之下，女性寫作的方式與策
略於悄然中發生著重大變化，其文本呈現出欲望化、紀實化、影像化等新的
美學特質。

一、欲望化敘事

　　較早從事消費主義文化研究的西方學者丹尼爾·貝爾指出：消費主義文
化「與眾不同的特徵是，它所滿足的不是需要，而是欲求，欲求超過了生理
本能，進入心理層次，它因而是無限的要求。」〔註2〕正是這種無限的心理欲

〔註 1〕宋燧良：《漂流的文學》，《當代作家評論》，1992 年第 6 期。
〔註 2〕〔美〕丹尼爾·貝爾：《資本主義文化矛盾》，生活·讀書·新知三聯書店 1998
　　　　年版，第 88 頁。

求加劇著欲望的膨脹，使女性寫作從具革命意味的個人化走向了理性式微的欲望化，其價值取向從受理性壓抑時的「我需」變成了沒有理性約束的「我要」。具體顯現為兩種趨向：其一，對物質的迷戀。與「十七年」女性寫作中「反物質」敘事（如宗璞《紅豆》）和90年代個人化寫作中高揚女性意識（如陳染《破開》）迥然相異，當今一些女性文本表現出對物質的膜拜與癡迷。現代都市五光十色的物質景觀：鏡面裝飾的摩天大樓，霓虹燈閃爍的酒吧、迪廳，香車豪宅，名牌服飾不僅頻頻出現於新生代女性作者筆下，也不時閃動在具知青背景的中年女作家文本中。如安妮寶貝《告別薇安》中男女雙方的網戀，就是在物質話語的交鋒中展開的，她們品評襯衫的質地與色澤，香水的品牌與氣味，咖啡與酒的產地與喝法，她們相約去衡山路的西式酒吧，去華亭路的日本咖啡店。又如張欣樂於在小說中描摹都市白領女性的衣著裝扮，她們穿戴或典雅或時髦，飄逸高雅的拖地長裙，緞面的高跟鞋，精緻的手袋等等，展示著時尚服飾的種種信息。就連王安憶獲茅盾文學獎的長篇《長恨歌》中，也觸目皆是閨閣、弄堂、裙裾等細碎的物質景象。在這裡，物質話語既顯現著等級與身份，也衡量著情感的深淺。繆永的《我的生活與你無關》更是糾纏於最具代表性的物——金錢：「一想到錢我就六神無主，我們在錢中行走，安寧是錢；高潮是錢；一夜無夢是錢；做夢是錢；貞操是錢；獲獎是錢；返老還童是錢，des sert（餐後甜點）是錢；自信是錢；公共廁所是錢……沒有一樣不是錢，走一趟美容中心，五千塊錢可以使蕩婦變成處女」。在此，物質可謂「擋不住的誘惑」，吸引著無數讀者的眼球，引領著人們的消費欲望。

其二，對情慾的放任。在個人化寫作時代，女性情慾的表達是現代性反思的一部分，是顛覆男權中心話語的僭越力量。至消費時代，情慾的表達變得赤裸、自由與放任，充滿著感官的享樂與尖叫。首先，女作家們往往給作品取一個煽動情慾幻想的書名，如衛慧的《上海寶貝》、《蝴蝶的尖叫》、周潔茹的《熄燈作伴》、趙凝的《體香》、九丹的《女人床》，池莉的《有了快感你就喊》等。其次，將身體與靈魂、性與愛分離開來，渲染官能化的肉慾。在《上海寶貝》中，性伴侶與「情人」這兩個詞同時出現，馬當娜在不斷地變換著自己的性伴侶，因為性伴侶只要支付金錢，而無須支付情感。小說中的主人公「我」也是一邊想念著男友天天，一邊倒在一個德國男人的懷抱裏瘋狂地做愛。在木子美的《遺情書》裏，身體以及性更是成了徹底的純粹娛樂

與遊戲的肉體。每當有性的需要時可以隨時打電話找人或通過 E-mail 找人，只要他有性功能並且不會愛上我。身體完全沒有了歷史的牽連與道德、靈魂的責任，也沒有情感的羈絆與「文化革命」的使命，僅僅是消費主義欲望的一個載體。

由上可見，女性的欲望化敘事呈現出一種物化的泛情的色彩。在欲望面前，他人成了一種與自己缺乏內在交流的物質性存在，就像衛慧將真絲胸衣、明星照、CD、口紅等物象與男友一併排列（《像衛慧那樣瘋狂》），也如鍾物言小說的表達：「我的青春已經被另一個男人定購」，「養情人是男人的本事，被人養著是女人的魅力」。在欲望面前，浮泛的情感僅僅是一層外在的偽裝的糖衣，一如張抗抗《情愛畫廊》中裝飾性的、一眼見底的愛情「童話」。因此，女作家們在張揚感性慾望的同時應該注意女性立場與理性精神的堅守，警惕再次淪為「被看」的消費奇觀。

二、紀實性追求

消費時代使文學日漸成為「歷史和文化的媒介或工具」[註3]，文學日益商品化市場化。將作品與市場掛鉤，實現其暢銷已成為許多作家潛意識裏的夢想，上世紀末先鋒作家向文學可讀性投誠繳械的文學事件就是這一情形的有力佐證。20 世紀後期社會問題報告文學的轟動，留學生文學的風靡，新寫實小說的火爆，似乎為文學贏得市場昭示了一條「紀實」的康莊大道。一部分女性寫作自覺不自覺地受其影響，在文本操作時實施了紀實化策略。這種紀實化並非傳統紀實文學如報告文學、人物傳記中的紀實，傳統紀實文學的創作基調完全依賴於有案可稽的人物事件，虛構只是一種無傷主旨和事實真相的附加手段；而當今女性文學的某些紀實則是在以虛構為本質的小說敘事時借用紀實性手法，意在尋求一種真實與虛構的內在模糊，使接受者產生審美上的紀實錯覺，從而達到吸引受眾的目的。

具體而言，女性寫作的紀實化呈現出史料性、自述性、表演性特徵。史料性是指作者採用史料引證、資料實錄等手段檔案般地建構文本的真實幻象。比如張抗抗的《赤彤丹朱》就不斷徵引解放前的各類文稿作為歷史的見證，試圖還原出一種經過撥亂反正的新的歷史；王安憶的《紀實與虛構》則用大量的史遷式的考據、實錄創造出一個似是而非的家族神話。自敘性則表現為作家和人

〔註 3〕轉引自王逢振：《今日西方文學批評理論》，灕江出版社 1988 年版，第 18 頁。

物的互文性關係的強調，作家生平與人物命運的相互指涉成為引導閱讀的或明或暗的光束。一些女作家喜歡在自傳、半自傳、回憶錄幌子下操作小說的虛構。林白的長篇《玻璃蟲》副題為「我的電影生涯：一部虛構的回憶錄」；衛慧的《上海寶貝》冠名以「一部半自傳體小說」；木子美的《遺情書》則採用了日記體的自述方式。也有些女作家將自己的名字堂而皇之地擱置於小說，將「我就是此書作者」「我活動在這本書中」這樣一類信息羅列給讀者。這種自我寫真式的仿紀實引誘讀者產生對作者的聯想與期待，從而達到召喚讀者的市場目的。表演性是自敘性行為化的結果，它使女性寫作變為了一種即時性表演性的行為藝術，這主要表現在另類女性寫作中。如衛慧公然宣稱「讓他們看看上海寶貝的乳房」，九丹自封為「妓女作家」，木子美實施的「床上寫作」等等，這些故作驚人，放浪形骸的作秀表演除了展示自我欲望的因素，相當程度上也是為了迎合市場。當然，女性寫作的紀實化順應了現代人對真實的日益急切的渴求，一定程度上激發了創作文體的革新，但不可否認的是，在這種「做出來的真實」背後有著明顯的商業動機，暗藏著一股逃避真實、犧牲女性利益的精神潛流。

三、影像化方式

消費文化的時代也就是信息傳媒的時代，現代化的大眾傳媒對人們生活的一切領域進行著全方位的滲透，構築起符號化、幻覺化的生活空間。這些符碼幻象一個令人驚異的共同特徵是：女性化。從心繫萬家的冰箱、彩電、空調、住宅的傾情展銷；到五彩繽紛的化妝品、女性用品的迷人廣告；從領導時尚潮流的時裝表演，到風靡五大洲的選美熱，從曲折跌宕、攝人心魄的中外影視劇，到閃爍迷離，宣洩欲望的 MTV、卡拉 OK，等等，現代媒體以無所不在的女性符號、女性的身體語言、女性的審美幻象製造著當代女神絢麗多姿的美和如夢似水的柔情。它溫潤著社會公眾的心靈，成為公眾注意的焦點。這樣一種符碼化的現實幻象，儘管帶有男權文化濃厚的印跡，但與女性思維的形象性、幻想性的感性化特徵有著某種天然的吻合，因而不少女作家快捷地認同了多媒體，主動與現代傳媒攜手言歡。傳統寫作方式與現代傳媒的聯姻催生了女性寫作的新特質：影像化。女作家們一方面將鮮活的圖像融入冰冷的文字，如由優雅的文字與畢加索的精美插圖合成的海男的小說《女人傳》，穿插有作者個人相片與各種風景靜物圖片的陳染的訪談錄與隨筆集《不可言說》和《聲聲斷斷》，以及配有幾十幅新舊上海圖像的王安憶的散文集《尋找上海》等，都有一種閱讀上

的衝擊力，畫面以其感覺的詩意的光輝，提供給讀者更多的視覺愉悅和更豐富的想像空間。這種圖文並茂的文本，在文字與圖片之間建構起一種新的互文關係，它們不再是傳統書籍中的文字配插圖，而是兩組並行的信號系統，相互交織，相得益彰。另一方面，女作家又紛紛觸「電」，以影視為「媒」，把自己的作品成功地推銷給更多的大眾，擴大其影響。池莉、張欣、鐵凝、王安憶、皮皮等的作品，都備受導演青睞。武漢作家池莉的小說《來來往往》、《小姐，你早》先後被改編成電視劇亮相熒屏，觀眾反響強烈；短篇小說《生活秀》既被搬上了話劇舞臺，又相繼被拍成了電影、電視劇；頗有爭議的作品《有了快感你就喊》也已拍成電視連續劇。身居廣州的張欣不僅認為小說與影視結盟是一個雙贏的結果，而且還會親自擔任編劇，從《梧桐梧桐》、《愛又如何》開始，張欣先後有十多部作品登上熒屏。近年來，女作家流瀲紫、蔣勝男、安妮寶貝、阿耐等的網絡小說《甄嬛傳》《羋月傳》《辛亥革命》《七月與安生》《大江大河》《歡樂頌》等紛紛被改編成影視劇，實現了小說與影視「雙贏」。華裔女作家嚴歌苓的作品更被譽為電影的「票房保證」，改編自她小說的電影《歸來》《金陵十三釵》《芳華》上映即大賣，頗受觀眾喜愛。2000 年以來，僅當代大陸女作家小說改編的電影就多達 49 部，改編成電視劇的則更多。女作家的作品成了影視圈內各大名導及影視公司力爭的「搶手貨」，通常是書未完成拍攝權已賣，或是尚未開拍書先紅。

　　女性寫作中影像化方式的盛行很大程度上源於商業利益的驅動，影視霸權的影響，但也由於公共消費群體的文化需求。小說與影視，二者都是現代意義上產生的敘事樣式，而且都帶有某種大眾文化的印記，都作為最廣泛的被接受和閱讀的樣式。相比之下，小說雖然不受時間、空間限制，可以自由的描寫，但形象帶有間接性。而影視比小說更具觀賞的直接性，人們可以利用拍攝、剪輯、特技、特寫、電腦等技巧，將文學、美學、音樂、戲劇、攝影、光學、聲學等集於一身，使它們具備巨大而又獨特的表現能力，給予觀眾更大的愉悅與多方面的藝術享受。並且，從某種程度上說，同為廣義上的大眾傳播的影視傳播比書本傳播擁有更大更廣的受眾群體，從不識字的文盲到無暇進行閱讀的忙人都可以從熒屏上領略到小說的魅力，而且，小說的讀者也可從影視劇中享受到視覺的美感。

　　然而不容忽視的是，影像化敘事在以可感的形象性解放被傳統語文傳播所限制的視覺經驗的同時，也一定程度上蠶食了文本的深度想像空間，損失了作

品的思想內涵。尤其是某些女作家作品被改編成影視劇後，女性立場往往被消解，代之以或隱或顯的男性視角，具有時代進步色彩的女性意識被抹煞。如根據池莉小說《來來往往》改編的 20 集同名電視連續劇，旨在成就一個寬宏大量，不計前嫌的賢妻，而情人則定位為誘惑男子的紅顏禍水，其價值評判又隱約回到了傳統的標準，原作中的女性自主意識被閹割，這不能不引起我們的深思。

第二節　21 世紀少數民族女性文學研究的新走向

　　費孝通對國家多民族的局面曾有過這樣的表述：「各美其美，美人之美，美美與共，世界大同」，這一表述指出了各民族文化具有差異性、互補性、多元性的特質。從民族共生和文化共和的角度上看，異彩紛呈的少數民族文學確實具有廣闊的發展空間。20 世紀七八十年代以來，少數民族女作家創作方興未艾，學界有關批評也嶄露頭角，但處於邊緣狀態的少數民族女性文學研究與主流文學批評相比仍相對滯後。21 世紀之後，隨著研究隊伍中青年新銳學者的傾心加盟，多項國家級研究課題的深入開展，少數民族女性文學批評日趨興盛，其整體探究呈現出比較研究視野的多維拓展、跨學科批評方法的綜合運用和民族性問題的辯證考察的新走向。

一、比較研究視野的多維拓展

　　季羨林在 1988 年就提出「少數民族文學應納入比較文學研究的軌道」的設想，並指出「對於少數民族文學不但要進行同國外的對比研究，而且也應該進行國內各民族之間的文學的對比研究。」〔註4〕21 世紀之前的少數民族女性文學研究大多將目光集中在單個作家或單部作品的思想闡釋和形象分析上，尚未在研究過程中引入一定的參照系。在 21 世紀文化全球化以及比較文學研究方法的影響下，研究者們發現，我國少數民族女性文學處在與漢族文學、兄弟民族文學同一的世界文學格局中，不同民族乃至不同國家間的文學影響與互動應是少數民族女性文學探究的題中之義。因此，比較研究的視野就這樣多維度地展開了。

　　首先是少數民族文學之間的比較。酈琰將目光投向回族與苗族較高成就的文本——《穆斯林的葬禮》與《邊城》，從民族道德因素、封建家長因素、

―――――――――――――――――――

〔註4〕季羨林：《比較文學與民間文學》，北京大學出版社 2001 年，第 554 頁。

個人性格因素三個方面對作品愛情悲劇的形成原因進行分析。〔註5〕朱育穎、白蕊發現回族作家霍達與張承志在小說內容和表現風格上的不同，以及對歷史題材的開掘的相同。〔註6〕〔註7〕楊秀明分析了《穆斯林的葬禮》中回漢通婚的情節，並將霍達與張承志、木斧等作家作比較，指出男性作家與女性作家的回族敘事之間互文性詮釋的可能與意義。〔註8〕呂豪爽窺見回族作家霍達與藏族作家阿來由於文化印記、生存環境等的不同所造成的小說中民族歷史書寫的相異，〔註9〕張華比較維吾爾族哈麗黛和哈薩克族哈依霞這兩位新疆女作家在敘事策略上的異同。〔註10〕此類平行比較凸顯出研究者的開闊視野，更為民族文學的研究發掘了新的路徑。

其次是少數民族女性文學與漢族女性文學之間的比較。陶思莉將目光聚焦於哈薩克族作家葉爾克西和漢族作家劉亮程，剖析男女性作家在描寫新疆廣闊鄉村牧場的散文中視角的相似。〔註11〕少數民族女作家和漢族作家張愛玲也是近年比較研究的熱點，馬燕發現維吾爾作家哈麗黛和張愛玲的小說之間的共通性，體現在兩性婚姻、女性自審及對傳統的解構上。〔註12〕代娜新從藝術風格和家族敘事的角度比較了葉廣芩和張愛玲兩位作家作品中表現出來的不同的創作風貌。〔註13〕邵非從人格的結構、母權世界、小說月亮的隱喻特徵三個方面將回族霍達的《穆斯林的葬禮》和張愛玲的《金鎖記》進行

〔註5〕廓琰：《〈穆斯林的葬禮〉與〈邊城〉愛情悲劇比較》，《文學教育》（上）2009年第12期。

〔註6〕朱育穎：《同一民族壯歌的兩個音符──〈心靈史〉與〈穆斯林的葬禮〉之比較》，《民族文學研究》2000年第1期。

〔註7〕白蕊：《文化皈依中的藝術收穫──〈穆斯林的葬禮〉和〈心靈史〉之比較》，《西南民族學院學報》（哲學社會科學版）2002年第9期。

〔註8〕楊秀明：《遷徙，遷徙──現當代回漢通婚敘事多維比較研究》，《中國文學研究》2017年第2期。

〔註9〕呂豪爽：《民族歷史敘寫的兩種文學景觀──〈穆斯林的葬禮〉與〈塵埃落定〉之比較》，《名作欣賞》，2006年第12期。

〔註10〕張華：《新疆少數民族女作家敘事策略之比較──以哈麗黛〈軌道〉和哈依霞〈魂在人間〉為例》，《昌吉學院學報》2008年第3期。

〔註11〕陶思莉：《回歸自然與逃避都市──葉爾克西與劉亮程散文創作的相似性研究》，《伊犁師範學院學報》（社會科學版）2010年第2期。

〔註12〕馬燕：《婚姻·內審·解構──哈麗黛·伊斯拉依里與張愛玲在小說文本中的互文性》，《喀什師範學院學報》2012年第4期。

〔註13〕代娜新：《貴族家世與家族小說──滿族作家葉廣芩與張愛玲家族小說比較研究》，《遼東學院學報》（社會科學版）2015年第2期。

比較。〔註 14〕在影響研究方面，任夢媛總結出霍達對《穆斯林的葬禮》中韓冰愛情的悲劇書寫，是借鑒《紅樓夢》寶黛愛情悲劇基本範式的基礎上又結合時代特徵做的進一步的延伸。〔註 15〕胡沛萍、於宏以藏族女作家央珍《無性別的神》、白瑪娜珍《復活的度母》、尼瑪潘多《紫青稞》為例，分析漢語文學對當代藏族文學歷史觀念的影響。〔註 16〕闞海英則分析個案，從民主思想、人物形象等角度發掘魯迅對蒙古族詩人賽春嘎的影響。〔註 17〕長期以來，漢族女性文學作為少數民族女性文學的最大參照系，對其深刻的影響自是不言而喻。

最後是少數民族作家與國外作家的比較。張直心發現白族作家景宜對肖洛霍夫的接受，並將艾托瑪托夫與哈尼族黃雁作品對讀，分析雲南少數民族女作家在抒情藝術上對俄蘇作家的借鑒。另外，他分析佤族董秀英汲取拉美魔幻現實主義的養分，創作出被稱為「佤族的《百年孤獨》」的民族史詩《攝魂之地》，揭示了接受者的少數民族立場和審美趣味。〔註 18〕韋建國從人物命運的描繪和批判思想的彰顯等角度解讀葉廣芩與托爾斯泰的「貴族情結」之異同。〔註 19〕曾丹將中國彝族阿蕾與美國墨西哥裔桑德拉‧希斯內羅絲進行對比，分析她們在種族歧視、女性地位等問題上達到的共識。〔註 20〕伍丹、楊經建在性愛表現、敘事方式和詩化風格方面確認滿族作家趙玫是受杜拉斯影響最為深遠的當代女作家之一。〔註 21〕此外，還有研究者在理論上對少數民族女性文學和西方女性文學進行比較，對反思中國少數民族女性文學比較

〔註 14〕邵非：《女性形象的文化解讀——比較〈穆斯林的葬禮〉和〈金鎖記〉》，《語文學刊》2007 年第 2 期。

〔註 15〕仁夢媛：《〈穆斯林的葬禮〉和〈紅樓夢〉主人公愛情悲劇的比較分析》，《大眾文藝》2015 年第 11 期。

〔註 16〕胡沛萍、於宏：《多元文化視野中的當代藏族漢語文學》，民族出版社 2014 年，第 224 頁。

〔註 17〕闞海英：《試論魯迅對賽春嘎創作的影響》，《內蒙古師範大學學報》（哲學社會科學版）2017 年第 1 期。

〔註 18〕張直心：《雲南少數民族文學與外國文學》，《雲南社會科學》2001 年第 3 期。

〔註 19〕韋建國、吳孝成等：《多元文化語境中的西北多民族文學》，中國社會科學出版社 2007 年，第 208～220 頁。

〔註 20〕曾丹：《女性書寫與族群吶喊：阿蕾與桑德拉‧希斯內羅絲比較研究——以〈嫂子〉與〈芒果街上的小屋〉為例》，《蘭州教育學院學報》2015 年第 7 期。

〔註 21〕伍丹、楊經建：《東西方兩種詩情的遇合——論杜拉斯和趙玫》，《湘潭大學學報》（哲學社會科學版）2015 年第 3 期。

研究具有獨特價值。〔註22〕〔註23〕黃曉娟、張淑雲、吳曉芬合著的《多元文化背景下的邊緣書寫——東南亞女性文學與中國少數民族女性文學的比較研究》一書，通過比較東南亞泰國、越南、菲律賓等國與我國壯族、回族、滿族、彝族、藏族等民族的女性文學，探析處於邊緣寫作狀態的女性心靈訴求，〔註24〕將研究視野延伸至國外作家作品及文學的比較的批評，體現出國內學界視野的創新與開拓。

世界眼光是少數民族女性文學研究中的應有之義，比較的研究能夠更為清晰地勾勒出研究本體的藝術特色和美學風格。對個性差異的堅守，和對多元共存的呼喚，是少數民族女性文學比較研究的出發點和落腳點。

二、跨學科批評方法的綜合運用

翻檢20世紀後期的少數民族女性文學研究，我們發現，其批評文本大多採用傳統的社會學、歷史學、民族學的批評方法。步入21世紀，不少學者在原有的批評方法之上，借助生態學、文化學、宗教學等其他學科領域的知識與理論來觀照各種少數民族文學現象，以求深入揭示少數民族女性文學的社會本源、文化功能、宗教特性和民族特色，在拓寬文學研究領域的同時賦予了少數民族女性文學更為豐富的內涵和鮮明的特質。

生態批評作為一種文學的研究方法，是文學與環境學、生物學的一種跨學科研究。而少數民族與自然環境的親近，使得作家們對日益嚴峻的生態危機感受尤為深刻，加之女性作為「自然」的表徵，少數民族文學中的生態女性主義成為研究的新常態。青年新銳批評家劉大先指出：「生態女性主義將關注女性的生存和自然的狀態平行，其生態意識促使我們對於文明進程、歷史傳統、政治生態、經濟生態、文化生態以及思維方式、民族心態與生活習俗都做全面的觀照。」〔註25〕運用生態批評觀照少數民族女性文學創作是自然與社會環境的發展以及多元文化因素融合下的結果，並且在新世紀以來取得

〔註22〕王智音：《當代少數民族女性文學與西方女性文學的比較》，《貴州民族研究》2017年第12期。

〔註23〕宋占海、陳思：《西方女性文學理論與民族文學批評——以〈民族文學研究〉為例》，《佳木斯教育學院學報》2014年第1期。

〔註24〕黃曉娟、張淑雲、吳曉芬：《多元文化背景下的邊緣書寫——東南亞女性文學與中國少數民族女性文學的比較研究》，民族出版社2009年。

〔註25〕劉大先：《邊緣的崛起——族裔批評、生態女性主義、口頭詩學對於少數民族文學研究的意義》，《民族文學》2006年第4期。

了相當的成就。葉爾克西的自然清新的生態散文和葉廣芩的深刻理性的動物小說是生態批評的獨特範本。研究者或通過具體作品的分析，窺見葉爾克西散文中強調人與自然和諧相處的自然生態觀。〔註 26〕或在她描寫人與自然、人與非人類相處的篇章中探求她發現美、表達美的文學追求與擔當。〔註 27〕也有學者頗有見地地指出「葉廣芩從家族小說到秦嶺系列文本的轉換，亦是在其個人的創作歷程中不經意地演繹了這種從人際倫理到種際倫理的倫理關懷的時代轉向。」〔註 28〕更有研究者在哲學內涵、敘事章法和描寫方式等角度著力，探析葉廣芩具有中國文化心理與品格的作品，為外來理論「生態主義」與中國傳統小說批評的結合提供了有益的啟示。〔註 29〕另有研究者關注土家族作家葉梅的生態書寫，指出她通過塑造風光秀美的鄂西世界，對土家兒女生存境況和獨特的生命意識進行了觀照。〔註 30〕其作品中所蘊含的生態意識和生態智慧，為建設生態文明提供了思想資源。〔註 31〕女性、藝術與自然是融合一體的，女性與自然的天然親近，恰為生態思想與女性主義的結合提供了生長的土壤，也為生態批評提供發生、發展的堅實基礎。

20 世紀 70 年代末 80 年代初，後現代文化空間理論興起，深刻影響了其後數十年的文化研究，並在 90 年代初期開始滲透到文學批評領域。傅錢余分析納西族作家和曉梅小說中所營造的「空間」所具有的隱喻性含義，指出作家所營造的自然環境和人文環境都不是毫無意義的故事發生場所，它們是空間化的一種體現，是與文化傳統、與人物的情感直接相關的感覺空間，當地理空間和民俗儀式進入作家視角成為其文本世界中的重要一員時，這些「空間」的文化意蘊顯得尤為重要。〔註 32〕鄭春鳳、賈惠淇認為朝鮮族作家金仁

〔註 26〕汪娟、牟澤雄：《葉爾克西散文中自然書寫的生態意識》，《新疆大學學報》（哲學·人文社會科學版）2010 年第 3 期。
〔註 27〕鄭亮、王聰聰：《在生態中永生——葉爾克西〈永生羊〉的生態批評闡釋》，《民族文學研究》2012 年第 6 期。
〔註 28〕李玫：《空間的生態倫理意義與話語形態——葉廣芩秦嶺系列文本解讀》，《民族文學研究》2009 年第 4 期。
〔註 29〕馮晟：《傳統文化的「復魅」：葉廣芩的秦嶺生態文學建構》，《西北大學學報》（哲學社會科學版），2017 年第 6 期。
〔註 30〕曾娟：《論葉梅小說的生態書寫》，《小說評論》，2015 年第 2 期。
〔註 31〕宋俊宏：《尋繹土家族作家葉梅小說中的生態資源》，《湖北民族學院學報》（哲學社會科學版），2015 年第 3 期。
〔註 32〕傅錢余：《納西族作家和曉梅小說的空間敘事——兼論當前空間敘事學研究的侷限》，《民族文學研究》，2014 年第 5 期。

順善於通過客廳、浴室、臥室、酒吧等空間意象的營造來隱喻現代人的精神困遇。〔註 33〕房廣瑩指出葉廣芩小說在的「大宅門」這一閉合空間的構建和解構，象徵著小說中家族的沒落與崩潰、後輩的逃離與出走，具有輓歌式的憂思。〔註 34〕將空間敘事理論引入少數民族女性文學研究，凸顯了民族文學空間研究的價值，這對於整個中國文學批評來說都是值得借鑒的理論方法。空間敘事學自上世紀八九十年代在西方興起，直至新世紀才進入國內學者的研究視野，大多成果都以國外文學作品為研究對象，對於國內文學尤其是少數民族文學的理論運用尚未成熟。少數民族女性文學研究中的空間批評仍存在系統性理論介紹不夠深入、運用不夠自如等缺陷，但這些研究者的實踐無疑是有效的嘗試。

「文化學」也是近年來少數民族女性文學研究的新維度，其中民族文學中的宗教因素吸引部分學者的目光，他們一方面從作者所屬民族的文化出發，闡釋其文化影響下宗教因素的存在與表達，聚焦於民族內部文化的反思；另一方面從中華文化的認同出發，高屋建瓴地指出少數民族女性文學的創作對整個中華文化的建構意義。韓春萍從回族作家馬金蓮創作中的「女童－少女－母親」敘事視角出發，分析在現代化背景之下的民族文化轉型問題，認為女作家的創作有利於維持文化內部的平衡與活力，體現出深刻的文化反思意識。〔註 35〕文化意義上的宗教信仰是不可忽視的民族心理機制。霍達的《穆斯林的葬禮》以其鮮明的伊斯蘭宗教文化引起研究者們的關注，李曉峰闡釋作品中中國傳統的玉文化與伊斯蘭的月文化的交流與碰撞，揭示出中國穆斯林的族群身份認同是文化衝突的根源。〔註 36〕岳凌、王本朝探究作品中的伊斯蘭宗教文化元素，以及作家對本民族文化歷史的感觸與對民族文化衝突的思考。〔註 37〕宗教的視角同樣投射到佛教文化聖地青藏高原，倪金豔指出新

〔註 33〕鄭春鳳、賈惠淇：《我們生活在自己命名的白天與黑夜之間——金仁順小說空間意象解析》，《吉林師範大學學報》（人文社會科學版），2012 年第 4 期。

〔註 34〕房廣瑩：《葉廣芩家族小說的空間化書寫——以〈采桑子〉為例》，《文藝評論》，2016 年第 8 期。

〔註 35〕韓春萍：《馬金蓮小說中的女童視角及其文化意義探析》，《民族文學研究》2016 年第 4 期。

〔註 36〕李曉峰：《衝突：宗教、文化抑或文明——重讀〈穆斯林的葬禮〉》，《當代作家評論》2016 年第 3 期。

〔註 37〕岳凌、王本朝：《〈穆斯林的葬禮〉與伊斯蘭文化探究》，《樂山師範學院學報》2015 年第 7 期。

時期藏族女作家書寫雪域高原時呈現出的神幻色彩源於神佛文化的影響，在宗教「禁慾」理念主導下，她們文本呈現出節制的敘事風格。〔註 38〕耿筱青揭示藏族作家梅卓的小說中悲憫世人、覺悟眾生的創作理念以及空靈的藝術境界產生的根源乃是藏傳佛教及宗教哲學思想的影響。〔註 39〕除了地域性的文化觀照外，研究者通過少數民族女作家的創作將特殊性的民族文化與普遍性的中華文化內在聯繫起來，闡明她們為促進民族文化向心力的形成和中華文化的認同與傳承做出的重要貢獻。〔註 40〕

他山之石，可以攻玉。跨學科研究方法旨在借助其他學科的理論、方法、觀點和材料來加深對本學科的理解與闡釋，解決本學科的問題，闡發本學科出現的現象。跨學科批評的有效實踐，可謂另闢蹊徑，極大的豐富了少數民族女性文學的研究層次，為此研究輸入了新鮮血液。

三、民族性問題的辯證考察

民族性是民族文學的本質特徵，它建立在少數民族作家對本民族文化的認同、對民族身份的建構以及對民族精神的堅守上，民族作家以特有的民族思維進行民族題材的書寫，塑造民族形象，追溯民族歷史，表達民族情感。以往的批評常常圍繞民族特點、地域特點對民族性進行闡釋，新世紀以來，少數民族女性文學研究者不僅更加深入探究作品中民族性的本體內容，還將民族性置於和現代性以及時代性的辯證關係之中進行考察，形成了深入精微、多元綜合、辯證融合的研究新走向。

首先是對民族性內涵的深入探究。這種「深入」體現在不再簡單地將民族性理解為民族的獨特風景、風俗習慣的淺層次展示，而是試圖深入民族文化的肌理當中，以尋求某種深刻的民族性表達。畢竟，比起蒙古族作家筆下的大草原、藏族作家描繪的格桑花、回族作家書寫的清真寺這些表層的民族代表性元素，觸及到民族性深層次內涵的往往是民族的內在精神、價值觀念

〔註 38〕倪金豔：《高原女神的節制歌吟——神佛文化影響下的新時期藏族女作家漢語書寫》，《昌吉學院學報》2015 年第 3 期。

〔註 39〕耿筱青：《追尋「如月離雲」的意境——梅卓文學創作中的宗教因素》，《青海民族大學學報》（社會科學版）2012 年第 3 期。

〔註 40〕黃曉娟：《新世紀少數民族女性文學的中華文化認同與傳承研究——以獲「駿馬獎」的女作家作品為例》，《廣西民族大學學報》（哲學社會科學版）2015 年第 5 期。

和思維方式等元素。范慶超認為滿族作家龐天舒將滿族的歷史、語言、民俗、藝術、宗教等元素揉進小說，形成一種直觀、濃厚的滿族文化氛圍，並以此作為民族性闡釋的「首選」。〔註41〕他進而提出，民族性的表達不能只停留在「貼標籤」的展示層次，並以葉廣芩和龐天舒的小說為例，指出前者通過家族命運來感悟民族命運，後者運用「對比性的寓言結構」加深讀者對於滿族命運甚至是民族、歷史變遷的思考。兩位作家從文化表達、道德闡發、藝術志趣等角度加深了對民族性的書寫。〔註42〕一些學者還考慮到民族性內容與形式的關係，認為二者共同構建民族性，均不可偏廢。賀仲明發現藏族作家梅卓不僅在思想內容上體現出濃厚的民族性，即對民族歷史的追溯和英雄傳統的建構，對民族文化傳統的展示，以及對其在現實中生存的憂慮；還在場景、意象、語言、敘述視角等形式方面建構起民族性。〔註43〕王珂以作品中民族性內容的多寡、程度的深淺、氣息的濃淡為尺度，將少數民族女詩人現代漢語詩在形式上的抒情傾向進行分類，給21世紀的女性民族詩歌及批評帶來一定啟示。〔註44〕袁素敏將作品中的民族性與女性身份結合，認為作者對少數民族女性對民族身份的堅守與其對女性身份的維護是一致的。〔註45〕

　　其次是對民族性與現代性的關係進行闡釋。中國少數民族女性文學從傳統走向現代必須從邊緣走向主流，並突破男性主導的話語困境，是一個漫長且艱難的過程。現代性站在傳統的背面，對傳統的民族性必然有所遮蔽，二者之間存在矛盾與衝突。在此中，學者發現不同作家對現代性的態度不盡相同。嚴英秀指出藏族作家央珍和梅卓擁有積極融入現代性的文化自覺，她們以對本民族文化深沉的熱愛出發，展現本民族的現代性訴求，並為現代性化的社會實踐進程提供文化養分，在持守和嬗變中創造新的傳統。〔註46〕馬曉

〔註41〕范慶超：《戰爭敘述的啟蒙追求與民族歷史化實踐──滿族作家龐天舒戰爭小說論》，《中國文學研究》2015年第2期。
〔註42〕范慶超：《新時期滿族文學的民族性維繫》，《滿語研究》2014年第2期。
〔註43〕賀仲明、李偉：《民族身份的自覺與地域詩性的探尋_梅卓小說論》，《民族文學研究》2018年第1期。
〔註44〕王珂：《民族性：濃、淡、無多元相存──論20世紀末期少數民族女詩人現代漢語詩的抒情傾向》，《西北民族學院學報》（哲學社會科學版）2002年第1期。
〔註45〕袁素敏：《民族身份與性別表述的建構與交融──以滿族女作家葉廣芩為例》，《廣西民族師範學院學報》2011年第4期。
〔註46〕嚴英秀：《論當下少數民族文學的民族性和現代性》，《民族文學研究》2010年第1期。

玖認為哈麗黛、熱孜萬古麗等維吾爾女作家吸納現代意識，以現代眼光打量民族文化中的劣根性，站在現代性立場上反省民族的內部精神，對民族文化存在痼疾的憂慮與鞭撻，表現出民族的自我批判力。〔註 47〕徐其超指出回族作家霍達認清傳統文化中落後於時代的負質，呼喚民族同胞拋棄非現代性的文化因子，吸納現代性因子，使民族文化心理實現從傳統到現代的結構性轉變。〔註 48〕相對地，學者們也發現了拒斥現代性的作家。崔曉艾認為回族作家馬金蓮以女性及兒童視角，以民間立場返璞歸真，游離於現代性之外，是反叛現代性的間接表達。這種執著於鄉土的現代性敘事策略，使她在 80 後作家中獨樹一幟。〔註 49〕馬曉玖關注到葉爾克西、阿維斯汗等哈薩克女作家對民族性的堅守與現代性的困惑，由於民族本位意識強烈，她們挖掘本民族文化中的傳統美德，通過對游牧文化中美好品質的禮讚，間接與現代文明進行抗衡。〔註 50〕在現代性困境下，民族作家只有以憂患意識、進取意識、整體意識、開放心態這樣的現代品格對本民族的文學傳統進行繼承與創新，才能融入表現現代社會生活的主流話語層。

最後是對民族性與時代性關係的探討。在 21 世紀文化多元交融的時代背景下，少數民族女性文學表現出鮮明的時代特徵。學者們指出，少數民族文學中的民族性與時代性相互聯繫、相互依存，獨具韻味的民族美學和與時俱進的時代文學共同構建了多姿多彩的文學世界。劉大先深切關注到邊地文化中時代社會與個體生命的糅合，他結合藏族女性文學創作實際，以白瑪娜珍的《復活的度母》和格央的《讓愛慢慢永恆》為例，理性分析民族本土文化特色與平和從容的民族美學是作為時代文學現實的一部分，是多樣性文化中不可或缺的一員，是民族文學復興的原生動力。〔註 51〕朱華對比土家族葉梅與漢族池莉兩位湖北女作家在民族性與時代性兩方面表現的不同，指出文學既承接歷史發展過程，是該民族各個時期文化的疊合，又以該時代的現實社

〔註 47〕馬曉玖：《民族性與現代性的碰撞與超越——以哈薩克女作家和維吾爾女作家作品為例》，《昌吉學院學報》2008 年第 5 期。

〔註 48〕徐其超：《回民族心靈鑄造範型——〈穆斯林的葬禮〉價值論》，《西南民族學院學報》（哲學社會科學版），2002 年第 9 期。

〔註 49〕崔曉艾：《用本色書寫方式重塑鄉土的現代性敘事策略——回族女作家馬金蓮面對現代性如何探索新的文學創作之路》，《河北學刊》2015 年第 5 期。

〔註 50〕馬曉玖：《民族性與現代性的碰撞與超越——以哈薩克女作家和維吾爾女作家作品為例》，《昌吉學院學報》2008 年第 5 期。

〔註 51〕劉大先：《高原的女兒：當代藏族女性小說述略》，《民族文學》2008 第 3 期。

會為基礎，對傳統文化進行揚棄，是歷史性與現實性的對立統一。〔註52〕母語寫作方面，楊玉梅關注到朝鮮族作家金錦姬和許蓮順的作品充滿濃鬱的人情內涵和時代觸感，飽含當下女性在婚姻與社會中的生命體驗，折射出時代的變化。〔註53〕對民族性與時代性關係的把握，說明當代少數民族女性文學的民族性價值追求應忠於時代，真切感受當今時代精神的脈動，給現實以觀照的目光，彰顯時代價值與現實意義。

當下的少數民族女作家，既有弘揚民族性的立場，又有追求現代性的願望；既有回溯民族傳統的習慣，又有投身於當下時代的理想。學者們深諳這種複雜的創作心理，並從主觀與客觀、內部與外部環境之中溯源求本，試圖辨認複雜的民族性問題中的關鍵質素，辯證看待民族性與現代性、時代性之間的關係，為學界關於民族性問題的研究撥開些許迷霧。

四、反思與期待

21世紀少數民族女性文學研究的新走向，既源於新時代背景下思想解放和文化交流的深入，也源於創作隊伍上一批具有學院背景的青年學者的加盟。這一新走向突破了既往探究中單一封閉的壁壘，促進了不同文化、不同學科的對話交流以及少數民族與其他民主之間的雙向互動，使少數民族女性文學研究呈現出開放、多元、包容的形態，豐富繁榮了當代民族文學及其文學史研究。這無疑具有重要的學術價值和文化實踐意義。

但我們也應該看到，這種批評新質出現的同時也蘊含了某種缺失。

在少數民族女性文學的比較研究中，研究者常常重橫向的平行研究，輕縱向的影響研究。他們更多地熱衷於兩位或多位作家作品之間的對讀與闡釋，對探析源流的影響研究關注不足。一方面，研究者傾向於將比較的視野投向漢族文學與國外文學，而忽視本民族傳統文學對少數民族女性文學的影響。傳統文學被視為民族文學的燦爛瑰寶，其中民間故事、傳說以及歌謠對當代女作家也存在或深或淺的影響。如滿族作家龐天舒幼時就接觸到本民族的遠古神話與民間傳說，其創作深受滿族傳統文學的影響；葉廣芩繼承了滿族文人寫作的優良傳統，忠於社會生活，抒發家國情懷，追求雅俗共賞。另一方

〔註52〕朱華：《葉梅與池莉小說作品人性、民族性和時代性比較》，《湖北民族學院學報》（哲學社會科學版）2009年第3期。

〔註53〕楊玉梅：《世紀初少數民族母語寫作的時代性與民族性特色》，《北方民族大學學報》（哲學社會科學版）2012年第1期。

面，研究者往往將少數民族女作家置於影響研究中被動接受的一方，極少關注到少數民族女性文學並非被動的單向度的承受者，它實際上也在潛隱默化中向漢族文學甚至國外文學輸送有益養分，一些影響較大的作品如《穆斯林的葬禮》已有英語、法語、韓語、維吾爾語、阿拉伯語、烏爾都語等譯本，在國外已有不同程度的閱讀與研究。研究者應該挖掘少數民族女性文學作品在域外的翻譯、傳播與研究情況，以及與漢族文學、世界文學的互動態勢，最終促進多民族文學的交流，在平等的對話中增強民族文化自信。

在跨學科批評方法的運用方面，少數民族女性文學研究者雖頗有新意地發掘了文學與生態學、文化學等其他學科之間的關聯，但與國內外跨學科綜合研究取得的豐碩成果相比，整體上仍相對滯後。首先，在運用跨學科批評方法時，研究者極少發掘少數民族女性文學與某些學科，比如語言學、藝術學、社會學、心理學、傳播學等學科之間的聯繫，學科視野有待進一步拓展。少數民族女作家作品中獨特的漢語使用，或由於地緣因素形成的與文化中心的隔離心理，以及帶有民族韻味的歌謠藝術等等，這些都值得用跨學科方法進一步探討。其次，在研究具體問題時研究者使用跨學科知識和方法的範度不夠，學科的功底亦有待加強。研究者應對所用學科理論有透徹的理解，有文本與理論契合的獨特發現，避免理論闡釋簡單化和機械化的生搬硬套。此外，不少文本具體分析有餘，理論建構不足。不少批評文章仍流於感性概述和歸納，缺乏辯證且富邏輯性的理性闡釋與提升。

在民族性問題考察方面，批評者們大多能對作家作品進行辯證評析，對民族性的理解也力求深入其本質內涵。但不足在於，一方面學界對「民族性」界定尚未統一，有時常將「民族性」與「民族氣質」、「民族特色」混為一談，「民族性」是與人類性、世界性、時代性、現實性、現代性等多種元素相互作用下綜合的、動態的客觀理論體系。另一方面，研究者對少數民族女性文學中民族性與世界性的問題關注不夠。我們應如何處理民族性與世界性的關係，堅持怎樣的文化立場，在當下全球化的語境中尤為重要。現今有不少少數民族女性作家在世界範圍內獲得了聲譽，但她們作品中的世界眼光、普世價值卻缺乏闡釋。

反思既往研究的得失，我們更應該深切認識到，在文化全球化信息化的今天，民族文學研究一旦封閉在本民族文化體系之內，就不太可能在思維模式與研究成果上有新的突破。當今少數民族女性文學仍處於雙重邊緣的地位，

如何將民族話語與女性話語結合，完成對既定話語模式的突破；如何在介入本民族歷史與現實思考的同時，最終的旨歸又不侷限於本民族的視域；如何以開放的眼光和包容的心態，在吸收外來優秀文化的同時，堅守和弘揚本民族文化；如何在體現文學豐富而獨特的民族性的同時，又反映人類價值的普遍性，從而讓國內外更多的學者關注到我國的民族文學創作，彰顯中華民族文化魅力和文化自信，這無疑是當下各民族作家需要迫切思考的問題，也是研究者們理應著力的重點。

第三節　誤區與出路：當代女性文學創作及批評的反思

　　20 世紀末中國女性文學之崛起，已成為一個不容置疑與忽視的存在。女作家們以令人矚目的空前的創作與批評實績，衝破了長期壓抑的無名狀態，「浮出了歷史地表」，並加入了世界女性姐妹追求自身解放的大合唱，使中國女性文學之命題真正具有了全球性視野和「史」的地位與意義，其歷史功績是怎麼高估也不為過的。然而我們又必須清醒地看到，處於男權文化圍城中的年輕的中國女性文學在艱難前行、縱情飛翔的同時，不免常常遭遇突圍的困境、迷失的尷尬、言說的危機，或是不期然中重新落入男權的藩籬，暗合了父權秩序對女性的規約；或是被動主動地墜入商業化陷阱，與「商家」共謀出媚俗的欲望奇觀；或是無意有意地捧起了「他人的酒杯」，忽視了本土的「國情」。因此，在 21 世紀初文學變革的歷史時刻，冷靜地清理與系統地反思當代女性文學創作及批評所出現的種種誤區，無疑是評論界急需深入探究的一個重要課題，它對我們辯證認識中國女性文學與西方女性主義的關係，體認中國女性文學的複雜歷史與現實困境，探尋中國女性文學的未來出路及其展開的可能性，都能提供許多有益的啟示。

一、女性文學創作：「房間」的閉鎖與敞開

　　自從上世紀 80 年代中國女作家自覺接過伍爾芙「要有一間自己的屋子」的旗幟，建構起女性自我書寫的物質與精神空間以來，中國女性文學的主潮幾乎都翻捲在這間既具私密性又充滿反抗情緒的小屋內。《獨身女人的臥室》、《阿爾小屋》、《說吧，房間》，……僅僅這些書名已經很可以說明問題。這種起源於自己房間的訴說，一方面衝破與顛覆了既有的男權文化的樊籬，發現

和展示了獨特的女性經驗與女性命運，成就了當代女性創作前所未有的亮麗風景，另一方面也日益暴露出其侷限與迷誤，以至於世紀末以來的女性文學創作竟由此而顯出相對沈寂的「聲聲斷斷」的光景。仔細考察，其問題很大程度就在於某些女作家被這間「自己的屋子」拘禁了，她們在維護和伸展自己的同時又自覺不自覺地迷失和閉鎖了自己。這種閉鎖的誤區主要表現在以下幾個方面。

其一、身體經驗的沉迷與放縱。女性在自己屋宇下展開的身體敘事是當代女性寫作中影響深廣的一種文學實踐，也是中國知識界聚訟紛紜的重要文學和文化現象。由於作為女性文學基礎的女性經驗無不來自女性之軀，身體是一切經驗的發源地，是女性寫作的邏輯起點和內在肌理；而在父權文化統治下，女性沒有自己的語言，她們惟有自己的身體可資依憑，惟有「通過身體將自己的想法物質化」，「用自己的肉體表達自己的思想」〔註54〕，因此，一批背景殊異的女性作家不約而同地參與了身體寫作。上世紀80年代中後期，王安憶、鐵凝等已經開始了對女性身體欲望的探索，在《小城之戀》、《崗上的世紀》、《玫瑰門》等小說中，儘管作家還沒有以第一人稱的視點展開對主人公身體的書寫，但女性身體已升格為欲望主體而凸顯出反抗男權文化想像的意義。90年代，林白、陳染、海男們以極具現場感的「親歷者」的身份，將以往竭力迴避和囚禁的邊緣化的個人身體經驗，如自戀、同性戀、強姦、誘姦等，編織進《一個人的戰爭》、《私人生活》這類自傳半自傳性的文本，使女性身體具有了自在自由的本體與美學的意味。在上述作家的筆下，身體經驗的諦視、觸摸與冥想，成為了現代性反思的一部分，成為了顛覆男權中心話語的一種僭越性力量，女性從中重新發現和找回了被淹沒的自我，重建了文學史中的女性身體修辭學。然到了世紀之交的衛慧、棉棉們那裡，由於傳媒輕佻浮浪的炒作和商業主義的精心謀劃，身體敘事逐漸由對男權文化的解構走向理性式微的欲望化，身體經驗肆意膨脹和放縱，不再有理性的閃光，而僅僅是感官欲望的「尖叫」和「瘋狂」。她們在作品中宣稱自己是「一名赤裸的作家」，「用身體檢閱男人，用皮膚思考」〔註55〕。在衛慧的《上海寶貝》中，性伴侶與「情人」這兩個詞同時出現，身體與靈魂、性與愛分離，小說

〔註54〕〔法〕埃萊娜·西蘇：《美杜莎的笑聲》，張京媛主編《當代女性主義文學批評》，北京大學出版社1992年版，第195頁。
〔註55〕棉棉：《糖》，《收穫》2000年第1期。

中的主人公「我」一邊想念著男友天天，一邊倒在一個德國男人的懷抱裏瘋狂地做愛。在木子美的《遺情書》裏，身體以及性更是成了徹底的純粹娛樂與遊戲的肉體。每當有性的需要時可以隨時打電話找人或通過 E-mail 找人，只要他有性功能並且不會愛上我。不僅如此，有的身體寫作甚至變成了迎合男性窺隱和獵奇心理的放浪形骸的作秀表演，如衛慧公然宣稱「讓他們看看上海寶貝的乳房」，九丹自封為「妓女作家」，木子美實施的「床上寫作」等等。在這裡，女性身體完全沒有了歷史的牽連與道德、靈魂的責任，也沒有情感的羈絆與「文化革命」的使命，僅僅是消費主義欲望的一個載體，時尚化的一種「讓看」奇觀。

　　現代化經驗告訴我們，身體本身就是身心二元的，身體作為一種感性的生命存在，作為一個不可化約的物質實體，它不僅表徵著反理性主義的快感、力比多、欲望和無意識的客觀存在，而且與階級、種族、性別以及權利政治和意識形態有著深刻複雜的歷史關聯；身體活動具有身／心一體化的特點，是包含著思想和精神維度的一種整體性的感官活動。這才是真正現代的「人」之身體。像以上某些女作家一味展覽肉身而忽視心靈精神的維度，將身體寫作等同於肉體寫作、性寫作，實際上將身體敘事引入了歧途。由此，身體從建設性轉向消費性，從抗俗轉向了媚俗，其社會文化解放的和詩學的意義已消除殆盡。在她們的筆下，前幾代女作家們奮力拼搏而爭得的女性身體的主體地位再次讓位於男性，這種放逐了理性規範和精神引導的身體書寫，很可能無形中消解掉女性文學話語建構的艱辛成果，使女性表達又一次淪為男權文化的奴僕。

　　其二、私人景觀的封閉與模式化。為了反抗主流話語與男權話語的雙重覆蓋，女性寫作較多地採用了「私人化」或曰「個人化」的方式。女作家們有意以「私人生活」「反動」「以往的文學模式」〔註56〕，以自敘傳的形式書寫為倫理化、道德化的公共話語所屏蔽的女性的「禁中」世界。於是，寫作女性筆下往往呈現出神秘幽深的「私人生活」景觀：窗簾低垂、布滿鏡子的房間，浸泡著光裸肢體的溫暖的浴缸；對鏡獨坐或不斷「出走」的女子，為異性戀、自戀或同性戀深深困撓的婦女；還有戀父／弒父場景、戀母／仇母場景等等。這些敘寫無疑是對長期以來一手遮天的公共話語的強力反撥，對

〔註56〕陳染：《我的「個人化」》，《阿爾小屋》，華藝出版社 1998 年，第 181 頁。

女性個體生存真實的深度拓進。但令人憂慮的是，這種自我封閉的「禁中」世界在表現個人經驗與想像、阻塞窺視侵犯道路的同時，也抽空了與外部世界對話以致抗衡的力量。封閉的自我顯然是不完整的，孤獨的壓迫和流浪的折磨使「自我」往往處於分裂的狀態。一如陳染所言：「你其實只有半條命！因為，你若是想保存整個生命的完整，你便會無生路可行，你就會失去全部生命。」〔註57〕這種殘缺的自我與閉鎖的私人生活當然不可能達到伍爾夫所說的「由暫時的、個人性的東西中鑄造出那持久不倒的建築物」〔註58〕，因而也無法具有超越性的人類的意義。

更成問題的是，不少私人景觀的書寫逐漸形成了一種以自戀為核心的經驗化表達模式。作家有限的自身經驗在作品中投射，使多部作品的人物、情節、場景，乃至敘述方式、意象結構、語式語氣都不同程度地雷同。林白的《一個人的戰爭》幾近囊括了《致命的飛翔》、《日午》、《守望空心歲月》、《玻璃蟲》等小說的基本故事與內涵，陳染的《私人生活》包孕著《與往事乾杯》、《無處告別》、《嘴唇裏的陽光》、《巫女與她的夢中之門》等有關黛二成長小說的幾乎所有主題和情節暗示，海男的一系列有關女性性愛的中短篇也可濃縮為一個長篇《我的情人們》，作品中的女主角林多米、倪拗拗、黛二、蘇修等都投射著作者自己的影子，而自戀、同性戀等女性個人的經典場景也似曾相識般大同小異。如此的私人生活，不過是「自我」或「她人」話語的仿寫與複印，並無多少「私人性」存量，一如吳亮先生在《私人寫作的社會性》一文中所指出的：那些一度處在爭議中的私人寫作，最主要的缺點是「那些被仔細描述的私人生活缺乏令人耳目一新（更不要說令人震驚了）的殊異性，呈現在我們眼前的僅僅是由某種由一般經驗和一般回憶構成的『類型』，卻不是一個不可被替換的『私人』。」〔註59〕這樣的「私人」景觀一旦進入廣泛的流通領域，就有可能成為商業市場中可以複製的產品，衍化為一種新型的「公共」話語，毫無個人意義可言。

其三、底層世界的漠視與缺失。由於擁有一間自己的屋子的女性書寫者均為知識女性，也就是一些人指認的所謂「中產階級女性」，她們的目光往

〔註57〕陳染：《陳染文集·女人沒有岸》，江蘇人民出版社1996年，第167頁。

〔註58〕〔英〕弗吉尼亞·伍爾芙：《一間自己的屋子》，生活·讀書·新知三聯書店1989年，第91頁。

〔註59〕吳亮：《私人寫作的社會性》，《文壇漫筆二則·之一》，《文學報》1997年5月8日。

往聚焦於知識女性和都市中上層婦女，如張潔、鐵凝、陳染、林白創造的鍾雨、吳為、陶又佳、倪拗拗、多米等作家、記者形象，王安憶筆下的上海小姐，張欣故事中商海白領，打工妹、下崗職工、農村婦女等底層女性極少進入她們的視野，蕭紅筆下那牽動億萬民眾的鄉村勞動婦女怵目驚心的苦難近乎闕如。一項有關婦女刊物所發文章的調查顯示：十之七八的知識女性不可救藥地迷津在百分之五不到的幸運女人們身上，對下層婦女的疾苦少有問津〔註60〕。由此而來，占人口絕大多數的底層女性幾乎被女作家擱置，其作品也因與普遍女性生活的隔膜而影響有限，作品中聲嘶力竭呼籲的女性解放基本侷限於象牙塔內的少數女性精英，女性文學創作陷於與廣大女性生存狀況脫節的文化精英主義誤區。正如王曉明不無諷刺意味的批評：被女性批評者所認為的 90 年代前中期的這次女性「解放」，「絕對不是面向所有的婦女，下崗的女同胞根本沒有這種幸運。時代給予一部分女性自由與自主，給予她們一間自己的屋子，她們不再為柴米油鹽而煩惱，……說得直截了當一點，是一部分提前進入『小康』的女性，這樣的女性才有時間與興趣專門研究性別問題，才有可能把性別問題與其他有礙觀瞻的事情區別開來」〔註61〕。

　　女性創作與底層脫節的原因，除了知識女性底層經驗的匱乏，一個重要的因素即是對於底層世界的偏見與蔑視。這種偏見與蔑視很大程度上源於啟蒙主義對底層世界的基本判斷。在啟蒙文學的觀念下，底層世界已經被先驗地判定為一個前文明、一個愚昧落後的世界，和作為先知先覺的知識精英之間，是對立而隔膜的。女性文學作為啟蒙文學的重要組成部分，在這一點上與啟蒙文學主流之間是一脈相承的。這種情形實際上自五四以來一直如此。所以，80 年代後的大多女性文本，要麼漠視底層，要麼在偶涉底層時，就像《麥秸垛》、《你是一條河》那樣將其擱置在啟蒙的砧板上拷打，底層原初的豐富的本真世界，始終如霧中風景，幾乎沒有被真正認識過。今天，市場經濟快速發展和社會結構轉型導致了新的階層分化，億萬下崗工人、農民工等底層民眾的生存已成為異常突出的「中國問題」。因此，如何重新定位底層，如何表現底層中的女性群體，應是當代女性寫作面臨的一個複雜而有深意的新課題。

〔註60〕陳樹才：《三種不良心態下的當代女性文學》，《中國女性文化》（NO.5），中國文聯出版社 2004 年，第 31～32 頁。

〔註61〕王曉明：《九十年代的女性——個人寫作》，《文學評論》1999 年第 5 期。

　　造成以上種種誤區的緣由，有女性主義對宏大敘事的規避。因為在 90 年代的文化語境中，有關政治、社會、公共、群體、階級、集團的表述，都被指認為宏大敘事，而女性在宏大敘事中的弱勢地位以及宏大敘事對她的排擠和壓抑，決定了她們會以一種相當偏激的態度有意與之疏離，而傾心於身體、私人景觀等具體的個人性現象和事物。也有消費主義盛行下的商業化市場的誘引。商業資本策劃下女性寫手一夜成名的神話，高額商業利潤的誘惑，以及男性為滿足自己性心理或文化心理消費而做出的某種歷史寬容，都成為一種有效的暗示或需求傳遞給女作者，使她們無形中落入「欲望生產」的商業陷阱。此外，還有女性批評誤導而致的女作家對創作的迷惘。關於這一問題，下文將詳細論及，故在此不作贅述。

　　那麼，女性創作走出誤區的出路何在？或許中外兩位著名女作家的寫作實踐能給我們以啟迪。「一間自己的屋子」的旗手、英國作家伍爾芙從來就不是狹隘房間裏閉門造車、迷戀自我的寫作者，她在為婦女與社會寫作的同時，外出為勞動婦女開設的夜校授課，並在自己家中連續四年組織了婦女合作協會分會的活動。她認為，女性「從以前為男人佔有的屋子裏贏得了自己的房間」，「這自由只是個開始」；「怎樣裝修？和誰分享？」才是「最重要、最有意義的」。〔註 62〕在這裡，伍爾芙實際上提出了「房間」開放性的命題，「自己的房間」是要與人「分享」的，如此，開始的自由才可能進一步發展。她本人的寫作也始終堅持門戶開放，在自我與現實之間穿行，表達女性及其人類的經驗、命運和夢想。中國當代女性主義批評的先鋒戴錦華曾形象地將自己的寫作描述為「沒有屋頂的房間」。有著四壁的「房間」，意味著某種與現實的間隔和距離，意味著一種獨特的個人化書寫空間和方式；沒有「屋頂」的敞開，則表明她從來沒有隔開「現實」，始終作為一個當代文化人參與著現實的構建。這些無疑為女性寫作昭示了自由伸展的最大可能性。因此，女性創作要走出「身體」的陷阱與「私人」的危機，走入底層，關鍵是打破「房間」的囚禁與封閉，敞開門窗，尋找自我走向他人、走向現實社會的多條通道。就像徐小斌所言：「如果一個人只是寫自己，那麼即使他是一口富礦也必定會被窮盡……，個人化的最好出路就是找到一個把自己的心靈與外部世界對接的方法，這樣可以使寫作不斷獲得一種激情與張力，而不至於慢慢退縮

〔註62〕〔英〕弗吉尼亞‧伍爾芙：《婦女的職業》，見《伍爾芙隨筆全集》（第 3 卷），
　　　　石雲龍等譯，中國社會科學出版社 2001 年版，第 1731 頁。

和委頓。」〔註63〕

　　實際上，新世紀女性文學創作的轉型以及此前的一些女性寫作，已經顯現了這種對接的努力，提示了若干個人與現實世界鏈接的路徑。新世紀女性創作向底層世界的轉向即是路徑之一。2000年春和2001年秋，一直自如而「先鋒」地穿行於文壇諸種潮流的王安憶，憑藉自身對當代精神問題與現實變化的直覺性敏感，接連推出了兩部長篇：《富萍》與《上種紅菱下種藕》。她沒有像寫《長恨歌》時那樣，將讀者領進「淮海路」的花園洋房、酒吧舞廳，欣賞舊上海的風花雪月；而是直接把大家帶入了潮濕低矮的棚戶區「梅家橋」，以及如「梅家橋」一般的華舍鎮，將燈光打在了生活的邊緣：鄉下來的姑娘、蘇州河上的船工、房琯所的木匠和做保姆的「奶奶」們，還有寄讀在人家的「秧寶寶」。接下來的2003年和2004年，被公認為個人化寫作的代表性作家林白，發表了《萬物花開》與《婦女閒聊錄》。在這兩部形態奇特的小說裏，她先前在「小屋」中寫在「紙上的女人」，那些在窗簾掩映下「古怪、神秘、歇斯底里、自怨自艾，也性感，也優雅，也魅惑」的女人，突然間不見了，她把讀者帶到了既蒙昧又充滿生機、眾生狂歡、「萬物花開」的鄉間大地，聽鄉村少年大頭的講述和農婦木珍們的閒聊。兩位女作家不約而同地對底層世界的開掘，可說是意味深長，既顯示了她們突破自我、洞見與回應現實生活巨變的努力，也顯現了女性創作從「小屋」走向廣闊世界的一個路口。如果拓寬視野，我們還會發現多條可行的通道。比如鄭敏在美國波士頓與多年不見的兒子相聚後寫下的一組詩篇《母親沒有說出來的話》，將近年被女性寫作狹隘理解而倍受冷落的「母愛」表現得情深意切、豐富博大，達到了了母親（女性）情感與人類情感的相通融合。鄭敏認為，女性寫作如果能在關心解除性禁錮、自由發揮女性青春魅力之外還能探討像諾貝爾和平獎獲得者修女特麗莎那種愛人類的境界和精神，和生活裏一些默默無聞的單身母親的母愛，就會達到更高的層次。又如畢淑敏的長篇《拯救乳房》，惹眼的書名曾讓人疑心其譁眾取寵，但卻是一部發人深省的嚴肅的女性小說。作者以乳房為視點，通過現代社會中乳癌患者的身體思考女性的生存境遇與未來命運，揭示女性殘缺的人格，實現女性的自我批判，以期重建女性的生命尊嚴。作品中，女性身體與靈魂拯救既碰撞衝突，又相輔相成，為女性身體寫作提供了新的思

〔註63〕徐小斌：《個人化寫作與外部世界》，《中國女性文化》（NO.2），中國文聯出版社2001年，第63頁。

路。還有虹影的小說《飢餓的女兒》。《饑》可說是一個典型的女性個人化寫作的文本，有著這類文本的基本要素：自傳體、父愛缺失、私生女、身體渴望、少女與年長老師的愛情、墮胎、流浪等等，但它顯然有別於那種主觀色彩強烈的自戀型作品。它所表達的女性的個人體驗總是能擴展到普通中國人群體的歷史的經驗，女性的苦難也與底層人生活的艱難困苦密切相連，較好地實現了女性的個人經驗與底層經驗、「女性敘事」與「歷史敘事」的復合與溝通。

誠然，個人與外部世界連接的創作追求也孕含著某種潛在的危險。作家在一步步竭力靠近現實世界的時候，有可能與既往的個人之間，產生一種心理的對峙，一種精神的緊張，從而不自覺地與之拉開距離。這樣就很容易對轉變後的新姿態喪失反省，從而削減其創作可能孕育的豐富與多樣性。但無論如何，它探尋了一種思路，個人化、底層經驗乃至宏大敘事，這些原本被言之鑿鑿認定為女性文學書寫特色或者是與之背道而馳的東西，有了被重新言說、重新定位的可能。

林白曾這樣描述走出閉鎖「房間」，尋找與世界之間通道的感受與欣喜：

> 多年來，我把自己隔絕在世界之外，內心黑暗陰冷，充滿焦慮和不安，對他人強烈不信任。我和世界之間的通道就這樣被我關閉了。許多年來，我只熱愛紙上的生活，對許多東西視而不見。對我而言，寫作就是一切，世界是不存在的。

> 我不知道，忽然有一天我會聽到別人的聲音，人世的一切會從這個聲音中洶湧而來，帶著世俗生活的全部聲色和熱鬧，它把我席捲而去，把我帶到一個遼闊光明的世界，使我重新感到山河日月，千湖浩蕩。〔註64〕

或許，當眾多女性寫作者，都在自己的聲音之外聽到了「別人的聲音」，在一己的小屋外面看到了「山河日月、千湖浩蕩」的時候，中國當代女性文學創作將又是一個繁花似錦的春天。

二、女性文學批評：「他人的酒杯」與自製「雞尾酒」

一些學者在論述和評價中國女性主義文學批評的發生及其流變時，不約

〔註64〕林白：《低於大地》，《當代作家評論》2005 年第 1 期。

而同地用了「他人的酒杯」這一表述〔註65〕，我以為這一表述相當形象而又切中肯綮。它向我們傳達了這樣的信息：中國當代女性主義文學批評是在對西方諸種理論流派，尤其是西方女性主義文學批評的雙重借鑒下發生發展的。西方理論這一「他人的酒杯」，不僅澆了中國當代學者胸中之塊壘，促成了中國女性文學批評的成長與繁榮，使其迅速崛起為中國文學界顯學；而且也因其異域性以及橫向移植生成的話語迷霧，造成了當代女性文學批評的諸多盲點和誤區，影響了其健康發展。

這首先表現為理論資源接受上的單一視域和碎片拼貼。中國當代女性主義文學批評在 20 世紀 80 年代後期悄然面世時，正值歐美女性主義批評實踐與理論建構的繁榮、西方文論大規模引進和中國當代文藝理論批評的眾聲喧嘩。雙重滯後登場的焦慮，以及中國批評者「缺啥補啥」的實用主義態度，帶來了接受視域的雙重單一。第一重是東方／西方接受視域中的單一西方。不少中國學者以仰視的「學生」心態面對西方資源，不加質疑、急功近利的接受和拿來，而對本土思想資源卻有意無意的「遺忘」。其實，中國自近代以來已經積累了較為豐富的性別研究資源。19 世紀末以來，梁啟超撰寫了《戒纏足會敘》、《人權與女權》、《女性文學與女性情感》（見《中國韻文裏頭所表現的情感》一書第九節）等論著，闡述其有關婦女解放的思想，並在中國第一次明確提出了「女性文學」的概念。20 世紀初，大同書局出版了由金天翮撰寫的中國婦女史上第一部系統闡述女權革命理論的著作《女界鐘》，秋瑾等女界先鋒也發表了不少婦女批評文章。五四新文化運動期間，蔡元培、陳獨秀、李大釗、魯迅、周作人等為代表的思想家、教育家和文學家關於女性問題多有精闢見解，並有《婦女評論》、《婦女聲》等多種女性刊物發行。1949年中華人民共和國建國以來，中國共產黨對馬克思主義婦女解放思想，也有一系列闡釋與實踐。可惜的是，這些寶貴的本土性別文化資源，相當時間消失在中國批評家視野之外。

第二重是多元西方／一元西方接受視域中的一元的狹義的西方。西方女性主義是豐富多元、不斷發展的。它不是傳統意義上的嚴格定義的文化和學說，也非鐵板一塊的意識形態，它包含著「自由主義的」、「激進的」、「馬克

〔註65〕陳志紅在 1999 年第 2 期《當代作家評論》發表《他人的酒杯——中國當代女性主義文學批評閱讀箚記》一文，楊莉馨在《異域性與本土性》（北京大學出版社 2004 年）一書中也多次使用過「他人的酒杯」這一表述。

思主義的」、「精神分析的」、「存在主義的」、「後現代的」、「多元文化的與全球的」以及「生態主義的」女性主義等紛繁多樣的分支和流派。但由於西方資源引進時的片斷和零碎，漢譯的障礙和歧義以及功利主義的各取所需，流派紛呈、方法多樣、研究對象五花八門、成果繁富的西方女性主義理論在中國變得單一化、碎片化和概念化。長期以來，中國學者引用頻率最高、且被視為最權威理論來源的實際上主要是兩個選本：瑪麗・伊格爾頓主編的《女權主義文學理論》和張京媛編選的《當代女性主義文學批評》。嚴格意義上的女性批評理論著作的全譯本只有《一間自己的屋子》、《第二性》、《性政治》、《性與文本的政治》，女性主義文學批評理論史上影響巨大的經典《閣樓上的瘋女人》、《她們自己的文學》至今尚無完全的中譯。這無疑使學者們難以系統深入地把握西方女性主義思潮與文學研究的發展與全貌，留下的往往是只見樹木不見森林、誤讀誤用的遺憾。

其次，批評對象選擇上的狹隘視野以及對女性經驗文本的偏愛。一些研究者片面地認為，女性主義批評即婦女作為作者的女性話語批評，只有表達女性經驗的文本才最具有批評價值。因此，她們一味偏愛涉及女性經驗內涵的文本，而對具有開闊社會視野的女性文本和男作家文本則保持了相當冷漠的態度。於是，不僅一批優秀的男性文本難以成為其批評資源，一些女性作家高度關注社會問題的作品也難以成為研究對象。堅持女性創作要有「兩個世界」的張抗抗對此表示了異議：「女性主義批評當中已經形成了一統天下的意見，好像說女作家不用女性主義方法寫作的話，她就是一個非常不合格的女作家。……女性主義的絕對化營造了這個怪圈，把女作家圈在了自己的天地裏，這對女性寫作同樣是不利的。」〔註66〕一直致力於思考社會、生命重大問題而又往往被甩在女性主義作家名單之外的畢淑敏也對此給予了一語中的的尖銳批評：「如果是女作家，就不去寫整個人類的生存發展、那種知名的挑戰，包括哲學和思考；如果你寫著寫，他們就會認為你是中性化——實際上我倒覺得這恰好是評論界一個很嚴重的問題。女性應該是什麼樣？只是寫女人的那些很小的東西，那些私語，那些身邊的事情，就是女作家的典範？這是他們對女性的歧視。我覺得這是剝奪一個女作家對這種重大問題發言的權利。」〔註67〕

〔註66〕 李小江等：《文學、藝術與性別》，江蘇人民出版社 2002 年，第 19 頁。
〔註67〕 李小江等：《文學、藝術與性別》，江蘇人民出版社 2002 年，第 169 頁。

　　確實，孤立的狹隘的女性經驗文本批評，剝奪和否定了女性關注與表現重大社會問題的資格和能力，否認了自五四以來中國婦女在社會各個領域所起的重要作用，否認了男性與女性的歷史聯繫。它將使女性批評陷入單一性別維度的本質主義誤區，失去應對社會與文學複雜現象的能力，給女性寫作帶來誤導和困惑。90 年代的女性寫作中的「身體寫作」、「私人寫作」中的失誤，多少與上述批評導向有關，一些論者對女性私人經驗寫作的情緒化的激賞態度，使一些女作家，尤其是一些年輕女作者更深地跌入「身體」的陷阱。

　　這一誤區的形成與我們研究者理論視域的狹窄和參照系的有限很有關係。關於研究對象的選擇和內涵，西方女性主義一直不斷思考和調整，呈現出越來越開闊的景觀。美國著名女性主義批評家伊萊恩‧肖瓦爾特認為女性主義批評以女性經驗為基礎，包括「女性主義批評」（婦女作為讀者的批評）和「婦女批評」（婦女作為作者的批評）兩種類型；第一種研究對象主要是男性文本，第二種則是女性寫作。她所指涉的研究對象是包括了男女兩性的文本。20 世紀 90 年代以後，在後現代文化價值觀影響下，女性主義批評研究對象的涵納面更加廣闊，囊括了不同社會、地域、種族、性愛傾向和宗教信仰的各種群體及其文化特色，黑人、同性戀者、第三世界、生態保護者等都進入了她們的視野。而我們的一些研究者不瞭解發展變化中的西方女性主義，淺嘗則止地想當然，以女性經驗文本為惟一批評對象，使女性主義批評失去了開闊、大氣與包容，走向了「生物學模式」的極端。

　　再次，批評方法運用上的單維向度與形式批評的忽視。由於西方女性主義在中國熱銷之時，俄蘇形式派、英美新批評、法國結構主義等以文本為中心的形式批評方法已成明日黃花。形式批評學業的缺失，決定了中國學者在批評實踐中重視觀點、內容而忽視方法的傾向。另一方面，中國文學界長期受馬克思主義社會歷史學批評的影響，學者們基於自己的思維慣性更加易於認同與操作意識形態層面的女性主義。因此，中國女性文學批評基本侷限於社會歷史學範疇，多從文本內容、主題內涵、人物形象等等社會學視角展開研究，缺少從文體特徵、敘述方式、語言風格等視域的美學探索。中國新時期以來的幾部重要的女性主義批評專著，如劉慧英的《走出男權傳統的樊籬——文學中男權意識的批判》、王緋的《睜著眼睛的夢》、林丹婭的《當代中國女性文學史論》等，均體現出重內容闡釋的特徵，屬於戴錦華所說的關注「意識形態症候」的閱讀方式。像陳順馨《中國當代文學的敘事與性別》那

樣從敘事學角度解讀女性文本的形式意味的批評可謂鳳毛麟角。

眾所周知，任何正常健康的文學研究應該是內容研究與形式研究的均衡發展，二者相輔相成，攜手並進。如此，文學研究才可能抵達學術的深度與境界。可惜，近 20 年來女性文學形式批評的薄弱造成了女性文學研究的跛足，「結果是只有『意識形態』而把『形式』從篩子裏漏得乾乾淨淨」〔註 68〕。這既在相當程度上導致了女性文學批評獨特形態和豐富語義的喪失，也造成了部分女性創作美學色彩的貧困。

以上失誤說明，西方女性主義這一「他人的酒杯」顯然不能十分有效地觀照與闡釋中國女性文學。因為西方女性主義是西方特定文化、歷史、政治、經濟以及社會背景中產生和發展起來的，是西方特定國情的產物，與中國文化傳統和中國女性文學的發展實際有很大的不同，一味搬用西方，不僅會造成與本土實際的錯位和脫節，而且將使中國女性批評永遠處於追趕西方的被動狀態。由此，我想到了由多種酒、飲料和配料調製而成的口味各異、醇香四溢、或清澄透明或色彩斑斕的風靡全球的雞尾酒，這種酒如今在世界不少國家都有了自己獨創的品牌；想到了美籍華人何大一創建的類似雞尾酒調製，將至少包括一種蛋白酶抑制劑在內的三種以上抗病菌藥物混合使用的艾滋病「雞尾酒」療法，這種療法至少可使艾滋病毒攜帶者的發病時間推遲數年時間，而且極有可能使患者得到痊癒。我以為雞尾酒和「雞尾酒」療法的成功的最大秘訣就在於多元基礎上的自主創新。這種創造似乎昭示了中國女性批評發展的健康之路：從「他人的酒杯」走向自製「雞尾酒」，從橫向移植走向多維度、原創性的中國性別詩學。

我以為女性批評走出誤區的首要關鍵在於：實現批評視角從單維向多維的現代轉換，建構包括多元化批評形態和豐富多彩的批評樣式的多維度女性文學批評。這樣，女性批評才可能最大限度發揮批評家的主體性和批評的主體性，揭示批評對象的立體型、完整性和多面性，才可能揭示女性文學的本質特徵及其規律。當然，批評視角的多維並非 1＋1＋1 式的累計相加，也就是說並非一個批評家、一種批評就是一個維度，幾個批評家、幾種批評加起來就構成了批評角度的多維性。而是要求每一位女性文學批評家、每一種女性批評方法都有批評多維視角作為批評的立足點和出發點，都有寬闊的批評視域，將文學作整體觀、立體觀。

〔註68〕洪子誠：《「問題的批評」》《北京文學》1997 年第 5 期。

　　具體而言，在理論資源的確定上，從狹義「西方」走向中西整合。在整合西方多元女性理論為我所用的同時，正視、發掘和整理我們自己的女性文化遺產，比如五四新女性話語、毛澤東時代的婦女解放理論，古代婦女文論，在此基礎上建立適合本土國情的理論資源庫。在批評對象的選擇上，從單一「女性」到多元文類並重。要以開闊的胸襟和包容的心態面對研究對象，避免將批評對象狹隘化，既重視女性經驗文本的研究，也不輕視或忽視非典型性的女性立場、女性視角的創作以及男性作家的創作。這有利於拓展女性文學批評的空間。在批評方法的運用上，從單維的傳統批評到多維的現代批評。要打破社會歷史學批評一統天下的研究格局，提倡多種批評方法的綜合與互補，既可根據批評對象的具體實際選擇某一批評方法，也可運用多種方法從不同角度批評同一作品，以實現內容批評和形式批評的有機結合。如此的研究，才可能展現女性文學及批評「橫看成嶺側成峰」的多樣化景觀。

　　走出誤區的又一關鍵是建構原創性的中國性別詩學。長期以來，我們的女性文學批評基本處於借「他人的酒杯」去闡釋，甚至是注釋 20 世紀中國女性文學的狀況，滿足於把中國女性文學當作西人理論的新的演練場，把西人在旁的演練場曾演練過理論在這新的演練場再演練一遍。從理論的角度看，它並未為我們增添什麼，而僅是一種消費性的闡釋。這就使我們總是處在西方理論的指揮棒下亦步亦趨、疲於奔命的被動之中。從根本上講，中國女性文學研究真正合理有效的主要範式只能從中國女性文學自身的土壤中生長處來，而不是靠外力硬「套」上去的，儘管有一部分外來資源可能轉化為本土資源，但它難以成為主要核心。這就要求我們進行一種生產性研究，從中國女性文學的「土壤」中重新發現、重新培植女性文學批評的新原則、新話語、新策略……，從而創建自己的理論資源庫。然反思 20 多年的女性文學批評，我們並沒有建構自己的女性批評理論體系，更沒有回答張愛玲詩學、王安憶詩學等等是什麼，儘管新時期以來的女性文學「土壤」並不貧瘠。我們在西方理論的引進上已做出了驕人成績，而在思想的發現上卻仍然顯得蒼白無力。

　　我們實際上是缺少能夠在文學文本中發現和提升理論的生產性的批評家。像巴赫金那樣敢於從陀思妥耶夫斯基小說的研究中發現複調理論，從拉伯雷小說的解讀中發現狂歡詩學，從而集理論家、批評家於一身，構建舉世聞名的對話理論。像凱特·米利特那樣，從對 D.H.勞倫斯、諾曼·梅勒等的小說

的讀解中，提出了「性的政治」之理論；像蘇珊・S.蘭瑟那樣，通過對美國黑人女作家托尼・莫里森的長篇《寵兒》中黑人女性敘述聲音的研究，建立了黑人女性主義批評。因此，我們迫切需要在借鑒、轉化西方理論的同時，以開放的胸襟、沉潛的心態在本土女性文學與傳統文化的「土壤」上精心耕耘，逐步建構起能與西方平等對話的中國性別詩學。

值得欣慰的是，一些思想敏銳的學者已經意識到女性文學批評原創的重要，並已開始向此目標邁進。屈雅君結合當下中國現實，將當下中國「女性話語」分為代表官方的「主流女性話語」、學習西方的「女性主義話語」以及市場經濟催生的「商業性女性話語」，即是具有創意的本土闡釋。劉思謙、喬以鋼關於女性文學研究學科化的探討、林樹明的性別詩學思考、戴錦華的女性文化研究，都已顯現出原創性批評的特質。當然，建構原創的中國性別詩學將是一條漫漫長路，但有理由相信，一代又一代學者的不間歇的努力，終將抵達這一宏偉目標。

參考文獻

1. 王元春、錢中文主編：《英國作家論文學》，北京三聯書店 1985 年版。

2. 王逢振：《今日西方文學批評理論》，漓江出版社 1988 年版。

3. 李小江：《女性審美意識探微》，河南人民出版社 1989 年版。

4. 戴錦華、孟悅：《浮出歷史地表》，河南人民出版社 1989 年版。

5. 張京媛：《當代女性主義文學批評》，北京大學出版社 1992 年版。

6. 陳燾宇編選：《哈代創作論集》，中國社會科學出版社 1992 年版。

7. 劉思謙：《「娜拉」言說：中國現代女作家心路紀程》，上海文藝出版社 1993 年版。

8. 張亭亭：《文學與色彩》，河南人民出版社 1994 年版。

9. 董小英：《再登巴比倫塔——巴赫金與對話理論》，生活·讀書·新知三聯書店 1994 年版。

10. 喬以鋼、盛英：《二十世紀中國女性文學史》，天津人民出版社 1995 年。

11. 林丹婭：《當代中國女性文學史論》，廈門大學出版社 1995 年版。

12. 劉慧英：《走出男權傳統的樊籬》，生活·讀書·新知三聯書店 1995 年版。

13. 陳順馨：《中國當代文學的敘事與性別》，北京大學出版社 1995 年版。

14. 王緋：《睜著眼睛的夢》，作家出版社 1995 年版。

15. 荒林：《新潮女性文學導引》，湖南文藝出版社 1995 年版。

16. 陳惠芬：《神話的窺破：當代中國女性寫作研究》，上海社會科學院出版社 1996 年版。

17. 陳仲義：《中國朦朧詩人論》，江蘇文藝出版社 1996 年版。

18. 李振聲：《季節輪換》，學林出版社 1996 年版。

19. 楊義：《中國敘事學》，人民出版社 1997 年版。

20. 馬鳳林：《世紀末藝術》，天津人民美術出版社 1997 年版。

21. 王安憶：《心靈世界》，復旦大學出版社 1997 年版。

22. 翟永明：《紙上建築》，東方出版中心 1997 年版。

23. 徐坤：《雙調夜行船——九十年代女性寫作》，山西教育出版社 1997 年版。

24. 張志忠：《1993——世紀末的喧嘩》，山東教育出版社 1998 年版。

25. 陳曉蘭：《女性主義批評與文學詮釋》，敦煌文藝出版社 1999 年版。

26. 陳曉明：《中國當代文學主潮》，北京大學出版社 1999 年版。

27. 葉舒憲主編：《性別詩學》，社會科學文獻出版社 1999 年版。

28. 崔衛平：《看不見的聲音》，浙江人民出版社 2000 年版。

29. 陳厚誠、王寧：《西方當代文學批評在中國》，百花文藝出版社 2000 年版。

30. 魯樞元：《生態文藝學》，陝西人民出版社 2000 年版。

31. 王岳川：《20 世紀西方文論研究叢書》，山東教育出版社 2001 年版。

32. 王又平：《新時期文學轉型中的小說創作潮流》，華中師範大學出版社 2001 年版。

33. 李小江等：《文學、藝術與性別》，江蘇人民出版社 2002 年版。

34. 胡全生：《英美後現代主義小說敘述結構研究》，復旦大學出版社 2002 年版。

35. 張玲：《哈代》，華夏出版社 2002 年版。

36. 許志英、丁帆主編：《中國新時期小說主潮》，人民文學出版社 2002 年版。

37. 戴錦華：《涉渡之舟——新時期中國女性寫作與女性文化》，陝西人民教育出版社 2002 年版。

38. 陳駿濤：《世紀末的回聲》，長江文藝出版社 2002 年版。

39. 張鈞：《小說的立場——新生代作家訪談錄》，廣西師範大學出版社 2002 年版。

40. 喬以鋼：《多彩的旋律：中國女性文學主題研究》，南開大學出版社 2003 年版。

41. 李玲：《中國現代文學的性別意識》，人民文學出版社 2003 年版。

42. 程光煒：《中國當代詩歌史》，中國人民大學出版社 2003 年版。

43. 王德威：《想像中國的方法》，生活·讀書·新知三聯書店 2003 年版。

44. 吳曉東：《從卡夫卡到昆德拉》，生活·讀書·新知三聯書店 2003 年版。

45. 陳平原：《中國小說敘事模式的轉變》，北京大學出版社 2003 年版。

46. 王安憶：《王安憶說》，湖南文藝出版社 2003 年版。

47. 羅鋼、王中忱：《消費文化讀本》，中國社會科學出版社 2003 年版。

48. 王安憶：《小說家的十三堂課》上海文藝出版社 2005 年版。

49. 林樹明：《多維視野中的女性主義文學批評》，中國社會科學出版社 2004 年版。

50. 楊莉馨：《異域性與本土化：女性主義詩學在中國的流變與影響》，北京大學出版社 2005 年版。

51. 顏學軍：《哈代詩歌研究》，人民文學出版社 2006 年版。

52. 汪小玲：《美國黑色幽默小說研究》，上海外語教育出版社 2006 年版。

53. 許鈞、宋學智：《20 世紀法國文學在中國的譯介與接受》，湖北教育出版社 2007 年版。

54. 譚桂林：《本土語境與西方資源》，人民文學出版社 2008 年版。

55. 李怡：《日本體驗與中國現代文學的發生》，北京大學出版社 2009 年版。

56. 樊星：《中國當代文學與美國文學》，中國社會科學出版社 2009 年版。

57. 張新穎、金理編：《王安憶研究資料》，天津人民出版社 2009 年版。

58. 葉立文：《「誤讀」的方法：新時期初西方現代主義文學的傳播與接受》，中國社會科學出版社 2009 年版。

59. 龍泉明、陳國恩、趙小琪：《跨文化的傳播與接受：20 世紀中國文學與外國文學的關係》，人民文學出版社 2010 年版。

60. 陳思和：《中國文學中的世界性因素》，復旦大學出版社 2011 年版。

61. 董麗敏：《性別、語境與書寫的政治》，人民文學出版社 2012 年版。

62. 羅振亞：《1990 年代新潮詩歌研究》，河北大學出版社 2014 年版。

63. 劉海平、張子清：《美國文學研究在中國》，南京大學出版社 2015 年版。

64. 〔德〕瓦爾特·赫斯：《歐洲現代畫派畫論選》，宗白華譯，人民美術出版社 1980 年版。

65. 〔法〕德拉克羅瓦：《德拉克羅瓦論美術和美術家》，平野譯，遼寧美術出版社 1981 年版。

66. 〔奧〕弗洛伊德：《精神分析引論》，高覺敷譯，商務印書館 1984 年版。

67. 〔奧〕弗洛伊德：《夢的解析》，賴其萬等譯，作家出版社 1986 年版。

68. 〔美〕卡爾文·斯·霍爾等：《弗洛伊德心理學與西方文學》，包華富、陳昭全等編譯，湖南文藝出版社 1986 年版。

69. 〔法〕西蒙·波娃：《第二性——女人》，桑竹影等譯，湖南文藝出版社 1986 年版。

70. 〔俄〕康定斯基：《論藝術的精神》，查立譯，中國社會科學出版社 1987 年版。

71.〔美〕蘇珊・格里芬:《自然女性》,湖南人民出版社1988年版。

72.〔英〕弗吉尼亞・伍爾芙:《一間自己的屋子》,王還譯,生活・讀書・新知三聯書店1989年版。

73.〔英〕瑪麗・伊格爾頓編:《女權主義文學理論》,胡敏、陳彩霞、林樹明譯,湖南文藝出版社1989年版。

74.〔美〕哈羅德・布魯姆:《影響的焦慮》,徐文博譯,生活・讀書・新知三聯書店1989年版。

75.〔美〕馬爾庫塞:《審美之維》,李小兵譯,生活・讀書・新知三聯書店1989年版。

76.〔日〕城一夫《色彩史話》,亞健等譯,浙江人民美術出版社1990年版。

77.〔俄〕巴赫金:《巴赫金全集》(第五卷),白春仁、顧亞鈴譯,河北教育出版社1998年版。

78.〔美〕貝蒂・弗里丹:《女性的奧秘》,程錫麟等譯,北方文藝出版社1999年版。

79.〔美〕凱特・米利特:《性的政治》,鍾良明譯,社會科學文獻出版社1999年版。

80.〔美〕薩義德:《東方學》,王宇根譯,生活・讀書・新知三聯書店1999年版。

81.〔法〕勞拉・阿德萊爾:《杜拉斯傳》,袁筱一譯,春風文藝出版社2000年版。

82.〔日〕近藤直子:《有狼的風景:讀八十年代中國文學》,廖金球譯,人民文學出版社2001年版。

83.〔英〕弗吉尼亞・伍爾芙《伍爾芙隨筆全集》,石雲龍等譯,中國社會科學出版社2001年版。

84.〔美〕蘇珊・S・蘭瑟:《虛構的權威——女性作家與敘述聲音》,北京大學出版社2002年版。

85.〔美〕羅斯瑪麗・帕特南・童:《女性主義思潮導論》,艾曉明等譯,華中師範大學出版社2002年版。

86.〔美〕尼古拉斯・米爾佐夫:《視覺文化導論》,倪偉譯,江蘇人民出版社2006年版。

87.〔法〕瑪格麗特・杜拉斯:《物質生活》,王道乾譯,上海譯文出版社2007年版。

88.〔法〕讓・瓦里爾:《這就是杜拉斯(1914~1945)》,戶思社、王長明、黃傳根譯,作家出版社2009年版。

89.〔法〕雨果:《雨果論文學》,柳鳴九譯,上海譯文出版社2011年版。

後　記

　　當我校閱完本書最後一行文字的時候，窗外已是麓山新綠遍野、迎春花開的黎明。此刻，我的腦海中不停地閃現出戰鬥在抗疫前線的許許多多優秀女性和男性的身影，感恩他們的無畏無私與拼搏奉獻，我才得以如此安寧與幸運地完成這部女性文學研究的書稿。

　　我與女性文學的結緣，一方面源於天性，源於自我生命經驗的呼喚。另一方面，則與我少年時代的求學經歷有關。我曾就讀的長沙市周南中學的前身為周南女校，1905 年由留日回國的朱劍凡先生創辦，是中國近代最早的女校之一。這所學校新興的女性教育培養了楊開慧、向警予、蔡暢、丁玲、廖靜文等一大批傑出的婦女運動領袖和優秀的女作家。這些巾幗英雄的故事給了我人生的啟蒙與文化的薰陶，是影響我之後從事女性文學研究與教學的一個重要的精神原鄉。此外，女性主義理論與女作家創作、國內外批評家著述的學習給了我震撼與啟迪。正是這許多人的思想與智慧，激發起我探索女性奧秘的欲望，成為我觀測女性景象眼睛的延伸。我隱約感到，在現有的被當作女性真實的呈現之外，有另一種被既定的人類思維排斥在外的別一種生存真實，而這一女性真實往往流落在許多文學作品、文學研究和主流話語的視閾之外，我為了尋找她而研究，而寫作。

　　在這本女性文學批評著作即將出版之際，我首先要衷心地感謝四川大學的李怡教授和臺灣花木蘭文化事業有限公司的楊嘉樂副總編，李怡教授以睿智的眼光和寬闊的胸懷扶持了本書的出版，嘉樂副總編用專業的嚴謹和細緻玉成了本書的付梓。我更要深深地感謝我的博士生導師許志英先生，是他廣博的學識和嚴謹的治學指導我完成了女性文學研究的學位論文。我還要誠摯

地感謝長久以來一直給予我扶持和關愛的陳美蘭、張炯、陳駿濤、喬以鋼、譚桂林、何錫章、李繼凱、王本朝、樊星、王紅旗、高玉等諸位先生，他們智慧的心靈和溫暖的手臂幫助我在文學探索的道路上持續前行。我也要感謝曾參與我女性文學與文化課題和本書部分小節的研究生陳進武、皮進、楊杰蛟、雷梓燊、杜娟等同學，我也永遠忘不了在課題立項、課程建設、論文刊發以及編輯出版過程中默默給予我關懷、提攜的認識或不認識的女性和男性的朋友。在以上這些女士、先生們的身上，我看到了女性文學與文化研究的新希望，看到了平等互愛、兩性和諧理想社會的曙光。

趙樹勤
2020 年 3 月於嶽麓山下